螞蟻時代
LE JOUR DES FOURMIS
貝納・維貝——尉遲秀 譯
Bernard Werber

獻給凱瑟琳（Catherine）

目錄

一切都是一體。（亞伯拉罕）
一切都是愛。（耶穌基督）
一切都是經濟。（馬克思）
一切都是性。（佛洛伊德）
一切都是相對的。（愛因斯坦）

然後呢？

艾德蒙・威爾斯
《相對知識與絕對知識百科全書》

PREMIER ARCANE

第一奧義

清晨的主宰

LES MAÎTRES DU PETIT MATIN

1．全景

黑。

一年過去了。八月的夜空，沒有月亮，星星兀自閃耀。終於，夜色退散，微光浮現，楓丹白露森林裡，薄霧繚繞。巨大緋紅的太陽即將讓霧氣消失無蹤。此刻眼前的一切都綴著瑩亮的露珠。蜘蛛網宛如一張張不合常規的針織桌巾，串著一粒粒橙黃的小珍珠。天氣就要變熱了。

一些小生物在枝葉下顫動——草地上，蕨類植物之間，遍地都是——形形色色，數不勝數。朝露如醇酒，清洗著這片大地，最詭譎的冒險即將在此上演……

2．三隻間諜蟻在城邦的心臟區

快速前進。

氣味指令明確，已經沒有時間可以耗在無謂的觀察了。三個陰暗的身影沿著祕密通道匆匆行進。爬行在密道頂壁的那隻螞蟻漫不經心地讓她[1]的觸角在地面上拖著。另外兩隻螞蟻拜託她下來，但她很確定這樣比較好，她喜歡頭下腳上，倒吊著感知現實。

同伴們並不堅持。說到底，這也沒什麼不可以吧？三蟻小組轉彎鑽進一條更窄的小徑。在偷偷踏出每一小步之前，她們會先行探測，絕不放過任何隱蔽的角落。此刻四下無聲，平靜到令人懷疑。

現在她們來到城邦的心臟區，一個必然戒備森嚴的地帶。她們的步子越來越小，廊道的內壁越來越光滑。她們在枯葉碎片上不斷打滑。一股沉悶的憂慮充滿她們紅褐色身體的每一條血管。

現在她們來到大廳。

她們聞到一些氣味。這個地方聞得到樹脂、芫荽和木炭的味道。這個空間是新近的發明。在所有其他的蟻族城邦，這樣的廂室只用在貯存食物或卵和幼蟲。但在去年，就在冬眠之前，有螞蟻提出了這樣的想法：

我們不能再讓我們的想法流失了。

蟻邦的智慧日新月異。

祖先的思想必須要讓我們的孩子受益。

貯存思想在蟻族世界是個全新的概念。不過，這概念激起了大多數邦民的熱情，於是每個邦民都把自己的知識費洛蒙注入為此設計的容器，然後再依主題分類整裡。

從此蟻族的所有知識都集中在這個名為「化學圖書館」的大廂室裡。

三位訪客緩緩前進，她們雖然緊張，但心裡還是不斷發出讚歎。六支觸角如痙攣般顫動著，透露了她們內心的激動。

她們的周圍擺滿了卵型的物體，每六個排成一列，上頭氤氳著氨氣，看起來就像一顆顆冒著熱

1　螞蟻以雌性為絕大多數，只有在指稱對象全部都是雄蟻時，複數代名詞才會使用「他們」、「你們」（這樣的情況極少）；其他情況的複數代名詞都用「她們」、「妳們」。

氣的卵，只是這些透明硬殼裡並未孕育任何生命。這些硬殼分門別類固定在砂礫之中，裡頭填裝了數百種主題的嗅覺敘事：歷代霓朝蟻后的歷史、普通生物學、動物學（這個主題的數量特別多）、有機化學、地表地理學、地下沙層地質學、著名的大規模戰鬥的戰略、近萬年的領土政策，甚至連食譜或城邦最偏僻詭譎的角落的地圖都有。

觸角運動。

快點，快點，我們得趕快，不然……

她們揮動前肘的纖毛刷，快速清潔觸角，隨即開始檢查那些堆疊的記憶費洛蒙膠囊。她們用最敏感的觸角尖端輕拂那些卵型物體，一一辨識。

突然間，三隻螞蟻當中的一隻不動了，她似乎察覺了什麼聲響。聲響？三隻螞蟻都以為她們的行蹤敗露了。

焦躁不安的等待。來者是誰？

3．在薩爾塔家

「快去開門，一定是諾嘉小姐！」

塞巴斯蒂昂．薩爾塔伸展高大的身軀，轉動了門把。

「您好。」他說。

「您好，東西準備好了嗎？」

「沒問題，已經準備好了。」

薩爾塔三兄弟一起進去拿了一個透明的塑膠方盒子出來，再從裡頭取出一顆玻璃球。球的上半部已經打開，裡頭裝滿棕色的小顆粒。

所有人都把頭湊過來，靠在球型容器上方。卡若琳．諾嘉忍不住把右手伸了進去。一些黑色的砂土從她的指間滑落。她聞了聞那些顆粒，彷彿在聞一杯香醇的咖啡。

「你們費了很大工夫吧？」

「是啊。」薩爾塔三兄弟齊聲答道。

其中一位還補了一句：

「不過很值得！」

塞巴斯蒂昂、皮耶和翁湍都是身高兩米的巨人，他們跪下來好讓身體靠近塑膠盒。他們也把長長的手指伸了進去。

天花板懸吊的燭台插著三支蠟燭，橘黃的燭光照亮了這個詭異的場景。

卡若琳．諾嘉用一層層尼龍軟墊把球型容器小心翼翼地裹起來，放進行李箱。接著她看了三個巨人好一會兒，對他們微笑，然後不發一語，靜靜地離開了。

皮耶．薩爾塔呼了一口氣：

「我想，這次應該大功告成了吧！」

4．追逐

虛驚一場。只是枯葉發出的聲響。三隻螞蟻繼續進行她們的調查。

她們逐一嗅聞裝滿液體訊息的容器。

終於，找到她們要的東西了。

還好，沒費太多工夫就找到了。她們抓起這個珍貴的物品，用六條腿傳遞著。這顆裝滿記憶費洛蒙的卵，開口處以一滴松脂密封。她們剝除了松脂，一股氣味直撲她們的十一節觸角。

解密禁止。

完美。沒有比這更好的品質標章了。她們放下這顆卵，貪婪地將觸角尖端伸進去。

氣味文獻直衝她們迂曲的腦路。

解密禁止

記憶費洛蒙：第八十一號

主題：自傳

我的名字是希藜－埔－霓。

我是貝洛－裘－裘霓的女兒。

我是霓朝第三三三代蟻后，貝－洛－崗城邦獨一無二的產卵者。

我不是一直如此自稱。在成為蟻后之前，我是第五十六號春季公主。因為這就是我的階級，

這就是我的產卵編號

小時候，我以為貝－洛－崗的邦城就是宇宙的盡頭。我以為我們螞蟻是這個星球唯一的文明生物。我以為白蟻、蜜蜂和黃蜂都是蠻族，她們之所以不接受我們的習俗，唯一的原因就是愚昧。

我以為其他種族的螞蟻已經退化，而侏儒蟻的體型太小，我們也不必擔心。

那時我整天都在皇城，被關在公主的閨女廂室裡。我唯一的抱負就是有一天可以像我母后一樣，像她一樣建立一個在各種意義上都經得起時間考驗的政治聯邦。

直到有一天，一位負傷的年輕王子「三二七號」出現在我的廂室，說了一個奇怪的故事給我聽。他聲稱有一支遠征探險隊被一種新型毀滅性武器徹底殲滅了。

那時我們懷疑是侏儒蟻做的，她們是我們的死敵，去年我們還跟她們打了罌粟花丘大戰。這場戰役讓我們付出數百萬士兵陣亡的代價，但我們戰勝了。這場勝利為我們提供了證據，證明我們是錯的——侏儒蟻根本沒有任何具有大規模殺傷力的祕密武器。

接下來我們懷疑罪魁禍首是白蟻，她們是我們的世仇。結果我們又錯了。東方的白蟻大城邦已經變成一座鬼城，一種神祕的毒氣將所有邦民都毒死了。

於是我們在城邦內部進行調查，我們被迫對抗一支自稱在保護蟻邦的地下部隊，她們保護蟻邦的手段是避免邦民得到任何令人過度恐慌的訊息。這些殺手身上散發某種岩石氣味，她們還聲稱自己扮演白血球的角色。她們構成了我們社會的自我審查機制。我們意識到，我們自己的社群有機體裡頭存在著一些具有免疫功能的防禦系統，它們不惜任何代價，要讓每一隻螞蟻活在無知之中！

不過，在一〇三六八三號非生殖蟻戰士那趟非凡的長途旅行之後，我們終於明白，在世界東方的邊境，存在一些……

三隻螞蟻當中的一隻打斷了大家的閱讀，她似乎感覺到有什麼出現了。三名反叛者躲到暗處，悄悄窺伺。結果沒有任何動靜。一支觸角從她們的藏身處怯怯地探了出來，接著是其他五支。六支觸角變成一具具雷達，每秒振動的頻率是一萬八千次，周遭任何帶有氣味的東西都會被瞬間辨識出來。

又是一場虛驚。附近什麼生物都沒有。她們繼續解碼記憶費洛蒙。

……在世界東方的邊境，存在一些體型比我們巨大上千倍的群體動物。

螞蟻神話總是以詩意的措辭描述牠們，但牠們其實在一切詩意之外。

保姆們告訴我們有這樣的生物存在，是為了讓我們因為恐怖故事而發抖。現在這些故事超越了恐怖。

在此之前，我一直不太相信這些巨獸的故事，說什麼牠們是星球邊界的守護者，五五成群生活在一起。我以為那都是說給天真的閨女公主聽的廢話。

現在我知道**牠們**真的存在。

殲滅第一支遠征狩獵隊的，就是**牠們**。

以毒氣摧毀白蟻城邦的，就是**牠們**。

燒毀貝－洛－崗，殺死我母后的，也是**牠們**。

牠們就是**手指**。

我一直想無視**牠們**的存在，可是現在，我不能再這樣下去。

森林裡的每個角落都可以偵測到**牠們**出沒的蹤跡。

偵察兵的報告證實了，**牠們**每一天都往我們的世界更靠近一點，**牠們**非常危險。

所以今天我做出決定，要說服我的子民對**手指**發動東征。這將是一場大型的武裝遠征，目標是在還來得及的時候，消滅星球上所有的**手指**。

這訊息太令人費解，她們花了幾秒鐘才讀懂。三隻間諜蟻的任務就是要去知道一些事。現在，她們知道了。

對手指發動東征！

必須不惜任何代價通知其他螞蟻。要是她們可以再多知道一點就好了。她們動作一致，將觸角再次浸潤到容器裡。

為了戰勝這些怪獸，我編成的東征軍包括二十二個突擊步兵軍團、十四個輕砲兵軍團、四十五個全地形近身戰軍團、二十九個……

又是一陣聲響。這次不需要再懷疑了，那是腳爪踩裂乾燥土壤的劈啪聲。三位不速之客抬起她們還浸潤著祕密訊息的觸角。事情再清楚不過了，她們掉入了陷阱。現在她們知道了，讓她們潛入化學圖書館只是為了讓她們的身分曝光。

她們弓著腿，準備躍起，但為時已晚，其他螞蟻已經趕到了。三名反叛者只來得及抓起裝滿珍貴記憶費洛蒙的硬殼容器，衝進一條橫向的小廊道。

貝－洛－崗專用訊號的警報響起，那是一種費洛蒙，化學式是C_8-H_{18}-0。邦民們瞬即回應，廊道上已經響起數百隻兵蟻的腳步聲。

入侵者全速逃逸。她們是唯一成功潛入化學圖書館並解開希黎－埔－寬蟻后留下的最重要訊息費洛蒙的反叛者，就這樣死在這裡未免太可惜！

追逐賽在城邦的廊道裡展開。這些螞蟻像在進行雪車競速，為了求快，連與地面垂直的彎道她們都高速衝過去。

有時，她們不是往下，而是繼續往頂壁衝刺。確實，「上」或「下」的概念在蟻窩裡是相對的，螞蟻靠著細爪，哪裡都走得到，甚至可以用跑的。

六條腿的高速賽車以令人暈眩的速度向前奔馳，背景彷彿不停地迎面撲上來。

賽車上升，下降，轉彎。逃逸者和追逐者必須跨越一道懸崖，所有螞蟻都使盡全力跳了過去，只有一隻踉踉蹌蹌跌了下去。

一塊閃閃發亮的防護罩出現在第一名反叛者的面前，這名叛徒根本來不及理解發生了什麼事。一個填滿蟻酸的腹錘從防護罩底下豎起尾端，灼熱的噴射液體將螞蟻瞬間化成一灘爛泥。第二名反叛者嚇壞了，立刻轉身衝進旁邊的一條通道。

我們分頭走！她用她的氣味語言大吼，六條腿在地上劃出深深的痕跡。氣力耗損。一隻兵蟻出現在她左側。兩隻螞蟻都跑得太快，以致於兵蟻無法用大顎鉗住獵物，也無法瞄準發射蟻酸。於是兵蟻用力推撞，試圖將反叛者壓碎在牆上。

兩副甲殼互相碰撞，發出悶響。兩隻螞蟻以每小時超過一百米的高速將自己拋擲在蟻窩狹窄的廊道上，不斷挨受對方猛烈的撞擊。她們用盡力氣要絆倒對方，或是用大顎的尖角刺向對方。

她們的速度快到無暇發現廊道越來越窄，窄到讓逃逸者和追逐者在衝進一條地面凹窪的廊道時撞成一團。兩輛快車同時爆裂，甲殼碎片四零八落，散了一地。

第三名反叛者頭下腳上，攀著頂壁向前衝。一隻砲兵蟻瞄準她，精準一擊，粉碎了她的一條後腿。在衝擊之下，間諜蟻鬆開了裝著蟻后記憶費洛蒙的卵型容器。

一名衛兵立刻取回這個無價之寶。

另一名衛兵則是連發十滴蟻酸，溶掉了間諜蟻的一支觸角。連發的蟻酸也擊中頂壁，通道暫時被掉落的碎片給堵住了。

這隻叛變的小螞蟻可以暫時喘口氣，但她也知道自己走不遠了。她不只是少了一隻觸角和一條腿，而且現在每個出口應該都有衛兵嚴密看守。

幾隻兵蟻已經出現在她身後，蟻酸漫天噴射。她又少了一條腿，這次是前腿。但她還是用剩下的四條腿繼續跑，來到一處凹陷的牆角，縮成一團躲了進去。

一名衛兵瞄準她，可是這隻負傷的螞蟻身上也還有蟻酸，她翹起腹錘，迅速擺好射擊姿勢，對準兵蟻。正中靶心！這名衛兵比較不靈巧，只砍掉她中間的一條腿。最後這隻間諜蟻只剩三條腿了，她跛著腳跑，氣喘吁吁，她必須不計代價逃出這個陷阱，她要去警告其他的反叛者，告訴她們關於這場對**手指**發動的東征。

*她往那邊去了，那邊。*一隻兵蟻釋放了訊息，她發現剛才鬥敗的螞蟻的焦屍。

要怎麼離開這裡？剛脫險的間諜蟻盡可能把自己埋進頂壁的凹陷處。其他螞蟻不會想到要抬頭看上面。

頂壁，臨時要找個地方藏身，這肯定是最理想的地點。

衛兵們在第二次經過時才發現她，還是因為其中一隻兵蟻瞥見一滴液體從上面滴下來——是反叛者的透明血液。

該死的萬有引力！

第三名反叛者混在頂壁崩裂的碎礫之中一起墜落，順勢以她僅存的三條腿和唯一還有作用的觸角攻擊其他螞蟻。一隻兵蟻抓住她的一條腿使勁扭扯，直到斷落，另一隻兵蟻用軍刀大顎刺穿她的胸廓，但她還是擺脫了追兵。還剩下兩條腿可以拖著身體跛行，但她不會有終極脫身之計，一副長長的大顎從牆裡穿出來，在她狂奔之中砍下了她的頭。頭顱一路彈跳，沿著傾斜的廊道滾落下去。身體的其餘部分又跑了十步，才放慢速度，停下，最終倒地。衛兵們收拾殘肢，將她的屍體帶到城邦垃圾場，扔在另外兩名同夥的遺骸上。這就是好奇心太重的下場！

三具棄屍躺在那裡，像是開演前不巧被摔壞的戲偶。

5．事情開始了

《星期日回聲報》：

楓丹白露神祕三屍命案

本週四於費松德希街一棟大樓的公寓裡發現三具男性屍體，死者是同住的薩爾塔三兄弟：塞巴斯蒂昂、皮耶和翁湍。死因目前尚不明朗。

該社區在治安方面素來風評良好，現場沒有任何金錢或貴重物品被盜，亦未發現任何破門竊盜的痕跡，亦未遺留任何可能的凶器。

本案將由楓丹白露刑事大隊著名的探長雅克・梅利耶負責偵辦，相關調查工作顯然會相當棘手。這起奇案對偵探迷來說，堪稱夏日驚悚片的代表作。凶手要當心了。

記者 萊緹希雅・威爾斯 報導

6・百科全書

又是您？

所以您已經發現我的《相對知識與絕對知識百科全書》第二卷了。

第一卷放在地下聖殿讀經臺的顯眼位置，現在這卷比較難找，不是嗎？

您太厲害了。

您到底是誰？是我的外甥喬納東？還是我的女兒？

不是，您兩者都不是。

您好，不知名的讀者！

我想要更了解您。請對著這本書自我介紹：姓名、年齡、性別、職業、國籍。

您在平常的生活裡關心哪些事？

你有什麼強項？有什麼弱點？

喔，還有，其實也沒關係了，我知道您是誰。

我感覺到您的手撫摸著我的書頁。其實還挺好玩的。在您的指尖，在您迂迴彎曲的指紋裡，我猜想您最祕密的特質。

一切都記錄在您最細微的部分，我甚至在其中看見了您先祖的基因。

要知道，這千千萬萬個先人，還不能太早死，他們得互相勾引，交配，直到您誕生！

今天，我覺得我在我眼前看到了您。不，請不要笑。請保持自然，讓我更深入地了解您，您有許多特質是您想像不到的。

您不僅僅是承載著一段社會歷史的一個姓氏和一個名字。

您是百分之七十一的清水、百分之十八的碳、百分之四的氮、百分之二的鈣、百分之二的磷、百分之一的鉀、百分之零點五的硫、百分之零點五的鈉、百分之零點四的氯。加上一大勺的各種微量元素：鎂、鋅、錳、銅、碘、鎳、溴、氟、矽。再加上少許鈷、鋁、鉬、釩、鉛、錫、鈦、硼。

這就是您的存在配方。

所有這些材料都來自那些燃燒的恆星，而且可以在您身體以外的地方找到。您身體的水跟海洋中最無害的水相似。您的磷會讓您跟火柴產生關聯。您的氯跟消毒游泳池的氯是一樣的東西。可是您不僅是這樣。

您是一座化學大教堂，您是一個龐大的結構遊戲，其劑量、平衡和機制的複雜性幾乎是無法想像的。因為您的分子本身是由原子、粒子、夸克、真空組成的，這一切都被電磁力、重力、電子的力量連結在一起，其微妙之處超出您的想像。

話雖如此！如果您能找到這第二卷，那是因為您很聰明，而且您已經對我的世界了解很多了。您用第一卷帶給您的知識做了什麼？一場革命？一次進化？什麼都沒有，當然。

所以現在，找個舒服的地方坐下來，讓自己好好閱讀。把您的背打直，平靜地呼吸。放鬆您的嘴。

聽我說！

所有在時間和空間中圍繞著您的一切都不是無用的。您不是無用的。您短暫的生命是有意義的。生命不會走入死巷。一切都有其意義。

對您說話的我，當您讀我的時候，蛆蟲正在品嚐我。沒錯，我為前途無量的山蘿蔔幼苗當了肥料。我同時代的人們不明白我到底要做什麼。

對我來說，為時已晚。我唯一能留下的東西，就足一道細微的痕跡……就是這本書。

對我來說，為時已晚，但是對您來說，還不算太遲。

您坐好了嗎？放鬆您的肌肉。除了宇宙之外，您什麼也別想，而在宇宙之中，您只是一粒微塵。想像一下時間加速前進。咻，您出生了，像一顆不起眼的櫻桃核從您母親的身體裡彈出來。嚼，嚼，嚼，您用幾千道繽紛的菜餚把自己填滿，同時把幾噸的植物和動物變成排泄物。然後，啪，您死了。

您用您的生命做了什麼？

不夠，肯定不夠。

行動吧！做點什麼，也許是很渺小的事，但是老天，在死之前用您的生命做點什麼吧！

您不是平白誕生的。請找到您生來要做的那件事。什麼是您微小的使命？
您不是偶然誕生的。
請用心思考。

艾德蒙・威爾斯
《相對知識與絕對知識百科全書》第二卷

7・蛻變

白蠟樹上的毛毛蟲不喜歡別人告訴牠該做什麼。

牠毛茸茸的，又肥又大，綠、黑、白三色相間，蜻蜓正在勸牠要提防螞蟻。毛毛蟲離開蜻蜓之後，向樹枝的盡頭爬過去。

毛毛蟲的伸縮滑行是藉由匍匐前進和上下起伏達成的。先放好六條前腿，再把身體向上拱出一個彎，讓十條後腿跟上來。

到了樹枝盡頭，毛毛蟲吐出一點唾液膠，固定自己的尾端，然後讓身體墜下去，頭下腳上倒吊在那裡。

牠很疲倦。牠剛結束幼蟲生活，完成了受難的試煉，現在牠要嘛蛻變，要嘛會死去。

噓！

牠將自己裹在一個又堅固又柔軟的水晶細絲編織的繭裡。

牠的身體變成煉金術士的鍋釜。

為了這一天，牠等了好久，好久。真的很久。

繭變硬，變白。微風晃動這顆奇異的淡色果實。

幾天之後，繭膨脹起來，脹到像要嘆出一口氣。牠的呼吸變得更規律了。繭在振動，煉金術的幻化開始了。下方混合著各種色彩、各種稀有的成分、微妙的香氣、令人驚異的香水、果汁、荷爾蒙、蟲膠、脂肪、酸、肉，甚至硬殼。

所有的搭配都極度協調，劑量精準無比，為的是創造出一個新生命。然後，繭的頂端裂開，銀色的殼裡出現一根害羞的觸角，螺旋伸展開來。

這個從棺材搖籃裡掙脫出來的身形和原來的毛毛蟲已經沒有任何相同之處了。

一隻螞蟻在附近遊蕩，見證了這個神聖時刻。她最初是被華麗的蛻變所吸引，她推論並且記住那只是一頭獵物。她在樹枝上狂奔，好在這隻神奇的動物逃跑之前將牠殺死。

天蛾濕潤的身體整個從繭裡掙脫出來。翅膀開展。繽紛絢麗。一片片輕盈、脆弱、尖長如葉片的薄紗閃爍著。深色鋸齒狀的圖案襯著各種陌生的色調：螢光黃、暗黑、閃橙、胭脂紅、略淡的朱紅和微帶珠光的煤灰。

狩獵的螞蟻將腹錘翹至胸廓下方，擺好射擊姿勢，她將天蛾放在視覺和嗅覺的瞄準線上。

天蛾看見了螞蟻。牠望著對準自己的腹錘看呆了，牠知道死亡有可能從那尖端迸出來。但牠一點都不想死。現在不要。現在死掉就真的太可惜了。

四顆眼球互相凝望。

螞蟻打量著天蛾。當然，天蛾非常迷人，但是幼蟲需要鮮肉來餵養。螞蟻可不是全都是素食者，事實遠非如此。螞蟻猜想獵物即將起飛，她預測獵物的運動路徑，再次舉起她的發射裝置。天蛾利用這個空檔飛走了。偏移的蟻酸液射穿了獵物的翅膀，形成一個完美的圓形小孔。

天蛾跌落了一點飛行高度，右邊翅膀上的小孔發出某種噓聲。螞蟻狙擊手確信自己擊中了天蛾。但天蛾拍動空氣的節奏並未因此稍減。每拍一下，依然濕潤的翅膀就會變乾一些。天蛾重拾飛行高度，也認出自己留在下方的繭。牠沒有絲毫留戀。

狩獵的螞蟻依舊埋伏著。再次射擊。一片樹葉碰巧被微風吹送過來，攔截了致命的蟻酸液。天蛾拍動翅膀，一個迴旋，愉快地飛走了。

貝－洛－崗一〇三六八三號兵蟻射空了，此刻目標已經飛出了射程。兵蟻凝望著飛翔的天蛾，若有所思，羨慕了片刻。天蛾要去哪兒呢？像是要飛向世界的邊緣。

其實，天蛾消失在東方。牠飛了幾個小時，天色逐漸變得灰白，牠看到遠處有一點微光，立刻衝了過去。

天蛾著了魔似的，心中只有一個目標：要追上這個神奇的亮光。牠全速趕到距離光源幾公分的地方，繼續加速，牠要盡快品嘗到這種狂喜。

牠終於來到火邊。翅膀的尖端即將點燃。牠無所謂，牠要一頭鑽進去，享受這熾熱的力量，牠要融化在這個太陽裡。牠會在火中燃燒嗎？

8．梅利耶解開薩爾塔兄弟死亡之謎

「不行嗎？」

他從口袋裡掏出一塊口香糖，丟進嘴裡。

「不行，不行，不要讓記者進來。我要安安靜靜檢查這些屍體，之後再看著辦吧。那個燭台上的蠟燭也幫我熄掉！搞什麼啊，點什麼蠟燭？嘎，大樓剛才停電？可是現在電不是又來了嗎？所以，拜託，不要搞出火災好嗎。」

有人把蠟燭吹熄了。一隻翅膀末端已經燒起來的飛蛾在最後一刻逃過了火劫。

探長一邊檢視這間位於費松德希街的公寓，一邊啾啾喳喳地嚼著口香糖。

二十一世紀初期，跟上世紀比起來，幾乎沒什麼事情有改變。倒是辦案的技術略有進步，屍體現在會用甲醛和透明薄蠟封起來，這樣被害者確切的死狀就可以保留下來，警方也可以隨心所欲去研究犯罪現場。這方法確實比用粉筆在地上畫屍體輪廓的老派做法實用得多。

封蠟的過程有點混亂，不過調查人員最後還是搞定了這幾名死者。他們睜大眼睛，皮膚和衣服上全都覆上透明薄蠟，宛如凝結在死亡的那一瞬間。

「最先到現場的是誰？」

「卡吾札克探員。」

「艾彌勒．卡吾札克？他在哪？嘎，在樓下……好，叫他來找我。」

一名年輕的警員支支吾吾地說：

「呃，探長……有一位《星期日回聲報》的記者說……」

「我才不管誰說什麼！我不管！先不要管記者！去把艾彌勒給我找來。」

梅利耶在客廳踱來踱去，接著俯身靠在塞巴斯蒂昂．薩爾塔的屍體上。他的臉幾乎貼上了那副扭曲的臉孔——眼球突出，眉毛上揚，鼻孔撐開，嘴巴張得大大的，舌頭吐了出來。他甚至可以認出哪顆是假牙，還有死者最後吃的點心殘渣——這人應該是吃了花生和葡萄乾。

梅利耶接著轉向另外兩兄弟的屍體。皮耶瞪大眼睛，張大嘴，透明薄蠟留住了皮膚表面一粒粒的雞皮疙瘩。至於翁湍，他的臉已經被驚恐萬狀的鬼臉給毀了。

探長從口袋拿出手電筒放大鏡，仔細檢查塞巴斯蒂昂．薩爾塔的皮膚。他的汗毛硬得像牙籤，他的屍體也一樣，連雞皮疙瘩都被蠟封凝結起來了。

一個熟悉的身影出現在梅利耶面前。艾彌勒．卡吾札克探員。楓丹白露刑事大隊，四十年忠誠的歷練。兩鬢灰白，一撮山羊鬍，一個令人安心的肚腩。卡吾札克是個安靜的人，他在社會上獲得恰如其分的地位，唯一的願望就是可以平平靜靜，不要有太多波折，好好退休。

「所以艾彌勒，你是第一個到現場的？」

「是的。」

「那你看到了什麼？」

「嗯，就跟你看到的一樣。我立刻要他們進行屍體封蠟。」

「幹得好。你有什麼想法？」

「沒有外傷，沒有留下指紋，沒有凶器，沒有任何人進出現場的線索……毫無疑問，你手上又多了一樁奇案！」

「謝了。」

雅克．梅利耶探長很年輕，剛滿三十二歲，但他的形象已經是聲譽卓著的幹練警探了。他無視傳統和常規，知道如何為最複雜的案件理出最有創意的破案方向。

雅克．梅利耶以扎實的學術研究取得文憑後，放棄了眾人看好的學者之路，轉身投入他唯一鍾情的領域：犯罪。最初引誘他啟程造訪這個問號國度的因素是書——他看了一堆偵探小說。從中國法官狄仁傑到英國偵探福爾摩斯，再到西默農的馬戈探長、阿嘉莎．克莉絲蒂的偵探白羅、艾倫．坡的偵探杜邦，還有《銀翼殺手》裡的瑞克．戴克。他滿心貪婪地吞噬了三千年的警探辦案歷程。

他尋找的聖杯是無懈可擊的完美犯罪。所有那些號稱完美的案件，其實都只是碰觸到皮毛而已，從來沒有哪個罪犯真正實現了完美犯罪。為了自我提升，他當然要去巴黎犯罪學研究所註冊。在那裡，他經歷了他的第一次驗屍，解剖了一具剛斷氣的屍體（這也是他第一次昏倒）。在那裡，他學會如何用髮夾開鎖，如何以手工自製炸彈或拆除引信。他也探索了專屬於人類的千百種死法。

然而，這些課程當中，有件事令他失望，那就是教材不好。我們只認識那些被逮捕的罪犯，也就是說，我們只認識了一些白癡。而其他罪犯，那些聰明的罪犯，我們對他們一無所知，因為我們從來就沒有找到過他們。在這些逍遙法外的傢伙當中，會不會有那麼一個，可以想出實現完美犯罪的計畫？

要找出這個問題的答案，唯一的方法就是去當警察，自己動手去緝捕罪犯。這正是雅克．梅利耶在做的事。他毫不費力就爬上了高位。他第一次漂亮出擊就是逮捕教他拆除爆裂物的教授。作為恐怖組織的首領，專研爆裂物的學者身分為他提供了極佳的掩護！

梅利耶探長開始在客廳裡東看西看，他用眼睛細細搜索每一個角落，他的目光最終落在天花板上。

「我說艾彌勒，你來的時候這裡有蒼蠅嗎？」

艾彌勒探員答說他沒注意到這個。他到的時候門窗都關著，可是後來有人把窗戶打開。如果有蒼蠅，牠們也有足夠的時間可以飛走。

「這很重要嗎？」他很想知道。

「是的。其實也沒什麼啦，就是很可惜你沒留意到。你有死者的基本資料嗎？」

卡吾札克從肩上的背包裡拿出一個紙板文件夾。探長翻了翻裡頭的檔案卡。

「你怎麼想？」

「裡頭有些滿有趣的線索……薩爾塔三兄弟的職業都是化學家，不過他們當中的那個塞巴斯蒂昂是一號人物，他不是表面上看起來那麼簡單，他過著雙重的人生。」

「嘿，嘿……」

「這個薩爾塔被賭魔附了身，他最擅長的是撲克牌，他有個混號叫做『撲克巨人』，這不只是因為他的身材，更是因為他下注的金額都很嚇人。他最近輸了很多，陷入債務漩渦。而為了解決問題，他唯一看得到的方法就是越賭越大。」

「你怎麼知道這些事？」

「前陣子我剛好在查賭場的案子。他已經被列入黑名單了。他似乎收到死亡威脅，如果不盡快償還賭債的話，他只有死路一條。」

梅利耶若有所思，不再嚼口香糖了。

「所以這個塞巴斯蒂昂是有可能有犯案動機的……」

卡吾札克點點頭。

「你覺得是他搶先一步，自己了斷的嗎？」

探長沒理會這個問題，他再次轉身面對門口說：

「你到的時候，門是從裡面鎖上的，對吧？」

「沒錯。」

「窗戶也是嗎？」

「所有的窗戶，都是！」

梅利耶繼續猛嚼口香糖。

「你在想什麼？」卡吾札克問道。

「自殺。當然，這似乎看起來過於簡化，但是有了自殺的假設，所有事情都說得通。沒有外來者留下的痕跡，因為沒有外力入侵。一切都發生在與外界隔離的空間。塞巴斯蒂昂殺死他的兄弟，然後自殺了。」

「是啊，但他用的是什麼凶器？」

梅利耶閉上眼睛，想要更專注地尋找靈感。最後他說：

「某種毒藥。一種強力的遲效型毒藥。某種包著糖衣的氰化物。糖衣在胃裡融化之後，就會釋放致命的成分。那就像一顆定時化學炸彈。你不是跟我說過他是化學家？」

「是的，他在CCG通用化學公司工作。」

「所以塞巴斯蒂昂．薩爾塔要製造這種凶器根本輕而易舉！」

卡吾札克看起來還沒有完全被說服。

「那他們的表情為什麼都這麼驚恐？」

「痛苦。氰化物穿透胃壁的時候會造成劇痛，比胃潰瘍要痛上一千倍。」

「塞巴斯蒂昂．薩爾塔自殺我可以理解，」卡吾札克還是語帶懷疑：「但他為什麼要殺死他的兩個弟弟？他們又沒有任何風險。」

「避免他們遭遇破產的困境，還有就是人類古老的本能反應，導致他帶著全家人一起走上死亡之路。在古埃及，法老王會讓他的妻子、僕人、動物、家具和他一起安葬！大家都害怕一個人去，所以就帶著身邊的人一起走……」

探長深信不移，現在探員也動搖了。這推論看起來或許太簡單或太卑鄙，然而，只有自殺的假設才能合理解釋為什麼現場沒有任何外來者留下的痕跡。

「所以，我總結一下。」梅利耶繼續說：「為什麼所有門窗都是關著的？因為一切都發生在公寓裡。人是誰殺的？塞巴斯蒂昂．薩爾塔。用什麼凶器？遲效型毒藥！什麼動機？絕望，無力應付他欠下的鉅額賭債。」

艾彌勒．卡吾札克簡直不敢相信，被媒體稱為「夏日驚悚片」的謎團這麼容易就解開了？甚至也不必管什麼查證、跟證人對質、找線索的流程，簡單說，就是那些林林總總的專業要求都不必管了。梅利耶探長果然名不虛傳。總之，他的推論在邏輯上是唯一有可能成立的。

一名制服警員走過來說：

「有一位《星期日回聲報》記者一直說要採訪您。她已經等了一個多小時，她堅持要……」

「她長得可愛嗎？」

警員點頭表示肯定。

「甚至是『非常可愛』。我想她是歐亞混血兒。」

「哦？她叫什麼名字？叫做鍾莉，還是孟琪儂？」

警員說：

「都不是。好像叫做『萊緹希雅．韋勒』還是什麼類似的名字。」

雅克．梅利耶猶豫了一下，但是看了手錶之後他下了決心：

「告訴那位女士我很抱歉，我真的沒時間了。我最喜歡的電視節目要開始了。『思考陷阱』。艾彌勒，你知道這個節目嗎？」

「我聽說過，不過從來沒看過。」

「你這就不對了！這節目對所有偵探來說，都是一堂大腦慢跑的必修課。」

「哦，別把我算進去，你也知道，我已經來不及了。」

警員咳了一聲：

「那《星期日回聲報》的記者呢？」

「告訴她，我會給中央通訊社發一份通稿，叫她去那裡頭找靈感就行了。」

警員忍不住又問了一個自己好奇的小問題：

「那這個案子，您已經找出破案的方法了嗎？」

雅克．梅利耶露出微笑，那是一位專家在謎題太容易破解而感到失望時的微笑。不過，他還是認真說了：

「這是一起雙屍謀殺案加上一起自殺案，全都是用毒藥。塞巴斯蒂昂．薩爾塔因為債務纏身，驚惶無措，乾脆一了百了。」

這時，探長要求所有人離開現場，他自己把燈熄了，把門關上。

再一次，案發現場空空蕩蕩。

街上閃爍的紅藍霓虹燈映在塗了薄蠟的光滑屍體上。縈繞在死屍周圍的悲劇氣息因為梅利耶探長的精彩簡報而消失無蹤。三名死者，中毒身亡，事情就這麼簡單。

梅利耶出征，妖魔鬼不生。

沒什麼，就是一條社會新聞，如此而已。繽紛的霓虹燈照亮了三個超級寫實主義的風格臉孔。三具死屍宛如龐貝古城的罹難者，動也不動，凝結在那裡。

空氣中依然飄浮著一絲不安，屍體臉上驚恐至極的表情彷彿指證歷歷，他們看到比維蘇威火山熔岩漫流更可怕的東西。

9．與頭顱密談

一〇三六八三號冷靜下來。她繼續埋伏，但一無所獲。新生的美麗天蛾沒有回來。她用長滿細毛的腳抹一抹腹錘尖端，再走到樹枝末梢取下被遺棄的繭。這種東西在蟻丘總是派得上用場，可以當成貯存蜜露的大甕，也可以用作隨行的大水壺。

一〇三六八三號清洗觸角，再以每秒一萬兩千次的頻率振動觸角，偵測周圍還有沒有其他有意思的東西。結果連一隻獵物的影子也沒有。算了。

一〇三六八三號是褐螞蟻，來自隸屬於聯邦的貝－洛－崗城邦。她的年齡是一年六個月，相當於人類的四十歲。她的階級是探險隊的非生殖兵蟻。她高高豎著兩根帶有羽飾的觸角，挺立的頸部和胸廓顯示她越來越有自信。她雖然斷了一根脛骨，但整組機件的運作狀態依舊完美，即便機殼上刮痕累累。

她的半球狀小眼透過複眼的篩網檢視周圍的背景。廣角的視野。她可以同時看到前方、後方和上方。周圍毫無動靜。不能在這裡繼續浪費時間了。

她利用裝在腿尖下方的皮萸藜在灌木叢裡下降。皮萸藜是用植物纖維編成的小球，會滲出一種黏性物質，讓兵蟻可以在完全光滑的表面移動，甚至垂直移動，甚至倒懸移動。

一〇三六八三號踏著氣味路徑，朝著城邦的方向走去。在她的周圍，青草高聳宛如一座綠色森林。她遇到許多跟隨相同嗅覺軌跡奔跑的貝－洛－崗工蟻。在某些地方，道路養護工程隊把氣味路徑挖掘到地下，這樣使用者才不會受到陽光的干擾。

一隻蛞蝓不小心穿越一條螞蟻的氣味路徑，兵蟻們立刻用大顎的尖端刺牠，將牠趕走，接著清理牠在路面留下的所有黏液。

一〇三六八三號遇到一隻奇怪的蟲子，牠只有一支翅膀，貼著地面爬行。走近一看，不過是一隻螞蟻背著一支蜻蜓的翅膀。致敬。這位狩獵者比她幸運。因為帶著一個飛蛾繭回城邦，這跟空手而回其實沒什麼差別。

城邦的輪廓開始隱約可見。

接著天空完全消失，只見一大團細密的樹枝。

這就是貝－洛－崗。

由一位迷途的蟻后創建（貝－洛－崗的意思是「迷途螞蟻之城」），歷經蟻邦內戰，在龍捲風、白蟻、黃蜂、鳥類的威脅下，貝－洛－崗城邦驕傲地存活了超過五千年。

貝－洛－崗，楓丹白露森林褐螞蟻的權力中樞。

貝－洛－崗，該區最大的政治勢力。

貝－洛－崗，螞蟻進化運動的誕生地。

每一次威脅都會讓它更加鞏固，每一場戰爭都讓它更善戰，每一回失敗都讓它變得更聰明。

貝－洛－崗，一座擁有三千六百萬隻眼睛、一億零八百萬條腿、一千八百萬顆大腦的城市。生氣蓬勃，輝煌壯麗。

一〇三六八三號認得城邦所有的十字路口、所有的地下橋樑。在童年時代，她參觀過培養白色傘菌的大廳、一群群蚜蟲擠奶的大廳，還有一些大廳裡頭是一隻隻動也不動的「水罐蟻」懸掛在頂壁。她曾經在皇城的廊道上奔跑，那是白蟻在一個松樹樁的木頭裡挖出來的巢穴。她見證了新希藜－埔－霓蟻后——她過去冒險犯難的同謀——推動的所有改革計畫。

希藜－埔－霓是「進化運動」的創始者，她放棄了新貝洛－袞－袞霓的頭銜，創建了自己的王朝：世世代代希藜－埔－霓蟻后的王朝。她改變了衡量空間的單位：不再用顱（3毫米），而是用步（1厘米）。因為貝－洛－崗邦民的旅行足跡更遠了，她們現在需要一個更大的單位。

在進化運動的計畫範圍裡，希藜－埔－霓創建了化學圖書館。這個計畫最重要的是收集了各門各類的共生昆蟲，進行昆蟲費洛蒙的研究。這座圖書館還試圖馴服飛行物種和水行物種，像是金龜子和龍蝨……

一〇三六八三號和希藜－埔－霓已經很久沒見面了。她很難接近年輕的蟻后，因為蟻后為了產卵和改造城邦忙得不可開交。不過，一〇三六八三號兵蟻並未因此忘記她們曾在城邦的地下層一同冒險，一同展開調查，一同尋找祕密武器，一同發現想要毒害她們的毒梟隱翅蟲，還有跟那些帶有岩石氣味的間諜蟻進行的戰鬥。

一〇三六八三號也記得她去東方的大旅行，她和世界邊境的接觸，那是**手指**的國度，所有看過**手指**的螞蟻都喪命了。

有好幾次，這隻兵蟻提出請求，建議籌畫一次新的探險。她被告知，城邦有太多事要進行，無法派遣自殺車隊開往星球的盡頭。

這一切，都已成為過去。

通常，螞蟻從不思考過去，也從不考慮未來。

螞蟻一般來說甚至不會意識到自己作為個體的存在，螞蟻沒有「我」、或是「我的」、「你的」這樣的概念。螞蟻要實現自我，只能透過社群或為了社群來實現，而由於沒有自我意識，也就不會害怕自身的死亡。螞蟻不知「存在的焦慮」為何物。

但是一〇三六八三號的身上發生了某種轉變。她旅行到世界的盡頭，這讓她產生了一點「我」的意識，當然還很初期，可是要承受這樣的意識已經很痛苦了。一旦開始思考到自己，「抽象」的問題就會出現。在螞蟻的世界，這種情況被稱為「意識病」，這種病好發於生殖蟻。依據蟻族的傳統智慧，光是在心裡想「我是不是患了意識病？」就表示這隻螞蟻已經病得很嚴重了。

所以，一〇三六八三號試著不要對自己提問。但這很難……

她發現周圍的氣味路徑現在已經拓寬了。交通流量顯著放大。蟻群跟她擦肩而過，她努力去感覺自己只是大群體當中的一個小粒子。這個大群體超越了她。其他的螞蟻，成為其他的螞蟻，透過其他的螞蟻而活，因為周圍螞蟻的存在而感覺自己變得強大，還有什麼比這更令人欣慰的呢？

她在擠滿螞蟻的寬闊道路上蹦蹦跳跳。這會兒，她已經來到邦城的四號門外了。這裡跟平常一樣亂成一團！來往的螞蟻太多，通道都堵塞了。四號入口應該要擴建，交通規則也需要強制執行。譬如，運送小型獵物的螞蟻要讓道給其他螞蟻，還有就是要先進後出。如果不這麼做，結果就是交通堵塞，這是所有大城市的病痛！

一〇三六八三號其實並不急著把那顆不起眼的空繭帶回去。在等待路況恢復正常的這段時間，她決定繞過去垃圾場看看。小時候，她喜歡在垃圾堆裡玩耍，她和兵蟻階級的同學們會一起把頭顱扔出去，試著在落地之前用蟻酸液擊中那些頭顱。她必須迅速擠壓毒腺，她就是這樣練成狙擊手的。就是在這裡，在垃圾場裡，她學會在大顎開闔的瞬間拔槍瞄準。

啊，垃圾場……螞蟻總是在建造城邦之前先建好垃圾場。她還記得有個外籍傭兵第一次來到貝－洛－崗時，釋放出這樣的訊息：「我看到了垃圾場，但是城邦在哪裡？」必須承認，這些由屍體、穀殼和各種排泄物堆成的小山一不小心就會侵入城市的外圍。有些入口（救命啊！）根本被整個堵住，怎麼清也清不掉，乾脆換個地方挖幾條新的通道還比較省事。

（救命啊！）

一〇三六八三號轉身。她好像嗅到有誰發出了呻吟的氣味。救命啊！這次她很確定了。一個清晰的溝通氣味從垃圾堆裡傳送出來。是垃圾在說話嗎？她靠過去，用觸角末端在一堆屍體裡搜尋。

救命啊！

是那三塊殘骸裡頭當中的一塊，就是那裡，訊息是從那裡傳送出來的。並排在那裡的有一顆瓢蟲的頭、一顆蚱蜢的頭和一顆褐螞蟻的頭。她輕輕碰觸了每一顆頭顱，最後在一截褐螞蟻的觸角位置發現了一絲微弱的生命氣息。兵蟻於是用兩條前腿抓住這顆頭顱，將它固定在面前。

有些事必須讓大家知道。訊息來自一團髒污的小黑球，上頭還歪歪斜斜地插著一根孤零零的觸角。

太噁心了！一顆頭顱竟然還有話要說！這隻螞蟻還沒準備好要接受死亡的召喚吧！有那麼一刻，一〇三六八三號很想把這顆頭顱拋到空中，用精準的蟻酸噴射將它擊碎，就像她小時候玩的遊戲。之所以忍住沒這麼做，不只是因為好奇心，她記得有一句古老的螞蟻格言是這麼說的：如果有螞蟻想釋放訊息，妳無論如何都要接收。

觸角運動。一〇三六八三號表示她將遵循古老格言的教誨，接收這顆來路不名的頭顱想要釋放的一切訊息。

頭顱感到自己越來越難思考了，但它知道必須記住一條重要的訊息，它知道必須將這個想法送到自己僅剩的一根觸角的頂端。唯有如此，曾經由頭顱延伸出身軀的這隻螞蟻才不枉此生。

但是，頭顱不再連接到心臟，不再得到灌溉，大腦的皺褶都有點乾澀了。另一方面，腦波還是在活動。大腦還剩下一小灘神經傳導物質，神經元靠著微弱的濕度進行連結，偶爾的小短路證明還是有些有用的迴路在傳遞這些訊息。

開始了，訊息傳過來了。

她們一共是三個。是三隻螞蟻。但是，是哪一種螞蟻？是褐螞蟻。叛亂的褐螞蟻！來自哪個蟻丘？來自貝－洛－崗。她們潛入化學圖書館是為了……為了閱讀一些非常驚人的記憶費洛蒙。這些費洛蒙說的又是什麼？一些重要的事。重要到聯邦衛隊要追殺她們。她的兩個朋友都死了。被兵蟻殺害。頭顱越來越乾。如果她忘記，三隻螞蟻就平白死了。她一定要將訊息傳送出去。一定。一定要。

在頭顱的兩顆眼球前方，有一隻螞蟻在那裡第五次問了頭顱要傳達什麼訊息。

大腦裡又出現了一灘血，可以用來繼續思考一下。在一整片記憶牆和訊息收發系統之間，出現了腦波和化學物質的連結。大腦獲得前額葉殘留的蛋白質和糖的能量供給，終於將一條訊息傳送出去。

希藜－埔－霓想要發動一場東征，將牠們全部殺死。必須緊急通知反叛者。

一〇三六八三號不明白。這隻螞蟻，或者更確切地說，這隻螞蟻的殘骸，談到了「東征」，「反叛者」。城邦裡竟然有反叛者？這倒是新鮮事！可是一〇三六八三號兵蟻認為這顆頭顱已經說不了多久了，不能再浪費任何一個氣味分子在無用的題外話了。面對如此令人不安的一句話，該如何提出正確的問題？話語從她的觸角裡自行釋放出來。

我在哪裡可以找到這些「反叛者」，去通知他們？

頭顱還在掙扎，在振動。

在新的犀角金龜的獸欄上方……一塊假的頂壁……

一〇三六八三號用盡全力振動觸角。

這場東征是向誰發動的？

頭顱顫動著，觸角在發抖。它會吐出最後的費洛蒙，傳送更完整的訊息嗎？

一個奇怪的氣味——觸角幾乎感知不到的氣味——出現了。這怪味只包含一個單獨的氣味單詞。一〇三六八三號在觸角的最後一節接收到它。她嗅著這個氣味單詞。這個詞，她不只是認識，而且是太認識了。

手指。

現在，頭顱的觸角已經完全乾掉了。觸角皺縮起來。小黑球裡已經沒有一絲氣味訊息殘留了。

一〇三六八三號愣在那裡。

一場東征，要屠殺所有的**手指**……

徹徹底底。

10．晚安，飛蛾

為什麼微光會突然熄滅？天蛾當然已經感覺到火焰即將啃噬牠的翅膀，但牠已有不惜一切的準備，要去品嘗那光之狂喜……牠就要成功地讓那熾熱滲透牠的身體了！

天蛾失望地返回楓丹白露森林。牠高高飛起，飛上高高的天際，飛了很久才飛到牠當初完成蛻變的地方。

牠的複眼有成千上萬個小眼，讓牠可以從空中完美地辨認附近的地貌。中心是貝－洛－崗蟻丘，四周則是各個蟻后治理的的小城和小鎮。這些城鎮合起來就叫做「貝－洛－崗聯邦」。這個聯邦的政治力量極大，現在已經與帝國無異了。在森林裡，沒有其他生物膽敢質疑褐螞蟻的霸主地位。

牠們是最聰明、做事最有條理的生物，牠們知道如何使用工具，牠們戰勝了白蟻和侏儒蟻，牠們成功擊殺了比牠們大一百倍的動物。森林裡沒有任何生物懷疑牠們是世界真正的主宰，而且是唯一的主宰。

貝－洛－崗的西方是危險的國度，到處都是蜘蛛和螳螂。（飛蛾們，當心哪！）

西南方，這個地區的蠻荒程度不遑多讓，殺人黃蜂、烏龜和蛇盤據。（危險。）

東方，那裡有各種各樣長了四條腿、六條腿或八條腿的怪獸，還有同樣多的嘴、鉤和毒針可以將飛蛾毒害、搗爛、碾碎、融化。

東北方，有一座新興的蜜蜂城邦——阿蘇克蕾茵蜂巢。那裡住著凶猛的蜜蜂，牠們以擴大花粉採集領域為藉口，已經摧毀了好幾個黃蜂窩。

再往東是一條名為「通吃」的大河，因為它會瞬間吞沒停落在水面的一切。這種事怎麼能不謹慎？

嘿，河岸上出現了一座新的邦城。天蛾的好奇心被撩動了，牠飛了過去。應該是白蟻最近才建造的。最高的幾座塔樓上配置了砲兵，牠們立刻開火，試圖擊落不速之客。可是這位入侵者的滑翔高度太高，這些可憐蟲根本騷擾不到牠。

天蛾轉向飛越北方的懸崖，那是圍繞著大橡樹的陡峭山脈。接著牠往下飛向南方，那是竹節蟲和紅蘑菇的國度。

突然，牠發現了一隻雌飛蛾，她散發著性荷爾蒙，強烈的氣味直撲牠的飛行高度。牠飛過去就近查看，發現對方的顏色比自己更鮮豔。太美麗了！怪的是對方動也不動。真是詭異。對方確實擁有飛蛾貴婦的香氣、身形，可是……太卑鄙了！那是一朵花，透過擬態模仿，假裝成跟它不一樣的生物。在這株蘭花身上，一切都是假的：氣味、翅膀、顏色。經典的植物詐術！唉！天蛾發現時已經太遲了。牠的腿被膠黏住，無法再度起飛了。

天蛾用力拍打翅膀，激起一股氣流，扯動了一旁的蒲公英，一團團棉絮漫天飛舞。牠在這朵狀似小盆子的蘭花邊上栽了個跟頭，而其實這個花冠是個咧開口的胃，盆底藏著足以讓一朵花吃掉一隻飛蛾的所有消化液。

這就是結局了嗎？不是。幸運之神降臨了，祂化身為兩根彎曲如鉗子的**手指**，掐住天蛾的翅膀，將牠從險境之中拯救出來，扔進一個透明的罐子裡。

罐子越過了很長的距離。

然後年輕的飛蛾被帶到一個明亮的區域。**手指**將牠從罐子裡拉出來，用一種氣味很重的黃色物質塗在牠身上，讓翅膀變硬，再也飛不起來！然後**手指**抓起一根頂端鑲著紅球的巨型鍍鉻鐵椿，俐落地插下去……鐵椿插進了牠的心臟。**手指**在天蛾的頭頂上方貼了一個標籤作為墓誌銘：「普通飛蛾」。

11．百科全書

文明之間的衝擊：兩種文明的相遇一向是非常微妙的時刻。第一批來到中美洲的西方人引發了巨大的誤解。阿茲特克人（Aztèques）的宗教告訴他們，有那麼一天，羽蛇神魁札爾科亞特爾（Quetzalcoatl）的使者會降臨人間。他們的皮膚白皙，以大型的四足動物為坐騎，口吐雷霆，懲罰不信神的人。

所以在一五一九年，阿茲特克人得知西班牙騎兵剛剛在墨西哥海岸登陸時，阿茲特克人還以為他們就是「特雷斯」（Teules）（納瓦特爾語〔nahuatl〕，意指「神靈」）。

然而，早在一五一一年，也就是這次「顯靈」前幾年，有個人來警告過阿茲特克人，要他們提防。這個叫做格雷羅（Guerrero）的人是一名西班牙水手，他在猶加敦（Yucatán）海岸遭遇海難，當時科爾特斯[2]的部隊仍駐紮在聖多明各島和古巴島。

格雷羅很快就被當地人接受了，並且娶了土著為妻。他告訴大家，征服者即將上岸。他向大家保證，這些人既不是神，也不是神的使者。他警告大家應該提防這些人。他教大家如何製作十字弓來保衛自己。（在此之前，印第安人只會用黑曜石打磨箭矢和斧頭；而十字弓是唯一可以刺穿科爾特斯部隊穿著的金屬盔甲的武器。）格雷羅重申，千萬不要害怕馬匹，他也一再叮囑，面對槍不要恐慌。這些既不是施了魔法的武器，也不是閃電雷霆的碎片。「西班牙人和你們一樣，也有血有肉。我們可以戰勝他們。」他不斷告訴他們。為了證明他所說的，他在自己身上劃了一道口子，跟所有人一樣的鮮紅血液從他身上流了出來。格雷羅非常費心教導他村子裡的印第安人，當科爾特斯率領的征服者發動攻擊時，他們很驚訝，這是他們第一次在美洲遭遇真正的印第安軍隊。這些印地安人抵抗了好幾個星期。

不過關於西班牙人的訊息並沒有傳到這個村子以外。一五一九年九月，阿茲特克國王蒙特蘇馬（Moctezuma）帶著幾輛滿載珠寶的戰車作為祭獻品，出發迎接西班牙軍隊。當天晚上，蒙特蘇馬遇害身亡。一年之後，科爾特斯圍困阿茲特克人的首都特諾奇蒂特蘭（Tenochtitlán），餓了他們三個月之後，用大砲摧毀了這座城市。

至於格雷羅，他在一次對西班牙要塞發動的夜襲行動中喪生。

艾德蒙·威爾斯
《相對知識與絕對知識百科全書》第二卷

12·萊緹希雅還沒出現

薩爾塔案迅速結案後，雅克·梅利耶探長被夏勒·杜佩宏區長召見，這位大巴黎地區的行政總長要親自向他道賀。

在富麗堂皇的辦公室裡，區長直截了當地告訴他，「薩爾塔兄弟案」給「高層」留下了深刻印象。第一線的政治人物當中，有不少人說他的調查是「法式辦案快速又有效率的典範」。

接著區長問他結婚了沒。梅利耶嚇了一跳，答說他單身，不過——由於區長追問——他承認自己跟其他人沒有兩樣：他像蝴蝶那樣飛來飛去，不過他有小心不要感染性病。

夏勒·杜佩宏繼續建議他考慮結婚。如此一來，就可以塑造出可以讓他進入政界的社會形象。

2 科爾特斯（Hernán Cortés，一四八五－一五四七）：西班牙軍人、探險家，活躍於中南美洲的征服者（殖民者），以摧毀阿茲特克文明，在墨西哥建立西班牙殖民地而聞名。

區長非常看好他。剛起步的時候，可以選國會議員或市長。區長特別強調國家，每個國家都需要可以解決複雜問題的人。如果他——雅克·梅利耶——能夠理解三個人如何在密室裡被殺害，那他當然也有辦法解決其他棘手的問題，例如：如何降低失業率，如何對抗郊區的治安問題，如何減少社會保險赤字，如何平衡政府收支預算。總之，一個國家的領導者們每天都要面對這些林林總總的小謎題。

「我們需要會動腦筋的人，可是現在這樣的人越來越少了。」區長感嘆著：「所以我要告訴您，如果您想踏上這場不一樣的政治冒險，我會是第一個支持您的人。」

雅克·梅利耶答說謎題之所以讓他感興趣，是因為謎題是抽象的，而且是沒有理由的。他絕不會為了獲得權力而投入一件事。支配別人太累了。至於他的感情生活，還算過得去，他寧願把它留在自己的私人領域。

杜佩宏區長哈哈大笑，把手搭在梅利耶的肩膀上，說他在這個年紀也有過完全一樣的想法。後來他就改變了。驅使他改變的不是因為想要支配他人，而是因為不想被任何人支配。

「要有錢才能鄙視金錢，要有權力才能鄙視權力！」

於是年輕的杜佩宏願意開始在人類社會階層上一級一級往上爬。現在他說他受到保護，沒有任何事情可以傷害他，他不再害怕明天會令人失望，他生了兩個繼承人，都被他安排在市區最昂貴的私立學校就讀，他擁有一輛豪華轎車，擁有空閒時間，他的身邊有數百名奉承他的傢伙。還有什麼夢比這更美好的嗎？

「繼續當一個對偵探小說著迷的孩子。」梅利耶心裡這麼想，但他還是決定把自己的想法藏在自己心裡。

拜會結束，探長離開區長辦公室時，在人門附近看到一個貼滿選舉海報的大型公告欄，上頭有各種口號：「維護民主的真正價值，請投社會民主黨一票！」「拒絕危機！拒絕跳票的政治承諾。加入共和激進分子運動！」「支持國家生態主義復興黨，拯救地球！」「反抗不公不義！加入獨立人民陣線。」

到處都是這種吃飽太閒的臉孔，他們把祕書當情婦，把自己當作首領！區長竟然問他要不要變成跟他們一樣的傢伙，變成政治權貴！

對梅利耶來說，根本不必多想。跟榮譽相比，他的放浪人生、他的電視節目和他的刑案調查更有價值。「如果你不想要麻煩，就不要有野心。」這是他父親的主張。沒有欲望，就沒有痛苦。現在，梅利耶可能會補充說：「不要跟那些白癡一樣抱著同樣的野心，追求自己想要的，追求超越平庸的生活。」

雅克．梅利耶結過兩次婚，兩次都以離婚收場。他興味盎然地解開了五十道謎題。他有一個公寓、一大套藏書和一群朋友。他對這樣的人生很滿意。不管怎麼說，他樂在其中。

他步行回家，經過秤油廣場、拉特爾德塔西尼將軍人道和鵪鶉小丘街。

不管走到哪，街上到處都是人，橫衝直撞，開車的在按喇叭，疲憊不堪，女人在窗口拍打地毯，發出噪音，孩子們互相追逐，一邊用水槍互相射擊。「砰、砰、砰，你們三個死定了！」其中一個大喊。孩子們正在玩警察捉小偷，這讓雅克．梅利耶覺得非常厭煩。

他走到自家的大樓前。這是個大型社區，外觀是完美的矩形，高一百五十米，寬也是一百五十米。烏鴉在電視天線的周圍盤旋。

門房太太整天都在那裡窺探，她從管理室的窗戶探出頭來，立刻跟梅利耶打了招呼：

「您好，梅利耶先生！您知道的，我在報上看到他們在說您的事。我看他們就是嫉妒您！」

他很驚訝：

「抱歉，您說什麼？」

「無論如何，我很確定您是對的。」

他一步四階爬上自家公寓的樓梯。回到家，瑪麗－夏洛特跟平常一樣在等他，貓對他的愛是一種激情。貓像往常一樣，把他的報紙拿來了。他開門的時候，瑪麗－夏洛特還咬著報紙。梅利耶下了命令：

「瑪麗－夏洛特，把報紙放下！」

牠乖乖聽話張開嘴巴，梅利耶激動地撲向《星期日回聲報》。沒過多久，他就在報上發現了自己的照片，大字的標題也躍上眼簾：

社論：當警察介入時

萊緹希雅・威爾斯

「民主賦予我們許多權利。民主讓我們即使淪落到屍體的狀態也能要求得到尊重。可是在這裡，已故的薩爾塔兄弟卻被剝奪了這項權利。這起三屍命案的謎團不僅沒有說清楚，更糟的是，已故的塞巴斯蒂昂・薩爾塔先生在無法為自己辯護的情況下，被指控在自殺前謀殺了兩個兄弟。

這是在開誰的玩笑？指控那些再也得不到律師援助的死者多麼方便！費松德希街的三條人命至少讓我們可以更認識雅克・梅利耶探長的人格特質。此君憑藉自身名氣，放任自己厚顏無恥地進行草率的調查。探長梅利耶先生對中央通訊社聲明薩爾塔兄弟全部死於中毒，這不僅是對一樁乍看單純但實際複雜得多的案件做出倉促的判斷，更嚴重的是，這是對死者的侮辱！

自殺？我看過塞巴斯蒂昂・薩爾塔的遺體，我可以保證，此人死於最可怕的恐怖手段。他的臉上滿是驚恐！

很容易想到，殘殺自己兄弟的凶手可能會感受到最強烈的悔恨，因此才會有這種表情。不過只要對人類心理學有點了解——梅利耶探長似乎不是這樣的人——就會知道，一個人如果可以把致命的毒藥放入菜餚跟家人分享，他就不會再遲疑了。他臉上的表情應該只有他終於找回的平靜。

那痛苦呢？毒物引發的痛苦沒有那麼劇烈，而且這種可以解釋一切案情的毒藥，也應該要再去了解其藥性。我這方面，我去了停屍間，因為警察不允許我調查犯罪現場。我詢問了法醫，法醫告訴我薩爾塔三人的屍體並未進行解剖化驗。因此，這起案件在不知確切死因的情況下就結案了。梅利耶探長，一位聲名遠播的犯罪學家，竟然如此不嚴謹！

薩爾塔案這麼迅速的結案令人深省，甚至令人擔憂。我們有充分理由懷疑我們國家警察主管的研究精神是否足以應對新型態犯罪的微妙之處。

萊緹希雅・威爾斯」

梅利耶把報紙揉成一團，發出一聲咒罵。

13．一〇三六八三號的懷疑

手指！

那些**手指！**

一股莫名的震顫襲上一〇三六八三號全身。

一般來說，螞蟻不知恐懼為何物。但是一〇三六八三號還是「一般的」螞蟻嗎？垃圾場的頭顱發出**手指**這個氣味單詞的時候，喚醒了一〇三六八三號腦中某個休眠的區塊——這個區塊已經千百個世代都不曾使用了。

恐懼區。

直到此刻，直到一〇三六八三號兵蟻回想起世界邊緣之前，她一直都在自我審查，自己查禁了這段記憶。她一直把自己和**手指**的相遇從腦海中抹去。**手指**和牠們驚人的神力、難以理解的形態、盲目的死亡衝動。

但是這顆頭顱——這個屍體斷裂的愚蠢殘骸——卻足以重新活化恐懼的區塊。一〇三六八三號曾是英勇無畏的戰士，迎戰侏儒蟻大軍時，她總是站在軍團的最前線，她主動提議要前往凶險的東方，她曾和那些散發岩石氣味的間諜格鬥，她獵殺過那些高到看不見頭顱的動物，但是和**手指**的相遇已經將她凶猛的習氣剝除了。

一〇三六八三號依稀記得這些末日怪獸。她又在記憶裡看到了好友，年老的四〇〇〇號，像一片樹葉被迅如閃電的烏雲壓扁。

有些螞蟻稱牠們為「世界盡頭的守護者」、「無限之獸」、「堅硬的影子」、「爆木獸」、

「死亡氣息」……

可是最近，這個地區的所有蟻丘都同意給這個令人費解的現象一個相同的名字：

手指！

手指：這種東西不知從哪裡冒出來，到處散播死亡種子。**手指**：這種動物會粉碎牠所行經的一切。**手指**：這種大錘會壓垮、壓碎小型的邦城。**手指**：這種黑影會用一些藥劑污染森林，讓所有吃到藥劑的生物中毒。光是想到這些，一〇三六八三號的心裡就湧現了一股強烈的反感。

她在兩種情緒之間擺盪：恐懼，對螞蟻來說是陌生的，而另一種情緒，對螞蟻來說則是非常正常——那就是好奇！

一億年來，螞蟻一直在追求永恆的進步。希藜－埔－霓發起的進化運動只是螞蟻永遠都要走得更遠、更高、更強大的這種典型需求的一個表現。

一〇三六八三號也不例外，她的好奇心驅趕了恐懼。畢竟，一顆失血過多的頭顱提到反叛者和對**手指**發動的東征，這可不是什麼尋常的事！

一〇三六八三號清洗自己的觸角，這表示她需要整理一下自己的思緒。

她將觸角豎起，指向可疑的天空。

空氣沉重，彷彿某種掠奪性的存在潛伏在某處，虎視眈眈，隨時會冒出來向城邦挑戰。四周的細枝被一陣突如其來的微風吹動，樹木好像在告訴她要當心，但其實樹木根本不知在說什麼，它們如此高大，根本不關心在它們的根柢之間上演的劇場。一〇三六八三號一點也不欣賞樹木那種順其自然、不動如山的心態，彷彿它們是天下無敵！然而樹木倒塌或因暴風雨而折斷、被閃電燒焦或被白蟻啃噬的情況時有所聞。這時就換成螞蟻表現出對樹木衰敗的不聞不問了。

有句侏儒蟻的諺語說得很好：大的總是比小的脆弱。

手指是會移動的樹嗎？

一〇三六八三號沒有浪費時間去思考這個問題。她已經下定決心：要去驗證那顆頭顱說的話。她從垃圾場附近的一條狹窄通道進入蟻丘，接上環城大道。環城大道切出了幾條寬闊的大街通往皇城。但她要去的不是皇城。她走進非常斜的通風管道，斜到必須用腳上的細爪勾住內壁。然後她讓自己順著一條陡峭的廊道滑下去，接上錯綜複雜的路網，那裡的交通流量如常，不算太擁擠。

忙著運送食物和樹枝的工蟻都向一〇三六八三號打招呼。螞蟻的世界沒有個體的榮耀，不過這裡的許多螞蟻都知道這名士兵去過**手指**的國度，知道她見識過世界的邊緣，俯身探看過我們星球的死角。

一〇三六八三號舉起觸角詢問犀角金龜的獸欄在哪裡。一隻工蟻清楚地告訴他，在南南西區地下二十層，過了黑蕈菇園之後，在左側。

她快步小跑。

去年的大火之後，很多工程都已經完工了。貝－洛－崗古城原本造了地上五十層，地下五十層。新城由希蔾－埔－霓重新設計，建了地上八十層，傲視四方。至於地下，由於底層從來都是花崗岩，深度就做不出任何改變了。

兵蟻一邊走，一邊欣賞這座不斷進化的大城市。

地上七十五層：這裡是腐殖質熱能轉化恆溫育嬰室，也就是蟻蛹乾燥室。這裡的細沙可以吸收濕氣。藉由一套緩坡的滑梯系統，蟻卵現在可以輕易滑到一塊塊受到嚴密照護的層板上。保姆蟻拖著沉甸甸的腹錘在那裡不停地舔舐蟻卵，她們透過蟻卵的透明外膜，將幼蟲完美成長所需的蛋白質和抗生素傳送進去。

地上二十層：乾肉儲備、果乾儲備、蘑菇麵粉儲備。所有儲備品都俐落地塗上蟻酸防止腐敗。

地上十八層：不同的發酵桶裡裝滿黏稠的葉片，製造著各種實驗用途、軍事用途、冒著煙的酸液。化工蟻正在用她們長長的大顎尖端測試每一種酸液的溶解效果。有些酸液來自水果，例如從蘋果提取出來的蘋果酸。其他的酸液就不太常見了：草酸來自酢漿草，硫酸來自磺石。如果要狩獵，最新一批蟻酸的濃度達百分之六十，這是最理想的，它會對腹腔造成輕微灼傷，但是殺傷力確實是無與倫比。一〇三六八三號已經測試過了。

地上十五層：格鬥廳加高了。兵蟻在這裡進行肉搏訓練。新捕獲的獵物被她們一絲不苟地編列到化學圖書館的訊息費洛蒙裡。現在的趨勢不再是撲向對方的頭顱，而是將對方的腿一條一條砍斷，直到對方動彈不得。再過去就是砲兵練習場，她們在這裡練習近距離精準射擊，將十步之外的種籽溶解。

地下九層：這裡是圈養蚜蟲的畜牧場。希藜－埔－霓蟻后堅持將所有畜牧場都規畫在城邦裡，以免蚜蟲被凶猛的瓢蟲襲擊。工蟻正忙著把冬青葉的碎片丟給蚜蟲，牠們迫不及待地吸乾了所有汁液。

蚜蟲的繁殖率提高了。現在是每秒十隻。一〇三六八三號幸運地見證了這個奇景：一隻蚜蟲生下了一隻小蚜蟲，而這隻小蚜蟲自己也快要生產了，結果小蚜蟲又生下一隻更小的蚜蟲。這就是如何在一秒內成為母親和祖母的方法。

地下十四層：蘑菇園一望無際，由堆肥池提供養分，每隻螞蟻都來這裡排放糞便。農蟻剪下突出的細絲，其他螞蟻則排放出家蟻素（3－羥基癸酸），保護這些作物不受寄生蟲侵害。

突然，一隻綠蟲子跳到一〇三六八三號面前，另一隻綠蟲子正在追趕牠。兩隻綠蟲子看似在打架。一〇三六八三號問四周的螞蟻這兩隻奇怪的昆蟲是什麼。其他螞蟻告訴她，是又臭又髒的穴居臭蟲。牠們無時無刻不在做愛，用任何想像得到的方式，在任何地方，和任何一隻臭蟲都可以。牠們無疑是這個星球上性慾最異常的昆蟲。希蔾－埔－霓就喜歡研究牠們。

不論何時，不論哪一座蟻丘，這些共棲的生物都在迅速繁殖。有超過兩千種昆蟲、多足動物、蜘蛛永久生活在蟻丘裡，而且徹底得到螞蟻的包容。有些生物藉此機會在那裡完成蛻變，有些則是吃著碎屑完成打掃大廳的工作。

不過貝－洛－崗是第一個用「科學方法」研究這些生物的城邦。希蔾－埔－霓蟻后聲稱，不論任何昆蟲，都可以透過訓練變成可怕的武器。依照她的說法，每個個體都有自己特有的使用方式，只要我們開始跟個體交談，使用方式就會出現。只要我們夠細心。

就現況來說，希蔾－埔－霓算是相當成功，她已經「馴服」了好幾種甲蟲。她的方法就是餵飽牠們，替牠們建造擋風遮雨的地方，幫牠們治病，就像螞蟻以前對蚜蟲所做的。蟻后的成功經驗裡頭，令人印象最深刻的就是馴服犀角金龜。

地下二十層：南南西區，過了黑蕈菇園之後，在左側。消息是正確的。犀角金龜就在廊道盡頭。

14．百科全書

恐懼：要了解螞蟻的世界沒有恐懼這回事，我們必須牢記，整個蟻丘是作為一個有機體而生存的。每隻螞蟻在蟻丘扮演的角色跟人體裡的細胞相同。

指甲刀靠近的時候，我們指甲的末端會害怕嗎？剃刀靠近的時候，我們下巴的鬍鬚會顫抖嗎？我們抬腿跨進浴缸要測試可能滾燙的洗澡水時，腳趾頭會害怕嗎？

它們不會感到恐懼，因為它們並非作為獨立自主的實體而存在。同理，如果我們用左手捏右手，也不會引起右手的怨恨。如果我們右手戴的戒指比左手多，也不會有嫉妒。當我們忘記自己，只考慮整個有機共同體時，就不會有任何擔憂了。這也許是螞蟻世界在社會性這方面的成功祕訣之一。

艾德蒙．威爾斯

《相對知識與絕對知識百科全書》第二卷

15．萊緹希雅還是沒出現

雅克．梅利耶的怒火平息，他打開公文包，取出薩爾塔兄弟的檔案。他要重新檢查所有資料。說得精確一點，是要重新檢視那些照片。他低頭在塞巴斯蒂昂．薩爾塔張大嘴巴的特寫照片上看了好一會兒。塞巴斯蒂昂．薩爾塔的嘴唇似乎發出了叫喊。是恐怖的叫喊嗎？是面對無從阻止的死亡喊「不」嗎？凶手是什麼身分？他越是細看照片，就越覺得心驚，羞愧的感覺幾乎讓他崩潰。

他終於受不了了，從椅子上跳起來，狠狠捶了牆壁一拳。

《星期日回聲報》的記者是對的。他完全弄錯方向了。

他低估了這個案子。教人虛心的這堂課真是太棒了。沒有什麼錯誤比低估情勢或低估別人更糟的了。謝謝您，威爾斯夫人或小姐！

但他為什麼會在這案子上表現得這麼糟？是因為怠惰。因為他已經習慣無往不利。所以，他讓自己做出了任何一個警察——即便是這一行最菜的新手——都不會做的事情：草草結案。而因為他的名聲如此響亮，所以除了這位記者之外，沒有任何人懷疑他搞錯方向。

一切都得重來。從頭開始是痛苦但必要的！現在就承認自己搞錯，總比一路錯下去要好。

問題是，如果這不是自殺，那他遇到的就是一樁非常棘手的命案了。凶手怎麼有辦法進出一個密閉空間卻不留下任何痕跡？怎麼有辦法不留傷口也不用凶器就把人給殺了？這個謎題勝過他先前讀過的任何一本一流的偵探小說。

一股前所未有的興奮襲上他全身。

說不定因為偶然，他終於遇上了「真正的」完美犯罪？

他想起愛倫坡有一篇精彩的短篇小說〈莫爾格街凶殺案〉，在這個真實事件改編的故事裡，一個女人和她的女兒被發現死在大門緊閉的公寓裡。門關得好好的，還從裡頭上了鎖。女人被剃刀劃了一道，女孩被毒打。沒有強暴的痕跡，但是兩人都遭到猛烈的致命攻擊。案子破了，凶手找到了：是一頭從馬戲團脫逃的紅毛猩猩，牠從屋頂進了公寓。猩猩一出現，被害者就開始尖叫，她們的叫聲把猩猩逼瘋了。猩猩殺了兩個女人好讓她們閉嘴，然後又以同樣的方式逃走。牠的背部撞到上下開的窗戶，把上面的窗戶撞到滑落，讓人誤以為窗戶一直是從屋裡關上的。

薩爾塔兄弟案的情況與此類似，只是沒有人可以用背去撞窗戶，讓窗戶關上。

果真如此嗎？梅利耶立刻動身去勘驗現場。

電力已經切斷了，但他帶了手電筒放大鏡。他檢視整個客廳，街上的霓虹燈忽明忽滅地照亮著大廳。塞巴斯蒂昂．薩爾塔和兩個弟弟依舊躺在那裡，透明蠟封，僵直不動，彷彿正在跟某種城市地獄湧現的邪惡恐怖對峙著。

門上了插銷所以不必考慮，探長繼續檢查窗戶有沒有關好——窗框上的精緻把手當然不可能讓人從外頭關窗，無論什麼意想不到的情況都辦不到。

他用手敲打貼著栗色壁紙的牆板，看看是不是有什麼祕密通道。他把牆上掛的畫翻開來，看看後面是不是有個保險箱。房裡有許多貴重物品：一支金燭台，一個銀製的小雕像，一套袖珍型高傳真音響……不論哪個小偷都會把這些東西帶走。

幾件衣服被攤在一張椅子上。他機械性地摸了摸。觸摸時，有個東西引起他的注意。外套的布料上有個小洞，像是蛀蟲蛀出來的洞，但形狀卻是完美的正方形。他丟下外套，不再多想了。他從口袋裡掏出一包常備的口香糖，他小心翼翼從《星期日回聲報》剪下來的文章也掉了出來。

他若有所思，重讀了萊緹希雅．威爾斯的文章。

她提到恐怖的表情。確實，這些人像是被嚇死的。可是還有什麼會比殺人更可怕？

他陷入自己的回憶。小時候，有一次他打嗝打個不停。母親的處理方法是戴上野狼面具，突然跳出來嚇他一跳。結果他大叫一聲，心臟像是停了半拍，母親立刻摘下面具，不停地親吻他。打嗝停了！

總之，雅克・梅利耶一直在恐懼中長大。小的恐懼：怕生病，怕車禍，怕給你糖果吃的那位先生，怕要綁架你的人，怕警察。比較大的恐懼：怕被留級，怕在高中畢業那天被勒索，怕狗。

一堆關於恐懼的童年記憶浮上腦海。雅克・梅利耶想起了最糟糕的恐懼經驗，想起他最害怕的事。

有一天，在夜裡——那時他年紀還很小——他感覺好像有什麼東西在他的床尾動來動去。在他認為自己被保護得最好的地方，竟然躲著一頭怪獸！有那麼一會兒，他連腳都不敢伸進被子裡了，後來，他回過神來，慢慢讓身體鑽進被窩。

但他的腳趾突然感覺到……一股溫暖的氣息。好噁心。是的，他很確定！床尾有一張怪獸的大嘴，在那裡等著他的雙腳慢慢靠近，再一口吞噬。幸運的是，他的腳伸不到床尾，因為他個子不夠高。可是他一天比一天高，他的腳也離吃腳趾怪獸藏身的被單皺褶越來越近。

小梅利耶在地板上，在毯子上睡了好幾晚，搞得他身體開始抽筋，顯然這不是解決問題的辦法。於是，他決定要待在床單底下，但他要求自己的整個身體、所有的肌肉、所有的骨頭都不要長得太大，這樣他就永遠不會碰觸到床尾。也許這就是他沒長到跟父母一樣高的原因。

每一夜都是一場考驗。不過，後來他也發現了一個法寶。他緊緊抱住絨毛娃娃，因為只要跟這隻熊寶寶在一起，小梅利耶就會覺得自己可以去面對躲在床尾的怪獸了。接著他會躲進被窩，不讓身體任何部位露到棉被外頭，胳膊不能，就連一根頭髮、一隻耳朵也不能。因為他覺得怪獸一定會等到夜深人靜才跑到床邊，從被窩外面抓住他的頭。

每天早上，他的母親都會發現被單和棉被捲成一團，裡頭藏著她的兒子和絨毛玩具熊。她從沒想過要去理解這種奇怪的行為，而雅克也懶得跟母親解釋自己怎麼跟熊寶寶一起鎮夜抵抗怪獸。

小梅利耶從沒贏過，怪物也從沒贏過。小梅利耶心裡留下的只有恐懼——對於長大的恐懼，對於面對某種嚇人的東西的恐懼——他甚至都還不曾驗明怪獸的正身，但他知道，那東西有一隻紅眼睛，嘴唇外翻，獠牙淌著口水。

探長定了定神，抓緊放大鏡，比第一次更認真檢視犯罪現場。

天花板、地面、右邊、左邊、裡面、外面。

地毯上沒有任何沾了泥污的鞋印，沒有任何一根屬於陌生人的頭髮，窗戶上沒有任何指紋，玻璃上也沒有陌生人的指紋。他去了廚房，用手電筒的光束照亮整個空間。

他嗅了嗅，嚐了嚐留在那裡的菜餚。艾彌勒的頭腦很清醒，連食物都做了蠟封處理。幹得好啊，艾彌勒！他嗅了嗅水壺，沒有毒藥殘留的異味。果汁和蘇打水看起來也都沒有問題。

薩爾塔兄弟滿臉恐懼的表情。這種恐懼肯定是類似〈莫爾格街凶殺案〉那兩個女人的恐懼。她們看到一隻笨手笨腳的猩猩從客廳窗戶爬進來。梅利耶又想起了這個案子。其實，猩猩也很害怕，牠殺了兩個女人是為了讓她們停止尖叫，因為牠害怕她們的叫聲。

又是一齣無法溝通的悲劇。我們害怕我們不理解的東西。

就在這麼想的時候，他發現窗簾後面有東西在動，他的心跳都快停了。凶手回來了！探長放下手電筒放大鏡，順手把電源切掉。現在只剩街上霓虹燈的字母輪番亮起，拼出酒吧招牌上的店名。

雅克．梅利耶想躲著，不要再動，好好躲起來。他好不容易鼓起勇氣，重新舉起手電筒放大鏡，拉開可疑的窗簾。什麼都沒有。不然就是隱形人。

「有人嗎？」

沒有半點聲響。應該是一陣風吹過。

他不能繼續待在這裡了，他決定去拜訪鄰居。

「您好，對不起，我是警察。」

開門的是一位優雅的先生。

「我是警察。只是想在門口問您一兩個問題。」

雅克・梅利耶拿出一本筆記本。

「案發當晚您在家嗎？」

「是的。」

「您有聽到什麼聲音嗎？」

「沒有任何巨大的聲響，但是他們突然發出慘叫。」

「慘叫？」

「是的，大聲慘叫。那種叫聲讓人毛骨悚然。持續了三十秒，然後就什麼都沒有了。」

「叫聲是所有人同時發出來的，還是一個接著一個？」

「應該是同時。真的是慘無人道，像在殺牛。他們一定很痛苦。聽起來像是有人在同一個時間殺了三個人。真是難以想像！我可以告訴您，自從我聽過他們的慘叫之後，我就睡不著了。其實我正打算要搬家。」

「您認為這可能是什麼情況？」

「您有幾位同事已經去過那裡了。好像有一位王牌警察的判斷是……自殺。要問我的話，我是不太相信。他們遇上了某種東西，某種可怕的東西，不過到底是什麼東西，我也不知道。總之，那東西沒有發出任何聲音。」

「謝謝。」

一個偏執的想法在他的腦海裡揮之不去。

（一頭沉默而狂暴的野狼犯下這起謀殺案，沒有留下任何痕跡。）

但他知道事情絕非如此。可是如果不是這樣，還有什麼可以比一頭揮舞著剃刀從屋頂跑出來的猩猩造成更大的破壞呢？一個人，一個聰明又瘋狂的人，他發現了完美犯罪的方法。

16．百科全書

瘋狂：我們每天都變得比昨天更瘋狂一點，我們每個人都有不同的瘋狂。這就是為什麼人們彼此的誤解如此之深。如果要說我自己，我覺得我有偏執狂和精神分裂症，而且我過度敏感，敏感到扭曲了我對現實的看法。我知道自己的問題，所以我試著將這種瘋狂作為我所做的一切的驅動力，而不是去忍受它。但是我越成功，我就變得越瘋狂。而我變得越瘋狂，就越能實現我為自己設定的目標。瘋狂是一頭憤怒的獅子，每一顆頭顱裡都躲著一頭獅子。千萬別把這頭獅子殺死。您只要認得牠，並且馴服牠，您馴服的這頭獅子會比任何大師、學派、毒品或宗教引導您走得更遠。但是這也跟所有力量的源頭一樣，過度揮灑自己的瘋狂也有風險：有時候獅子會因為過度興奮而反撲想要馴服牠的人。

艾德蒙・威爾斯
《相對知識與絕對知識百科全書》第二卷

17．腳印

一○三六八三號找到了甲蟲的獸欄。其實那是一間寬闊的大廳，裡頭關著許多身形壯碩的犀角金龜。牠們的身體由幾塊粗礪厚實的黑色板甲嵌合而成，圓鼓鼓的背部光滑無比，頭上戴著甲殼帽兜，帽頭是一根尖銳的長角，比玫瑰花刺要粗上十倍。

就一○三六八三號所知，這些飛行動物每隻都有六步長、三步寬。牠們喜歡生活在黑暗中，但矛盾的是，牠們唯一的弱點就是對於光毫無招架之力。在昆蟲的世界，光是一種迷人的美食，鮮少有個體可以抵抗這種誘惑。

這些巨獸正在咀嚼腐爛的木屑和花苞，牠們到處排便，到處製造惡臭，因為這裡的頂壁太低，根本沒有什麼可以活動的空間。負責打掃工作的是幾隻工蟻，但她們好像已經很久沒來了。

要馴服這種甲蟲並非易事。自從一隻犀角金龜從蜘蛛網裡解救了希藜－埔－霓，她就萌生了要和犀角金龜結盟的想法。希藜－埔－霓一成為蟻后，就把這些犀角金龜集結起來，組成飛行軍團。不過牠們還沒上過戰場，還沒受過蟻酸洗禮，所以也無法得知這些溫順的食草昆蟲在戰場上面對成群憤怒的士兵會有什麼反應。

一〇三六八三號潛入這些飛行巨獸的腿間，她看到邦民們為牠們發明的飲水槽，看起來非常特別：那是在大廳中央的一片葉子，上面盛著一顆大水珠，只要有牲畜過來喝水，水珠表面的薄膜就會往橫向延伸，方便牠們解渴。

希蔾－埔－霓應該是透過嗅覺費洛蒙與這些甲蟲交談，說服了牠們在貝－洛－崗定居。她為自己的外交手腕感到自豪。只要找到一種溝通方式，就可以讓兩個不同思想的體系結盟。她在論述進化運動時如此解釋。為了實現這個目標，怎麼做都好：提供食物、氣味通行證、令人安心的費洛蒙。依照希蔾－埔－霓的說法，兩種動物如果可以溝通，就沒辦法再互相殘殺了。

在聯邦最近一次的蟻后會議上，有幾位出席的蟻后提出反對意見，認為不論任何物種，最普遍的反應就是消滅一切不同的動物：如果一邊想要溝通，另一邊想要殺戮，前者就會被騙。希蔾－埔－霓的反駁方式很微妙，她說無論如何，殺戮已經是一種溝通的方式，即便這是最初階的溝通。要殺戮，必須走過去，觀看、研究、預測對手的反應。所以，要關切對手。

她的進化運動充滿了各種奇特的理論！

一〇三六八三號從甲蟲的奇景裡抽身，繼續尋找祕密通道，尋找叛變的螞蟻。

她在頂壁上發現了一些腳印。甚至四面八方到處都有，彷彿有誰刻意要混淆一條路徑似的。不過一〇三六八三號兵蟻也是傑出的偵察蟻，她知道如何辨別最新的足跡，也知道如何追蹤。

這些足跡引導她來到一處小土堆，底下確實藏著一條通道。應該就是這裡了。她先把最干擾她的蛾繭埋起來，再把頭探進通道，然候整個身體鑽了進去，疑神疑鬼地走著。

有其他螞蟻的氣味。

反叛者……一個像貝－洛－崗這麼同質的城邦機體怎麼會有反叛者？這就像在腸道的某個隱蔽

角落，有些細胞決定不再跟身體玩全體的遊戲了。或者也可以拿闌尾炎來做比喻。一〇三六八三號正要遭遇的是一次闌尾炎，這會對這座活生生的城邦造成影響。

有多少螞蟻叛變了？她們的動機是什麼？她越往前，就越想要弄清楚。現在她知道有一場反叛運動，她想要認識這場運動，了解它的功能和目的。

她繼續前進，那裡聞得到清新的氣味。才沒多久前，有幾個邦民走過這條狹窄的隧道。突然，有兩條腿（末端共有四根細爪）抓住了她的胸甲，猛然把她往前拉扯。她被吸進了廊道，來到一個大廳。兩隻大顎鉗住她的脖子，開始施壓。

一〇三六八三號不停掙扎。她的目光越過正在推擠她的甲殼，看到那是一間頂壁很低的大廳，算是相當寬敞，目測應該有三十步長，二十步寬。假頂壁底下是一整座甲蟲獸欄。

一百隻螞蟻包圍著她。許多螞蟻正忙著偵測入侵者的識別氣味。

18．百科全書

如何擺脫牠們？有人問我如何擺脫在廚房裡賴著不走的螞蟻，我的回答是：您基於何種權利認為廚房應該屬於您而不屬於螞蟻？廚房是您買下的？好，但您是向誰買的呢？向其他用水泥建造廚房再用大自然生產的食物填滿它的人。這是您和其他人之間的協定，使得這一組加工過的片段自然在您看來似乎屬於您。但這只是人類之間的協定，所以只跟人類有關。為什麼您櫃子裡的番茄醬應該屬於您而不是屬於螞蟻？那些番茄屬於地球！那些水泥屬於地球。您那些刀叉的金屬、那些果醬的水果、那些牆壁的磚塊都來自這個星球。人所做的只是給這些東西加上品名、標籤和價格。這不是讓人成為「房東」的理由。地球及其豐饒的物資對所有「房客」都是免費的……

但是這樣的訊息還太新，不容易理解。如果您無論如何就是要擺脫這些極微小的對手，那麼「最不糟糕」的方法還是羅勒葉。在您想要保護的區域放一小株羅勒。螞蟻不喜歡羅勒葉的氣味，牠們寧可去拜訪您鄰居的公寓。

艾德蒙・威爾斯

《相對知識與絕對知識百科全書》第二卷

19．叛軍

一〇三六八三號快速振動觸角，向反叛者們介紹自己。她說她是一名士兵，她信誓旦旦地說她在垃圾場找到一顆頭顱，頭顱要她來這裡警告大家，城邦即將展開一場對**手指**的東征。

公告生效。螞蟻不會說謊。螞蟻還不明白說謊的用處。

束縛變鬆了。其他螞蟻的觸角在一〇三六八三號的周圍急切地振動。一〇三六八三號接收到一些費洛蒙訊息，提及化學圖書館的偵察行動。有幾個反叛者認為跟她交談的應該是突擊隊的三名成員之一。突擊隊員音訊全無的時間已經太久了。

一〇三六八三號從極為有限的觀察得知，自己正在跟一個如假包換的地下組織打交道，而且她們會盡一切努力維持組織發展。反叛者們繼續評論她帶來的訊息，特別是「對**手指**的東征」。這個說法讓大家陷入焦慮，心神不寧。然而在此同時，也有些螞蟻在意的是如何處置這位不速之客，她的存在就是某種危險，因為她現在已經知道她們的巢穴了，而她並不是反叛者。

妳是誰？

一〇三六八三號發送出所有可以定義她的所有特徵：她的階級、產卵編號、原生蟻丘……反叛者們目瞪口呆，站在她們面前的，正是一〇三六八三號兵蟻——唯一一隻曾經觸及世界邊緣並且歸來的褐螞蟻。

她們放開她了，甚至因為敬意而自動退開。對話開始進行。

螞蟻的交談是透過氣味，也就是由一節節觸角發送出去的這些費洛蒙。費洛蒙是一種激素，可以離開身體，在空氣中傳遞，然後進入另一個身體。螞蟻感受到某種感覺時，會透過整個身體發送這種感覺，周圍的所有螞蟻就會和牠同時感知到這種感覺。螞蟻感受到壓力時，會在一瞬間將自己的痛苦傳遞給周圍的螞蟻，於是周圍的螞蟻只會專注於一件事：就是找出可以幫助這隻螞蟻的方法，讓痛苦的訊息停止。

十一節觸角的每一節都會釋放它波長範圍的氣味單詞。那就像有十一張嘴同時在說話，每張嘴都有自己特定的波長。有些提供低沉的信號和基本的資訊，有些釋放尖銳的信號和比較輕盈的資訊。

耳朵也有相對應的結構。如此一來，螞蟻等於是用十一張嘴在討論，十一隻耳朵在聆聽。全部。同時。所以螞蟻的話語裡有非常豐富的微量訊息，牠們對話傳送的資訊量肯定是人類對話的十一倍，傳送速度也快十一倍。這就是為什麼如果有人觀察兩隻螞蟻的相遇，他會覺得在牠們轉頭各忙各的之前，牠們的觸角尖端幾乎沒有碰觸到。然而，就在這微乎其微的接觸中，一切都說了。

一隻兵蟻一拐一拐地走上前（她只有五條腿），問她是否真是傳說中三二七號王子和希蔾－埔－霓公主的同夥。

一〇三六八三號點點頭。

瘸腿的兵蟻告訴她，她花了很久的時間在找她，為的就是要殺死她。可是如今情勢逆轉——她發送出某種帶著冷笑的氣味：

我們才是反社會的，而妳代表的是正常狀態。

時代在變。

瘸腿的兵蟻提議進行交哺。一〇三六八三號表示同意，雙方嘴對嘴親吻並且以觸角相互愛撫，直到連塞在給予方的社會嗉囊底部的食物也倒入了一〇三六八三號的胃裡。

連通管。消化系統也是如此連通的。

瘸腿的兵蟻精疲力盡，來訪者能量充滿。她想起第四十三個千禧年的一句螞蟻諺語：我們因為付出而豐富，我們因為取用而貧乏。

然而，她無法拒絕這份獻禮。

反叛者們隨後帶她參觀了她們的巢穴。那裡有種子儲備、蜜露儲備、裝滿記憶費洛蒙的卵型容器。

一〇三六八三號不知道為什麼，不過她覺得這些密謀造反的螞蟻好像沒什麼好害怕的。她們比較擔心的似乎是如何保守某個謎一般的祕密，而不是費心演出渴望政治權力的叛亂者。

瘸腿的兵蟻靠近她，讓她產生了信賴感。從前，這些反叛者在她的認知裡是另一個名字，她們是「帶著岩石氣味的兵蟻」，她們是祕密警察，聽命於貝洛－裘－裘霓蟻后，也就是當今的蟻后希藜－埔－霓的母后。她們當時無所不能，所以能夠在城邦的大岩石地板下創建一個地下平行城市——第二貝－洛－崗。

瘸腿的兵蟻承認，就是她們這些帶著岩石氣味的兵蟻，不惜任何代價，只為消滅第三二七號王子、第五十六號公主（希藜－埔－霓）和她（一〇三六八三號兵蟻）。當時，沒有任何邦民知道**手指**真的存在。貝洛－裘－裘霓蟻后無時無刻不在擔心，她怕她的臣民會因為發現這些巨型動物的智力幾乎跟褐螞蟻一樣發達而陷入恐慌。

於是貝洛－裘－裘霓跟**手指**的大使達成協議：她會撲滅所有關於**手指**存在的訊息，相對的，對方也要對牠們已知或後來得知的關於螞蟻智力的一切保持沉默。雙方都必須讓自己的臣民遠離這個祕密。

貝洛－裘－裘霓蟻后認為兩個文明都還沒有做好相互理解的準備，所以她下達命令，要那些帶著岩石氣味的兵蟻除掉所有發現**手指**存在的邦民。

蟻后的意志付出了昂貴的代價。

瘸腿的兵蟻承認她們殺死了第三二七號王子生殖蟻——他和其他成千上萬的螞蟻一樣，因為某種機緣知道了**手指**不僅僅是傳說，而是確實存在，而且會在森林裡奔跑。

一〇三六八三號非常好奇，這麼說來，褐螞蟻和**手指**之間曾經有過對話？

瘸腿的兵蟻證實了她的疑惑。有些**手指**已經在城邦下方的洞穴定居了，牠們製造了一台機器和一個螞蟻大使，讓牠們也可以發送和接收費洛蒙。機器叫做「羅塞塔石碑」[3]，大使叫做「利明斯通博士」；這些名字都是**手指**取的。有了它們作為中介，**手指**和螞蟻可以互相訴說最重要的事：

「我們分別以大小不同的形體存在，我們彼此不同，可是我們各自都在這個星球上建立了一個智慧的文明。」

這是第一次接觸。後來還有很多次。**手指**是困居在她們城邦地下洞穴裡的囚徒，貝洛—裘—裘霓餵養牠們，確保牠們的生存。對話持續進行了整整一個季節。多虧有了**手指**，貝洛—裘—裘霓發現了輪子的原理，但她在以此造福臣民之前，就在城邦的大火中喪生了。

她的女兒希藜—埔—霓繼位後，不想再聽**手指**說話。她要求停止餵養**手指**。她下令用黃蜂泥膠堵死通往第二貝—洛—崗以及**手指**洞穴的通道。她要用這些手段將牠們餓死。

在此同時，希藜—埔—霓也派出菁英衛隊追殺岩香兵蟻。新的城邦之母不希望螞蟻與**手指**勾結的可恥情節留下任何蛛絲馬跡。希藜—埔—霓明明十分熱愛不同物種間的接觸，卻在這件事上毫無寬容餘地，。

在一天之內，第二貝—洛—崗將近半數的兵蟻將被處死。倖存者躲在側壁和頂壁裡。為了生存，她們決定放棄她們辨識身分的氣味，並且給自己起了一個新的名字。她們成了「親**手指**叛

3 羅塞塔石碑（Pierre de Rosette）：西元一九六年埃及祭司製作的石碑，刻著以三種不同語言表述相同語意的文字，後世考古學家得以參照這些不同語言的版本，解讀出失傳千餘年的埃及象形文字。

軍」。

一〇三六八三號打量著這些所謂的叛軍。多數都缺了腿。蟻后的衛隊把她們的日子搞得很難過。不過也有一些六肢健全的年輕兵蟻，她們可能很天真，被這些關於平行文明的故事給迷昏了。但是，讓這些貝－洛－崗邦民捲入自相殘殺的鬥爭是多麼愚蠢的事啊！這究竟是為了什麼？為了她們其實不太了解的**手指**。

瘸腿的兵蟻說，叛軍現在已經統一戰線，在甲蟲獸欄的假頂壁上設置了總部。而且她們知道如何散發非常低調的氣味，所以聯邦士兵還無法辨識出她們。

但是這場地下反叛運動有什麼用？

瘸腿的兵蟻讓懸念飄浮片刻，她先是故弄玄虛，然後才直截了當地說出來：定居在石板底下的**手指們**並沒有死。叛軍挖開了黃蜂泥膠，將花崗岩裡的通道重新打開，恢復了食物的運送。

一〇三六八三號想不想也成為叛軍？這位戰士雖然猶豫了一下，但是一如既往，好奇心終於戰勝。她將觸角往後傾斜表示贊同。所有螞蟻都互相道賀。反叛運動的隊伍裡，從此有了一位曾經到過世界盡頭的戰士。許多螞蟻向她提議進行交哺，一〇三六八三號已經不知嘴唇要對準哪個方向了。所有這些營養豐富的親吻讓她的身體暖了起來！

瘸腿的兵蟻告訴她，叛軍要派出一支突擊隊去偷一些水罐蟻，把她們送去石板底下，方便餵養**手指**。如果她想見見利明斯通博士，這是個好機會。

一〇三六八三號迫不及待，她想要去見識這個藏在城邦底下的**手指窩**，她要去跟牠們交談。**手指**已經在她腦子裡糾纏她這麼久了。這應該可以滿足她的好奇心，同時也可以讓她擺脫「意識病」。

三十名勇猛的叛軍兵蟻集合起來，大口吞食蜜露補充體力後，往水罐蟻的大廳出發了。一〇三六八三號也在其中。

但願她們不要碰上負責警戒的衛隊。

20．電視

門房太太盯著走進走出的每一個人。

她堅守崗位，坐在半開的窗戶後面。

梅利耶探長走到她前面。

「您好，門房太太，可以問您一個小問題嗎？」

她心想，梅利耶一定是要來指責她電梯裡的鏡子沒擦乾淨，不過她還是點了點頭。

「在您的生活裡，讓您最害怕的是什麼？」

好好笑的問題。她思索著，怕說了蠢話，也怕讓她名氣最大的房客失望：

「我想是外國人。是的，外國人，到處都是外國人。他們搶走我們的工作，晚上還在街角襲擊我們。他們不像我們，對吧！是說，誰知道他們腦袋裡在想什麼？」

梅利耶點頭向她道謝。門房太太還沉浸在那個問題裡，梅利耶已經走到樓梯上了。後面傳來一聲大喊：

「探長先生晚安！」

回到家，他踢掉鞋子，在電視機前面坐了下來。電視，在一整天的調查結束之後，要讓腦中轉個不停的機器停下來，沒有比這更好的東西了。睡覺的時候，我們會做夢，那也是一種工作。電視，它會把腦袋淨空。神經元開始放大假，腦子裡所有的跑馬燈都不再閃爍。恍神！

他抓起遙控器。

一六七五台，美國電視電影：「所以比爾，你很糟糕耶，嗯，你以為你是最棒的，結果發現自己只是個一隻可憐蟲，跟其他人一樣……」

他轉台：

八七七台，廣告：「有了『喀啦喀啦』，您就可以一勞永逸，擺脫所有的……」

他又換了一台。

他有一千八百二十五個頻道可以選，但是讓他著迷的只有六二二台每天晚上八點整播出的招牌節目「思考陷阱」。

節目的片頭字幕。喇叭的樂聲。主持人出場。掌聲響起。

一個男人眉飛色舞地說：

「歡迎所有電視機前面忠實的觀眾朋友，感謝你們再次收看六二二台第一百〇四集的『思考……』」

「『……陷阱！』」現場觀眾齊聲回應。

瑪麗－夏洛特跑過來，縮成一團，蹭著他的膝蓋，要他摸摸牠。

他給了牠一個鮪魚罐頭。瑪麗－夏洛特對鮪魚醬的喜愛勝過撫摸。

「第一次參加我們節目的朋友，我要提醒大家注意規則。」

攝影棚裡傳來一陣陣為了這些菜鳥製作的起鬨聲。

「謝謝。所以，原則其實很簡單，我們提出一個謎題，由我們的來賓去找出解答，就是這樣，『思考……』」

「『……陷阱！』」現場觀眾齊聲喧鬧。

主持人依舊眉飛色舞，繼續說了下去：

「每次提出正確的答案，就可以獲得一張一萬法郎的支票加上一張鬼牌，這張牌可以允許您犯一次錯，而且還可以繼續獲得接下來的每一次．萬法郎。這幾個月下來，朱麗葉，呃……哈米黑茲女士，一直是我們的優勝者。希望她今天可以衛冕成功。請再做一次自我介紹……哈米黑茲女士。您的職業是……？」

「郵局的投遞員。」

「您已婚嗎？」

「是的，我丈夫應該正在家裡看著我。」

「喔，那麼，您好，哈米黑茲先生！那您有孩了嗎？」

「沒有。」

「您有什麼嗜好？」

「喔……填字遊戲……做菜……」

掌聲響起。

「大聲一點，再大聲一點。」主持人指揮人家：「這是哈米黑茲夫人應得的。」

掌聲更熱烈了。

「現在，哈米黑茲夫人，您準備好要迎接新的謎題了嗎？」

「我準備好了。」

「所以，我要打開裝謎題的信封了，我要把今天的謎題唸給您聽了。」

一輪鼓聲。

「以下就是謎題，請問：跟這個系列相關的下一列數字是什麼？」主持人用麥克筆在一塊白板上寫下一些數字：

1

11

21

1211

111221

312211

特寫鏡頭呈現出衛冕者的疑惑表情。

「呃……這題有點難！」

「慢慢來，哈米黑茲夫人。到明天之前，您都還有時間。不過為了幫助您，這裡是為您指引正確方向的關鍵短句。注意囉，聽清楚：『您越聰明……就越不可能找到。』」

全場鼓掌，但是短句的深意沒有人懂。

主持人向電視機前的觀眾們說：

「各位觀眾朋友，你們也一樣，把筆拿起來！明天同一時間再見，等你們來挑戰！」

雅克．梅利耶轉台去看地方新聞。一個濃妝豔抹、髮型完美無瑕的女人冷冷地、滔滔不絕地唸著提詞機上滾動的文字：「因為雅克．梅利耶探長在薩爾塔案的傑出表現，杜佩宏區長提案授予這位優秀警察『榮譽軍團軍官勳位』。消息來源指出，總理府現在正在審查這位軍官勳位候選人的資格。」

雅克．梅利耶垂頭喪氣，關掉電視。再來要怎麼辦？繼續扮演大明星，把案子埋掉？還是固執下去，努力找出真相，就算傷害到零缺陷警探的名聲也在所不惜？

在他心裡，他很清楚自己別無選擇。完美犯罪的誘惑太強大了。他拿起手機：

「喂，停屍間嗎？我要找法醫……（一段令人心煩的等候音樂）……喂，醫師，我要對薩爾塔兄弟的屍體做一次仔細的解剖……是的，很緊急！」

他掛上電話，又撥了另一個號碼：

「喂，艾彌勒？你可以給我《星期日回聲報》記者的資料嗎？對，就是那個叫做萊緹希雅……什麼的。好，一小時後來停屍間找我。然後，哦，艾彌勒，一個小問題：在你的生活裡，讓你最害怕的是什麼？……啊，哈哈，是這個嗎？很有意思。我從沒想過有人會被這個嚇到……好，就這樣吧，趕快來停屍間。」

21．百科全書

印地安陷阱：加拿大的印第安人使用的捕熊陷阱非常原始，就是一塊塗上蜂蜜的大石頭，用一根繩子懸吊在樹上。一頭熊看到牠以為是美食的東西，就會靠上前去，拍打石頭，試圖抓住它。結果牠創造出一個鐘擺運動，每次石頭都會盪回來擊中牠。熊生氣了，越拍越狠。而牠拍得越重，就被撞得越用力，直到最後被KO倒地。

熊不會去想「不然我停止這個暴力的循環好了」，牠只會感到沮喪。「我被打了，就打回去！」牠是這麼想的。於是牠的憤怒程度以指數增長。其實，只要牠不再拍打石頭，石頭就會靜止不動，牠就有可能會注意到，一旦復歸平靜，那就只是一個掛在繩子上的東西，根本不會動。只要用獠牙把繩子切斷，石頭就會掉下來，牠就可以去舔石頭上的蜂蜜。

艾德蒙．威爾斯

《相對知識與絕對知識百科全書》第二卷

22．水罐大廳任務

這裡是地下四十層，蟻聲鼎沸。八月盛夏，熱氣讓每隻螞蟻都感到緊張，即使是在夜間，甚至在地下深層也是如此。

興奮的貝－洛－崗兵蟻濫咬著路過的螞蟻。工蟻們在孵化室和蜜露貯藏室之間來回穿梭。貝－洛－崗的蟻丘都很熱。

成群的邦民像溫熱的淋巴液般流動。

三十名叛軍悄悄出現在水罐蟻的大廳。她們望著她們的「相撲力士」，內心發出讚歎。這些水罐蟻宛如形形色色肥碩的金色果實，上面畫著一道道不透明的紅色條紋。這些水果其實是甲殼極度延展的螞蟻，頭在上，腹錘在下。

工蟻很忙，又要汲取大量的花蜜，又要把空空的嗉囊填滿。

希黎－埔－霓蟻后有時也會親自跑來找水罐蟻大快朵頤。這些畸形的蟲子對她的親臨無動於衷，長期的不動如山，早已讓她們領悟了某種遲鈍的哲學。有些螞蟻說她們的腦已經萎縮了。功能會創造器官，但功能喪失則會摧毀器官。由於水罐蟻只關心填滿自己或是把自己清空，漸漸的，她們變成了極端二元化的機器。

只要走出這個大廳，她們就完全無法感知或理解任何事物。她們在水罐蟻的附屬階級中誕生，在水罐蟻的附屬階級中死去。

不過，要在她們還活著的時候將她們從頂壁卸下來是有可能的，只要發送某種意為「遷徙」的費洛蒙就行了。水罐蟻當然是貯存槽，但是嚴格來說是移動式的貯存槽，基因編碼會讓她們同意在遷徙時被運送。

叛軍物色了一些體型不錯的水罐蟻。她們靠近這些水罐蟻的觸角，發出「遷徙」的氣息單詞。這些巨大的昆蟲隨即緩緩挪移，將她們的腿一條條從頂壁上移開，然後落下。底下的螞蟻立刻托住她們，以免水罐墜毀。

我們去哪？其中一隻水罐蟻問道。

去南方。

水罐蟻沒有任何異議，讓叛軍們扛著走。叛軍需要六隻兵蟻才能搬運這樣的一個水罐。這麼重的水罐，這麼多的努力，竟然只是為了讓**手指**得到好處！

手指們應該很感謝吧？一〇三六八三號探詢著。

牠們抱怨我們帶的不夠多！一名叛軍回應。

忘恩負義的傢伙！

突擊隊員謹慎地回到下層，終於來到穿透花崗岩地板的細小裂縫處。縫隙的另一頭就是利明斯通博士跟她們對話的房間。

一〇三六八三號的身體一陣顫抖。原來和那些可怕的**手指**進行對話竟然如此簡單？

這問題只能暫時擱下，因為在附近例行巡邏的衛隊突然追了過來，叛軍們趕緊扔下水罐，方便快速逃跑。

那邊有叛軍！

一隻兵蟻辨認出叛軍自認不會暴露行蹤的獨特氣味。警報費洛蒙散播開來，衛隊立刻展開追逐。

聯邦士兵的速度很快，但還是追不上叛軍，於是她們設下路障，切斷某些道路，似乎是要將叛軍驅趕到某個地方。

聯邦士兵進逼，突擊隊員只能以狂亂的節奏往上層衝。地下四十層、地下三十層、地下十六層、地下十四層。聯邦士兵將獵物往特定的地點推送過去。一〇三六八三號猜到是陷阱，但一時也想不出脫身之計。眼前只有一條路可走。聯邦士兵讓她往那裡去，一定有她們的理由！可是此刻除了衝過去，還有其他選擇嗎？

叛軍們衝進去的是一間滿是臭蟲的恐怖大廳，她們的觸角面對的是一幅可怕的景象！背上布滿小陰道的雌臭蟲四處亂竄，雄臭蟲則揮舞著宛如注射器的尖刺性器追趕牠們。再遠一點，一些同性戀的雄臭蟲互相穿刺成綠綠長長的一串。牠們無處不在，到處亂鑽，到處集結。臭蟲們的性器豎立在那裡，隨時準備要刺穿甲殼。

叛軍們還沒搞清楚發生了什麼事，就已經被鋪天蓋地的臭蟲覆蓋了。一隻螞蟻不支倒地，被厚厚一整群發情的臭蟲輾壓過去。沒有一隻螞蟻來得及翹起腹錘，噴射蟻酸自保。雄臭蟲的尖角性器不斷刺穿甲殼。

一〇三六八三號奮力抵抗，驚恐莫名。

23．百科全書

臭蟲：在所有動物的性行為模式當中，溫帶臭蟲（*Cimex lectularius*）的性行為是最嚇人的。人類的想像力根本追不上這種變態的行為。

第一個特點：陰莖異常勃起。溫帶臭蟲無時無刻不在交配。有些個體每天發生的性關係超過兩百次。

第二個特點：同性戀和獸交。溫帶臭蟲辨別自己同類的能力很差，而要在同類當中分辨雌雄，對牠們來說更是困難。牠們有百分之五十的性關係是同性的，百分之二十發生在異族昆蟲身上，最終的百分之三十發生在雌性臭蟲身上。

第三個特點：鑽孔陰莖。臭蟲配備一根長長的陰莖，上頭有尖角。雄性會用這種類似注射器的工具去刺穿甲殼，並且將牠們的精液注射到雌性的頭部、腹部、腿部、背部……甚至心臟——什麼地方都可以！這樣的操作對雌性的健康幾乎毫無影響，但在這種情況下，如何懷孕？所以……

第四個特點：處女懷孕。從外部看，處女臭蟲的陰道似乎完好無損，但她的背部受到陰莖的一記刺擊。那麼雄性的精子要如何在血液中存活？事實上，大多數精子就像一般的外來微生物，會被免疫系統摧毀。為了提高一百個雄性精子抵達目的地的機率，這些臭蟲排放的精子量相當驚人。就拿人類當比例尺好了，如果雄性臭蟲的體型跟人一樣大，牠們每次射精會排出三十公升的精液。在這一大群精子當中，只有極少數會存活。它們會躲在動脈的角落，藏在靜脈裡，靜候時機。雌性臭蟲就跟這些暴力入侵的房客共度了冬季。春天一到，頭部、腿部和腹部的所有精子都聚集在卵巢周圍，它們穿透並且進入卵巢的深處。接下來的生命週期會繼續進行下去，不會有任何問題。

第五個特點：雌性有多重性器。由於被肆無忌憚的雄性到處鑽孔，雌性臭蟲的身上覆滿傷疤，一道道棕色裂縫，周圍一圈淺色的區域，看起來好像箭靶！從傷痕的數目就可以準確得知雌性經歷過多少次交配。

自然界透過奇異的演化適應來鼓勵這種無賴行為。一代接著一代，突變達成了不可思議的結果。少女臭蟲從出生開始，背上就有滿滿的褐色斑點，帶著淡淡的光暈。每個斑點各自對應一個受器，這些「分支生殖器」直接連接到「主生殖器」。這種特殊性確實存在雌性臭蟲發育的每一階段：這些斑點不是傷疤，而是牠們生來就有的受器（貌似疤痕），是貨真價實的次生殖器（長在背部）。

第六個特點：自動外遇。如果一隻雄性臭蟲被另一隻雄性臭蟲鑽了孔，會發生什麼事？答案是精子會存活，並且會依慣性衝向卵巢區。而由於找不到卵巢，精子會湧入宿主的輸精管，並且和宿主原生的精子混合。結果：當這隻被鑽了洞的雄性臭蟲去穿刺一位女士時，牠會射出自己的精子，同時也會射出曾與牠發生同性性關係的雄性臭蟲的精子。

第七個特點：雌雄同體。自然界永遠不會停止對它最愛的性事白老鼠進行的奇怪實驗。雄性臭蟲也會出現突變。在非洲，有一種很特別的「非洲臭蟲」（*Afrocimex constrictus*），牠們的雄性出生時，背部就有一些次級的小陰道。不過這些陰道都沒有生殖力，它們在那裡似乎是為了裝飾目的，或是鼓勵同性的性關係。

第八個特點：遠距射擊的砲管生殖器。某些熱帶臭蟲，像是花蝽，就有這樣的器官。輸精管形成一個粗大的管子，螺旋捲起，精液壓縮在裡頭。接著精子被特殊的肌肉高速推動，排出體外。因此，當雄性看到離牠幾公分遠的雌性時，牠會將陰莖對準那位小姐的標靶陰道。噴射劃空而過，射擊的力量讓精子得以刺穿甲殼（標靶陰道的甲殼比較薄）。

艾德蒙．威爾斯
《相對知識與絕對知識百科全書》第二卷

24．地底大追捕

一名叛軍在斷氣之前發出了一聲悲愴卻令人費解的氣味吶喊：

手指是我們的神。

接著她六條腿一挺，倒地死去，身體攤成一具長了六個分叉的十字架。

所有的同夥一個接一個倒下，一〇三六八三號聽到其中幾名叛軍也重複了這個奇怪的句子：

手指是我們的神。

聯邦士兵顯然無意結束酷刑，在她們無情的目光下，狂熱的臭蟲繼續穿刺，繼續強暴。

一〇三六八三號拒絕這麼快就死去，至少要先搞清楚「神」這個字意謂著什麼。她的胸口燃起駭人的怒火，她用觸角鞭打勾住她胸廓上的十隻臭蟲，然後一頭往那群聯邦士兵衝過去。沒想到她成功逃脫了。聯邦士兵們過度專注於這場血腥狂歡，根本來不及阻擋她。不過士兵們很快就回神了……

在追逐方面，一〇三六八三號並非新手，她立刻衝上頂壁，用兩根大角度岔開的觸角尖端刮擦頂壁。土屑不斷噴出。就這樣，一〇三六八三號在她和追兵之間築起一道貨真價實的沙牆。一〇三六八三號就射擊位置，擊落了不顧一切越過沙牆的那些士兵。但是等到一連幾隻兵蟻一起越過障礙，她就無法全數掃射了。而且，她貯存蟻酸的腹囊現在幾乎都空了。

她使盡全力逃跑。

那是叛軍！擋下她！

一〇三六八三號匆匆跑過幾條似曾相識的廊道。她當然應該認得！因為她剛才做的是一百八十度的大迴轉，所以她又轉回水罐蟻的大廳了。她的六條腿很自然地帶她走上這條路——她才剛剛走過一次，只是方向相反，所以記憶越來越鮮明了。

她的腿流了一點血。她必須不顧一切趕快躲起來。頂壁是她的救星。她爬上去，縮在一隻水罐蟻的腿邊。以體型來說，如果那些士兵衝進下方的大廳，水罐蟻會遮斷她們的整個視線。

聯邦士兵正在用觸角探測每一個角落和縫隙。

一〇三六八三號輕推原本遮蔽她的水罐蟻，扒開對方的一條腿。

妳有什麼事情？水罐蟻懶洋洋地發出探詢。

遷徙。一〇三六八三號以權威的語氣回應。然後又扒開第二條腿，再扒開第三條。但是這次，對方沒有上當。

什麼，什麼……請妳立刻停止！

在地面，聯邦士兵們發現了一灘透明的血。搜索行動展開。一名士兵的頭上被滴了一滴，觸角立刻豎起。

找到了，我找到她了！

一〇三六八三號狂暴地扯開一條腿，接著又是另一條。水罐蟻只剩兩隻腳攀住頂壁了，她驚惶大叫：

把我的腿放回原處，立刻！

聯邦衛隊的士兵轉身，調整腹錘，對準頂壁。

一〇三六八三號的軍刀大顎一揮，砍斷了水罐蟻的最後一條腿。就在士兵開火之際，橙色的水罐剛好往士兵的身上墜落，蟻酸噴射加上自由落體的撞擊，一大罐液體瞬間雙重引爆。一〇三六八三號才剛跳脫頂壁的藏身之處，水罐蟻的腹錘已經炸成碎片，在大廳裡四散紛飛。

支援的聯邦士兵出現了。一〇三六八三號猶豫了一下：她還剩下多少蟻酸？只夠再噴射三發。她決定射擊那些水罐的腿。

三隻水罐蟻的固定裝置遭遇砲轟，被擊落了。她們墜落在一整群追兵之中，在地面炸裂開來。不過有一隻兵蟻還是從滿地的黏稠蜜露裡掙脫出來。

一〇三六八三號的蟻酸彈藥此刻已經用盡，但她還是待在射擊位置，希望可以嚇唬到對方，她堅忍地等候灼熱的蟻酸了結她的性命。

結果什麼事都沒發生。對方腹囊裡的蟻酸也用盡了嗎？於是她們切換到肉搏模式，大顎緊緊攫住對方，試圖切開對方的甲殼。

世界盡頭的征服者顯然經驗更豐富，她撂倒對手，將對方的頭往後扯。但就在她要發動致命一擊時，有一條腿拍了拍她，像在對她請求進行交哺。

妳為什麼要殺她？

一〇三六八三號扭轉觸角，想要更清楚辨識氣味訊息的源頭。

她已經認出這些友善的氣味。

站在那裡的正是蟻后本人——曾經跟她一同冒險犯難的老夥伴，她的第一趟歷險就是她發起的……

兵蟻從四面八方湧現，準備戰鬥，但是蟻后釋放一股微弱的氣味，讓大家知道，這隻螞蟻受到她的保護。

*跟我來。*希藜－埔－霓蟻后對她說。

25．事情變複雜了

聲音變堅持了。

「請跟我來。」

在刺眼的燈光下，兩列屍體並排，每具屍體的大腳趾上都吊著一個標籤。房間散發一股乙醚與永恆的氣息。

楓丹白露停屍間。

「這邊走，探長。」法醫說。

他們在屍體之間前進。有的屍體蓋著塑膠套，有的蓋著白色床單，每個標籤上都有一個名字和一段註記，說明躺臥此處的死亡日期和死亡情況：三月十五日，在街道上因刀傷致死；四月三日，遭公車撞死；五月五日，被扔出窗外……

他們在三根大腳趾前停下來，上面的標籤清楚寫著三具屍體分別是塞巴斯蒂昂、皮耶和翁湍．薩爾塔。

梅利耶等不及了。

「他們的死因查出來了嗎？」

「或多或少……他們死於一種強烈的情緒。我甚至會說是『非常強烈』的情緒。」

「是恐懼嗎？」

「有可能。或者是驚嚇。總之，他們是因為某種強化的壓力而死。請看這頁觀察報告：這三人血液的腎上腺素濃度都比正常標準高出十倍。」

梅利耶心想，那個女記者是對的。

「所以他們是因為恐懼而死……」

「不一定，因為情緒衝擊不是這些死者的唯一死因。請過來看看。（他在一個發光的桌面上放了一張X光片。）從X光掃描可以看到，他們體內到處都是小潰瘍。」

「有可能是什麼導致的？」

「一種毒藥。肯定是毒藥，而且是一種新型毒藥。如果是一般毒藥——像氰化物——只會看到一個大型的病損。可是在他們身上，有多處病損。」

「那麼，醫師，您有什麼樣的死亡診斷？」

「您可能會覺得奇怪。我認為，他們最主要的死因是過度震驚，再來是胃出血和腸出血，這種出血也是同樣致命的。」

穿白袍的男人闔上筆記本，接著向他遞出手，行禮如儀。

「還有一個問題，醫師，請問，什麼會讓您感到害怕？」

法醫歎了一口氣。

「哦，我嘛！我什麼都看過了。現在已經沒有什麼可以真的嚇到我了。」

梅利耶探長向法醫告辭，嚼著口香糖走出停屍間。他比進來之前更困惑了。他知道自己面對的是一個非常可怕的對手。

26．百科全書

成功：在地球的所有代表生物中，螞蟻是最成功的。牠們占據眾多生態區位，數量創了生物學上的紀錄。螞蟻存在極圈邊緣的荒漠草原，也存在赤道叢林、歐洲森林、高山、峽谷、海灘、火山周圍，甚至人類住所的內部。牠們是極端適應力的模範：箭蟻（fourmi cataglyphis）為了抵禦撒哈拉沙漠高達攝氏六十度的高溫，發展出獨特的生存技術。牠們只用六條腿當中的兩條走路，以免被滾燙的地面燙傷。牠們屏住呼吸，以免水分流失而脫水。世界上沒有一公里的陸地沒有螞蟻。螞蟻是在地表建造最多城市和村莊的個體。螞蟻能夠適應所有的掠食者和一切氣候條件：雨水、高溫、乾旱、寒冷、潮濕、強風。最新的研究指出，亞馬遜雨林有三分之一的動物生物量是由螞蟻和白蟻組成，而螞蟻和白蟻的比例是八比一。

艾德蒙．威爾斯

《相對知識與絕對知識百科全書》第二卷

27．重逢

扁頭的守門蟻退到一旁，把路讓出來。現在她們並肩走在皇城的木頭廊道上。一〇三六八三號兵蟻參與過一年多前貝－洛－崗的最終突襲戰，而她的蟻后從這場戰役之後就沒再捎給她任何訊息。難道蟻后已經忘記她們過去的情誼？

她們進入御所。希蓼－埔－霓改造了母后的家，牆壁貼著栗樹皮的內壁製成的華麗絲絨。御所正中央所見之物令人詫異，宛如幻象——是她們的親生母親貝洛－裘－裘霓澄亮的鏤空身軀！

這應該是蟻族史上第一次有蟻后長住在保存完好的母后屍體旁。她曾經交戰並且擊敗的，正是這位母后。

希蓼－埔－霓和一○三六八三號就站在這個正橢圓形空間的正中央。她們終於把觸角靠近了。

我們的相遇並非偶然。蟻后肯定地說。她的菁英衛隊已經找她很久了，她需要她。她想對**手指**發動一場大規模的遠征，摧毀牠們在世界東方邊緣之外建造的所有巢穴。一○三六八三號最適合引導褐螞蟻大軍前往**手指**國度。

那些叛軍說的是真的。希蓼－埔－霓確實想對**手指**發動一場大戰。

一○三六八三號猶豫著。當然，她非常渴望前往東方。可是，那股駭人的恐懼感一直嵌在她身上，蠢蠢欲動——對於**手指**的恐懼。

在那趟冒險之後的整個冬眠期，她的夢境裡全都是**手指**，那些粉紅色大球吞噬著螞蟻的城邦，像在吞噬迷你獵物！一○三六八三號在冬眠中驚醒數次，觸角微濕。

到底發生了什麼事？蟻后問道。

那些生活在世界邊緣之外的**手指**會讓我感到恐懼。

什麼是恐懼？

是一種意願，不想讓自己陷入無法控制的處境。

這時希藜－埔－霓告訴她，在閱讀母后的費洛蒙時，她也發現了一種費洛蒙提到這個單詞。「恐懼」。這種費洛蒙解釋說，個體無法互相理解的時候，是因為他們彼此之間有「恐懼」。

根據貝洛－裘－裘霓的說法，只要我們克服對其他個體的恐懼，許多被認為不可能的事就會變成完全可以實現。

在這個說法當中，一〇三六八三號嗅到老蟻后金玉良言的氣味。希藜－埔－霓輕輕挪移右邊的觸角，問道：恐懼會讓妳這個士兵無法引領這次東征嗎？

不會。好奇心會比恐懼更強烈。

希藜－埔－霓放心了。少了這位舊時夥伴的經驗，她的東征不可能順利出兵。

妳認為需要多少兵蟻才能殺死地球上所有的**手指**？

妳要我殺死地球上所有的**手指**？

是的。事情很明顯，希藜－埔－霓要這麼做。**手指**必須消滅，必須從世界上徹底根除，把牠們當成愚蠢的巨型寄生蟲那樣徹底根除。希藜－埔－霓生氣了，她將觸角折起，繼而展開。她堅持認為：**手指**的存在就是一種危險，不僅對螞蟻如此，對所有動物、所有植物和所有礦物也是如此。她知道，她感覺得到。她相信自己師出有名。

一〇三六八三號接受蟻后的說法。她很快盤算了一下，要戰勝單單一根**手指**至少就要五百萬隻訓練精良的兵蟻，而且她相信地球上至少……至少有……至少有四個這樣的獸群，或者說，至少有二十個**手指**！

一億隻兵蟻才勉強夠數。

一〇三六八三號又看到那個遼闊無邊、寸草不生的黑色地帶了。就這麼一下，在一陣震動混合碳氫化合物煙霧的喧囂中，所有探險隊員都被壓扁了，扁得像薄到不能再薄的樹葉。

東方世界的邊緣，這就是東方世界的邊緣。

希藜－埔－霓蟻后任由沉默在空氣裡飄盪。她在育種廂室裡踱了幾步，用大顎尖端撥了撥麥殼。最後她轉身，垂下觸角，她向一〇三六八三號保證，她已經跟許多螞蟻討論過，也說服了她們，蟻邦確實有必要進行這場東征。她沒有展現任何政治權威，她只是提出一些建議，由群體做出決定。而且，並不是她所有的姊妹和女兒都同意她的看法。她們害怕侏儒蟻和白蟻會再度發動戰爭，她們不希望因為東征導致聯邦失去防禦能力。

希藜－埔－霓和許多主戰的邦民交談。她們很努力地計算，蟻后也是。她們終於一起算出一個數字，八萬。

八萬個軍團？

不是，是八萬名士兵。在希藜－埔－霓的認知裡，她覺得這樣的兵力綽綽有餘。如果一〇三六八三號真的認為這數字太微不足道，蟻后也同意進行一些努力，發出額外的刺激氣味，再招募一百到兩百名戰士。但是最多就是這些兵力了！

一〇三六八三號反覆思索。蟻后不了解這項任務的規模有多大！八萬隻兵蟻迎戰地球所有的**手指**，這根本就是瘋了！

但她歷久不衰的好奇心折磨著她。這麼珍貴的機會怎能錯過？她試著給自己勇氣。畢竟，有這八萬名士兵，她統領的也算是一支遠征大軍了。勇敢一點，去就是了！她不一定可以殺死所有的**手指**，但她可以更清楚地了解：牠們是誰？牠們究竟如何運作？

八萬就八萬吧。不過，一〇三六八三號想問兩個問題：為什麼要發動這場東征？母后貝洛－

裘—裘霓如此尊重手指，為什麼妳對牠們充滿敵意？

蟻后走向通往大廳盡頭的廊道。

來，我帶妳去參觀化學圖書館。

28．萊緹希雅幾乎出現了

裡頭鬧哄哄的，菸霧瀰漫，到處都是桌子、椅子和咖啡機。

鍵盤咔噠咔噠響，一堆遊魂癱在長椅上不停地發牢騷，抓住鐵籠欄杆的幾個傢伙則是聲稱自己不該被這樣對待，他們要打電話給律師。

布告欄上貼著幾張凶神惡煞的照片，每張臉都有相對應的捕獲價碼。金額從一千到五千法郎不等。如果以一個人身體裡隱藏的有機產品來看（腎臟、心臟、荷爾蒙、血管、各種體液），累計的商業價值大約是七萬五千法郎左右，那麼，這種捕獲價碼實在是不怎麼樣。

萊緹希雅突然出現在派出所，許多雙眼睛都抬了起來，跟著她一起移動。不管到哪，她都會引發這種效果。

「請問梅利耶探長的辦公室在哪？」

一名低階的制服警員先請她出示了約談證明才幫她指路：

「從那邊走到底，在廁所前面。」

「謝謝。」

她一進門，探長就覺得心裡緊緊揪了一下。

「我找梅利耶探長。」她說。

「我就是。」

他做了個手勢請她坐下。

他看得心醉神迷。從來沒有，從來沒有，他從來沒見過這麼美麗的年輕女人。他曾經追到手的那些（不論是最近還是過去的），根本比不上她的一根腳趾。

最先打動人的，是她淡紫色的眼睛。然後是她宛如聖母的臉龐，她纖細的身體和身體散發的淡淡香水味。佛手柑、岩蘭草、柑橘、檀香，這些香氣裡頭還不時透出一絲庇里牛斯山野山羊的麝香味……化學家會如此分析，但是雅克．梅利耶只能樂孜孜地聞著空氣裡飄來的幽香。

他根本無暇理解對方說的話，對方的聲音已經讓他魂不守舍了。她到底說了什麼？他努力讓自己恢復鎮定。大腦的視覺、嗅覺和聽覺的資訊量太大了！

「謝謝您跑這一趟。」他終於結結巴巴地說出話來。

「該說謝謝的是我，感謝您願意破例接受這次採訪。」

「不，不，真的是多虧了您，我才會對這個案子張開了眼。接受您的採訪是應該的。」

「很好。您的個性很好。我們的談話可以錄音嗎？」

「請便。」

他開始說話，說了些不痛不癢的話，可是他彷彿被這年輕女人的白皙臉龐催眠了。她一頭黑髮，剪的是路易絲．布魯克斯（Louise Brooks）那種厚實的瀏海，淡紫色的細長眼睛配上高突的顴骨，柔軟的嘴唇塗了低調的粉紅色唇膏。她的紫色套裝上肯定有某位時髦設計師的商標。她的首飾，她的姿勢，她身上的一切都散發著高級的氣息。

「我可以抽菸嗎？」

梅利耶點點頭，遞給她一只菸灰缸。她拿著一個精雕細琢的小菸嘴，點燃了菸草，吐出一口藍色的煙，帶著點鴉片的氣味。接著她從包包裡拿出筆記本，開始對他提問：

「我聽說您終於要求解剖驗屍了。真的是這樣嗎？」

他點了點頭。

「有什麼結論？」

「恐懼加上毒藥。或許可以說，我們兩個都是對的。對我來說，解剖屍體不是萬靈丹，解剖屍體沒辦法為我們揭露所有的真相。」

「血液分析有沒有發現毒藥的殘留？」

「沒有。但這沒有任何意義，也有毒藥是檢測不到的。」

「您在案發現場有找到什麼線索嗎？」

「什麼都沒有。」

「有沒有破門竊盜的痕跡？」

「完全沒有。」

「犯案動機呢？有沒有什麼想法？」

「就是我在新聞稿裡說的，塞巴斯蒂昂．薩爾塔賭博輸了很多錢。」

「您個人對這個案子有什麼確定的看法？」

他嘆了口氣：

「沒有其他看法了……不過，可以換我問您問題嗎？聽說您去精神科醫師那邊做了一些調查？」

他從淡紫色的瞳孔裡讀到了驚訝。

「了不起，您的消息還滿靈通的！」

「這是我的工作。您有沒有發現是什麼東西，可以讓三個人這麼恐懼，恐懼到這麼俐落地喪命？」

她猶豫了一下：

「我是記者。我的工作是要從警察那裡收集資訊，不是提供資訊。」

「好吧，我們可以當作這只是在做個交流，不過您不一定要同意。」

她原本翹著的腿放了下來，那是一雙裹著絲襪的纖細長腿。

「有什麼會讓您感到恐懼，探長？（她抬眼看著梅利耶，一邊低頭把菸灰彈到菸灰缸裡。）不，請不要回答我。這問題太私密了。我的問題太失禮了。恐懼是一種非常複雜的感覺，它是穴居人類最早的情緒。恐懼是一種非常古老而且非常強大的東西，它在我們的想像裡扎根，所以我們無法控制它。」

她猛吸了幾口菸，然後把菸捻熄，接著抬起頭，對梅利耶露出一抹微笑：

「探長，我想我們遇到一個真正的大謎團了。我之所以寫那篇文章，是因為怕您會讓這個謎團溜走。（她把錄音機按停。）您告訴我的每一件事我都已經知道了。倒是我要告訴您一件事。（她已經起身。）這個薩爾塔案比您想像的要有趣得多，案情很快就會有新的進展。」

他跳起來：

「您怎麼知道？」

「是我的小指頭告訴我的……」她說著，迷人的嘴唇微微咧開，露出一抹神祕的微笑，淡紫色的眼睛瞇了起來。

然後像靈活的貓科動物一樣，她消失了。

29．尋火

一〇三六八三號從沒去過化學圖書館。這地方確實非常特別，放眼所及，全都是排列整齊的卵型容器，裡頭裝滿了活性液體。每一個卵型容器裡都含有一些見證、描述和獨特的想法。

她們在一列列卵型容器之間往前走，希─藜─埔─霓細說從頭。在她攻下貝─洛─崗皇城時，她發現母后貝洛─裘─裘霓正在跟地底的**手指**們進行溝通。母后被**手指**搞得神魂顛倒。她認為牠們自成一個文明。她餵養牠們，而作為回報，牠們傳授母后一些奇怪的東西，譬如輪子。

對母后貝洛─裘─裘霓來說，**手指**是有益的動物。她大錯特錯！希─藜─埔─霓現在已經有了證據。所有證詞都一致指出：正是**手指**，牠們用火燒毀貝─洛─崗邦城，害死了唯一想了解牠們的蟻后貝洛─裘─裘霓。

可悲的真相是，牠們的文明的基礎是……火。這就是為什麼希─藜─埔─霓不想再和牠們對話，不想再餵養牠們的原因。這就是為什麼她封鎖了穿透花崗岩地板的通道，而且堅持要將牠們從地球表面徹底消滅的原因。

越來越多的遠征探險隊的報告強調相同的訊息：**手指**生火，玩火，借助火來製造東西。螞蟻不能容許這些瘋子繼續下去。那是一條直通世界末日的道路。貝－洛－崗承受的試煉就是證明。火！……一〇三六八三號做了個厭惡的動作。她現在更了解希蔾－埔－霓的偏執了。所有螞蟻都知道火是什麼。過去，她們也發現過這種東西。跟人類一樣：因為偶然。閃電擊中一棵灌木，一根著火的樹枝落在草叢裡，一隻螞蟻走近它，想看清楚這塊外圍正在變黑的太陽碎片。

任何不尋常的東西，螞蟻都會設法帶回蟻丘。第一次的嘗試是失敗的。後來又試了幾次。通常，火焰會在中途熄滅。後來，因為帶回來的樹枝越來越長，終於有一隻思慮周密的偵察蟻把一根著火的樹枝帶回蟻丘的外圍。她證明了搬運太陽的碎片是可能的。姊妹們都熱情地迎接她歸來。火，多麼奇妙！火，帶來能量、光、熱。多麼美麗的色彩！紅色、黃色、白色，甚至還有藍色。

這件事發生的年代不遠，不過就在五千萬年前。在社會性昆蟲的世界裡，大家都還記得這件事。

問題是：火焰從來無法長久持續，所以必須等待閃電再次出現。唉！閃電經常伴隨著雨水，而雨水會將火撲滅。

後來有隻螞蟻為了好好保護這種燃燒的寶物，起了個念頭，要將她運回來的燃火樹枝帶進她們用樹枝建造的邦城。這是災難性的創舉！火當然比平時持續了更長的時間，糟糕的是，火勢立刻蔓延到樹枝造的穹頂，導致成千上萬的蟻卵、工蟻和兵蟻死亡。

創新者沒有得到讚揚。不過，對於火的探索其實才剛剛開始。螞蟻也一樣，總是從最糟的解決方案開始，然後經由一連串的調整，找出最正確的解決方案。

螞蟻花了很長時間反覆思考這個問題。

希蔾－埔－霓在存放她們研究成果的地方把記憶費洛蒙釋放出來。

我們首先會看到，火有很強的傳染力。只要靠近火，自己也會被點燃。儘管如此，很矛盾的是，火又非常脆弱。只要蝶翼輕輕一振，火就只剩一縷黑煙，消散在空氣裡。對螞蟻來說，如果要滅火，最方便的還是噴灑低濃度蟻酸。那些率先向餘燼潑灑強酸的工蟻，很快就成了噴火的吹管，然後成了活火炬。

後來，在七十五萬年前，依舊是因為偶然，螞蟻發現了——螞蟻什麼亂七八糟的事都會試試看（螞蟻的科學就是這種形式）——可以在不等待閃電的情況下「生火」。因為有一隻工蟻拿著兩片非常乾燥的葉子互相摩擦時，看到葉子冒煙，隨即起火。這個經驗被複製，被研究，從此螞蟻知道如何隨心所欲隨時隨地生火了。

伴隨美麗發現而來的是一段歡欣鼓舞的時期。每個蟻丘幾乎每天都會發現新的應用方式。用火摧毀太難搞的樹木，用火粉碎最堅硬的材質，用火恢復走出冬眠所需的能量，用火治癒某些疾病，用火美化一些東西的色彩。

無可避免，火的軍事用途出現了，這時熱情也開始消退了。四隻螞蟻配備一根長長的火棍，不到半小時的時間就可以殲滅一座百萬敵軍的城邦！

森林火災也來了。螞蟻無法控制火焰傳染性的副作用。一旦有什麼東西開始燃燒，一陣風吹來就足以將火勢撩撥得更旺，這時就算救火蟻用低濃度蟻酸噴灑，火勢也難以控制了。

一棵灌木著火，沒多久就會從一棵傳到另一棵。一天之內，化為黑色灰燼的不只是三十萬隻螞蟻，而是三萬個蟻丘。

這場災難摧毀了一切，摧毀了最粗壯的樹木、最壯碩的動物甚至鳥類。於是激情之後就是拒絕。全面。一致。最初那些日子的歡樂已經十分遙遠了！火實在太危險了。所有社會性昆蟲都同意對火發出詛咒，並且宣佈火是禁忌。

沒有誰可以再靠近火堆。如果閃電落在一棵樹上，命令就是離它遠一點。如果枯枝開始燃燒，每隻螞蟻都有責任盡力將它撲滅。這些指令遠渡重洋，地球上的所有螞蟻、所有昆蟲很快就知道他們必須逃離火場，更重要的是，不要試圖成為火的主人。

只剩下少數幾種蠓和蛾還會撲向火焰。而這些昆蟲，是因為「癮」，牠們對火光上癮。

其他昆蟲都嚴格遵守指令。如果一個蟻丘或一隻昆蟲壞了規矩，在戰爭中使用火，其他的所有物種，不分大小，都會立即聯合起來消滅這個團體或個體。

希蔾－埔－霓將記憶費洛蒙放回去。

手指使用了禁忌的武器，而且還在牠們所做的一切事情裡使用火。**手指**的文明是一種火的文明。所以我們必須在牠們放火燒掉整座森林之前，先將這個文明摧毀。

蟻后發送出凶猛的信念氣味。

一〇三六八三號依舊感到困惑。依照希蔾－埔－霓的說法，**手指**已經構成一種附加現象。牠們是地表的臨時住客，當然也是短暫住客。牠們只存在了三百萬年，而且應該也不會再存在太久。

一〇三六八三號清洗她的觸角。

正常情況下，螞蟻會讓其他物種在地殼上代代相傳，生死流轉，不會在意。那麼，為何要東征？

希藜－埔－霓語氣堅定：

牠們太危險了。我們不能等牠們自己消失。

一〇三六八三號指出：

城邦的地底下似乎住著一些**手指**。

如果希藜－埔－霓想攻打**手指**，為什麼不從這些**手指**開始？

蟻后很驚訝，一〇三六八三號兵蟻竟然知道這個祕密。接著她為自己辯解。**手指**在地底下不會構成威脅。牠們不知道如何擺脫自己的困境。牠們被困住了。只要讓牠們餓死，問題就會自動解決。牠們現在可能已經是屍體了。

這樣就太可惜了。

蟻后豎起她的觸角。

為什麼？妳喜歡**手指**嗎？妳到世界邊緣旅行時，和牠們溝通過嗎？

兵蟻正面回應。

沒有。但是這對動物學的研究來說很可惜，因為我們不知道這些巨型動物的習性和樣貌。這對東征來說很可惜，因為我們要前往世界的盡頭，卻對我們的對手幾乎一無所知。

蟻后有些困窘。兵蟻乘勝追擊。

我們也太好運了吧！家裡就有一窩**手指**，任憑我們處置。我們為什麼不好好利用？

希藜－埔－霓沒想到這一點。一〇三六八三號說得對。沒錯，這些**手指**畢竟是她的囚徒，就像她在動物學大廳裡研究的蟎蟲一樣。蟎蟲困在榛果的殼裡，對她來說，就像一個無限小的動物園。

手指困在牠們的洞穴裡，給了她一個無限大的……

有那麼一瞬間，**蟻后**很想聽從兵蟻的建議，冷酷地管理她的「**手指窩**」，如果**手指**還活著，就去拯救最後的**手指**。甚至也有可能跟牠們重新展開對話。為了科學。

那為什麼不乾脆馴服牠們呢？把牠們變成巨型坐騎？牠們應該會為了獲得食物而臣服。

可是突然間，意想不到的事發生了。

不知從哪裡冒出一隻螞蟻刺客，飛身撲向希藜－埔－霓，打算將她斬首。一〇三六八三號認出弒君的刺客是來自犀角金龜獸欄的叛軍。一〇三六八三號縱身一躍，在大膽的叛軍成功犯下弒君罪之前，用軍刀大顎砍落刺客。

蟻后依舊無動於衷。

妳看看**手指**幹的好事！牠們把散發岩石氣味的螞蟻變成狂熱分子，企圖暗殺自己的君主。妳看，一〇三六八三號，我們不該和牠們對話。**手指**不是一般的動物，牠們太危險了，甚至牠們說的話也有可能殺死我們。

希藜－埔－霓說她知道反叛運動的存在，這個運動的成員繼續與花崗岩地板下垂死掙扎的**手指**交談。而這其實就是她研究**手指**的方式。效忠於她的幾名間諜早已滲透到反叛運動，讓她得以掌握來自**手指窩**的所有情報。希藜－埔－霓知道一〇三六八三號已經跟叛軍有所接觸，她認為這是好事，因為如此一來，一〇三六八三號也可以幫她做一些事。

倒在地上的弒君叛徒用盡最後的氣力，發出她最終的訊息：

手指是我們的神。

然後，然後什麼都沒有了。她死了。**蟻后**嗅了嗅屍體。

「神」這個單詞是什麼意思？

一〇三六八三號也感到納悶。蟻后在御所裡來回踱步，不斷重複著清剿**手指**的任務越來越緊迫。消滅牠們。徹底消滅。她要靠她身經百戰的兵蟻來執行這項重要任務。

很好。一〇三六八三號需要兩天的時間來集結部隊。接下來就是向前進。衝啊！衝向世界上所有的**手指**！

30．神啟

增加妳們的奉獻，
無懼生命危險，犧牲自己，
手指比蟻后或蟻卵更重要。
永遠不要忘記
手指無所不在，無所不能。

手指可以做任何事，因為**手指**是神。
手指可以做任何事，因為**手指**很大。
手指可以做任何事，因為**手指**很強。

這是真理！

這則訊息的作者在其他人發現之前，迅速離開了機器。

31．第二擊

卡若琳．諾嘉不喜歡在家吃飯。她急著要吃完，這樣她就可以安安靜靜繼續做她的「工作」。在她的身邊，有人比手畫腳，喋喋不休，盤子傳來傳去，咀嚼菜餚，爭論她根本不關心的問題。

「天氣好熱啊！」她的母親說。

「剛才看電視，氣象播報員說熱浪才剛剛開始。看來是因為二十世紀末的污染。」她的父親接著說。

「都是爺爺的錯。在他的時代，在九〇年代，他們污染環境毫無節制。我們應該把他們整代人都拖到法庭受審。」她妹妹放肆地說。

同桌吃飯的只有四個人，但是那三個人就足以讓卡若琳．諾嘉感到厭煩了。

「我們等一下要去看電影。妳一起來嗎，卡若琳？」母親問她。

「不了，謝謝，媽媽！我得在家工作。」

「晚上八點還要工作？」

「對。而且是重要的工作。」

「妳高興就好。如果妳喜歡在不適當的時間一個人留在家裡忙妳自己的事，不想跟我們一起出門，那完全是妳的權利……」

他們一出門，卡若琳．諾嘉就不忍了，她立刻把門鎖反轉兩圈。很快地，她跑去把手提箱拿出來，從裡頭取出裝滿棕色顆粒的玻璃球，再把裡頭的東西倒進一個金屬盆裡，然後把金屬盆放在本生燈上加熱。

於是棕色顆粒化成糊狀，一股熱氣從裡面散發出來，接著是一陣灰色煙霧，火焰先是混著煙霧，最後化成一道美麗的火焰，清澈而純淨。

這個處理方式可能有點古板，但是這個階段沒有其他方法。她正在滿意地檢查自己的工作時，門鈴響了。

她幫一個留鬍子的男人開了門，他的毛髮是很深的紅褐色，近乎紅色。馬可錫米里昂．馬克阿希烏斯教授手握銀色的遛狗皮繩，牽著兩隻格雷伊獵犬，他命令兩條狗趴下，連一句問候都沒有就直接問道：

「準備好了嗎？」

「好了，我在家裡完成了最後的程序，但是主要的處理都是在實驗室完成的。」

「太好了。沒有遇到什麼問題吧？」

「完全沒有。」

「有人知道嗎？」

「沒有。」

她把變得像赭土的溫熱物質倒進一只厚重的瓶子裡遞給他。

「剩下的我會處理。您現在可以休息了。」他說。

「再見。」

他若有似無地揚起手，算是某種心照不宣的告別，隨即帶著兩隻格雷伊獵犬消失在電梯裡。

又剩下卡若琳．諾嘉一個人了，她覺得整個人輕鬆起來。她心想，現在沒有什麼可以阻止他們了，他們會在其他人都失敗的地方獲得成功。

她給自己倒了一杯冰啤酒，慢慢享受，接著脫下實驗工作服，換上粉紅色的浴袍。她發現有個袖口被鉤破了，有個小小的方形裂口。補一下花不了多少時間。她拿了針線坐到電視機前面。

「思考陷阱」的時間到了。卡若琳．諾嘉插上她的接收器。

電視。

哈米黑茲夫人一直都是衛冕者，在陳述自己的解題方式或邏輯推演的過程時，她的儀態是標準的法國中產階級，她的靦腆是貨真價實的害羞。

主持人又玩起他的慣用花招：

「怎麼可能，您沒有找到答案？好好把這個圖看清楚，告訴電視機前面的觀眾朋友，這些數字讓您想到什麼。」

「嗯，您知道的，這一題真的很特別。它是從一個簡單的統一形式朝向某種複雜許多的東西前進，形成一個三角形的發展過程。」

「太棒了，哈米黑茲夫人！繼續往這條路走，您就會找到答案！」

「開頭有這個數字『1』。看起來……看起來像是……」

「電視機前面的觀眾朋友都在聽，哈米黑茲夫人！大家會為您加油。」

熱烈的掌聲響起。

「說吧，哈米黑茲夫人！它看起來像什麼？」

「像神聖的經文。『1』讓自己分裂成兩個數字，這兩個數字又把自己分裂成四個數字。這有點……」

「有點什麼？」

「有點像生命誕生的前奏。最初的卵先分裂成兩個，再分裂成四個，然後又變得更複雜了。依照直覺，這個圖讓我想到誕生，一個生命出現了，然後開始發育。這是很形而上的。」

「確實是這樣，哈米黑茲夫人，確實是這樣。我們給您的謎題多麼美妙啊！它配得上您的洞察力和觀眾的歡呼。」

掌聲響起。

主持人開始加油添醋，吊觀眾的胃口：

「哈米黑茲夫人，支配這個發展過程的是什麼法則？這場誕生的機制是什麼？」

衛冕者露出氣惱的表情。

「我想不出來……呃，我要用我的鬼牌。」

攝影棚裡傳來一陣窸窸窣窣的失望低語，這是哈米黑茲夫人第一次觸礁。

「哈米黑茲夫人，您確定要燒掉一張鬼牌嗎？」

「也沒有其他辦法了！」

「真是遺憾，哈米黑茲夫人，您一路下來的表現如此完美，連一題都沒有答錯過……」

「這個謎題相當特別，值得多花一點工夫。我要用一張鬼牌讓您幫我。」

「好吧。我們上次給了您第一句：『您越聰明……就越不可能找到。』現在，第二句是：『您必須忘記您所知道的一切。』」

衛冕者看起來依舊氣惱。

「這是什麼意思？」

「啊！哈米黑茲夫人，這就留給您自己去發現了。為了幫助您，我會告訴您，這就像在做精神分析的時候，您必須在腦子裡做一個掉頭的動作。請將事情簡化。用放空代替先入為主的思考邏輯機制。」

「這不容易耶。您要我以思考來消除思考！」

「啊！這就是為什麼我們的節目叫做『思考……』」

「『……陷阱！』整個攝影棚異口同聲地大喊。

觀眾們自己拍起手來。

哈米黑茲夫人嘆了口氣，深鎖眉頭。主持人做了個暗示要幫忙的手勢。

「您使用了鬼牌，因為這張救命的牌卡，您可以在底下再多加上一列數字。」

他拿起麥克筆寫下：

然後再加上：

1
11
21
1211
111221
312211
13112221

螢光幕上出現哈米黑茲夫人一臉沮喪的特寫鏡頭。她眨了眨眼，喃喃自語著，一下說「一」，一下說「二」，一下說「三」，彷彿那是一份果乾磅蛋糕的食譜。特別要注意那些要放三份的原料。另一方面，那些要放一份的原料也別太小氣。

「那麼，哈米黑茲夫人，您現在想得比較清楚了嗎？」

哈米黑茲夫人非常專注，沒回答，只是咕噥著像是「嗯嗯嗯」的聲音，意思是「我想這次我會找到答案」。

主持人沒有打斷她的冥想。

「親愛的電視機前面的觀眾朋友，我希望大家也一起好好把我們這句新的提示記下來。那麼，明天見囉，等你們來挑戰！」

掌聲響起，節目片尾的字幕，鼓聲，喇叭的樂聲和各種叫喊。

卡若琳·諾嘉把電視關掉。她似乎聽到一點細微的聲音。她完成了縫補工作，超級完美，討厭的小破洞已經不留任何痕跡了。她把針線和剪刀收了起來。又是一陣紙張被揉成一團的聲音。

怪聲音是從浴室傳來的。不可能是老鼠，老鼠在瓷磚上跑不會發出這種聲音。那麼，是有小頭闖進屋裡？是一個？還是好幾個？他們在浴室裡做什麼？

她從五斗櫃裡找出父親藏在裡頭的六毫米口徑小左輪手槍（當初父親就是為了這種情況準備的）。為了好好嚇一嚇那個或那幾個闖入著，她又把電視打開了，把音量調大，然後躡手躡腳地往浴室走去。

一群饒舌歌手正在鬼吼鬼叫，發出他們的反叛之聲。

「你們的房子，你們的商店，統統燒掉，統統燒掉，我們會統統燒掉，統統燒掉……」卡若琳·諾嘉貼在門上，雙手緊緊握住左輪手槍，就像在美國電視劇裡看到的那樣。突然間，門打開了。

浴室裡沒人，但確實有怪聲音，從浴簾後面傳出來，越來越大聲。她一把將浴簾扯了下來。

她先是上前，想搞清楚是怎麼回事，結果嚇到大聲尖叫，把彈匣裡所有的子彈對著空氣打光了。她大口喘著氣，往後退，用腳把門關上。還好鑰匙插在對的這邊，她轉了兩圈門鎖，在那裡等著，她已經陷入歇斯底里，就要崩潰了。

「那個」應該過不了這道門吧！

可是「那個」過來了。甚至還追著她跑。

她慘叫，她奔跑，她隨手抓起家裡的東西就往後扔。她用腳踹，她揮拳。可是面對這樣的對手，她還能怎麼辦？

32．令人困惑的事

她用脛節上的刺毛刷洗頭顱。

一〇三六八三號真的不知道現在到底是什麼狀況了。

她恐懼**手指**，而……她的任務竟然是要殺死所有的**手指**。她開始相信叛軍的主張了，而……她現在必須背叛她們。她和二十名探險隊員到過世界的邊緣，而……她現在得到了八萬名士兵，她認為這個數字荒謬到無以復加。

不過她最在意的還是反叛運動。她原本想像自己是跟一些深思熟慮的冒險家結盟，結果她遇到的是一些近乎瘋狂的傢伙，一天到晚狂呼這個莫名其妙的單詞：「神」。

就連蟻后的舉止也很奇怪。以螞蟻的標準來說，她的話太多了，這很不正常。她想殺死所有的**手指**，卻無視那些住在自己的城邦底下的巨獸。她聲稱未來就在對外來物種的研究之中，但卻拒絕利用她的**手指窩**對這個最詭異也引發最多不安的外來物種進行實驗。

希藜－埔－霓沒有將所有事情都告訴她。叛軍也沒有。她們都對一〇三六八三號兵蟻有所懷疑，或是想要操縱她。她覺得自己像是蟻后的玩具，也像是叛軍的，甚至可能同時是她們兩者的玩具。

她恍然大悟：無論在這星球上的任何地方，任何蟻丘都不曾發生這種事。貝－洛－崗的所有邦民似乎都失去了常識。個體產生了獨特的思想，體驗到個別的意識，簡單來說，沒有以前那麼像螞蟻了。她們發生了突變。那些叛軍是正在突變的螞蟻。

希蓼－埔－霓是一個突變的蟻后。至於一〇三六八三號自己，她現在傾向認為自己是一個獨立的實體，她也不覺得自己是一隻非常正常的螞蟻。貝－洛－崗正在發生什麼事？

這個問題她無法回答，現在她只想知道，到底是什麼驅使這些叛軍做出如此荒唐可笑的表達。

「神」，是什麼？

一〇三六八三號往犀角金龜的獸欄走去。

33．百科全書

死亡崇拜：要定義一個有思想的文明，第一個要素就是「死亡崇拜」。

只要人將他們的屍體和他們的垃圾一起丟棄，人就只是野獸。當人開始把屍體埋葬或焚燒時，某種不可逆轉的事就發生了。細心對待死去的同類，就是設想了一個彼世、一個虛擬的世界，疊加在可見的世界上。細心對待死去的同類，就是將生命視為兩個維度之間的單純過渡。所有的宗教行為都源自於此。

最早的死亡崇拜可以上溯到大約七萬年前的舊石器時代中期。那個年代，有些部落開始將他們的屍體埋葬在1.40米×1米×0.30米的坑裡。

部落成員在他們的死者旁邊放置肉塊、燧石器物和他們捕獵的動物頭骨。這些葬禮似乎伴隨著部落全體成員共同參與的一場聚餐。

在螞蟻的社會裡，尤其是在印尼，已經發現了幾種螞蟻會在蟻后去世幾天之後依舊供應食物給蟻后。由於死去的蟻后所釋放的油酸氣味必然會讓其他螞蟻得知牠的狀態，螞蟻的這種行為就更令人驚訝了。

艾德蒙．威爾斯

《相對知識與絕對知識百科全書》第二卷

34．隱形人

雅克．梅利耶探長跪在卡若琳．諾嘉的屍體前。死者臉孔翻著白眼，又是是那種因為恐怖而抽搐的詭笑，驚恐萬狀的表情。

他轉頭對卡吾札克探員說：

「是這樣吧，艾彌勒，沒有指紋對吧？」
「唉，沒錯，舊戲又重演了：沒有傷口，沒有凶器，沒有破門竊盜，沒有線索。同樣的一灘爛泥！」
探長拿出他的口香糖。
「當然，門是鎖上的。」梅利耶說。
「三道鎖是鎖上的，兩道鎖是開著的。她臨死前好像正在努力轉動鐵門的那道鎖。」
「得搞清楚她是要開門還是要鎖門。」梅利耶低聲發著牢騷。（他俯身檢查死者雙手的位置。）「是要開門！」梅利耶驚呼：「凶手在裡面，她想要逃出去……第一個到現場的是你嗎，艾彌勒？」
「對，每次都是這樣。」
「你到的時候有蒼蠅嗎？」
「蒼蠅？」
「是的，蒼蠅。其實是果蠅，如果要說得科學一點的話。」
「你在薩爾塔家就問過了，為什麼你對蒼蠅這麼感興趣？」
「蒼蠅非常重要！對偵探來說，牠們是優秀的線民。我有個老師說他只要能檢查蒼蠅，就沒有破不了的案子。」
探員一臉懷疑。又是個無聊把戲，新的警察學校整天都在教這個！卡吾札克還是比較相信那些古老的好方法，不過他還是認真回答了。
「對，我記得你在薩爾塔家問過我，所以這次我看了。這次的窗戶還是關上的，如果有蒼蠅的話，蒼蠅會一直在那裡。可是你為什麼一直把心思放在蒼蠅上呢？」

「蒼蠅是最重要的。如果有蒼蠅，就表示那裡有通道。如果沒有，那麼公寓就是密閉的。」

探長四處張望，終於在白色天花板的一個角落發現了一隻蒼蠅。

「你看，艾彌勒！你看到了嗎？在上面。」

蒼蠅一直被人盯著看，好像覺得尷尬就飛走了。

「牠要向我們展示牠的空中走道了！快看，艾彌勒。窗戶上方的小縫，牠一定是從那裡進來的。」

蒼蠅在空中迴旋了一陣，然後落在一張單人沙發上。

「從這個畫面，我可以告訴你，這是一隻綠蒼蠅。所以，這是第二批的蒼蠅了。」

這又是什麼高深莫測的暗語？梅利耶解釋說：

「人一死，蒼蠅就會蜂擁而至。不過不是隨便什麼蒼蠅都會來，也不是隨便什麼時間都會來。蒼蠅的出場序是一成不變的。通常最先著陸的是藍蒼蠅（麗蠅，*calyphora*），牠們是第一批。牠們會在人死後五分鐘以內抵達。牠們喜歡溫熱的血。如果場地合適，牠們就會在肉上產卵，然後在屍體開始散發強烈氣味時離開。牠們立刻會被第二批的綠蒼蠅（腐蠅，*muscina*）取代。這種蒼蠅喜歡略帶腐腥味的肉，牠們品嚐，產卵，然後讓位給第三批的灰蒼蠅（麻蠅，*sarcophaga*），牠們特別欣賞發酵程度更高的肉。最後來的是專吃乳酪的蒼蠅（酪蠅，*piophila*）和專吃豬油的蒼蠅（齒股蠅，*ophira*）。這五批蒼蠅會在我們命案的遺體上一組接一組出現。每一組都只會處理完自己的那一份，其他組的份則是完好無損。」

「我們的命真不值錢。」探員嘆了口氣，覺得有點噁心。

「這要看對誰來說。一具屍體就可以讓幾百隻蒼蠅大快朵頤。」

「好吧。但這跟我們的調查有什麼關係？」

雅克．梅利耶拿起手電筒放大鏡，仔細檢視卡若琳．諾嘉的耳朵。

「耳廓裡有血和綠蒼蠅的卵。這很有意思。正常情況下，我們應該也會發現藍蒼蠅的幼蟲。所以第一批蒼蠅並沒有來。這已經是一條了不起的訊息了！」

探員開始試著去理解觀察蒼蠅帶來的種種美妙訊息。

「第一批蒼蠅為什麼沒來？」

「因為死後的五分鐘一定有什麼東西、什麼人——說不定就是凶手——一直在屍體的附近徘徊。所以藍蒼蠅不敢靠近。接著，屍體開始發酵了，藍蒼蠅就對屍體沒興趣了。這時綠蒼蠅出現了。而牠們，牠們沒有被什麼東西或什麼人干擾。所以，凶手只停留了五分鐘，沒有更久，然後就離開了。」

這麼多的推論給艾彌勒．卡吾札克留下深刻的印象。但梅利耶似乎不是很滿意，他納悶的是，到底是誰阻止了藍蒼蠅靠近屍體。

「看來，我們是在跟隱形人打交道……」

他突然不出聲了。他跟梅利耶一樣，兩人都聽到浴室傳來一陣聲響。

他們衝進浴室，拉開浴簾。裡頭什麼都沒有。

「是的，看來真的是隱形人，我感覺他在這裡。」

他顫抖著。

梅利耶若有所思地嚼著口香糖。

「總之，他不必開門或開窗就可以自由進出。他不只是隱形人，這傢伙，他還是個穿牆人！（他轉向封了透明薄蠟的死者，她的臉依舊癱瘓在恐懼之中。）……而且還是個會嚇死人的東西。這個卡若琳．諾嘉，她靠什麼為生？你的檔案裡有說什麼嗎？」

卡吾札克打開以死者之名建立的檔案夾，翻閱了裡頭的文件。

「沒男朋友，沒惹上什麼麻煩，也沒有恨到想宰了她的那種仇家。她的工作是化學家。」

「她也是？」梅利耶很驚訝：「她在哪裡工作？」

「CCG：通用化學公司。」

兩人望著對方，目瞪口呆。CCG：通用化學公司。塞巴斯蒂昂．薩爾塔曾經工作過的公司！

終於出現了一個公約數，這不可能是單純偶然的結果。終於有一條線索了。

35．神是一種特殊的氣味

氣味通往那個方向。

一〇三六八三號兵蟻認出了那些氣味，循線找到叛軍的密室。

我需要一個解釋。

一群叛軍包圍了一〇三六八三號。她們可以輕易殺死她，但她們沒有攻擊她。

什麼是「神」？

瘸腿兵蟻再次扮演了發言人。

她承認她們並沒有將所有事情都告訴一〇三六八三號，但她強調，光是向一〇三六八三號透露「親**手指**」反叛運動存在的事實，就已經是極為信任的保證了。一個被蟻邦出動所有衛隊圍捕的地下組織並沒有太快交付信任的習慣，不論對方是誰！

瘸腿兵蟻試著要舉起觸角，做出表示坦率的動作。

她解釋說，此刻貝－洛－崗正在發生一件對她們的城邦，對所有的城邦，甚至整個螞蟻物種非常重要的事。反叛運動的成敗，會讓世上所有螞蟻的演化進步或倒退千年。在這種情況下，一條命根本不算什麼。每個個體的犧牲都是必要的，保守最絕對的祕密也是必要的。在這個部分，瘸腿兵蟻承認一〇三六八三號是拼圖上很重要的一塊。她後悔沒有將一切都告訴她，她要彌補這個疏忽。

兩隻螞蟻在大廳中央莊嚴地會合，進行絕溝儀式——絕對溝通。透過絕溝，一隻螞蟻可以立即看到、聞到並且理解隱藏在對話者腦中的一切。敘事不再只是倚靠發送和接收，而是由兩隻螞蟻共同經歷。

一〇三六八三號和瘸腿的兵蟻將觸角一節一節緊貼在一起，那就像十一張嘴和十一隻耳朵直接接觸，只剩下一隻長了兩顆頭的昆蟲。

瘸腿兵蟻說了她的故事。

去年，大火肆虐貝－洛－崗，貝洛－裘－裘霓蟻后因此喪命，這些散發岩石氣味的螞蟻也失去了存在的意義。她們被迫面對新君主希藜－埔－霓發動的大規模掃蕩，於是這些散發岩石氣味的螞蟻叛變了。她們躲進這個巢穴，她們重新打開花崗岩地板裡的通道，她們竊取食物來餵養**手指**，而且，她們還繼續跟**手指**的代表利明斯通博士對話。

剛開始，一切都很完美。利明斯通博士發出一些簡單的訊息：「我們餓了。」「為什麼蟻后拒絕和我們說話？」叛軍的活動**手指**都知道，而且**手指**還會為叛軍提供建議，讓她們竊取食物的突擊行動可以盡量不引起注意。**手指**需要大量的食物，而要在不被發現的情況下供應這麼多糧食，其實並不容易！

一切都在正常範圍裡進展。直到有一天，**手指**們發出一條措辭跟從前大不相同的訊息。這段氣味怪異的說詞言簡意賅地指出，螞蟻們過度看輕**手指**，到目前為止，**手指**始終對此未置一詞，然而事實上，牠們是螞蟻的神。

「神」？這個字是什麼意思？我們就問了。

手指向我們解釋了什麼是神。依照牠們的說法，神是建造世界的動物。我們都活在神的「遊戲」裡。

另一隻螞蟻跑來擾亂了絕溝。她狂熱地發出訊息：

眾神發明了一切，祂們無所不能，祂們無所不在。祂們時時刻刻監視著我們。我們周圍的這個現實世界，只是眾神為了好好考驗我們而想像出來的一個舞台。

下雨，那是眾神在澆水。

天熱，那是眾神提高太陽的熱度。

天冷，那是眾神降低了熱度。

手指是神。

瘸腿兵蟻講解這些奇怪的訊息：如果沒有**手指**眾神，這個世界什麼都不會存在。螞蟻是祂們創造的生物。螞蟻為了生存掙扎的地方是**手指**們為了好玩而想像出來、打造出來的世界。

這是利明斯通博士那天說的話。

一〇三六八三號非常困惑。如果情況確實如此，為什麼**手指**會在城邦的地底下餓得要死？為什麼牠們會被囚禁在地下？為什麼牠們會容許一隻螞蟻意圖對牠們發動東征？

瘸腿兵蟻承認利明斯通博士的說法是有一些漏洞。但是另一方面，這些說法的主要優勢在於解釋了螞蟻為什麼存在，解釋了世界為什麼是現在這個樣貌。

我們從哪裡來，我們是誰，我們要往哪裡去？「神」的概念終於回答了這些問題。

無論如何，種子已經播下了。這場「自然神論」的演講是前所未有的，它讓一小部分叛軍發出讚歎，也讓其他更多的螞蟻感到困惑。接著就是一些沒再提到「神」的正常陳述。

之後大家也沒再想起這件事了，可是過了幾天，這種聳人聽聞的「自然神論」卻在利明斯通博士的觸角裡迴盪得更加劇烈。利明斯通博士再次提及一個由**手指**控制的宇宙，強調一切並非偶然，世間所發生的一切都是已經注定、已經記錄好的。那些不尊敬「眾神」或不餵養「眾神」的，都會受到傷害。

一〇三六八三號的觸角因為驚訝而糾結。她的想像力在螞蟻的標準來說，已經是沒有節制的等級了，連她都想不出這麼奇幻的想法，竟然說是一些巨型動物控制著世界，並且逐一監視所有住民。不過，她心想，**手指**的時間可真多。

儘管如此，她還是聽了瘸腿兵蟻講完她的故事。

叛軍很快明白了，利明斯通博士會發表兩種性質完全不一樣的講話。於是，當牠談到眾神時，自然神論的螞蟻興致勃勃，其他螞蟻就會退出。當牠提及「正常」的主題時，自然神論者就走了。

結果「親**手指**」的反叛群體慢慢開始分裂，有自然神論者，有非自然神論者，但兩者之間並沒有不和，即使後者認為前者已經發展出完全非理性的行為，而那根本不是蟻族的文化。
一〇三六八三號鬆開絕溝的連結，清洗觸角，然後向蟻群提問：
妳們誰是自然神論者？
一隻螞蟻走上前。
我的名字是二十三號，我相信全能的神的存在。
瘸腿兵蟻私下對她說，自然神論者會像這樣反反覆覆說出各式各樣現成的短句，就算她們常不明白這些句子的意涵。她們似乎不會因此感到困擾。越是無法理解的字句，她們越喜歡複誦。
一〇三六八三號不明白，這位利明斯通博士怎麼會同時擁有兩種截然不同的性格。
或許這就是**手指**的巨大奧祕，瘸腿兵蟻回答。這就是牠們的雙重性。在牠們的世界裡，簡單的和複雜的事物相鄰，日常的費洛蒙和抽象的訊息也放在一起。
她補充說，目前自然神論者占少數，但她們的比例繼續在成長。
一隻年輕的螞蟻跑過來，一邊還揮舞著一〇三六八三號埋在獸欄入口處的蛾繭。
這是妳的東西，對吧？
一〇三六八三號點點頭，把觸角伸向新來的螞蟻，問道：
妳呢？妳是什麼？自然神論者還是非自然神論者？
年輕的螞蟻害羞地點了點頭。她知道自己是在跟誰說話——一隻身經百戰、大名鼎鼎的兵蟻。
她衡量著自己即將說出來的話夠不夠嚴肅。可是，這些話卻突然從她三顆大腦的深處蹦了出來：
我的名字是二十四號。我相信全能的神的存在。

36．百科全書

思想：人的思想無所不能。

一九五〇年代，一艘英國的貨櫃船從葡萄牙運來滿船的馬德拉葡萄酒，駛進蘇格蘭的一個港口卸貨。一名船員進入冷藏貨櫃檢查是否所有貨品都下船了。另一名船員沒有發現他在裡面，竟然從外頭把門鎖上。被囚禁在冷藏貨櫃裡的船員用盡全力敲打貨櫃的壁板，但就是沒人聽到他的聲音，貨櫃船則是往葡萄牙前進。

這個人找到足夠的食物，但他知道自己在這冰冷的地方活不了多久。然而，他還是有足夠的能量可以抓起一塊金屬，每一天，每一小時，都在牆上刻寫他受難的故事。他以科學家的精確方式講述自己的臨終。寒氣如何使他麻木，如何將他的鼻子、手指和腳趾凍得有如玻璃般易碎。他描述了空氣的螫咬如何變成難以忍受的灼傷。他的整個身體又是如何漸漸硬化成冰塊。

當貨櫃船在里斯本下錨時，船長打開貨櫃，發現死去的船員。船長在貨櫃的壁板上讀到他鉅細彌遺的日記，記錄著他恐怖的苦難。然而，最令人驚訝的還不是這個。船長記下貨櫃裡的溫度，溫度計顯示是攝氏十九度。由於這艘船沒再裝貨，所以回程並沒有啟動冷卻系統。這個人會死，只是因為他相信自己很冷。他因為自己的想像而成為受害者。

艾德蒙．威爾斯
《相對知識與絕對知識百科全書》第二卷

37．信使任務

我想要見利明斯通博士。

一〇三六八三號的願望無法實現。所有的叛軍都堅持不懈地用觸角打量著她。

我們需要妳去做另一件事。

瘸腿兵蟻做了解釋。前一天，一〇三六八三號兵蟻和蟻后在一起的時候，一群叛軍從花崗岩頂壁的通道下來。她們會見了利明斯通醫生，告訴牠關於蟻邦決定對**手指**發起東征的事。

這次會面的是自然神論的利明斯通博士嗎？還是非自然神論的利明斯通博士？一〇三六八三號問道。

不是。她們見到了非自然神論的利明斯通博士，理性而且具體，談的都是些簡單的事，都在每一對觸角的理解範圍內。無論如何，在得知即將有一項前往世界盡頭消滅所有**手指**的任務時，利明斯通博士和那些透過牠表達的**手指**並未驚慌。相反的，牠們把這當成天大的好消息，甚至說這是千載難逢的機會，不可錯過。

手指們左思右想，然後利明斯通博士傳達了**手指**的指示，那是給牠們的一項任務，名為「信使任務」。這項任務將與東征直接連結，甚至融入東征。

由於貝－洛－崗的軍隊是由妳領導，所以妳也是達成「信使任務」的最佳人選。

一〇三六八三號知道自己有了新的任務。

注意！想清楚這件事有多重要，只許成功，不許失敗。「信使任務」有可能會改變世界的面貌。

38．下方

「妳覺得牠可以完成『信使任務』嗎？」

奧古斯塔．威爾斯向螞蟻們解釋完她的計畫。老太太把她因為風濕而變形的手貼在額頭上，歎息說：

「老天，但願這隻小褐蟻會成功！」

所有人都沉默地望著老太太，其中幾個人笑了。他們只能信任這些反叛的螞蟻。他們別無選擇。他們不知道這隻擔負「信使任務」的螞蟻叫什麼名字，但是大家都為牠祈禱，希望牠不要被殺。

奧古斯塔．威爾斯閉上眼睛。他們已經在這裡待了一年，在地下幾公尺的地方。奧古斯塔雖然是百歲高齡，但她什麼都記得。

首先，是她的兒子艾德蒙在妻子過世後，在距離楓丹白露森林只有幾步之遙的錫巴里斯人街三號定居。幾年之後，艾德蒙也告別了人間，留下一封信給他的繼承人——他的外甥喬納東。這是一封奇怪的信，裡頭只有這樣的一句叮嚀：**「千萬絕對不要去地窖！」**

事後看來，奧古斯塔．威爾斯根本覺得這是最有效的激勵。畢竟，帕蒙提耶[4]就是用這種方法推廣沒有人要的馬鈴薯。他把馬鈴薯種在一片封閉的田地裡，還在四周掛滿「絕對禁止進入」的警示語，結果從第一天晚上開始，就有竊賊偷走這種珍貴的塊莖。一個世紀後，薯條已經成為世界飲食的主要元素。

喬納東．威爾斯因此走入了地窖禁區，從此沒再上來。他的妻子露西冒險下去找他。接著是他的兒子尼古拉。然後是伽朗探員和他帶領的那些消防隊員。然後是畢爾斯海姆探長和他指揮的那些警察。最後是她本人——奧古斯塔・威爾斯——還有跟她一起下來的傑森・布哈捷和丹尼爾・侯松費爾教授。

總計十八人，被這沒完沒了的螺旋梯給吸了進去。所有人都面對過老鼠，都成功解開了六根火柴棒排成四個三角形的謎題。他們穿過如同產道般緊壓身體的鋼網魚簍，接著又往上爬，再從一道活門掉了下去。他們克服了童年的恐懼，克服了無意識、心神耗盡和死亡幻覺的陷阱。

歷經長途跋涉，他們最終發現了地下聖殿，建造的年代是文藝復興時期，位在一大塊花崗岩板的下方，而石板上矗立著一座蟻丘。喬納東向他們展示了艾德蒙・威爾斯的祕密實驗室。他讓大家親眼看到他的老舅舅的天才實驗，特別是這個名為「羅塞塔石碑」的機器。這組機器可以理解螞蟻的嗅覺語言，並且跟牠們交談。從機器接出一根管子，再連接到一個探測器——更準確地說，是一隻塑膠做的螞蟻，同時具有麥克風和擴音器的功能。這個裝置是他們派去和蟻邦往來的大使，它叫做「利明斯通博士」。

透過它，艾德蒙・威爾斯和蟻后貝洛—袞—袞霓進行了對話。他們還沒來得及交換很多句子，但已經足以衡量這兩個平行的偉大文明如果相遇，會遭遇什麼樣的問題。

喬納東拾起舅舅遺棄的燭台，帶領整個團隊投入舅舅當年熱中的事業。喬納東常開玩笑說他們就像太空艙裡的太空人，努力嘗試跟外星生物聯繫。他說：「我們正在進行的，可能會成為我們這

4 帕蒙提耶（Antoine-Augustin Parmentier，一七三七—一八一三）：法國農學家、營養學家，以推廣馬鈴薯著稱。

個世代最迷人的實驗。如果我們不能跟螞蟻溝通，我們就無法跟任何其他形式的智慧溝通，不論是地球還是外星的智慧生物。」

毫無疑問，他說對了。但是這麼快就說對了有什麼用呢？他們的烏托邦社區還是無法長期維持完美的狀態，他們試圖解決最微妙的問題，卻被最微不足道的問題阻擋了腳步。

一位消防隊員曾經厲聲質問喬納東：

「我們或許就像太空艙裡的太空人，但他們會想辦法帶上人數相同的男人和女人。現在，我們這裡有十五個年輕力壯的男人，結果只有一個女人。老太婆和小毛頭就先不說了！」

喬納東．威爾斯噴射式地迅速反駁：

「螞蟻世界也是這樣，每十五隻雄蟻只有一隻雌蟻！」

他們寧可以笑聲回應，沒再接話。

他們不太清楚上面的蟻丘出了什麼事，只知道蟻后貝洛－裘－裘霓死了，而她的繼任者不想再聽到他們的消息。繼任者最後竟然切斷了他們的糧食。

沒有對話也不再有食物，他們的烏托邦實驗很快就變成地獄。十八個飢餓的人被監禁在一個地底的空間，情況實在不容樂觀。

一天早上，畢爾斯海姆探長第一個發現「奉獻箱」是空的。於是他們只好回頭仰賴自己的儲備，主要是靠先前學會在地下種植的蘑菇。至少，因為地下有湧泉，所以他們不缺淡水，也因為有通風管，所以他們不缺空氣。

有空氣，有水，有蘑菇，多麼美好的齋戒！

可是終於有一名警員爆發了。肉，他要吃紅肉。他建議大家抽籤，決定看要拿哪幾個人來當其他人的鮮肉。而且他不是在開玩笑！

奧古斯塔．威爾斯記憶猶新，彷彿這痛苦的場景就發生在昨天。

「我想要吃！」那名警察大喊。

「可是已經什麼都沒有了。」

「有！還有我們！我們可以吃其他人。特定數量的、隨機選擇的個人，這些人必須犧牲，才能讓其他人活下去。」

喬納東．威爾斯站了起來。

「我們不是野獸。只有動物才會互相吃來吃去。我們是人，是人！」

「沒有人會強迫你變成食人族，喬納東，我們會尊重你的意見。但是，如果你不吃人，你可以成為其他人的晚餐。」

話才說完，這名警察對他的一個同事做了一個心照不宣的手勢。他們聯手夾擊喬納東，試圖將他擊倒。喬納東一陣亂拳猛揮，脫了身。尼古拉．威爾斯也加入了鬥毆。

大亂鬥越演越烈。反對和支持食人的各自選定了陣營。沒多久，所有人都加入了戰鬥；沒多久，就有人流血了。有些攻擊真是要致人於死地的。人肉愛好者拿著破酒瓶、刀子和木塊，想要更快實現他們的目標。就連奧古斯塔、露西和小尼古拉也發瘋似地到處亂抓、拳打腳踢。有那麼一瞬間，奧古斯塔外婆在她嘴巴攻擊範圍內咬到了一隻手臂，但她的假牙突然折斷了。人類的肌肉還是很結實的。

他們被隔絕在地下幾公尺處，他們在對抗受困野獸心中的惱怒。如果把十八隻貓放進一個一平方公尺的箱子裡關上一個月，您或許就可以一窺這個想讓人性進化的烏托邦團體當天的內戰有多麼凶猛。

沒有人是警察，也沒有人是證人，所有人都喪失了所有的自制。

終於有人死了。一名消防隊員被一刀刺死。驚駭的觀眾們瞬間停止打鬥，呆看著災難現場。沒有人想到要吞噬死者。

等大家的心情都平靜下來，丹尼爾．侯松費爾教授開口為爭論做了總結：

「我們已經跌得夠低了！穴居人還是潛伏在我們的內心，不必刮掉我們厚厚的一層禮節，就可以看到穴居人再次出現。五千年文明的重量還不夠。（他嘆了一口氣。）如果螞蟻看到我們現在為了食物而自相殘殺，牠們會多麼用力地嘲笑我們！」

「可是……」一名警察想插話。

「閉嘴，人類的幼蟲！」教授怒斥他：「任何社會性的昆蟲，就算是蟑螂，都不敢做我們剛才做的那種事。我們自認是萬物之靈，啊！真是可笑。這群人擔負著預先展示未來的責任，可是所作所為卻像一群老鼠。看看你們，看看你們為自己的人性做了什麼。」

沒有人回答。眾人的目光再次落在消防隊員的屍體上。大家不發一語，默默地在聖殿的一角為他掘墓。他們一邊吟唱著簡短的祈禱詞，一邊將他埋葬了。只有極端的暴力才能完全制止暴力。大家都忘了胃的需索，只顧著低頭舔吮傷口。

「幫大家上一堂高尚的哲學課我是沒有意見啦，但我還是想知道我們要怎麼活下去。」伽朗探員說道：「吃掉別人的想法當然是很墮落，但是要活下去，還有什麼其他選擇嗎？」

他提議：「不如我們同時自殺怎麼樣？這樣我們就可以擺脫這個新蟻后希蔾－埔－霓帶給我們的痛苦和屈辱了。」

這個提議沒有引發什麼熱情。伽朗氣憤地說：

「可惡，為什麼螞蟻要這樣對我們？我們是唯一放下身段跟牠們講話的人類，而且用的還是牠們的語言，結果牠們感謝我們的方式就是讓我們餓死！」

「哦，難怪了，」侯松費爾教授說：「難怪在黎巴嫩，在劫持人質的那個年代，綁架者比較喜歡殺掉講阿拉伯文的人。他們害怕被理解。或許這個希蘐－埔－霓也害怕被人理解。」

「我們一定要想出辦法，在不吃掉別人或自相殘殺的情況下走出這個困境！」喬納東大喊。

大家默不做聲，認真思考，他們貪婪的胃讓他們的心神有無比寬廣的空間。

這時傑森・布哈捷說話了：

「我想我知道該怎麼做了……」

奧古斯塔・威爾斯記得這一段，她露出微笑。傑森・布哈捷知道該怎麼做。

DEUXIÈME
ARCANE

第二奧義

地下的眾神

LES DIEUX SOUTERRAINS

39．準備

妳真的知道該怎麼做？

螞蟻沒有反應。

妳知道要怎麼殺死**手指**？對方追問。

我完全沒概念。

整個城邦到處是成群的兵蟻，大家都在為對抗**手指**的偉大東征做準備。步兵在磨尖她們的大顎，砲兵在大口吞嚥酸液。

快速步兵（也可以算是騎兵）在修剪腿上的刺毛，好讓她們在散播死亡與荒蕪時的空氣阻力可以更小。

每隻螞蟻都在談論**手指**、世界盡頭和應該可以消滅這些怪物的新式戰技。

大家對這個事件的預期都是一次充滿危險但非常刺激的狩獵。

一名砲兵吞下濃度達百分之六十的滾燙酸液。毒液如此濃烈，導致她腹錘尖端都冒煙了。

我們會用這個打敗**手指**！砲兵信心滿滿地說。

一隻聲稱打敗過一條蛇的老兵蟻一邊清洗觸角一邊說：

手指肯定不像大家說的那麼凶猛。

事實上，沒有一隻螞蟻搞得清楚**手指**到底是怎麼回事。而且如果希藜－埔－霓沒有發動東征，大多數貝－洛－崗邦民會繼續以為關於**手指**的故事只是傳說，其實**手指**並不存在。

有些兵蟻信誓旦旦地說，曾經前往世界盡頭的探險家一〇三六八三號將帶領大家。整個部隊都為了這個身經百戰的戰士的加入感到歡欣。

一些小團體前往水罐大廳補滿含糖能量。戰士們不知發兵的信號何時會發出，但是一切都已準備就緒，萬事齊備。

十幾名信奉自然神論的叛軍兵蟻悄悄混入武裝的蟻群。她們什麼也沒說，只是小心翼翼地收集散落在各個大廳的費洛蒙。她們的觸角不停地顫動。

40．被劫持的城邦

費洛蒙：遠征探險隊報告

血統：非生殖狩獵兵蟻

主題：重大事故

唾液分泌者：第二三〇號偵察兵

災難發生在今天清晨。天空忽然暗下來。**手指**完全包圍了聯邦所屬的城邦姬烏—藜—崗。菁英軍團以及重型砲兵群立刻出擊。

所有防禦行動都試過了。徒勞無功。**手指**發起數度攻擊後，一個扁平、堅硬的巨大結構物撕裂地面，插入城邦的側邊，割裂大廳，碾碎蟻卵，切斷走廊。扁平的結構物接著推擠並且舉起了整座城邦。妳沒聽錯：就那麼一下，舉起了整座城邦！

一切都發生得太快。我們被扔進某種透明堅硬的巨大甲殼裡。整座城邦已經天翻地覆。育嬰室被摧毀，穀倉被鑿穿。我們的蟻卵到處散落。我們的蟻后受傷被俘。我可以逃出來是因為我做了一連串的猛烈跳躍，及時跳過透明的巨大甲殼的邊緣。

到處都是**手指**的氣味。

41．艾德蒙之城

萊緹希雅．威爾斯把她剛在楓丹白露森林裡挖起來的蟻丘放在一個大水族箱裡。她把臉貼在溫暖的玻璃上。

她在觀察的那些螞蟻顯然沒有看到她。這批新來的褐螞蟻（紅褐山蟻，*Formica rufa*）看起來特別活潑。已經有好幾次，萊緹希雅帶回來的螞蟻都有點傻。紅螞蟻（大頭家蟻，*phéidoles*），或黑螞蟻（黑褐毛蟻，*Lazius niger*）看到什麼都怕。牠們沒碰任何新的食物。這個年輕女人一伸出手，牠們就逃。後來，一個星期之後，這些昆蟲把自己搞得奄奄一息。千萬別以為螞蟻都很聰明，實情完全不是這樣。有很多種螞蟻的頭腦很簡單，只要微小的例行公事受到一絲干擾，牠們就會傻乎乎地陷入絕望！

倒是這些褐螞蟻給她帶來了實實在在的滿足。牠們不停地忙碌，奮力拖著小樹枝到處跑，不然就是在互相摩擦觸角或是打架。牠們充滿活力，比她知道的任何螞蟻都更有生氣。萊緹希雅一拿出新的菜餚，牠們就嚐了起來。如果她把一根手指伸進水族箱，牠們會想要咬或是攀爬上去。

萊緹希雅在水族箱底部鋪上石膏防潮。這些螞蟻在石膏上構築了廊道。左邊有一個樹枝組成的小圓頂。中間是沙灘。右邊是充作花園的苔蘚小丘陵。萊緹希雅放了一個裝滿糖水的塑膠瓶，塞上一團棉球，方便螞蟻就可以從這個水罐裡喝水。沙灘中央放著一個圓形劇場形狀的煙灰缸，裡頭盛滿切成薄片的蘋果和塔拉瑪魚子抹醬（tarama）。

這些昆蟲好像都很喜歡塔拉瑪抹醬……

雖然所有人都會抱怨螞蟻入侵室內這種事，但是萊緹希雅．威爾斯剛好相反，她大費周章讓螞蟻可以在她家活下去。她安置在客廳的蟻丘遭遇的主要問題是泥土會腐爛。所以，就像養金魚必須定期換水，她也得每隔兩週幫螞蟻換一次土。可是如果是金魚，抄網撈魚把水換掉就好了，但是幫螞蟻換土可不是小工程。首先要有兩個水族箱：舊的是乾土，新的是濕土。她在兩個水族箱之間裝了一條管子，然後螞蟻會搬家到比較潮濕的地方，整個大遷徙有可能耗上一整天的時間。

萊緹希雅已經有資格對她的蟻丘產生情緒了。有一天早上，她看著她的水族箱（更確切的說法應該是「土族箱」），發現所有居民都斬斷了自己的腹錘。隔著玻璃板，她看見這些螞蟻堆積成一座陰森的小丘，彷彿想要證明自己寧死不屈。

其他被迫遷移的住客則是使出渾身解術，試圖逃跑。這個年輕女人不只一次在睡醒時發現自己臉上有一隻螞蟻，這意謂著如果有一隻螞蟻在這裡遊蕩，那麼公寓裡可能就有一百隻螞蟻在逛大街。所以她不得不展開獵捕行動，用一支小茶匙和一根試管將牠們抓回來，再放回玻璃監獄裡。

為了改善這些客人的拘留條件並且藉此提高牠們的士氣，萊緹希雅在水族箱裡種了一些盆栽植物，種了一些花，做了一點花園造景。為了讓螞蟻在更多樣化的風景裡行走，她設計了礫石區、木塊區、鵝卵石區。為了讓牠們重新感受狩獵的樂趣，她甚至在她命名為「艾德蒙之城」的地方放了幾隻活的小蟋蟀。兵蟻們樂孜孜地在盆栽植物之間獵殺牠們。

褐螞蟻也給了她最令人訝異的驚奇。她第一次掀開「土族箱」的蓋子時，所有螞蟻都用腹錘對準她，接著，在一場美麗的合奏中發射酸液。她不小心吸入一股黃色的雲霧，隨即，她的視線變得模糊，產生了紅色和綠色的幻覺。多麼了不起的發現！我們可以用蟻丘蒸氣幫自己「打一管」！

她立刻把這個現象記錄在學習筆記本上。她本來就知道有一種罕見疾病的患者會被蟻丘吸引，就像被磁化了一樣。他們會在蟻丘那裡躺上幾個小時，這些人會吃螞蟻，有人認為是為了彌補他們血液裡欠缺的蟻酸。現在她知道了，其實這些人是在追求蟻酸引起的迷幻效果。

萊緹希雅回過神來，收拾好維護她的城邦所需的工具（滴器、鑷子、試管……等等）。她放下她的嗜好，全新專注在記者的工作上。她的下一篇報導和前幾篇一樣，也要寫薩爾塔兄弟的這起神祕案件，她迫不及待想要理出一個頭緒。

42．百科全書

文字的力量：文字的力量太大了！

正在和您說話的我，很久以前就死了，但是，因為這些字母組合成這本書，讓我得以強大。靠著這本書，我活著。我的靈魂永遠縈繞在這本書裡，而作為回報，這本書獲取我的力量。需要證明嗎？好的，我是殘骸，我是死屍，我是骷髏，但我可以向活生生的讀者發號施令。是的，就算我死了，我還是可以操縱您。無論您在哪裡，無論您在任何一個大陸上，無論任何時候，我都可以迫使您服從我，就透過這本《相對知識與絕對知識百科全書》。我現在就來向您證明這一點。這是我的命令：

翻到下一頁！

看到了嗎？您服從了我。我死了，而您卻服從了我。我在這本書裡。我活在這本書裡！這本書絕不會濫用文字的力量，因為這本書只是無關緊要的配角。您可以一次又一次地向它提問，它隨時會為您服務，您所有問題的答案一直都在一行行的文字或字裡行間的某個地方。

艾德蒙．威爾斯

《相對知識與絕對知識百科全書》第二卷

43．必須認識的一種費洛蒙

希藜－埔－霓召見一〇三六八三號兵蟻。蟻后的衛隊四處尋覓，最後在甲蟲獸欄區找到她。她們把她帶去化學圖書館。

蟻后在裡面，半坐姿，應該是剛查詢完一筆費洛蒙資料，因為她的觸角尖端還是濕的。

關於我們上次說的話，我想了很多。

希藜－埔－霓首先承認，確實，八萬兵蟻似乎不足以殺死地球上的所有**手指**。剛剛又發生了一起意外，一場可怕的災難，預示著蟻邦即將面臨這些怪獸的力量所帶來的最惡劣情況。**手指**剛剛劫走了姬烏－藜－崗，牠們用一個巨大的透明甲殼帶走了整座城市！

一〇三六八三號很難相信這樣的神怪現象，事情到底是怎麼發生的，為什麼？

蟻后不知道。禍事進展得非常快，唯一的倖存者還處在災難後的驚嚇和創傷裡。但是姬烏－崗的案例並非獨立事件，每天都有跟**手指**相關的災難消息傳來。

整個事態的進展彷彿是**手指**正在高速繁殖，彷彿牠們早已決定要入侵森林。每一天，**手指**的存在都變得更加清晰。

現場目擊的螞蟻怎麼說？這些見證很少可以相互印證。有些螞蟻說是看到扁平的黑色動物，有些螞蟻說是看到粉紅色的圓形動物。

螞蟻們似乎正在跟一些怪異的動物打交道，似乎是自然界的異象。

一〇三六八三號開始胡思亂想。

（如果那是我們的神，怎麼辦？我們真的要對抗我們的神嗎？）

希藜－埔－霓要一〇三六八三號兵蟻跟在她後面。她帶她走到穹頂的頂端。在那裡，幾名戰士向她們敬禮，隨即將蟻后圍起。蟻邦的產卵者暴露在露天的環境是很危險的，蟻后是貝－洛－崗絕不可少的性器官，而只要一隻飛鳥，就可以對她發動奇襲。

砲兵們已經就射擊位置，隨時瞄準進入她們視野的任何一個影子。

希藜－埔－霓繞過穹頂的頂端，來到一處寬闊的空地，那是用來起飛的跑道。幾隻犀角金龜停駐在那裡，安靜地吃著嫩芽。蟻后要一〇三六八三號攀上其中一隻，牠的黑色胸甲透出微微的銅色，在陽光下熠熠閃亮。

這是我們進化運動的一個奇蹟。我們成功馴服了這些飛行巨獸。妳來試用看看。

一〇三六八三號對於駕駛飛行甲蟲一無所知。

希藜－埔－霓發送了一些建議費洛蒙給她：

永遠將妳的觸角維持在牠觸角的可及範圍內。要以非常專注的思考向牠指示要走的路線。妳會親眼看到，妳的坐騎很快就會服從。轉彎時，不要試圖將身體往反方向傾斜來平衡。順應甲蟲的每一個動作。

44．CCG就是您會喜歡的

CCG的標誌是一隻有三個頭的白色老鷹。其中兩個頭似乎正在衰壞，搖搖欲墜。第三個頭驕傲挺立，吐出一道銀色的水流。

看到煙囪的數量和冒出的煙，會讓人懷疑全國所有的物品是不是都是這家工廠生產的。整個企業簡直就像一座城市，人們在裡頭搭乘電動車到處移動。

梅利耶探長和卡吾札克探員搭電車前往Y棟大樓時，一位銷售主管為他們解釋，CCG主要生產化學紙漿，用作醫療產品、家用產品、塑膠製品和食品的原料。市面上的兩百二十五種競爭廠牌的洗衣粉和洗潔劑，都是用同樣的CCG基礎皂粉製成的。三百六十五個不同品牌的乳酪醬在超市爭奪客戶，它們用的都是相同的CCG基礎乳酪漿料。CCG的合成樹脂漿料被做成各種玩具和家具……

CCG的全名是Compagnie de chimie générale（通用化學公司），這是一家國際信託公司，總部位於瑞士。這個財團在無數領域都是產業界的龍頭：牙膏、鞋油、化妝品……

到了Y棟大樓，工作人員引導兩名警察來到薩爾塔兄弟和卡若琳．諾嘉的實驗室。他們很驚訝，薩爾塔兄弟和卡若琳．諾嘉的磁磚實驗檯靠得很近。梅利耶問道：

「他們認識嗎？」

負責接待的那位穿著白色實驗服、滿臉痘子的化學家回答：

「他們有時會一起工作。」

「他們最近有共同研究的項目嗎？」

「有，但他們決定暫時保密，他們拒絕告訴同事，他們說現在還為時過早。」

「他們的專長是什麼？」

「他們的專長是全方位的。他們的工作跟我們很多研發部門都有關。蠟、人工磨料、家用黏合劑，所有化學方面的應用都跟他們有關。他們經常把他們專長結合起來，而且也獲得成功。但是關於他們最近的研究，容我再重複一次，他們沒有告訴任何人。」

順著他的話，卡吾札克提出他的問題：

「他們有沒有可能是在開發一種可以讓人變得透明的產品？」

化學家笑了出來：

「讓人隱形？您在開玩笑吧？」

「當然不是。剛好相反，我很認真。」

化學家一臉尷尬。

「好吧，讓我為您解釋一下：我們的身體永遠無法變得透明。我們是由一些太過複雜的細胞組成的，就算是天才研究員也沒辦法讓這些細胞一下子就變得像水一樣透明。」

卡吾札克沒有堅持，科學從來不是他擅長的領域，不過他心裡還是有件事懸在那裡。

梅利耶聳了聳肩，用他最專業的語氣問道：

「我可以看一看裝了他們正在研究的物質的那些小瓶子嗎？」

「您的意思是……」

「有困難嗎？」

「是的。已經有人來做過同樣的要求了。」

梅利耶從架子上撿起一根頭髮。

「一個女人。」他說。

化學家很驚訝。

「沒錯，是個女人。不過……」

探長充滿自信，繼續說了下去：

「年齡在二十五到三十歲之間。她的衛生習慣無可挑剔。她是歐亞混血兒。她的血液系統運作相當良好。」

「您是在問我嗎？」

「不是。我是從架子上的這根頭髮看出來的，它就掉在唯一沒有灰塵的地方。我說得有錯嗎？」

化學家十分佩服。

「您說得沒錯。您是如何看出這些細節的？」

「這根頭髮很光滑，所以才洗過沒多久。聞一聞，還香香的。髮質厚實，所以是年輕人的頭髮。頭髮比較粗，這是東方人的特徵。髮色很亮，所以血液系統處於完美的狀態。我甚至可以告訴您，這位女士在《星期日回聲報》上班。」

「您這就是在耍我了。您可以從一根頭髮看出這一切？」

梅利耶模仿了萊緹希雅．威爾斯第一次採訪時說過的話：

「不是，是我的小指頭告訴我的。」

卡吾札克想證明自己的洞察力也不差，他也說話了：

「這位女士從這裡偷走了什麼？」

「她什麼也沒偷。」化學家說：「她問我們是不是可以讓她把那些小瓶子帶回去，她有空的時候可以化驗看看。我們沒覺得這樣有什麼不好。」

面對探長暴怒的臉，他道歉說：

「我們不知道你們會跟著就來了，我們也不知道你們也會感興趣，不然我們當然會為你們保留下來。」

梅利耶轉身，拖著卡於扎克：

「我跟你保證，這個萊緹希雅．威爾斯可以告訴我們很多事。」

45・犀角金龜試飛

一〇三六八三號高高跨坐在甲蟲的前胸背板上。這架飛行器有四步長，兩步寬。從她的位置可以看到甲蟲彎曲的犀角宛如突出的船艏矗立在前方。犀角有多重功能：長矛可以開膛剖肚，瞄準器用來發射蟻酸，兩側還有撞角，可以拿來當破城槌，無堅不摧。

對這隻英勇的兵蟻來說，最緊迫的問題還是如何指揮她的機器。希藜－埔－霓給她的建議是：透過意念。

不如馬上就來試試。

觸角連接。

一〇三六八三號專心想著起飛。但是，這隻肥碩的黑色甲蟲要如何克服重力呢？

我要飛。來吧，我們向前衝。

一〇三六八三號來不及發出驚歎。她原本以為這頭野獸笨重又遲鈍，但此刻她的身後傳來某種機械運轉順暢的聲音，是兩片棕色鞘翅向前滑了出來。雙翼開展，呈現出透明的栗子色，接著像門扉那樣斜斜地打開，隨著輕巧矯捷的拍打動了起來。剎時間，周圍的噪音震耳欲聾。希藜－埔－霓忘記警告她的兵蟻了，甲蟲飛行時會發出巨大的噪音，嗡嗡聲會越來越大。一切都在振動。一〇三六八三號不知道接下來會發生什麼事，不禁擔憂起來。

一團團螺旋向上升起的塵埃和木屑侵入她的視野，造成一種奇怪的視覺效應，看起來不像她的坐騎升起，反倒像是整座城邦沉入地下。蟻后在地面向她揮著觸角，身影越來越小。當一〇三六八三號再也無法辨認蟻后的身影時，她發現自己已經上升到整整一千步的高度了。

我要向前直飛。

甲蟲立即傾身向前衝刺，黑色翅膀的噪音也變大了。

飛！她飛起來了！

這是所有非生殖蟻的夢想，她在今天實現了。克服地心引力，征服空氣的維度，就像交尾飛行之日的那些生殖蟻！

一〇三六八三號隱約感覺到有些蜻蜓、蒼蠅、黃蜂在附近陸續出現。她用力嗅著，正前方，鳥巢。危險。她命令飛行甲蟲做出急轉彎的動作。但是在天空不像在陸地，如果不將翅膀傾斜至少四十五度，就轉不了彎，而當甲蟲服從了命令，整個平衡狀態就破壞了。

一〇三六八三號滑了下來，她試圖以細爪嵌入坐騎的甲殼，但是功敗垂成。她徒勞地刮花了黑漆，黑色的細絲從甲殼上脫落，沒有任何一處可以著力，她只能眼睜睜看著自己從飛行巨獸的側面滾落。

她在一片空無之中往下墜。

她一直往下墜，可是甲蟲完全沒發現。一〇三六八三號看到牠完成了轉彎的動作，並且英勇地向新的空域猛衝。

在此同時，兵蟻下墜，下墜，不停地往下墜。地面迎著她衝過來，還帶著一堆凶神惡煞的植物和岩石。她不停地打轉，觸角盤旋，完全失控。

然後是撞擊！

她的腿承受了所有重量，彈起，在更遠處落下，又再彈起。一大片厚厚的苔蘚及時出現，終於緩和了她的翻滾。

螞蟻是一種極為輕盈又非常結實的昆蟲，所以就算變成自由落體也不會摔扁。就算從一棵高高的樹上摔下來，螞蟻也可以繼續做事，彷彿什麼也沒發生。

一〇三六八三號只是被墜落的眩暈感搞得有點頭昏。她把觸角收回前方，進行快速清洗，然後就繼續走上返回城邦之路。

希藜－埔－霓沒有移動。一〇三六八三號重新出現在穹頂時，她依然在原地。

不要氣餒。重新開始。

蟻后陪兵蟻前往起飛的浮橋。

除了八萬兵蟻，妳還可以得到六十七頭已經被我們馴服的犀牛傭兵的協助。牠們會是一股相當可觀的輔助兵力。妳必須學會駕馭牠們。

一〇三六八三號騎上另一隻甲蟲，再次起飛。第一次試飛沒有成功，或許這匹新戰馬會和她相處得比較融洽。

同一時間，一名砲兵在她的右側起飛。她們並排飛行，砲兵擺動觸角向她致意。其實在這種速度下，費洛蒙已經無法流動。但是無妨，先輩們早已發明以觸角運動為基礎的身體語言。根據這些纖細的長梗或直立或折疊的差異，她們以自己的方式組合成一套摩斯密碼般的語言，即使相隔遙遠也可以彼此理解。

砲兵示意她可以放開坐騎的觸角，在牠背上行走，只要確定每次移動時都以細爪嵌入胸甲表面的小顆粒。砲兵似乎早已純熟掌握了這項技術，她接著示範如何攀著甲蟲的腿往下移動。攀在甲蟲腿上，可以抬起腹錘射擊從下方經過的生物。

一〇三六八三號一時還無法嫻熟地掌握這些特技，但她很快就忘了自己正在兩千步的高度上移動。她已經可以把自己牢牢固定在坐騎上，當犀角金龜向草地俯衝時，一〇三六八三號已經可以發射蟻酸了，她還用大顎切下一朵花。

這一擊讓她安心了。她心想，有了六十七架這樣的戰爭機器，至少可以粉碎幾個這種神……

啊！不是，是**手指**！

高速爬升，然後俯衝。她向甲蟲下達命令。

兵蟻開始喜歡她觸角裡感受到的速度感了。多麼強大的飛行力量，多麼了不起的文明進步！而她是第一代見證者，親身經歷了這項奇蹟——搭乘一匹甲蟲坐騎飛行！

速度令她陶醉。方才的墜落沒有造成任何嚴重的後果，而現在的一切已讓她相信這艘飛艇不會危害她的生命。於是她開始指揮甲蟲做出螺旋、翻筋斗……各種特技飛行動作。一〇三六八三號心裡充滿非凡的感受，身上所有對空間位置敏感的江氏器官[1]都短路了，她已經搞不清上、下、前、後了。不過她沒忘記，如果有棵樹直挺挺地矗立在前方，一定得快速迴旋，立刻避開。

她忙著玩她的飛行器，沒留意天空暗沉得令人憂心。過了一會兒她才意識到，犀角金龜變得非常緊張，不再服從直角轉彎的指令，也不再接受提升高度的命令。不知不覺當中，她的坐騎甚至還往下降了。

---

1 江氏器官（Organe de Johnston）：見書末〈螞蟻的詞彙〉。

46．歌謠

記憶費洛蒙：第八十五號
主題：進化歌謠
唾液分泌者：希藜－埔－霓蟻后

我是離經叛道的君主。
我讓所有個體偏離慣常道路，這讓她們心裡充滿恐懼。
我宣告離奇的真相以及充滿矛盾的未來。
我是系統的變態，但系統需要變態才能進化。
沒有誰說話像我一樣害羞、笨拙又不確定。
沒有誰擁有我無盡的弱點。
沒有誰擁有我遺傳的謙虛。
因為感情取代我的智慧。
因為沒有任何知識可以讓我變得沉重。
只有在空中飄盪的直覺指引我的腳步。
而這種直覺，我也不知它來自何處。
我不想學習這種直覺。

47．想法

奧古斯塔．威爾斯記得。

傑森．布哈捷掩嘴咳嗽，所有人都圍著他，聚精會神聽他說話，因為此時此地，可以讓大家脫身的想法連個影子都沒有。

沒有食物，沒有任何機會可以離開地底洞穴，沒有可能跟地上的人聯繫，這十七個人（裡頭還有一個百歲老人和一個小男孩）要怎麼抱著希望活下去？

傑森．布哈捷站得直挺挺的。

「讓我們從頭開始想。是誰把我們帶到這裡的？是艾德蒙．威爾斯。他想讓我們住在這個地窖裡，繼續做他的工作。我敢肯定，他已經預見到我們有可能陷入某種黑暗的處境。下來這個地窖是一趟加入祕密社團的個別旅程，而現在，我們面臨的是一次重大考驗，這是我們集體入教的歷程。我們各自單獨做成的那些事，現在我們必須一起去達成了。我們每個人都解開過四個三角形的謎題，因為我們已經可以改變我們的思考方式，我們都在腦海裡打開了一扇門。我們必須堅持下去。為此，艾德蒙也為我們提供了一把鑰匙。我們看不到鑰匙，因為我們的恐懼蒙蔽了我們的眼睛。」

「別再搞神祕了！什麼鑰匙？你的解決方法是什麼？」一名消防隊員低聲抱怨。

傑森說了下去：

「還記得四個三角形的謎題吧。這個謎題要我們改變我們的思維方式。『必須用不同的方式思考。』艾德蒙一再重複：『必須用不同的方式思考……』」

一名警察又大喊了：

「但我們被困在這裡，跟老鼠一樣！這個確定的情況不必再想了吧。我們怎麼想都只有現在這種情況。」

「不。有好幾種思考的方式。我們是被困在我們的身體裡，而不是困在我們的思想裡。」

「廢話，廢話，都是廢話！你如果有什麼提議就趕快說！不然就閉嘴。」

「剛從媽媽身體裡出來的嬰兒不明白為什麼自己沒再泡在溫水裡了。他想回到母體的庇護所，可是門已經關上了。他相信自己是一條魚，永遠沒辦法在露天的空氣中存活。他很冷，光線刺眼，噪音太大。母胎之外就是地獄。這個嬰兒就跟現在的我們一樣，以為自己沒辦法克服這種考驗，因為他認為自己在生理上並不適合這個新的世界。我們所有人都經歷過這種時刻，可是我們並沒有死，我們適應了空氣、光線、噪音和寒冷。我們從水生的胎兒突變為呼吸空氣的嬰兒，我們從魚類突變為哺乳類。」

「對呀，然後咧？」

「既然我們處在同樣關鍵的情況，我們就再次適應，讓自己滑進這個新的模子裡。」

「他在說夢話，這根本就是夢話！」伽朗探員大聲驚呼，還翻了白眼。

「這不是夢話。」喬納東．威爾斯低聲說：「我想我明白他要說的。我們會找到解決辦法，因為我們沒有其他出路，只能找出解決的辦法。」

「是啦，我們可以一直去找，去找出解決的辦法。就算等著要餓死的時候，我們也還有這件事可以做。」

「讓傑森說下去。」奧古斯塔用命令的語氣說：「他還沒有說完。」

傑森．布哈捷走到讀經臺前，拿起《相對知識與絕對知識百科全書》。

「我昨晚重讀了一遍。」他說：「我相信答案早已清楚地寫在裡面。我找了很久，終於找到這段話，我想唸出來給大家聽。大家聽仔細了。」

48．百科全書

體內平衡：所有生命形式都在尋求體內平衡。

「體內平衡」是指內部環境與外部環境之間的平衡。所有生命結構都是在體內平衡的狀態下運作。鳥有中空的骨頭所以飛得起來。駱駝有水的儲備，可以供沙漠生存所需。變色龍會調節皮膚的色素細胞，逃過掠食者的目光。

這些物種跟許多其他物種一樣，都適應了所有環境的變動而存活到今天。那些沒有能力與外界和諧共存的都消失了。

體內平衡是我們的器官面對外部限制而進行自我調節的能力。

看到隨便哪個人都可以承受最嚴酷的考驗，而且身體的組織也都可以適應，我們總是為此感到驚訝。戰爭時期的那種環境，人類為了生存而被迫超越自我，我們看到一些原本只知舒適安寧的人毫不猶豫地過起乾麵包配水的生活。在幾天的時間裡，在山裡迷路的城市佬學會辨識可以食用的植物，學會狩獵並且吃掉他們一向厭惡的動物：鼴鼠、蜘蛛、老鼠、蛇……

丹尼爾．狄福的《魯濱遜漂流記》或儒勒．凡爾納的《神祕島》都是讚美人類體內平衡能力的書籍。

我們所有人都在不斷尋找完美的體內平衡，因為我們的細胞已經有了這種擔憂。細胞永遠渴望在最佳溫度下獲得最多的營養液，而不會受到有毒物質的侵害。但是當細胞沒有體內平衡的時候，細胞會去適應。所以酒鬼的肝細胞會比飲食節制的人的肝細胞更習於吸收酒精。老菸槍的肺部細胞會對尼古丁產生抵抗力。米特里達梯國王甚至訓練自己的身體去承受砒霜的毒性。

外部環境越惡劣，就會越迫使細胞或個人去發展未知的才能。

艾德蒙．威爾斯

《相對知識與絕對知識百科全書》第二卷

朗讀之後是漫長的沉默。傑森．布哈捷率先開口，深入這段文字的重點：

「如果我們死了，那是因為我們沒有成功適應這個極端的環境。」

伽朗爆炸了：

「極端環境，你真的很有想法！路易十一的囚犯被關在一平方公尺的『小姑娘』鐵籠裡，他們有沒有適應他們的牢房？被槍決的人能讓他們軀幹的皮膚變硬來防禦子彈嗎？日本人對輻射的抵抗力增強了嗎？你在鬼扯嘛！有一些侵害我們的行為，我們根本無法適應，就算我們真的非常想要適應！」

畢爾斯海姆靠近了讀經臺。

「你讀的這段《百科全書》很有意思，但是就我們的狀況來說，我看不出有什麼具體的關聯。」

「艾德蒙告訴我們的事情很明確：要想生存，就必須變異。」

「變異？」

「是的，變異。變成穴居動物，活在地下，吃得很少。運用群體作為抵抗和生存的手段。」

「意思是……？」

「我們沒有好好利用跟螞蟻的溝通，我們困在肉體裡受苦，是因為我們走得不夠遠。我們依舊是人類，膽小怕事又自以為是。」

喬納東．威爾斯表示贊同：

「傑森說的對。我們穿過引領我們的身體通往地窖底部的小路，這才只是走了一半的路。無論如何，現在的情況讓我們不得不繼續我們的旅程。」

「你是說過了這個地窖之後還有一個地窖？」伽朗語帶諷刺：「你要我們往神殿底下挖，找到神殿的地窖，然後地窖會帶我們去一個不知道在哪裡的地方？」

「不是。請不要誤會我的意思。有一半的道路是物理性的，我們已經用我們的身體完成了。另外一半涉及我們的心理，而這個部分的一切都還有待完成。現在，我們需要改變我們的想法，要在我們的腦子裡產生變異，要接受穴居動物的生活方式，因為我們已經變成了穴居動物。我們當中有人曾經說過，我們的團體有十五個雄性，但是只有一個雌性，我們無法指望這樣的團體可以運作。對人類的社會來說，確實是這樣，但如果是昆蟲的社會呢？」

露西．威爾斯嚇了一跳。她聽懂她丈夫的論述要導向何處了。如果要讓所有人一起活下去，在地下，而且只有很少的食物，唯一的辦法就是讓自己變成……變成……

所有人，在同一個時刻，嘴裡都冒出了同一個詞。

螞蟻。

49．雨

空氣裡充滿了電。閃電點燃了帶著負電的離子龍捲風，隨之而來的是一陣低沉的轟隆聲，然後又是一道閃電，將天空碎成千片，白紫交映的電光投射在樹葉上，令人不安。

鳥飛得很低，比蒼蠅還低。

又是一陣雷聲。鐵砧狀的雲裂了開來，飛行金龜的甲殼發光了。一〇三六八三號害怕自己會從這個熠熠閃亮的表面滑落。這種渺小無助的感覺，跟面對那些守護世界盡頭的**手指**時一模一樣。

我們得回去了。她讓犀角金龜明白她的想法。

可是此刻已經大雨滂沱，每一滴雨都可能是致命的——粗大的透明虛線和巨型水晶條交錯出現——大型昆蟲的翅膀碰上就會沒命。

甲蟲陷入恐慌。牠在密集轟炸的中心迂曲繞行，使盡一切本領在水滴之間穿行。一〇三六八三號已經無力控制任何東西了，她只能用所有細爪和腳尖的植物纖維皮荚藜吸盤牢牢扣住甲殼。一切都發生得非常快，她恨不得閉上那對球狀的眼睛，不要再同時看到所有危險——前面！後面！下面！上面！可是螞蟻沒有眼皮。啊！她多麼心急，她想要趕快回到滿是蚜蟲的樓層！

一顆散落的細小水滴迎面擊中一〇三六八三號，她的觸角被壓迫在胸甲上。水浸沒她的觸角，阻斷了後續的感知。

那就像聲音被切斷，只剩影像，非常恐怖。

大金龜精疲力盡。

在透明的標槍陣裡迂曲繞行，這樣的「之」字型路線越來越難飛行。每次翼尖一被淋濕，飛行器就會變得更重一點。

千鈞一髮，她們閃過一顆沉重的水球。犀角金龜四十五度急轉，避開更大的一顆雨滴。千鈞一髮。可是水滴碰到了牠的腳，飛濺出來，濺到牠的觸角。

又是一道電光。一陣轟鳴。

有那麼幾分之一秒，飛行獸失去了對外界的感知。那就像打了個噴嚏，可是等牠回神重新掌控飛行路徑，一切都已經太遲。電光在水光中閃耀，水柱清澈晶瑩，她們就這樣衝了進去。

犀角金龜豎起一雙翅膀試圖剎車，但她們飛得太快，要在高速之下剎車根本不可能。結果是翻了個跟斗，然後又滾了好幾圈。

一〇三六八三號緊緊抓住飛行戰馬的鎧甲，細爪甚至戳進了甲殼。她濕漉漉的觸角鞭打著自己的眼睛，然後整個貼住了眼睛。

她們第一次撞上水柱，反彈之後又撞上一道粗大虛線似的雨水。她們被層層波浪覆蓋，此刻的重量是原來的十倍。她們像一顆成熟的梨子，掉落在城邦的細枝穹頂。

金龜整個爆開，犀角斷裂，頭顱炸碎，肢解的鞘翅向天空升起，彷彿要繼續獨自翱翔。一〇三六八三號是輕盈的螞蟻，毫髮無傷，逃過一劫。但是雨水不讓她喘息，她只能隨便抹了一下觸角，就往最近的城邦入口衝了過去。

她看到一個堵死的通風孔，那是工蟻堵起來的，避免城邦遭受洪水侵襲。不過一〇三六八三號還是衝破了這個堤防。一進城，衛兵們就七嘴八舌地咒罵起來：難道不知道自己正在做的事會讓城邦陷入危險嗎？確實，一條細細的小河跟她一起漫進來了。一〇三六八三號兵蟻沒有回話，她繼續狂奔，泥水工蟻一湧而上，又把安全閘門給封死了。

等她終於停下腳步，她已經筋疲力盡，但是身體終於乾了。一隻富有同情心的工蟻問她要不要交哺。大難不死的兵蟻滿心感激地接受了。

兩隻昆蟲面對面，開始親吻對方的嘴，然後把深藏在社會嗉囊裡的食物反芻出來。溫情，以及來自身體的餽贈，這一切都是她所鍾愛的。

之後一〇三六八三號衝入一條隧道，又走了好幾條廊道。

50・迷宮

幽暗的走廊和潮濕的通道，空氣中殘浮著不尋常的臭味。地上躺著一塊塊腐爛的食物和五花八門的垃圾。地板黏腳，牆壁滲著水氣。

地鐵站裡的人群各據一角，流浪漢、乞丐、冒牌音樂家、真正的貧民……匯聚成一個個令人厭惡的小圈子。

其中有個傢伙慢慢走過來。他裹著一件過度合身的紅夾克，嘴裡沒牙，露出一抹嘲諷的微笑說：

「哎喲，這個小姑娘，她是不是一個人走在地鐵裡啊？她不知道這樣很危險嗎？她需不需要一個保鑣啊？」

他一邊冷笑，一邊繞著她跳舞。

萊緹希雅．威爾斯知道怎麼讓這些沒教養的傢伙放尊重一點。她的淡紫色眼眸露出凶光，紫色的瞳孔幾乎變成血紅，她的目光送出一條訊息：「滾開！」

男人嚇跑了，嘴裡咕噥著：「妳就繼續走吧，嘿嘿，臭丫頭！等妳被人攻擊，就會來找我了！」

目光威嚇這次奏效，但不保證每次都有效。雖然地鐵已經是唯一還算合理的交通工具，但也成了現代掠食者的巢穴。

她到月台的時候，剛好前一班車剛開走。等著等著，對面車道已經過了兩班車，然後是第三班，她這邊的人群開始膨脹，大家都在問，是不是有什麼新的無預警罷工，還是哪個白癡想出什麼壞主意，在前幾站臥軌自殺了。

終於，兩圈刺眼的光暈出現了。一陣剎車聲傳來，近乎尖銳的吱嘎聲鑽透她的耳膜。一長列車廂在軌道上伸展開來，車身脫漆鏽蝕的鐵皮上是各式各樣的塗鴉：「蠢貨去死」、「看到這幾個字的人都去吃屎」、「巴比倫你的末日近了」、「幹你雜種瘋狂男孩幫的地盤」，還有一些小廣告和一些用奇異筆或小折刀快速繪製的猥褻圖畫。

車門一打開，她的心裡一陣混亂，因為車廂已經滿到爆，有些乘客的臉和手壓扁在窗上，但是好像沒有人有足夠的勇氣呼救。

她已經想不起來，是什麼動機驅使所有人每天自願（甚至付錢）把超過五百個人塞進這樣一個幾立方公尺的襖熱鐵皮箱裡。沒有任何動物會瘋狂到讓自己心甘情願處在這樣的境地！

一上車，萊緹希雅就要面對發酸的口臭（來自一個衣服破破爛爛的老太婆）和噁心的臭味（來自一個病懨懨的小毛頭，被一個散發廉價香水味的婦人抱在手上），還有一個渾身汗臭的泥水匠。在她身邊還有一位非常瀟灑的先生一直想要摸她屁股，一名查票員向她索票，一個失業者正在乞討硬幣或餐券，一個吉他手在車廂的喧囂之中唱到聲嘶力竭。

某個大學預科班的四十五個屁孩趁大家不注意，試著用原子筆尖刺破座椅的人造皮，一群大兵高聲喊著「退伍！退伍！退伍！」。車窗因為這數百次永不間斷的呼吸而蒙上一層水氣。

萊緹希雅．威爾斯緩緩呼吸這污濁的空氣，她緊咬著牙，耐著性子忍受她的不適。畢竟她也沒什麼好抱怨的，從家裡到她上班的地方只有半小時車程。有些人每天尖峰時段都得在這種地方待上三小時！

沒有一個科幻作家曾經預言這樣的文明──人們願意成千上萬地被這樣擠壓到一堆鐵皮箱裡！

機器啟動了，在軌道上滑行還迸出火花。

萊緹希雅．威爾斯閉上眼，想讓自己平靜下來，忘記此刻身在何處。她的父親教過她如何控制呼吸以保持平靜。當我們控制好呼吸之後，必須試著去馴服心臟的跳動，減緩心跳的速度。

心裡的雜念讓她無法集中注意力。她想到她的母親……不，千萬不要去想……不要。

她睜開眼，重新加快心跳和呼吸的節奏。

車廂裡的空間已經空出來了，甚至還有一個空位。她衝過去坐在上頭睡著了。反正她要搭到終點才下車，而她越少意識到自己在地鐵上，她的心裡就越清爽。

51．百科全書

煉金術：任何煉金術的操作都是在模仿或安排世界誕生的場景。必要的程序有六個：煅燒、腐化、溶解、蒸餾、熔鍊、昇華。

這六個程序分四個階段進行：黑色工序，就是燒的階段。白色工序，是蒸發的階段。紅色工序，這是一個混合的階段。最後是昇華，得到金粉。這種粉末類似圓桌武士傳說中的魔法師梅林所擁有的那種粉末。只要將粉末放在一個人的身上，或放在一個物體上，這個人或物就會變得完美。許多故事和神話其實是將這個公式隱藏在它們的骨架之中。譬如白雪公主。白雪公主就是以煉金術配製出來的最終成果。這個成果是如何得到的？是透過七個小矮人（「小矮人」來自法文的「gnomes」：侏儒，或是希臘文的「gnosis」：知識。這七個小矮人代表七種金屬：鉛、錫、鐵、銅、汞、銀、金，他們連結到七大行星：土星、木星、火星、金星、水星、月球、太陽，也連結到七種主要的人類性格：脾氣暴躁、頭腦簡單、胡思亂想……等等。

艾德蒙．威爾斯

《相對知識與絕對知識百科全書》第二卷

52．雨水戰爭

閃電繼續在翻騰的天空中劃出一道道裂紋。金褐色的雲層壯麗可觀，裂縫中投射出一道道白光，但是沒有一隻螞蟻有心情欣賞這些奇景。暴風雨就是一場大災難。

水滴像無數的炸彈落在城邦，還在城外狩獵的遲歸兵蟻遭受了名符其實的彈雨襲擊。

而在貝－洛－崗邦城裡，希蔾－埔－霓在春季嘗試的一項實驗即將導致災難加劇。蟻后下令挖掘運河，螞蟻們可以在漂浮的樹葉上移動，藉此提升區間交通的速度。但此刻大雨傾盆，這些地下溪流的水位不斷上升，漲成了大河，蟻邦的水道衛隊試圖遏止暴漲的惡水，終究徒勞。

穹頂的情況也越來越糟，冰雹打穿了城邦的細枝保護層，雨水從好幾個洞口灌進來。

一〇三六八三號要竭盡全力堵住最大的缺口。

大家往日光浴嬰室前進。她說：我們必須拯救幼蟲！

一群兵蟻無畏巨浪，跟著她往前衝。

日光浴嬰室的頂層大廳失去了平日的光亮。頂壁上，只見極度不安的工蟻們試著用枯葉堵住破洞，可是雨水一下子又湧了進來，在地上流淌成一條條長長的銀絲帶。到處都泥濘不堪，根本不可能救出所有珍貴的蟻繭，數量實在太多了。保姆蟻只來得及保存幾隻成熟的幼蟲，那些在慌亂中扔給工蟻的蟻卵在地面上裂了開來。

這時，一〇三六八三號想到了叛軍。如果水往下流，一直往下流，流到甲蟲的獸欄，那些飛行獸都會喪命！

一級警戒：興奮的費洛蒙盡可能地散播，最常見的是受到水氣干擾。

二級警戒：兵蟻、工蟻、保姆蟻、生殖蟻，所有螞蟻都用腹錘尖端敲打牆壁，激烈凶猛。這是戰鬥準備，整座邦城都為之震動。

砰，砰，砰。警戒！全面警戒！

讓恐慌蔓延吧！

甚至陷入水坑的螞蟻們也試著透過積水敲打地面，好讓整座邦城都進入警戒狀態。敲打的節奏就像動物氣喘吁吁時的脈搏。

城邦之心在喘息。

我們聽到冰雹打穿穹頂的回音。啪啦，啪啦，啪啦。

大顎再怎麼鋒利，怎麼有辦法對付水滴？

三級警戒：這是情勢最危急的時刻。有些工蟻變得歇斯底里，到處亂跑。她們伸展觸角，發出難以理解的費洛蒙嚎叫。在她們的騷動中，有些螞蟻開始傷害自己的同類。

在褐螞蟻的世界，最強的警戒費洛蒙是杜氏腺體釋放的一種物質，名為「正癸烷」，是一種揮發性碳氫化合物，化學式為C10-H22。這是一種足以讓正在冬眠的保姆蟻發狂的強烈氣味。

如果沒有守門蟻的犧牲，雨水的大潮是不可能略過皇城的。這些英勇的衛兵用扁平的頭顱密密實實堵住所有的入口，阻止了來犯的液體淹沒中央樹樁。皇城的所有居民，以及首當其衝的希藜－埔－霓蟻后，都毫髮無傷。

另一頭的情況是，水已經淹到蚜蟲畜牧廳了。

綠色的牲畜發出微弱的氣味呼救。

畜牧蟻被迫逃離，她們也只能救出一小群即將產卵的蚜蟲。

無論在何處，所有螞蟻都在努力增高攔水壩。大家都忙著強化一條主要廊道上的攔水壩，那是為戰略考量而設置的，目的是要遏止洶湧的洪水。但是液體的壓力無法抵擋，大壩先是土石崩落，繼而出現裂縫，最後是整個潰堤。大壩爆裂，瞬間湧出一大團水，捲走了勇敢的泥水工蟻。

大水帶走溺斃者，穿越廊道，沖垮拱頂，拉斷橋樑，破壞了所有地底的地形、地貌，繼而漫入蕈圃。蕈圃的情況也一樣，農蟻們匆匆逃離之前只來得及將一些珍貴的孢子採收起來。

水生甲蟲——也就是希藜－埔－霓非常想馴服的那種著名的龍蝨——到處都是，牠們樂得在水中嬉戲，吞噬蚜蟲、螞蟻屍體和垂死的幼蟲。

一〇三六八三號走了許多彎路，繞過障礙，終於來到犀角金龜的獸欄。這些可憐的飛行獸為了不要溺水，不停地拍打翅膀，到處亂飛。可是頂壁太低，牠們一飛就碰壁，嚇得魂飛魄散。

這裡也和其他地方一樣，勤奮的工蟻們不顧危險，奮力拯救一些小甲蟲，把一些塞滿蟲卵的球型糞便推到乾的地方。但她們也知道，損失將是巨大而無可避免的。

甲蟲的腳一浸到水就驚恐莫名，牠們會開始用犀角戳頂壁。一〇三六八三號只能靠戰士本能的警覺，穿越這些恐怖的撞擊。

終於來到叛軍藏身處的入口。自然神論者和非自然神論者，所有螞蟻都在那裡。不過，儘管非自然神論者表現出緊張不安，自然神論者卻是出奇地平靜，這場大災難並沒有讓她們感到驚訝。

我們沒給神足夠的食物，所以祂們弄濕了我們。

一〇三六八三號打斷了她們的吟唱。再過不久就無路可逃了，如果想為反叛運動留下生機，她們必須離開，不能遲疑。

大家最終還是聽了她的意見，緊緊跟隨她的腳步。淨空藏身處的時候，名為二十四號的螞蟻將她上次來訪時留在那裡的天蛾繭遞給她。

為了「信使任務」，妳不能忘記這個。

一〇三六八三號沒多說什麼，只是接下天蛾繭，帶著叛軍離開了。但現在要穿過獸欄已經不可能，整個大廳都被雨水淹沒了。犀角金龜，還有螞蟻，都漂浮在水上。

必須盡快挖掘一條新隧道。一〇三六八三號下達命令。

必須快速行動，大廳的水位已經開始上升了。

所有放在那裡的食物都漂起來了。

水漲得越來越快。

然而，自然神論者沒有想要抱怨，她們大多數都已經屈從於上天的怒氣了。

她們相信，這場毀滅性的暴雨之所以降臨，只是為了阻止希蔾－埔－霓的東征。

53．酸澀的回憶

「對不起，小姐！」

有人在跟她說話。

萊緹希雅．威爾斯睜開眼睛時，地鐵還沒到終點站，有個女人在跟她說話。

「對不起，小姐。我想我的毛線針戳了您一下。」
「沒關係。」萊緹希雅歎了口氣。
那個女人正打著粉紅糖果色的毛線，她需要額外的空間來伸展她的毛線網。
萊緹希雅．威爾斯看著這隻編織的蜘蛛，她的手指不停舞動，毛線針發出令人難忘的咔嗒聲，勾出來的活結不斷增加。
她的粉紅色作品看來是一件嬰兒穿的衣服。萊緹希雅．威爾斯心想：她要用這副彈性枷鎖囚禁哪個可憐的嬰兒？女人彷彿聽到了這個提問，露出一顆漂亮的琺瑯假牙。
「這是要給我兒子的。」她驕傲地宣布。
同一瞬間，萊緹希雅的目光被一張海報吸引了：「我們的國家需要孩子。一同對抗低出生率。」
萊緹希雅．威爾斯感到一絲酸澀。生孩子！她心想，這是對物種下達的原始命令：繁殖、傳播、大量分散。您的現在沒意思嗎？那就透過產卵，到未來存活吧！先考慮數量，或許品質就隨之而來了。
不是每個生產的女人都會意識到這件事，但她們都服從了超越所有國家的所有政策的永恆宣傳——提高人類在地球上的支配力。
萊緹希雅．威爾斯很想一把抓住這位母親的肩膀，瞪著她的眼睛對她說：「不要，不要再生孩子了，忍住，克制一點，真是見鬼了！採取避孕措施吧，為您所愛的人提供保險套，跟您那些生育力強的朋友們說說道理，就像您自己會希望有人跟您講道理一樣。一個孩子成功，代表有一百個孩子被搞砸，這種事很不值得。被搞砸的孩子接下來會掌權，事情就是如此。如果您自己的母親比較認真，她就會讓您免於遭受所有這些痛苦。別把父母親對您做過的最糟糕的蠢事——生下您——報復在孩子身上。停止相愛，繼續交配，但是不要再繁殖了。」

每次她的「厭惡人類症候群」發作（現在她的病期是「人類恐懼症」），都會在嘴裡留下一股苦味。但是最讓人搞不懂的，是她不一定會覺得不舒服。

她回過神來，對編織的蜘蛛露出微笑。

她面對的那張臉，洋溢著當母親的幸福，讓她想起了……不……不要……不可以……這讓她想起了……自己的母親。凌蜜。

凌蜜・威爾斯——她親愛的媽媽——患了急性白血病。血癌是毫不留情的。萊緹希雅問凌蜜：醫生怎麼說？她從不回答。凌蜜總是對萊緹希雅反覆地說：「別擔心。我會好起來的。醫生很樂觀，藥物越來越有效。」可是在浴室裡，水槽裡經常殘留紅色的水痕，止痛劑的藥瓶通常是空的。凌蜜用藥超過所有規定的劑量，到後來已經沒有什麼能減緩她的痛苦了。

有一天，來了一輛救護車把凌蜜送到醫院。「妳不要擔心。他們那裡什麼機器都有，還有一些專家可以幫我治療。妳把家裡看好，我不在的時候要乖乖的，每天晚上都過來看我。」

凌蜜說得沒錯：在醫院裡，他們什麼機器都有，所以她死不了。她試圖自殺了三次，他們三次在最後一刻把她救回來。她掙扎反抗。他們用帶子把她束縛在床上，給她強行注射嗎啡。萊緹希雅去探望母親的時候，看到她手臂上佈滿針頭造成的瘀傷。不到一個月，凌蜜・威爾斯就變成一個乾癟的老婦人了。「我們會救她的，別擔心，我們會救她的。」醫生們語氣很肯定。但是凌蜜・威爾斯已經不想被救了。

她摸著女兒的手臂，低聲對她說：「我想要……死。」可是母親把這樣的要求託付給一個十四歲的少女，她又能做什麼呢？法律禁止讓任何人死亡。特別是當這個人有能力支付每天一千法郎的全套病房含伙食費用的時候。

自從妻子開始住院治療，艾德蒙．威爾斯也加速老去。凌蜜拜託他幫忙她「歸天」。有一天，凌蜜真的受不了了，艾德蒙終於讓步。他教凌蜜如何放慢呼吸和心跳。

他全心投入了一場催眠。當然，沒有任何人在場，但是萊緹希雅知道父親如何幫助母親入睡。「妳很冷靜，非常冷靜。妳的呼吸像潮起潮落。柔軟。向前，向後。妳的呼吸是大海，大海想要變成湖泊。向前，向後。每次呼吸都比前一次更慢、更深。每吸一口氣都帶給妳更多的力量和柔軟。妳不再感覺到妳的身體，妳不再感覺到妳的腳，妳不再感覺到妳的手，也不再感覺到妳的身軀，也不再感覺到妳的頭。妳是一根輕盈、沒有感覺的羽毛，隨風飄蕩。」

凌蜜飛走了。

她的臉上，掛著一抹安詳的微笑。她死了，像睡著一樣。加護病房的醫生們立刻摁了警鈴。他們像黃鼠狼緊緊抓住一隻蒼鷺，試圖阻止牠起飛。但是這一次，凌蜜確確實實地贏了。

從此，萊緹希雅就有了個人待解的謎題：癌症。還有一種執念：對於醫生和其他決定人類命運的那些人的仇恨。她堅信，之所以沒人可以成功根除癌症，是因為沒有人真的有心想找出解決的方法。

為了全心投入，她甚至成了一名癌症專家。她想證明癌症不是無藥可救，她想證明那些醫生都是無能的，他們本來可以拯救她的母親，而不是讓她更痛苦。但她失敗了。於是，留給她的就只有對於人的仇恨和對她個人的謎題的狂熱。

新聞工作可以讓她的怨恨和她最深切的願望得以調和。她可以用筆揭發不公不義，振奮人心，嚴厲批評那些偽善者。唉，但她很快就發現，在偽善者的隊伍裡，她的同事們名列前茅。言語像獅子，行動像毛蟲。在社論裡義正辭嚴，卻可以用最卑鄙無恥的行徑換取加薪的承諾。比起媒體的世界，她覺得醫學界到處都是有魅力的人。

但她在媒體界已經建立了自己的地位，開闢出自己的狩獵地。她三番兩次破解疑案裡的謎題，因而闖出了名堂。現在同事們都跟她保持距離，等著看她倒下。她不能有絲毫差錯。

為了下一件戰利品，她把「薩爾塔－諾嘉案」放進狩獵計畫。對於開開心心、活蹦亂跳的梅利耶探長來說，這可不是好事！

終於來到終點站，她下車了。

「晚安，小姐。」編織女工一邊說，一邊收起她的嬰兒服。

54．百科全書

如何：人類面對障礙，第一時間的反射行為是問自己：「為什麼會出現這個問題，這是誰的錯？」他會去尋找罪魁禍首，會去思考該對這些人施加什麼樣的懲罰，以免舊事重演。

面對同樣的情況，螞蟻首先會問自己：「我要如何、要靠誰的幫助來解決這個問題？」

在螞蟻的世界裡，沒有任何罪惡感的概念。

會問「為什麼事情運作不順利」的那些人，跟那些會問「如何讓事情順利運作」的人有很大的不同。

目前人類的世界屬於那些問「為什麼」的人，但是總有一天，那些問「如何」的人會掌權……

艾德蒙．威爾斯

《相對知識與絕對知識百科全書》第二卷

55．一片汪洋

細爪和大顎頑強地工作著。挖，再挖，沒有其他生路了。叛軍們拚命挖掘逃生通道，她們周圍的土壤震動著。

大水橫掃整個城邦。希蔾－埔－霓所有美好的計畫、高妙的前衛成就，此刻都成了被浪潮席捲的廢物。虛華，一切終究只是虛華，這些花園，這些蕈圃，這些獸欄，這些水罐，這些冬季的閣樓，這些恆溫育嬰室，日光浴嬰室，水上公路……通通消失在騷亂中，彷彿從來不曾存在。

突然間，逃生隧道的一面牆壁炸開，大水一束束湧進來。一〇三六八三號和同伴們為了挖得更快甚至囫圇吞下泥土。但任務是不可能完成了，洪水已經追上她們。

命運在前方等著她們，一〇三六八三號不抱任何幻想。她們已經被浸到腹部，而水還在全速上漲。

56．沒入水中

沒入水中。她現在完全被水面覆蓋了。

她已經無法呼吸，她在水裡待了很長時間，什麼都不想。

她喜歡水。

她的頭髮脹起來，漂在浴缸的水面，她的皮膚浸得皺皺的。萊緹希雅．威爾斯說這是她每天的泡澡儀式。

這就是她放鬆的方法：一缸溫水加上寂靜。她覺得自己就像湖中的公主。

她讓呼吸暫停了幾十秒，直到覺得快要窒息。

每一天，她在水底待的時間都會增加一點。

她屈膝，在下頦底下併攏，像羊水中的胎兒，緩緩搖晃，跳著只有她自己知道意涵的水舞。

她開始清除堵塞在腦中的一切，癌症退場，薩爾塔退場（叮咚），《星期日回聲報》的稿子退場，她的美貌退場（叮咚），地鐵退場，編織女工退場。這是夏季大掃除。

叮咚。

她從水裡出來了。離開水面，一切似乎都是乾的。乾燥，充滿敵意（叮咚！叮咚！）……好吵。

她完全沒想到，竟然會有人來摁門鈴。

她從浴缸裡爬出來，像一隻兩棲動物發現了可以呼吸的空氣。

她抓起寬鬆的浴袍，裹在身上，碎步跑進客廳。

「請問是誰？」她隔著門問。

「警察！」

她透過窺視孔看了一眼，認出了梅利耶探長。

「您這時候過來，有什麼指教嗎？」

「我有一張搜查令。」

她同意開門了。

梅利耶看起來一派輕鬆。

「我去了CCG，他們告訴我，您拿走了幾個小瓶子，裡頭裝了薩爾塔兄弟和卡若琳・諾嘉正在研究的化學物質。」

萊緹希雅・威爾斯進去把小瓶子拿出來給梅利耶，他看著小瓶子，若有所思。

「威爾斯小姐，可以請問您，裡面裝的是什麼嗎？」

「我可不是來幫您工作的。那些化學物質的鑑定費用是雜誌社付的，鑑定報告只屬於雜誌社，不屬於其他任何人。」

梅利耶還站在門口，他穿著一套皺巴巴的西裝，面對一個藐視他卻又如此美麗的年輕女人，他幾乎要感到心慌了。

「威爾斯小姐，我可以進來嗎？我們可以聊一下嗎？我不會打擾您太久。」

梅利耶顯然經歷了一場傾盆大雨。他渾身濕透，腳底的踏墊上已經積了一小灘水。萊緹希雅・威爾斯嘆了口氣說：

「好吧，但是我沒有很多時間。」

他在踏墊上蹭了好幾下才走進客廳。

「壞天氣。」

「熱浪過後，就是暴雨。」

「所有季節都錯亂了，我們就這樣直接從炎熱乾燥跳到寒冷潮濕，中間都沒有過渡階段。」

「進來吧，請坐。您要喝一點什麼嗎？」

「您有什麼建議嗎？」

「蜂蜜酒。」

「那是什麼？」

「水、蜂蜜和酵母，全部混合然後發酵。這是奧林匹斯山眾神和那些大祭司喝的東西。」

「就喝奧林匹斯眾神的飲料吧。」

萊緹希雅．威爾斯把酒端上來就消失了。

「等等我，我得先把頭髮吹乾。」

梅利耶一聽到浴室傳來吹風機的轟轟聲，立刻站起來，決定趁這空檔好好檢視這個空間。

這是個非常舒適的公寓，裝潢很有品味。玉雕的主題是幾對擁抱的情侶，鹵素燈照亮了掛在牆上的幾幅精緻的昆蟲畫。

他靠過去，細看其中的一幅。

上面精細地繪出全世界大約五十種螞蟻，還附了索引。

吹風機繼續高唱。

圖上有長著白毛，活像摩托車騎士的黑螞蟻（*Rhopalothrix orbis*），也有胸廓上長滿角的螞蟻

（*Acromyrmex versicolor*），還有一種是吻管末端有鉗子的螞蟻（*Orectognathus antennatus*），或是長長的毛髮，看起來像嬉皮的螞蟻（*Tingimyrmex mirabilis*）。螞蟻竟然有如此多樣的形態，這位探長非常吃驚。

但他不是在出昆蟲學的任務，他發現了一扇塗了黑漆的門，他想打開它，可是門上了鎖。他從口袋裡掏出一根髮夾，正要插進去挑開鎖扣時，吹風機的聲音突然停了，他連忙回到原來的座位上。

路易絲・布魯克斯（Louise Brooks）的髮型就定位了，萊緹希雅・威爾斯穿上腰間打褶的黑色絲質連身裙。梅利耶試著不要被打動。

「您對螞蟻感興趣嗎？」他用某種上流社會的社交語氣問道。

「沒有特別喜歡。」她說：「主要是因為我父親，他是一位偉大的螞蟻專家，他在我二十多歲的時候給了我這些畫。」

「令尊是艾德蒙・威爾斯教授嗎？」

萊緹希雅・威爾斯很驚訝：

「您知道他？」

「我聽說過。在我們辦公室，在警察局，他最為人知的就是他是錫巴里斯人街那個被詛咒的地窖的屋主。您還記得那個案子吧，二十個人消失在一個沒有盡頭的地窖裡？」

「當然記得！我的表哥、表嫂、姪子和祖母也在這些人當中。」

「非常奇怪的事，對吧？」

「那麼熱愛神祕事件的您，怎麼沒去調查這樁失踪案件？」

「當時我在忙另一件工作。地窖是畢爾斯海姆探長負責的，這案子其實沒給他帶來好運，他跟其他人一樣，再也沒有上來。可是您也喜歡神祕事件吧，我相信是這樣……」

她的神情譏諷，露出一抹微笑。

「我只是喜歡把事情弄清楚。」她說。

「您認為您可以找出殺害薩爾塔兄弟和卡若琳．諾嘉的凶手？」

「無論如何，我會努力。這會讓我的讀者感到開心。」

「您不想把您的調查進度告訴我？」她搖搖頭。

「我們最好各走各的路，才不會礙到對方的事。」

梅利耶抓起一顆口香糖。嚼口香糖的時候他會覺得比較自在。他問她：

「那扇黑色的門，裡面是什麼？」

萊緹希雅．威爾斯被這突如其來的問題嚇了一跳，但她很快就掩飾了微微的窘迫。

她聳聳肩。

「是我的書房。裡面亂七八糟，見不得人。」

她邊說邊掏出一根菸，套上長長的菸嘴，然後用一只烏鴉造型的打火機點燃。梅利耶回到他關心的主題：

「您做的調查，您守口如瓶。不過我還是會告訴您我進行到哪裡了。」

她吐出一小團珍珠色的煙霧。

「您想說就說吧。」

「讓我們回顧一下案情。我們的四名死者都在CCG工作。我們可以往職場的黑暗動機來猜想，畢竟是在大公司，勾心鬥角、各種敵意競爭都很常見。大家會為了升官或加薪而互相攻擊，科學界也經常為了成功而不擇手段。我們必須承認，有可能是一名化學家，他是競爭對手，這個假說站得住腳。他用一種可以讓人猝死的遲效型藥劑毒害他的同事。這完全符合驗屍時發現的消化系統潰瘍。」

「您的結論又下得太快了，探長，您太執著於毒藥的想法，而且您一直忘記恐懼這個因素。壓力過大也會導致潰瘍，而我們的四名死者都非常恐懼。恐懼，探長，恐懼是整個問題的癥結，您和我，都還不知道，究竟是什麼引發了那種恐懼，那種寫在他們每個人臉上的恐懼。」

梅利耶抗議：

「我當然有在想那恐懼是怎麼回事，我甚至一直在收集所有會讓人覺得恐懼的因素！」

她又吐了一團煙。

「您會對什麼感到恐懼，探長？」

梅利耶愣了一下，因為他正想問她這個問題。

「這個嘛……嗯……」

「一定有一種東西比什麼都讓您害怕，不是嗎？」

「我可以把我的恐懼告訴您，不過，交換條件是，您也要同樣誠實地告訴我讓您害怕的事。」

萊緹希雅．威爾斯正面看著梅利耶。

「好。」

梅利耶猶豫了一下，然後結結巴巴地說：

「我……我害怕……我害怕狼。」

「狼？」

她放聲大笑，反覆說著「狼」，「狼」。她起身又給梅利耶倒了一杯蜂蜜酒。

「我說的是真的，現在換您了。」

她站起來，看著窗外，似乎看到遠處有令她感興趣的東西。

「嗯……我……我害怕……我害怕您。」

「別開玩笑了，您答應過要誠實的。」

她轉身，又是一團螺旋的煙霧。她淡紫色的眼睛在青色的煙霧中像星星般閃閃發亮。

「可是我說的是真的。我害怕您，而且透過您，我害怕全人類。我害怕男人、女人、老男人、老女人、嬰兒。我們不管在哪裡的行為都像野蠻人。我覺得我們的身體很醜陋，我們當中沒有人比烏賊或蚊子美麗……」

「確實是！」

年輕女人的態度似乎有了一點轉變。原本控制精準的眼神，現在似乎有點要失控了。她的眼神透露出瘋狂，有個鬼魂將她占據了，她在精神錯亂的狀態下溫柔地任憑鬼魂為所欲為。水壩到處在潰堤，她不再自我審查了。她忘記自己正在跟一個近乎不認識的探長聊天。

「我覺得我們自命不凡、傲慢自大、自以為是、以身為人類而自豪。我害怕鄉下人、牧師和士兵，我害怕醫生和病人，我害怕那些希望我受到傷害的人和那些希望我好的人。我們總是摧毀我們接觸到的一切，無法摧毀的東西我們就把它弄髒。沒有任何東西可以逃脫我們這種不可思議的玷污能力。我很肯定，火星人之所以沒有來地球，那是因為我們把他們嚇壞了；他們很害羞，他們怕我們對待他們跟我們對待周圍動物的方式一樣，跟我們對待自己的方式一樣。我不會以身為人類而自豪。我害怕，我非常怕我的同類。」

「您真的這麼想嗎？」

她聳聳肩。

「看看人類被狼咬死和被人類自己殺死的數目，您不覺得我的恐懼，怎麼說呢，您不覺得我的比您的合理嗎？」

「您害怕人類？可是您就是人類啊！」

「我很清楚，而且，有時候我也會嚇到……自己。」

他驚訝地望著她突然充滿恨意的臉。突然間，她又放鬆了。

「噢，想點別的吧！我們兩個都喜歡解謎。剛好，全國大猜謎的時間到了。我要為您提供我們這個時代最適合招待客人的事，來看電視吧。」

「謝謝。」他說。

她摁著遙控器，搜索「思考陷阱」。

57. 百科全書

權力關係：有一項在老鼠身上進行的實驗是這樣的：為了研究牠們的游泳能力，來自南錫學院行為生物學實驗室的研究員第迪耶·德梭將其中六隻老鼠集中在一個籠子裡，唯一的出口通往游泳池，這些老鼠必須渡過游泳池才能到達餵食器。研究人員很快就注意到，這六隻老鼠不會同心協力游過去尋找食物。一些角色出現了，這些老鼠似乎有這樣的劃分：兩隻游泳的老鼠是被剝削者，兩隻不游泳的老鼠是剝削者，一隻老鼠是自主游泳者，還有一隻不游泳的老鼠是出氣筒。這兩隻被剝削者會游泳過去找食物，當牠們回到籠子的時候，那兩隻剝削者會打牠們，還會把牠們的頭按到水裡，直到牠們鬆開牠們帶回來的寶物。只有等這兩隻剝削者吃飽了，兩隻順從的被剝削者才可以去吃牠們的那一份。剝削者從來不游泳，牠們只要毆打游泳的老鼠就有得吃了。自主的那隻老鼠是一隻相當強壯的游泳者，所以不會對剝削者屈服。扮演出氣筒的那隻老鼠不會游泳，也嚇不倒游泳的那兩隻老鼠，牠就只能撿其他老鼠打架時掉下來的碎屑。兩個被剝削者，兩個剝削者，一個自主者和一個出氣筒——同樣的角色結構出現在重複同樣實驗的二十個籠子裡。

為了更了解這種制度的運作，研究者將六隻剝削者放在一起。結果牠們戰鬥了一整夜。到了早上，兩隻老鼠去服勞役，一隻自己去游泳，一隻被修理得很慘。研究者再以同樣方式對一些做過被剝削行為的老鼠進行研究。到了第二天的黎明，這些老鼠當中有兩隻扮起「土霸王」了。

但是這項實驗真正發人深省之處在於，研究人員打開老鼠的頭顱研究牠們大腦的時候發現，壓力最大的是剝削者。牠們害怕的事情肯定是那些被剝削者不再服從。

艾德蒙．威爾斯
《相對知識與絕對知識百科全書》第二卷

58．到乾的地方

水舔上她們的背。一〇三六八三號和她的同伴們發瘋似地挖著頂壁。當所有的身體都被水花覆蓋的時候，奇蹟發生了！她們終於挖出一條通道，通往一間乾燥的廳室。

得救了。

快！她們迅速堵住了開口。沙牆擋得住嗎？是的，洪流繞過它湧進比較脆弱的幾條廊道。大家一起擠在小廳裡，這群螞蟻感覺好多了。

叛軍算了一下：大約只有五十隻螞蟻倖存。少數自然神論者還是嘀咕個不停：

我們沒有給**手指**足夠的食物，所以祂們讓天空裂了個縫。

其實，在蟻族的天體學裡，地球是一個立方體，上方是雲層頂壁，裡頭是「上層海洋」。每當上層海洋的重量太大，頂壁就會裂開，讓雨水流下來。

自然神論者則堅持認為，雲頂的這些裂縫是被**手指**的爪子抓出來的。無論如何，為了期待更好的日子，大家都盡可能互相幫助。有幾隻螞蟻嘴對嘴開始進行交哺，也有些螞蟻搓揉自己的身體，維持體溫。

一〇三六八三號將嘴角的觸鬚貼在牆上，感受到城邦在大水衝擊下依然在顫抖。

貝－洛－崗動也不動，被這支隨時變形的敵軍徹底擊敗了，只要出現一點縫隙，敵軍就會將透明的腳爪投射進來。雨水實在太可惡了，它比螞蟻更柔軟、更靈活、更卑微。天真的兵蟻用軍刀大顎劈開滑向她們的水滴，殺死一滴就變成面對四滴。如果用腳去踢雨滴，雨水會黏住腳爪。如果向雨水發射蟻酸，雨水會變得具有腐蝕性。如果去推雨水，雨水會迎接你並且讓你陷進去。

暴雨的犧牲者無可計數。

城邦的所有毛孔一個個都打開了。

貝－洛－崗陷入水裡。

59．電視

哈米黑茲夫人苦惱的表情出現在螢幕上。自從她陷入新謎題的泥淖之中，為了這組數字傷透腦筋，節目的收視率就翻了一倍。這是一種虐人的快感嗎？可以看到一個從不犯錯的人突然開始跌跌撞撞，還是因為觀眾通常比較喜歡失敗者而不是勝利者，因為他們比較容易在失敗者的身上找到自我認同？

主持人用他慣有的幽默方式問道：

「那麼，哈米黑茲夫人，這道謎題的解答，您找到了嗎？」

「沒有，還是沒有。」

「集中精神，我們再試試，哈米黑茲夫人！我們這組數字讓您想到什麼？」

鏡頭先是對準那塊白板，接著對準一臉若有所思的哈米黑茲夫人，她正在回答：

「我越觀察這組數字，腦子就越亂。這一題很厲害，非常厲害。我覺得我好像還是看出了某種節奏……『1』，永遠都放在最後……中間的那些『2』……」

她走近寫著數字的白板，像小學老師那樣解釋著：

「我們可以說這是一種指數式的增長，但又不完全是。我相信這些『1』和『2』之間有某種規則，然後『3』這個數字出現了，而且也開始散落出去……於是我開始想，也許根本沒有什麼規則。我們面對的是一個混亂的世界，數字是隨機排列的。可是，我作為一個女人的直覺告訴我，事實並非如此，這些數字不是隨便亂放的。」

「所以，這塊白板讓您想到什麼，哈米黑茲夫人？」

哈米黑茲夫人眼睛一亮。

「我說出來，您會笑我的。」她說。

攝影棚裡爆出一陣掌聲。

「我們讓哈米黑茲夫人好好想一想。」主持人打斷了掌聲：「她應該是想到了什麼。是什麼呢，哈米黑茲夫人？」

「宇宙的誕生。」她皺著眉頭說：「我想到宇宙的誕生。『1』是膨脹然後分裂的神聖火花。有沒有可能，您給我的謎題是一個支配宇宙的數學方程式？是愛因斯坦一生都在尋找卻徒勞無功的那個東西？是世界上所有物理學家都在尋找的聖杯？」

這一次，主持人臉上端出一張完全符合節目主題的謎樣表情。

「誰知道呢，哈米黑茲夫人！『思考……』」

「……陷阱！」全場觀眾齊聲高喊。

「『……陷阱！』是的，我們沒有界限。所以，哈米黑茲夫人，您要回答還是要請出鬼牌？」

「鬼牌。我需要更多資訊。」

「白板！」主持人大聲喊道。

他寫下已經知道的那堆數字：

1

11

21

1211

111221

312211

然後，他沒看手上的紙片就直接在白板上補了一排數字：

13112221

「先前那幾句關鍵的提示我再講一次：第一句是：『您越聰明……就越不可能找到。』第二句是：『您必須忘記您所知道的一切。』然後，請容我向您睿智的洞察力獻上第三句：『就像宇宙一樣，這個謎題的源頭在絕對的簡單之中。』」

掌聲響起。

「我能給您一個建議嗎，哈米黑茲夫人？」主持人再次愉快地問道。

「請說。」衛冕者答道。

「我相信，哈米黑茲夫人，您不夠簡單，不夠愚蠢，總之您還沒有放空。您被自己的智慧給絆倒了。您得退回到您的細胞裡，找到一直在您心裡的那個天真小女孩。至於我親愛的觀眾朋友，我要對大家說：明天見，等你們來挑戰！」

萊緹希雅．威爾斯把電視關掉。

「這個節目越來越有意思了。」她說：「您解開謎題了嗎？」

「還沒，您呢？」

「我也還沒。如果您要問我的想法，我想我們一定是太聰明了。主持人說的可能沒錯。」

梅利耶覺得也該是告辭的時候了。他把小玻璃瓶放進大口袋裡。

走到門口的時候他又問了一次：

「為什麼我們不互相幫忙，而是各搞各的，搞到大家都很累呢？」

「因為我習慣自己一個人工作，而且也因為警察和媒體從來就不該混在一起。」

「沒有例外？」

她甩了甩烏黑的短髮。

「沒有例外。加油，探長，就讓最強的人獲勝吧！」

「既然您堅持如此，那就讓最強的人獲勝吧！」

他的身影消失在樓梯裡。

60．東征軍出發

雨水的氣勢衰竭，終於退散。雨水是全面退散，因為雨水也有雨水的掠食者，雨水的天敵叫做太陽。這位螞蟻文明的古老盟友讓大家等了好久，不過它還是及時趕到了。它迅速將天空裂開的傷口黏合，上層海洋不再流向這個世界。

在災難中倖存的貝－洛－崗邦民都跑到外頭，將身體曬乾、曬熱。大雨就像冬眠，只是潮濕取代了寒冷，而且比寒冷更糟。寒冷只會讓你入睡，潮濕可是會要你的命！

邦民們在外頭歡慶太陽的勝利。有些螞蟻唱起古老的讚歌：

陽光進入我們空心的骨架，
翻動我們疼痛的肌肉，
聯合我們分裂的思想。

城裡到處都有螞蟻在唱這首氣味歌謠。貝－洛－崗其實受到極為嚴重的打擊，穹頂只剩一小塊，上面布滿冰雹打穿的孔痕，洞裡吐出一股股清澈的小水流，水裡雜著一些結塊的黑色異物——都是溺死的螞蟻。

其他城邦也沒傳來什麼好消息。所以一場暴雨就足以打消森林褐螞蟻聯邦的傲氣？就這麼一場雨，可以打垮一整個帝國？

穹頂的廢墟之中，露出了一間日光浴嬰室，裡頭的蟻繭像一顆顆濕答答的小藥丸掉在泥湯裡。

有多少保姆蟻為了保護腿間的幼蟲而死去？有些保姆蟻成功了，她們抬腿將幼蟲高舉在頭頂，拯救了她們。

守門蟻方面，極少數的倖存者此刻正在把自己嵌進皇城出入口的身體拔出來，飽受驚嚇的她們只能呆望著規模如此巨大的災難。

希蔾－埔－霓也對城邦受損的程度感到震驚。

遇到這種情況，要建造什麼樣的東西才夠堅固？如果來了一點水就足以讓世界退回蟻族的早期文明，那這些聰明才智又有何用？

一〇三六八三號兵蟻和叛軍們也離開了她們的避難所。一〇三六八三號立刻去見了蟻后。

發生了這些事，我們必須放棄對**手指**的東征了。

希蔾－埔－霓動也不動，衡量了一下發話者的費洛蒙，然後冷靜地挪動觸角，回答說不行，東征是一項重要的大計畫，不容任何質疑。她又補充說，駐紮在皇城樹樁裡的精銳部隊完好無損，而且，犀角金龜也有一些保留了下來。

我們必須殺死**手指**，我們會的。

然而規模還是有些落差：一〇三六八三號可動用的兵力並非原先說定的八萬兵蟻，而是只有……三千。確實，兵力是減少了，但每個士兵都身經百戰。原本計畫裡的四個甲蟲飛行中隊，現在也只剩下最強的一個中隊，三十架飛行器，有總比沒有好。

一〇三六八三號同意了，她將觸角向後收起表示贊成。儘管如此，她仍然對這支陣容精瘦的遠征軍即將面對的命運感到悲觀。

希蔾－埔－霓隨即離去，繼續勘災。有幾個攔水壩發揮了作用，拯救了一些區域。但是城邦損失巨大，特別是蟻繭和新生的一代大量毀滅。希黎－埔－霓決定提高產卵節奏，盡快為她的城邦補充邦民。她的受精囊裡還有幾百萬個新鮮的精子。

既然必須產卵，她就產卵。貝－洛－崗城邦裡，每個地方都看得到邦民在修繕、餵食、照料傷者、分析損壞狀況、尋找解決方案。

螞蟻可不會這麼輕易就被打敗。

60．岩石液

美景酒店的客房裡，馬可錫米里昂．馬克阿希烏斯教授正在檢查試管的內容物。卡若琳．諾嘉交給他的物質已經變成黑色的液體，看起來像是岩石的「萃取液」。

門鈴響了，是他正在等候的兩位訪客──衣索比亞學者奧德姜夫婦，先生叫吉勒，太太叫蘇珊。

「一切都順利嗎？」那男人劈頭就問。

「一切都照著預定計畫進行，很完美。」馬克阿希烏斯教授平靜地回答。

「您確定嗎？薩爾塔兄弟的電話沒人接了。」

「是喔！他們可能去度假了。」

「卡若琳·諾嘉的電話也沒人接了。」

「他們都很努力工作！他們現在有可能想要休息一下，這很正常。」

「休息一下？」蘇珊·奧德姜的話裡帶有諷刺的意味。

她把手提袋打開，拿出幾張關於薩爾塔兄弟和卡若琳·諾嘉之死的剪報。

「所以您從來不看報，馬克阿希烏斯教授？週刊雜誌已經將這幾個案子稱為『夏日驚悚片』了！這就是您所說的『照著預定計畫進行』？」

褐髮的教授似乎並沒有因為這些新聞而覺得尷尬。

「您有什麼打算？不打開雞蛋就煎不成蛋捲。」

這對衣索比亞夫婦臉上的憂心看起來更明顯了。

「祈禱『蛋捲』可以在所有雞蛋敲破之前就煎熟。」

馬克阿希烏斯笑了。他指了指磁磚實驗檯上的那支試管。

「這就是我們的『蛋捲』。」

他們一起欣賞散發著淺藍反光的黑色液體。奧德姜教授小心翼翼地把珍貴的小玻璃瓶收進外套的內側口袋。

「我也不知道到底是出了什麼事，不過馬克阿希烏斯，您還是要小心啊。」

「別擔心，我的兩隻格雷伊獵犬會保護我。」

「您的獵犬！」奧德姜夫人叫道：「我們來的時候，牠們連一聲都沒吠，您的看門狗還真是好笑！」

「牠們今天晚上剛好不在家，住在獸醫那裡做檢查。不過牠們明天就會回來看門了，牠們是我忠實的衛兵。」

衣索比亞人走了。馬克阿希烏斯教授也累壞了，上床睡覺了。

62・叛軍

倖存的叛軍在貝－洛－崗的郊區，聚集在一株草莓花下。花香混雜著果香形成干擾，確保談話不會被不請自來的觸角接收。一〇三六八三號兵蟻加入了她們。一〇三六八三號問她們現在剩下這麼少的成員，有何打算。

叛軍的長老是一位非自然神論者，她回答說：

我們的蟻數不多，但我們並不想讓**手指**死去，我們會更加努力工作來養活祂們。

觸角一對接一對抬起，表達贊同之意。洪水並沒有沖散她們的決心。

一位自然神論者轉向一〇三六八三號，指著蛾繭對她說：

妳一定要去。為了這個。妳得和東征軍一起去世界的盡頭。我們需要靠東征來執行「信使任務」。

試試看能不能帶一對**手指**回來。另一隻螞蟻說：我們會照顧祂們，看祂們能不能用圈養的方式繁殖下去。

二十四號是這群螞蟻當中最年輕的，她請求跟一〇三六八三號同行。她想去看看**手指**，聞聞祂們，摸摸祂們。對她來說，利明斯通博士還不夠。牠只是口譯員。她想要直接接觸眾神，哪怕是親眼目睹眾神的毀滅。她堅持要去，她說她派得上用場，譬如在戰鬥中幫一〇三六八三號看管蛾繭。

其他叛軍都對她的毛遂自薦感到驚訝。

怎麼了，這隻螞蟻，她有哪裡不對嗎？一〇三六八三號問道。

這隻年輕的非生殖蟻不讓其他螞蟻回答，她堅持要陪伴一〇三六八三號兵蟻踏上征途。

一〇三六八三號決定收下這個幫手，不再問了。她感覺到某種氣味的親和力正在告訴她，其實二十四號螞蟻沒什麼真正的問題，她在路上就會知道害她被同伴嘲笑的「缺陷」是什麼了。

可是現在，另一名叛軍也說她是這趟旅程的一部分。說話的是二十四號的姊姊：二十三號。

一〇三六八三號在她身上聞了聞，再次同意。對她來說，這些志願者都是她很歡迎的盟友。

東征軍將於明天第一縷陽光穿透天際的時刻出發，姊妹倆只要在這裡等她就行了。

63．馬克阿希烏斯的生與死

馬可錫米里昂．馬克阿希烏斯教授很確定，他清清楚楚地聽到有個聲音，就在床底下。有個東西將他從睡夢中吵醒，現在他躺著，動也不動，繃緊了神經。最後他決定起床，打開床頭燈。毫無疑問，床上的被子正在微微顫動。

像他這麼有見識的科學家怎麼會被嚇倒。他四肢撐地，頭朝前，鑽進床單底下。剛開始他還笑了笑，一半是覺得好玩，一半是因為好奇，他就要發現造成被子如此抖動的原因了。可是等那東西迎面襲來，他就像被困在一個布料做成的洞窟裡，甚至來不及保護自己的臉。

此時此刻如果有人在臥室裡，他會看到床面顫動宛如情愛之夜。然而這夜的主題並非情愛，而是死亡。

64．百科全書

變異：中國人吞併西藏時，在那裡安置了一些中國人的家庭，為的是證明這個國家也有中國人居住。但是在西藏，氣壓令人難以承受，對於不習慣的人，這會導致眩暈和水腫。由於某種不為人知的生理奧祕，中國婦女無法在這裡分娩，而藏族婦女則可以在地勢最高的村莊順利分娩。這種事就好像西藏的土地拒絕了那些——就身體的組織結構來說——不適合生活在這裡的入侵者。

艾德蒙．威爾斯

《相對知識與絕對知識百科全書》第二卷

65．長征

天一亮，兵蟻們就開始在過去的東二號門附近集結，現在那裡只剩一堆細碎殘敗的樹枝，濕答答地癱倒在那裡。

怕冷的螞蟻輕巧地做起腿部伸展運動，讓腿變得靈活，同時也達到暖身的目的。其他螞蟻忙著將大顎磨利，或是比畫著各種戰鬥動作。

太陽終於在不斷壯大的軍隊上方升起，照得鎧甲閃閃發亮。激昂的情緒高漲。大家都知道自己正在經歷一個重大的時刻。

一〇三六八三號兵蟻出現了。許多螞蟻認出她，向她打了招呼。叛軍姊妹檔一左一右跟在她身邊，二十四號帶著蛾繭，透過蛾繭，隱約可見一團暗影。

這個繭是什麼？一隻兵蟻問道。

食物，就是食物而已。二十四號回答。

接著來報到的是犀角金龜。雖然只有三十隻，陣仗也是很引人注目的！眾螞蟻們爭先恐後，想要在最近的距離欣賞牠們。大家都想要看到牠們起飛，但牠們解釋說，牠們只有在真正必要的時候才會升空。現在，牠們會跟所有螞蟻一樣在地上走。

所有螞蟻互相信賴，互相打氣，互相道賀，互相餵食，分配著廢墟裡回收的蜜露和溺水蚜蟲的殘肢。在螞蟻的世界裡，沒有任何東西會被浪費，卵和死去的幼蟲也可以吃。一個個肉塊像浸濕的海綿在隊伍裡傳遞著，擰乾，然後大口吞食。

這份冷鍋燉肉才剛吞完，不知從哪裡傳出了一個訊號，要求混亂的群眾依行軍順序列隊。

對抗**手指**的東征軍向前進！

部隊開拔。

螞蟻排成一長列出發了。貝－洛－崗將武裝的手臂拋向東方。太陽開始散發宜人的熱能，兵蟻們唱著古老的氣味歌謠：

陽光進入我們空心的骨架，
翻動我們疼痛的肌肉，
聯合我們分裂的思想。

所有兵蟻輪番接唱：

我們都是太陽的塵埃。
祈願光的泡泡在我們心中
正如有朝一日我們的心也會成為光的泡泡。
我們都是熱能。
我們都是太陽的塵埃。
願大地為我們指引明路！
我們將往四面八方奔走在這路上，直到我們找到
再也不需要前進的地方。

我們都是太陽的塵埃。

小針蟻傭兵聽不懂這些歌詞費洛蒙，她們吱吱嘎嘎地摩擦葉柄，為這首歌伴奏。為了製造出更美的音樂，她們把胸廓的甲殼針尖壓在腹錘最底部的橫紋上，發出的聲響宛如蟋蟀的叫聲，只是聲音比較乾，少了點共鳴。

唱完戰歌，螞蟻靜默行軍。雖說她們的步伐處於無政府狀態，但她們的心臟是以全體一致的節奏在鼓脹。

每隻螞蟻都想著**手指**，想著她們曾經接收到的可怕傳說——關於這些怪獸的種種。可是她們如此緊密地團結成一個群體，這讓她們覺得自己無所不能，讓她們得以歡樂地向前進。甚至連風也吹動起來，似乎決定要讓偉大的東征加快速度，幫螞蟻減輕這趟任務的負擔。

一〇三六八三號兵蟻在隊伍前頭，嗅著從她觸角上方魚貫經過的青草和枝葉。

她們所經之處，所有氣味都在。因為害怕而逃跑的小動物、試圖以醺醉迷魂的氣味引誘她們的繽紛花朵、肯定有敵軍突擊隊藏身的幽暗樹幹、長滿紅蝽的歐洲蕨……

是的，一切都在。就像第一次那樣。一切都在，一切都浸潤在這種獨特的香氣裡——那是偉大的探險即將重新展開的氣味！

66．百科全書

帕金森定律：帕金森定律（與同名疾病無關）就是當公司規模開展得越大的時候，就越會僱用能力平庸但薪水過高的人。為什麼？道理很簡單，因為在位的主管會害怕潛在競爭對手的到來。要避免創造出危險的競爭對手，最好的方法就是僱用一些沒能力的人；要讓這些沒能力的人不產生一絲興風作浪的念頭，最好的方法就是多付一些錢給他們。這麼一來，統治階層就可以確保自己的地位，永遠不必擔心了。

艾德蒙．威爾斯
《相對知識與絕對知識百科全書》第二卷

67．新的犯罪現場

「馬可錫米里昂．馬克阿希烏斯教授是阿肯色大學的化學權威，訪問法國期間在這家旅館住了一星期。」卡吾札克探員一邊翻閱資料一邊說。

雅克．梅利耶在房裡來回踱步，一邊做著筆記。一名值班的警員從門口探頭說：

「探長，有一位《星期日回聲報》的女記者想見您，要讓她進來嗎？」

「好的。」

萊緹希雅・威爾斯穿著黑色絲質套裝出現了，依然那麼美豔。

「您好，探長。」

「您好，威爾斯小姐！什麼風把您吹來了？我還以為我們每個人都該各做各的，直到最強的人獲勝。」

「這並不妨礙我們出現在謎題的現場。畢竟在看『思考陷阱』的時候，每個人都是用自己的方法去分析同一個問題……所以，CCG的小瓶子您鑑定過了嗎？」

「是的。根據實驗室的說法，那應該是毒藥。裡頭的成分有一堆東西，我忘記它們的名字了。一種比一種還毒。他們說，什麼蟲都殺得死。」

「好吧，探長，現在您知道的跟我一樣多了。那麼，卡若琳・諾嘉的屍體解剖得怎麼樣了？」

「心臟停止跳動。多處體內出血。又是同樣的老調。」

「嗯……那這個呢？又是這麼恐怖的事！」

褐髮的科學家俯臥在地，頭朝著來訪者的方向，彷彿在等待一次目瞪口呆的驚恐見證。他的眼球鼓脹，嘴裡吐出不知什麼噁心黏液弄髒了大鬍子，耳朵還在淌血……而且額頭上有一綹奇怪的白頭髮。有必要去調查一下，是否在死前髮色就是如此。梅利耶還留意到，他的雙手緊壓著腹部。

「您知道他是誰嗎？」梅利耶問道。

「我們這個新的死者是馬可錫米里昂・馬克阿希烏斯教授，國際知名的殺蟲劑專家。」

「呃，是的，殺蟲劑這方面……誰有可能會想要殺死傑出的殺蟲劑專家？」

他們一起看著這位著名化學家神情慌亂的屍體。

「某個保護自然的聯盟？」萊緹希雅試著猜想。

「是啊，那為什麼不是昆蟲自己？」梅利耶冷笑著。

萊緹希雅甩了甩深棕色的瀏海。

「不無可能，只是，會看報紙的只有人類！」

她拿出一張剪報，上頭是宣布馬可錫米里昂．馬克阿希烏斯教授抵達巴黎的新聞，說他來參加關於世界各地昆蟲入侵議題的研討會，新聞裡甚至提到他將入住美景酒店。

雅克．梅利耶讀了這篇報導，然後將它交給卡吾札克，讓他放進資料夾裡。接著他開始在房裡進行鉅細彌遺的地毯式搜索。受到萊緹希雅在場的刺激，他刻意要展現一絲不苟的專業精神。依然是沒有武器，沒有破門竊盜的痕跡，窗玻璃沒有指紋，沒有明顯的傷口。就跟薩爾塔兄弟和卡若琳．諾嘉一樣：沒有任何線索。

這裡也一樣，第一批蒼蠅沒來。所以，在死亡發生之後，凶手在現場停留了五分鐘，可能是要看守屍體或清理房裡所有可能被控罪的痕跡。

「您有沒有發現什麼？」卡吾札克問道。

「蒼蠅還在害怕。」

卡吾札克看起來很沒勁。萊緹希雅問道：

「蒼蠅？蒼蠅跟這有什麼關係？」

探長很高興自己稍稍奪回了優勢，立刻以蒼蠅為主題發表了一場小型演說：

「利用蒼蠅幫助破案的想法來自一位叫做布胡瓦黑的教授。一八九〇年，巴黎，在一棟房子的煙囪管道裡，發現了一個熏得焦黑的胎兒卡在裡頭。這間公寓在幾個月的時間內換了好幾個房客，到底是誰把這具小屍體藏在那裡？布胡瓦黑解開了謎題。他從死者的嘴裡取出蒼蠅卵，推測蟲卵成熟的時程，藉此確定胎兒是在大約一星期前被放進煙囪裡。嫌犯於是乖乖就範。」

美麗的女記者忍不住做出厭惡的鬼臉，這又激勵了梅利耶繼續講下去：

「我自己有過一次運用這個方法的經驗，發現一位陳屍在學校的小學老師其實是在被送往教室之前，在森林裡被謀殺的，兇手的目的是要讓人相信這是學生在報復。結果蒼蠅以牠們的方式作了見證，從屍體取出的幼蟲毫無疑問是屬於森林的蒼蠅。」

萊緹希雅心想，哪天機會來了，這個理論應該可以拿來作一篇報導的主題。

梅利耶對自己的示範講解感到滿意，他走回床邊，靠著照明放大鏡的幫忙，終於在死者的睡褲底部發現了一個完美的正方形小孔。萊緹希雅也靠了過去。梅利耶猶豫了一下，最後對她說了：

「您看到那個小洞了嗎？我在薩爾塔兄弟其中一位的外套上也看到完全相似的小洞。同樣的形狀，完完全全……」

嗞嗞嗞嗞嗞嗞嗞嗞嗞……

這種很有特色的聲響在探長的耳邊鳴唱。他抬頭看見一隻蒼蠅在天花板上。蒼蠅走了幾步，起飛，然後在他們的頭頂盤旋。一名警察被這聲音惹火了，想把蒼蠅趕走，可是探長阻止他這麼做。探長的目光跟隨著蒼蠅的軌跡，他想知道蒼蠅會停在哪裡。

「你們看！」

蒼蠅繞了好幾圈，耗盡所有警察和女記者的耐心之後，同意降落在屍體的脖子上，然後再滑到屍體的下巴底下，最後消失在馬克阿希烏斯教授的身體底下。

雅克．梅利耶的好奇心被挑起了，他靠過去，把屍體翻過來，看看蒼蠅要往哪裡去。

就在這時，他看到了銘文。

馬克阿希烏斯教授用盡最後的一點力氣，把食指浸入從耳朵流出來的鮮血，在床罩上寫了一個字。寫完之後，他就倒在上面，或許是為了不讓凶手留意到這個訊息，也或許是因為他就死在那一刻……

在場的每一個人都靠過來看那七個字母。

蒼蠅正用牠的吻管吸取構成第一個字母「F」的血液。接下來，等她吃完這道開胃菜，她又吸了了「O」、「U」、「R」、「M」、「I」和「S」。[2]

68．寫給萊緹希雅的信

萊緹希雅，我親愛的女兒，

請不要評判我。

妳母親死後，我無法忍受待在妳身邊，因為每次看著妳，我看到的都是她，那像是一把燒得白

2 FOURMIS：〔法文〕螞蟻（複數）。

熾的刀，插進我的小腦。

我不是那種什麼都傷不了，在暴風雨來臨時可以咬緊牙關的堅強男人。在這樣的時刻，我應該會放棄一切，讓自己像一片枯葉被暴風雨帶走。

我知道，我做的選擇通常會被認為是最懦弱的行為，那就是逃跑。但是沒有其他方法可以拯救我們，可以拯救妳和我了。

所以妳會獨自成長，妳會獨自教育自己，妳必須在自己身上找到力量和支持，帶著妳前進。這不是最糟的鍛鍊，遠遠不是如此。在生命裡，我們永遠是孤獨的，越早意識到這一點，我們就會過得越好。

找到妳自己的路。

我的家族裡沒有人知道妳的存在。對於我最珍愛的東西，我一向知道如何保守祕密。當妳收到這封信的時候，我肯定已經死了。所以不必浪費時間去找我。我把我的公寓留給了我的外甥喬納東。不要去那裡，不要去找他說話，不要去提出任何要求。

我留給妳一份完全不同的遺產。這份禮物對一般人來說，可能看起來毫無價值。然而，對一個好奇、進取的心靈來說，這份禮物是極其珍貴的。在這個方面，我對妳有信心。

這份禮物是一台機器的設計圖，這個機器可以破譯螞蟻的嗅覺語言，我將它命名為「羅塞塔石碑」，因為它代表一種獨特的可能性，可以為兩個物種、兩個各自高度發展文明搭起橋樑。

總而言之，這台機器是一部翻譯機，透過它的代言，我們不僅可以理解螞蟻的想法，也可以與螞蟻交談。妳可以想像嗎？和螞蟻對話！

我才剛剛開始使用這台機器，但它已經為我打開這麼多神奇的視角，讓我覺得剩下的人生不夠用。

請繼續我的工作，延續我的研究。之後，再把它交給另一個天選之人，千萬不要讓這個裝置被人遺忘。但是，請妳務必謹慎行事：螞蟻的智慧要攤在陽光下，出現在人類面前，為時還過早。妳只可以告訴能讓這件事向前推進的那些人。

或許現在，我的外甥喬納東已經有能力使用我留在地窖裡的原型翻譯機了。老實說，我懷疑，不過這並不重要。

至於妳，如果這條路關係到妳，召喚著妳，我想它會給妳帶來種種驚喜。

我的女兒，我愛妳。

艾德蒙．威爾斯

p.s. 1：附上「羅塞塔石碑」設計圖。

p.s. 2：也附上我的《相對知識與絕對知識百科全書》的第二卷。這本書在我公寓的地窖深處有一個副本。這本書旨在涵蓋所有知識的領域，當然，比較偏重昆蟲學。《相對知識與絕對知識百科全書》就像一座西班牙客棧，每個人都可以在那裡找到他想要尋找的東西。每次閱讀都會有不同的意義，因為它會跟讀者的生活產生共鳴，跟讀者自己的世界觀協調一致。

就當作是我寄給妳一個嚮導，一個朋友。

p.s. 3：還記得小時候我問過妳一個謎題嗎？（妳那時候已經很喜歡謎題了。）我問妳要怎麼樣才能用六根火柴棒拼出四個等邊三角形。我給了妳一句話幫助妳：「必須用不同的方式思考。」妳花了一些時間，不過妳終於找出解答了。打開第三維的空間。不只要思考平面。搭起一個立體的金字塔。這是第一步。我有另一個謎題要給妳，屬於進階的謎題。妳能不能，還是用六根火柴棒，拼出六個而不是四個等邊三角形？這個可以幫妳找到解答的句子，照常理來說，可能跟前一個句子相反。這句話就是：「必須用別人的方式思考。」

69．地面兩萬里

東征軍向前進，森林的地貌不斷變化。不時可見石灰岩受到侵蝕，乳牙般的砂岩一顆顆冒出來。石楠花、苔蘚和蕨類的叢林接連而來。

八月的酷暑讓螞蟻像嗑了藥，以創紀錄的時間抵達聯邦東域的小城：藜－維悠－崗、卒碧－卒碧－崗、澤第－貝－納崗……到處都有邦民提供裝滿蜜露的蝻、蚱蜢火腿、塞滿穀粉的蟋蟀頭。在卒碧－卒碧－崗，邦民們乾脆請她們收下一百六十隻蚜蟲，讓她們可以在旅途中擠奶。

然後大家就談論起**手指**。所有螞蟻都在談。誰沒有遇過手指造成的事故？好幾支探險隊被整組壓扁。

倒是卒碧－卒碧－崗從來沒有正面遭遇過**手指**。卒碧－卒碧－崗的邦民很想盡一份力來強化東征軍的陣容，可是瓢蟲的狩獵季即將展開，而且她們也需要所有的大顎留下來保護她們的大批牲畜。

她們接著抵達了澤第－貝－納崗。這是一座建在山毛櫸樹根上的壯麗城市，這裡邦民的表現就慷慨多了。她們英勇地召集了一個軍團，配備新型的百分之六十超濃縮蟻酸砲兵！不僅如此，她們還提供了二十個裝滿蟻酸的罈甕作為彈藥儲備。

手指在這裡也造成了一些損害。牠們用一根巨大的尖刺在澤第－貝－納崗的山毛櫸樹皮上刻了一些記號。山毛櫸痛苦不堪，開始分泌一種有毒的汁液，差點把邦民們都毒死。在樹皮癒合的時間，澤第－貝－納崗的邦民只好被迫遷移。

有沒有可能**手指**是有益的實體，只是我們無法理解祂們的行為？

二十四號的天真言論引來一陣錯愕的反應。在對抗**手指**的東征時期，怎麼能發表這樣的看法？

一〇三六八三號趕緊幫這個冒失鬼緩頰。她解釋說，在貝－洛－崗，我們會毫不猶豫地考慮所有假設的情況，這種練習的目的是讓我們永遠不會受到突如其來的厄運驚嚇。

一位貝－洛－崗邦民開始教澤第－貝－納崗的邦民唱歌。這是城邦之母希藜－埔－寬為這次東征所譜寫的最新一首進化歌曲：

選擇什麼樣的對手會決定妳的價值。
與蜥蜴戰鬥的會變成蜥蜴，
與鳥戰鬥的會變成鳥，
與蟎蟲戰鬥的會變成蟎蟲。

那麼與神戰鬥的會變成神嗎？一〇三六八三號心裡納悶著。

無論如何，這首歌讓澤第－貝－納崗的邦民很開心。許多螞蟻向東征軍詢問關於她們的蟻后施行的那些進化技術。貝－洛－崗的邦民於是迫不及待地說起城邦如何馴服犀角金龜，讓牠們成為大受歡迎的明星。邦民們也談到中央城邦內部交通的運河系統、新型武器、新型農耕技術和建築方面的變化。

我們不知道進化運動已經發展到這樣的規模了。蟻后澤第－貝－霓裘霓發出讚歎。

當然，關於最近暴雨肆虐成災，或是城邦內部存在支持**手指**的叛軍，大家都隻字不提。

澤第－貝－納崗邦民對此真心嚮往。因為一年前最尖端的蟻族科技也不過就是蚜蟲養殖、蘑菇培育和蜜露發酵！

最後，螞蟻們終於開始認真討論東征。一〇三六八三號解釋說，軍隊會渡過大河，越過世界的盡頭，然後從那裡開始，東征軍會全力擴大掃蕩範圍，以免讓任何**手指**有時間可以逃跑。

澤第－貝－霓裘霓蟻后質疑中央城邦的三千名士兵是否足以消滅世界上所有的**手指**。一〇三六八三號承認，儘管有飛行軍團助陣，她對此也有些疑慮。

澤第－貝－霓裘霓蟻后思考片刻，同意提供東征軍一支輕騎兵軍團。軍團成員都是一些高腿士兵，速度極快，身手敏捷，特別適合追捕逃跑的**手指**。

接著蟻后談起其他的話題。某個新城邦的惡劣行徑。螞蟻城邦？不是，是一個蜜蜂城邦，阿蘇克蕾茵蜂巢，有時她們也叫這城邦為「黃金蜂巢」。這座城邦建造的地方離這裡很近，就在那棵毛茸茸的大橡樹右邊的第四棵樹上。那些蜜蜂在那裡採集花粉，這是正常的。不正常的是，牠們找到機會就毫不猶豫地攻擊螞蟻的運輸隊伍。如果是黃蜂，這種海盜行逕並不令人驚訝。但是蜜蜂，這就比較讓人擔心了。

澤第－貝－霓裘霓甚至認為，這些蜜蜂有擴張領地的企圖。牠們騷擾運輸隊伍的地點，離螞蟻的母城越來越近。螞蟻很難擊退牠們。在多數情況下，由於害怕遭受毒針攻擊，螞蟻寧可放棄她們捕獲的東西。

蜜蜂螫咬敵人之後真的會死嗎？一隻犀角金龜問道。

看到一隻甲蟲竟然如此直接與螞蟻對話，所有螞蟻都感到驚訝，但是，畢竟牠也參與了東征，於是一位澤第－貝－納崗的邦民放下身段回答牠：

不會，不一定會。除非牠們把刺扎得太深才會死。

又一則神話崩解了。

大家交換了很多有用的資訊，可是夜幕已經垂臨。貝－洛－崗邦民感謝澤第－貝－納崗慷慨增援。這兩群螞蟻進行了許多交哺，然後再幫同伴們清洗觸角，接下來，寒風就要邀請所有螞蟻進入無可抗拒的睡眠了。

70．百科全書

秩序：秩序生出無序，無序生出秩序。理論上來說，如果我們把一顆雞蛋煎成一個蛋捲，蛋捲要重新恢復為原本雞蛋的形式，這樣的可能性微乎其微。但這種可能性是存在的。我們在這個蛋捲裡放的無序越多，找回原來那顆雞蛋的秩序的機會就越多。

所以，秩序只是無序的組合。我們有秩序的宇宙越是擴散，就越會進入無序的狀態。無序——本身就會擴散——會生出一些新秩序。我們無法排除其中有一種新秩序跟最初的秩序完全相同的可能性。就在我們面前，在空間之中，在時間之中，在我們混沌宇宙的盡頭——誰知道呢——原初的大爆炸就在這裡。

艾德蒙．威爾斯

《相對知識與絕對知識百科全書》第二卷

71．吹笛人

叮咚！

萊緹希雅．威爾斯很快就開了門。

「您好，探長。您又來看電視了嗎？」

「我只是想跟您談一談，整理我的想法。我的要求真的只有這樣，我不會請您透露您的思考方向。」

她讓他進來了。

「很好，探長，我洗耳恭聽。」

她向他指了一張單人沙發，然後翹起她的長腿在對面坐下。

進入談話之前，梅利耶先欣賞了她古希臘風的連身裙，還有嵌在她纖細髮絲裡的玉飾：

「請讓我做一下重點回顧。凶手有能力可以闖入密閉的空間，在裡頭行動，他會激發恐懼，離開後不留任何痕跡，而且似乎只對付專門研究殺蟲劑的化學家。」

「而且還會讓蒼蠅害怕。」萊緹希雅補了一句。她端來兩杯蜂蜜酒，淡紫色的大眼睛盯著梅利耶看。

「是的。」梅利耶繼續說了下去：「但是這位馬克阿希烏斯教授給我們帶來一個新的重點，就是『螞蟻』這個單詞。有人可能會因此認為，我們遇到的案子是螞蟻攻擊殺蟲劑製造商。這想法很有意思，確實是很有意思，可是……」

「可是這太不現實了。」

「確實如此。」

「螞蟻會留下痕跡。」萊緹希雅說：「譬如，牠們會對那裡的食物感興趣。沒有螞蟻可以抗拒新鮮蘋果的誘惑，可是馬克阿希烏斯的床頭櫃上就有一顆蘋果，完好無缺。」

「傑出的觀察力。」

「所以我們的謀殺案還是停留在密室、不留痕跡、沒有凶器、不是破門竊盜。我們可能缺少可以幫助理解的想像力。」

「真是要命，要成為凶手有千萬種方法，可是真相只有一個！」

萊緹希雅．威爾斯露出一抹神祕的微笑。

「誰知道呢？偵探小說不斷在進化，您想像一下西元五千年的阿嘉莎．克莉絲蒂或是火星上的柯南．道爾會寫什麼，我相信您的案子會有進展。」

雅克．梅利耶望著她，眼裡滿滿的都是萊緹希雅．威爾斯的美。

美人心煩意亂，起身去找她的菸盒。她點了一根菸，把自己藏在鴉片氣味的煙幕裡。

「您的報導寫我對自己太過自信，聽不進別人的意見。您說得沒錯。不過改過自新永遠不會太晚。您別取笑我，不過我覺得自從跟您接觸之後，我已經開始用不同的方法思考事情了……您看，我已經開始懷疑螞蟻了！」

「又是螞蟻！」萊緹希雅似乎不耐煩了。

「等等，我們可能對螞蟻不是那麼了解，說不定牠們有同謀。您知道〈吹風笛的人〉的故事吧？」

「我忘記了。」

「從前，有個叫做『哈梅林』的小城被老鼠入侵。」梅利耶開始說故事：「老鼠到處都是，數量多到人們不知該如何擺脫牠們。殺得越多，湧入城裡的老鼠也越多。老鼠吃光了所有食物，以最快的速度在繁殖。居民們已經打算要不顧一切，離開那個小鎮了。這時，有個少年說他可以拯救這個城市，只要能給他一份豐厚的獎賞。城裡有錢有勢的大老爺們覺得試試無妨，就完全接受少年的提議了。於是少年吹起笛子。老鼠全被迷住了，聚集在一起，少年走了，老鼠也跟在後面走。少年吹著笛子，帶著老鼠往河邊走去，最後老鼠全都淹死在河裡。可是等他要去領賞的時候，那些大老爺卻不認帳，還當面嘲笑他！」

「所以呢？」萊緹希雅問道。

「所以？您可以想像類似的情況：有個『吹笛人』可以指揮螞蟻。有個人想為螞蟻向牠們最可惡的敵人復仇，也就是那些研發殺蟲劑的化學家！」

他終於引起萊緹希雅的興趣，這個年輕女人盯著他，淡紫色的眼睛瞪得大大的。

「請繼續。」她說。

她看起來很緊張，又吸了一大口菸。

梅利耶停下來，彷彿有什麼事讓他激動了——大腦迴路到處都在釋放「開竅－頓悟」的電流。

「我想我找到答案了。」

萊緹希雅．威爾斯看著他，神情有點怪異。

「答案是什麼？」

「有人馴服了螞蟻！螞蟻鑽進受害者的體內，從體內攻擊受害者，武器就是螞蟻的……大顎……體內出血就是因為這樣來的，然後螞蟻再從……譬如耳朵……鑽出來。這可以解釋為什麼很多屍體的耳朵出血。然後螞蟻再重新集結，運走牠們的傷兵。這需要五分鐘，這就是第一批蒼蠅不敢靠近的時間……您覺得呢？」

打從梅利耶開始闡述新想法，萊緹希雅．威爾斯就不是真的和他一樣激動。她點了第二支菸。她承認他說的可能是對的，但是就她所知，世界上不存在這種方法，可以馴服螞蟻，讓牠們進入旅館，要螞蟻去選定房間，然後殺死某個人，然後再安安靜靜地回到牠們的蟻窩。

「有的，這種方法應該存在。我一定會找到這種方法。」雅克．梅利耶拍了拍手，他對自己感到很滿意。

「您看，不需要去想像西元五千年的偵探小說了！只需要一點判斷力和常識就夠了。」他說。

這時萊緹希雅．威爾斯皺起眉頭。

「太棒了，探長，您應該打中『蒼蠅』[3]了。」

梅利耶離開了，他現在要做的第一件事就是去找法醫。他要驗證死者體內的傷口有沒有可能是螞蟻大顎攻擊的結果。

萊緹希雅．威爾斯獨自一人在公寓裡，一臉憂心。她拿出鑰匙打開那扇黑色的門，把一顆蘋果切成薄片，餵給她透明飼養箱裡的兩萬五千隻螞蟻。

72．我們都是螞蟻

喬納東．威爾斯在《相對知識與絕對知識百科全書》裡發現一段文字，提到數千年前在太平洋的一個島上，存在崇拜螞蟻的人。根據艾德蒙．威爾斯的說法，這些人藉由減少飲食和練習冥想，發展出非凡的精神力量。

基於不明的原因，他們的社群已經消亡，他們的奧祕和所有的祕密也隨之消失。

地下聖殿的十七位住民經過一番商議，決定起而效尤，不論《百科全書》裡提到的這種歷程是真是假。

糧食慢慢被剝奪，這讓他們不得不節省體力。即便是最輕微的動作都會造成他們的負擔，他們說的話越來越少。然而奇怪的是，他們對於彼此的了解卻是越來越清楚。一個眼神、一個微笑，或是動一動下巴，他們就可以達到溝通的效果。他們的專注力明顯提高。走路的時候，他們開始意識到每一條肌肉、每一個運動到的關節。他們在意識裡跟隨呼吸的氣息來回反覆。

他們的嗅覺、聽覺已經像動物和原始人一樣靈敏。至於味覺，長期挨餓讓他們的味覺變得更加敏銳，就算是營養不良引發的集體或個人幻覺，也都是有某種意義的。

第一次意識到自己可以直接讀懂別人想法的時候，露西・威爾斯感到害怕。她覺得這種事很不正派。可是因為當時的情況是跟傑森・布哈捷這麼正直的心靈在交流，她想想又覺得樂在其中了。

食物一天比一天少，心理體驗越來越強。這樣的進展不一定是最好的。原本是消防隊員和警察的這些住民由於過去習慣在戶外進行體能活動，有時得抑制自己突發的憤怒或幽閉恐懼症。

消瘦，憔悴，所有人的臉都被更亮、更深邃的眼睛吞噬了，所有人的長相都變得難以辨認，最後都變得十分相像。所有人的臉部特徵都消褪了（只有尼古拉・威爾斯因為年幼吃得比較好，還可以清楚看出跟其他人有所不同）。

他們避免站姿（對沒有體力的人來說，這樣太累了），寧願維持坐姿、盤腿，甚至以四肢行走。漸漸地，日子一天天過去，某種平靜自在取代了最初的痛苦。

這是某種形式的精神錯亂嗎？

後來，有一天早上，電腦印表機突然發出劈劈啪啪的聲音。褐蟻城邦貝－洛－崗的一群叛軍想要恢復因為前任蟻后過世而中斷的聯繫。牠們以「利明斯通博士」來進行對話，說牠們想要幫助人

3 法文「打中蒼蠅」（faire mouche）意思是「正中靶心」，因為箭靶的中心點遠看像蒼蠅。引申義是說到了重點。

類。於是，透過懸在牠們頭頂的花崗石板的裂縫，第一批糧食援助開始送達他們手中。

73・變異

多虧「親**手指**叛軍」螞蟻的援助，奧古斯塔・威爾斯和她的同伴們知道他們可以再活很久了。他們穩定維持少量但規律的飲食。他們甚至恢復了一點力氣。

終於，這座地獄裡的一切運行得還算順利。在露西・威爾斯的提議下，他們決定放棄作為地表人類的稱號，現在他們每個人看起來都一樣，只需要用數字編號就行了。這種做法的效果相當顯著。一個人失去名字，就是放棄他祖先的歷史的重量，彷彿他們都是新生兒：所有人都是剛剛才一起出生的。

失去自己的名字就是放棄自我，不再想跟別人不同。

在丹尼爾・侯松費爾（亦名「第十二號」）的提議下，他們決定尋找另一種共同語言。傑森・布哈捷（亦名「第十四號」）發現了新語言的竅門：「人透過嘴巴發出聲波來溝通。可是這些都太複雜，太混亂了。為什麼不發出單一的聲波，讓我們所有人都透過振動來溝通呢？」

事情發生了有趣的轉變，這是印度教派的風格，但大家並不在意，反正命運不是把他們放進了另一度空間，放進了另一個存在的平面嗎？他們不得不將就，他們也對自己進行的實驗充滿熱情。

他們圍成一圈，盤腿而坐，或者，身體更軟的人就用雙盤的「蓮花坐」。他們挺直背脊，手臂互搭，身體前傾，讓自己的頭集合在一朵朵「蓮花」圍成的圓圈中央。然後每個人輪流發出他的音符——他自己的聲音振動。最後是所有人一起，所有人協調好音色，讓聲音統一在同一個音符上。經由不斷的練習，每個人都以自己最低的音域鳴唱，讓聲音從腹腔深處升起。

他們選擇了「唵」（OM）這個單音。原始之音，大地與無限空間之歌，穿透一切，「唵」是山巒寂靜之音，也是餐館喧譁的噪音。

他們的眼睛逐一閉上，他們的呼吸變緩、變沉、變成同步，他們變得輕盈，忘記一切，融入了單音。他們就是單音。「唵」，一切都在這個單音裡開始，一切都在這個單音裡結束。

儀式持續很久，然後所有人平靜地分開，有些人回到自己的角落，有些人忙著去做這或做那——打掃環境、管理極不起眼的食物儲備、和「叛軍」對話。

只有尼古拉沒有參加這些儀式。大家都認為他年紀太小，還沒辦法自由地參與。也因為同樣的理由，所有人都同意他應該吃得最好。畢竟在螞蟻的世界，最重要的寶物就是幼蟲。

螞蟻……有一天，他們試圖透過心電感應跟螞蟻交流。沒有反應。夢還是別做太多。即使在人類之間，他們的夢想也不得不幻滅——心電感應真正有效的機率只有一半，而且前提是溝通雙方都沒有抗拒。

老奧古斯塔記得。

他們就這樣慢慢變成了螞蟻。至少在他們的腦袋裡。

74．百科全書

鼴鼠：鼴鼠（*Heterocephalus glaber*）是非洲東部的動物，生活在衣索比亞和肯亞北部之間的地區。這種動物先天眼盲，牠們的粉紅色表皮沒有毛髮，牠們可以用門牙挖掘幾公里長的地道。

但這還不是最令人驚訝的。在哺乳動物當中，社會行為的方式與昆蟲相同的唯一個案就是鼴鼠！一個共同生活的鼴鼠群平均有五百隻，牠們跟螞蟻一樣，分為三個主要階級：生殖鼴鼠、工鼴鼠和兵鼴鼠。其中只有一隻雌性有能力生小孩——某種程度來說，牠是女王。牠一胎最多可以生下三十隻小鼴鼠，而且包含所有的階級。為了維持自己作為唯一的「生育者」，牠會在尿液中分泌一種有氣味的物質，這種物質會妨礙鼴鼠窩裡的其他雌性分泌生殖荷爾蒙。

鼴鼠生活在近似沙漠的地區，此一事實可以解釋這個物種為何形成群居的型態。鼴鼠以植物的塊莖和根為食，這些塊莖和根有時量體很大，而且經常很分散。一隻獨自生活的鼴鼠有可能一直往前挖了幾公里卻一無所獲，這麼一來，牠肯定會因為飢餓、耗盡體力而亡。社會性的生活增加了發現可以食用的東西的機會，而且不管是多小的塊莖，只要發現了就要由所有鼴鼠公平分享。

鼴鼠和螞蟻唯一顯著的差異是：雄性鼴鼠在性愛之後會活下來。

艾德蒙．威爾斯

《相對知識與絕對知識百科全書》第二卷

75．早晨

一個沉重的粉紅色球體向前移動。她發出「我對妳的人民沒有敵意」的訊息，可是球體並沒有停下來，繼而將她壓碎。

一〇三六八三號驚醒。因為老是在做噩夢，所以她對自己的身體進行設定，減少了睡眠時間，而且只要溫度出現一點變化，她就會醒來。

她又夢到**手指**了。她不能再這樣下去了。如果她害怕**手指**，到時她將無法正常戰鬥，因為她的恐懼會讓她無法專心戰鬥。

她記得城邦之母貝洛－裘－裘霓曾經告訴她和姊妹們一則蟻族的傳奇，那些氣味單詞都還在她的觸角記憶裡，只要給它們一點濕氣，就會完全重現。

「從前從前，我們的王朝有一位蟻后叫做菈姆－菈姆－霓。有一天，她悶悶不樂地待在御所裡，她患了「意識病」。有三個問題在她腦袋裡揮之不去，耗用了她所有的思考能力：

生命中最重要的時刻是什麼？

該做的最重要的事情是什麼？

幸福的祕訣是什麼？

她和她的姊妹、女兒們，也和聯邦裡心靈最豐富的螞蟻討論過這些問題，但是沒有得到令她滿意的答案。大家都說她病了，因為她心裡糾結的三個問題當中，沒有一個跟蟻邦的存亡有關。

蟻后被潑了冷水，日漸消瘦。整個蟻邦都為她擔心，如果城邦不想失去她們唯一的產卵者，大家就必須——而這是蟻邦有史以來的第一次——認真去關心抽象的問題。

最重要的時刻？最重要的事情？幸福的祕訣？

每隻螞蟻都提出了答案。

最重要的時刻，就是進食的時候，因為食物會帶來能量……該做的最重要的事情，就是繁殖，這樣才能讓物種延續，而且可以增加大量保衛城邦的士兵……幸福的祕訣，就是熱，因為熱是完滿的化學變化的根源……

菻姆－菻姆－霓蟻后對這些答案都不滿意。於是她離開了家邦，獨自前往大外界。在那裡，她不得不為生存而艱苦奮鬥。當她在三天之後返回時，她的邦城已經一片破敗。但是蟻后找到了她的答案。她在跟蠻族螞蟻的無情戰鬥中得到了啟示。最重要的時刻，就是現在，因為我們只能在當下行動。如果我們不關心現在，我們也會錯失未來。最重要的事情，就是迎向我們眼前的一切。如果蟻后沒有除掉那些想要殺她的兵蟻，她早就死了。至於幸福的祕訣，她是在戰鬥之後發現的：那就是活著，在地球上走著。就這麼簡單。

品味當下。

關心我們眼前的事物。

在大地上行走。

這就是菻姆－菻姆－霓蟻后留給後世關於生命的三大祕訣。」

二十四號走到一〇三六八三號兵蟻旁邊。

她想要說明她對「神」的信仰。

一〇三六八三號不需要說明，她動了動觸角讓她別說，然後邀她在這個屬於聯邦的邦城前走一走。

這裡很美，不是嗎？

二十四號沒有回答。一〇三六八三號對她說，當然，她們應該是會碰上那些**手指**，並且殺死**手指**，但她們還有其他重要的事情：就是活在當下，去旅行。或許最美好的時刻不是成功達成「信使任務」或打敗**手指**，或許最美好的時刻就是現在，就在她們兩個一起在這裡的此刻——一大清早，有螞蟻朋友們圍繞在身邊。

一〇三六八三號把菰姆—菰姆—霓蟻后的故事告訴她。

二十四號說她認為他們的任務跟這些關於意識的故事比起來，有個「重要」得多的特徵。她有機會接近甚至有可能看到並且碰觸到**手指**，她整個沉浸在這種幸運之中。

她不會把她的位子讓給別人。二十四號問一〇三六八三號是不是已經看過**手指**了。

我覺得我見過牠們，嗯，我不知道，我不確定了，妳知道的，二十四號，牠們和我們太不一樣了。

二十四號知道會是這樣。

一〇三六八三號不想加入費洛蒙辯論。但是直覺上她並不相信神就是**手指**；神或許存在，但那會是另一回事。或許是這個蓊蓊鬱鬱的大自然，這些樹木，這片森林，這些圍繞著森林的無數動物和花草樹木……是的，要在這片神奇的景觀——也就是她們的星球——之中尋找信仰是比較容易的事。

這時，天邊出現一道粉紅色的光帶。一〇三六八三號用觸角的尖端指給她看。

看，多美啊！

二十四號感受不到她此刻的感動，於是一〇三六八三號發送了一則玩笑費洛蒙：

我是神，因為我可以命令太陽升起。

一〇三六八三號用四條後腿保持平衡，用觸角指向天空，釋放出一種辛辣的費洛蒙：

太陽，升起，我命令你！

這時，太陽穿透高高的草叢，投射出一道光。天空沉浸在赭土色、紫色、淡紫、紅、橙、金黃的繽紛節慶裡。光、熱、美，一切都在一〇三六八三號要求的時刻降臨。

或許我們低估了我們自己的可能性。一〇三六八三號說。

二十四號想要再提「**手指**是我們的神」，可是太陽星體太美了，她沉默了。

Troisième arcane

第三奥義

軍刀與大顎

Par le sabre et par la mandibule

76．瑪麗蓮夢露如何打敗梅第奇

這兩位衣索比亞學者組成了一對非常同心的佳偶，他們因為相同的理想而緊密結合在一起。吉勒．奧德姜從小就會為了看蟻丘而花上幾小時。他曾經想讓螞蟻住進他家，住在空的果醬罐子裡。螞蟻第一次試圖逃跑時，小吉勒的母親很生氣，拿起一隻拖鞋大開殺戒。

不過他沒有因此放棄，反而開始進行其他更隱蔽也更密閉的飼養方式。但他的螞蟻一直死去，他也不明白其中的原因。

長久以來，他都以為自己是唯一會對這些小蟲子這麼感興趣的人，直到有一天，他在鹿特丹大學的昆蟲系遇到了蘇珊。他們在螞蟻身上感受到同樣無可抗拒的吸引力，這種吸引力立刻拉近了兩人的距離。

蘇珊甚至比吉勒對螞蟻更有熱情——只要情況允許。她設置了幾個透明飼養箱，她有辦法辨別很多「寄宿生」，還給牠們取了名字，記錄受她保護的寵兒們身上發生的大小事。他們兩人的星期六都花在觀察螞蟻。

後來，他們發生了一件可怕的事情，那時他們還在歐洲（而且已經結婚了）。當時蘇珊的蟻丘裡有六個蟻后。觸角很短的那隻，她把牠叫做「埃及豔后」；頭上有大剪刀傷痕的那隻，名字是「瑪麗一世」；蜷著腿的是「龐巴度夫人」；最「多話」的（她總是不停地晃動觸角）是艾薇塔；瑪麗蓮夢露最豔麗；凱瑟琳．德．梅第奇最有攻擊性。

梅第奇的行事完全符合她的性格。牠聚集了一群殺手，將牠的對手一個接一個全數消滅。奧德姜夫婦沒有介入這場小型內戰，只是觀察了梅第奇的殺手如何逮到其他蟻后，將牠們拖到水槽溺死，然後再扔進垃圾場。

然而，瑪麗蓮夢露恰好在這座與世隔絕的小島上倖存下來。她從垃圾堆裡爬出來，急忙召集自己的刺客團暗殺了凱瑟琳・德・梅第奇。

這些可怕的復仇清算讓這兩位熱愛螞蟻文明的學者感到驚嚇。他們的心裡一團亂。由此看來，螞蟻世界比人類世界還更殘酷。真是太過分了。一夕之間，他們對螞蟻由愛生恨，當初的愛有多熾烈，現在的恨就有多深切。

他們一回到衣索比亞，就加入了非洲大陸一場聲勢浩大的滅蟲運動。也就是在那時，他們開始跟這個領域最有名望的世界級權威、最優秀的專家們建立了聯繫。

奧德姜教授拿出試管，以宛如神父的端正手勢將試管舉到跟眼睛齊平的高度。他的妻子以同樣儀式性的動作把一種白色粉末倒進試管裡。其實是一些白堊粉。接著她將試管放進離心機，再加入幾種乳狀液體，把離心機關上，再摁下開關。五分鐘後，混合物都呈現出一種美麗的銀灰色。

這時有個人來提醒他們。這又是一個學者，個子高高瘦瘦，叫做辛涅希亞茲。米格爾・辛涅希亞茲教授。

「我們的動作必須快一點。『他們』追上我們了。馬可錫米里昂・馬克阿希烏斯，他也死了。」

『巴別塔行動』進行到哪裡了？」

「都搞定了。」吉勒說著，順手就把盛滿銀灰色液體的試管遞了過去。

「太棒了。這次，我想我們贏定了。他們不能再對抗我們了。但是您必須在他們再次展開攻擊之前離開。」

「那些想要破壞我們的人，您知道他們的名字嗎？」

「應該是一些冒牌的生態保育人士。他們根本搞不清楚自己在做什麼。」
吉勒·奧德姜嘆了口氣。
「為什麼才開始做一件事，就會出現相反的力量不讓我們成功？」
米格爾·辛涅希亞茲聳了聳肩。
「每次都是這樣。原因就是因為我們是最快的。」
「可是我們的對手是誰？」
米格爾·辛涅希亞茲看起來一肚子壞水。
「您真的想知道嗎？我們是在對抗……地獄之神的大軍。它無所不在。而且，它還會在那裡面，潛伏在我們自己心靈深處隱蔽的皺摺裡……相信我，這才是最可怕的！」
米格爾·辛涅希亞茲教授帶走銀灰色物質之後，過了不多不少剛好三十分鐘，吉勒·奧德姜和蘇珊·奧德姜就死了。

77．昆蟲的偶像

我們需要更多奉獻
如果妳們不尊重妳們的神，
我們會用土、火和水來懲罰妳們。

手指可以殺戮，因為**手指**是神。

手指可以殺戮，因為**手指**很大。

手指可以做任何事，因為**手指**是全能的。

這是真理。

剛打完這段霸氣訊息的**手指**突然往高處去了，一直高到一個鼻孔裡，三根**手指**忙著從裡到外挖乾淨；挖完之後，**手指**扭轉著滾出一粒足以引起糞金龜覬覦的小丸子，然後再把小丸子彈得遠遠的。

接著**手指**抬得更高，抬到可以撐起額頭，額頭的主人覺得自己剛才做得很好，那可不是隨便什麼人都能做得好的工作！

78．東征

東征軍的其他成員也陸陸續續來跟這兩隻螞蟻會合了。

一〇三六八三號豎起一根觸角，感受初升的太陽實實在在的溫暖。蟻群開始在她們身旁聚集起來。

這些螞蟻多數是貝－洛－崗邦民，不過也有些是來看熱鬧的澤第－貝－納崗邦民，她們熱烈為兩個本邦的砲兵軍團和輕騎兵軍團發出鼓舞，也為整個東征的隊伍熱烈喝采。

二十三號正在磨尖她的大顎，二十四號盯著蛾繭。一〇三六八三號站在那裡動也不動，專心關注著溫度的上升。溫度上升到二十度整，她抖了抖身體，釋放出部隊開拔的訊息費洛蒙。這是一種召集兵馬的費洛蒙，輕飄飄的，但很持久，主要的成分是己酸（C_6-H_{12}-O_2）。

士兵們即刻動身，先是第一列縱隊，繼而擴展成遍地湧動的觸角、犀角、眼球和鼓脹的腹錘。

史上第一支對抗**手指**的東征軍出發了。兵蟻們無情地開路，滿地野草窸窸窣窣地往兩側傾倒，部隊很快就找到自己行軍的節奏。

東征軍所經之處，昆蟲、蚯蚓、嚙齒動物和爬行動物寧願選擇逃離。極少數勇者躲起來偷看部隊行進，大家都不敢相信犀角金龜竟然會和褐螞蟻並肩作戰。

部隊的最前方，偵察兵動起來了，一會兒向左，一會兒向右，為主力部隊找出一條最不曲折、最少起伏的路線。

這種小心謹慎的部署通常非常有效，但還是無法防止部隊突然撞上難以預料的障礙物。她們在一個直徑至少一百步的巨大坑洞邊上撞成一團。真是太驚人了！不過她們沒花多久時間就認出來了，這坑洞就是姬烏－藜－崗城邦殘留的遺跡。有一隻兵蟻曾經敘述她們的城邦被連根拔起，然後被移去一個巨大的透明硬殼裡的恐怖過程……這就是了，是**手指**做的！這就是牠們幹的好事！

一隻強壯的螞蟻伸直觸角，轉身面向她的姊妹們。這是九號。所有螞蟻都知道她對**手指**有多麼惱怒。她將大顎撐開，釋放出強烈的費洛蒙：

我們要為她們復仇！**手指**殺死我們一個，我們就殺死兩個**手指**！

所有的東征軍都聽說過（而且不只一次），地球上的手指不到一百個，可是她們還是為此激發出大量嗆人的費洛蒙。在憤怒的激勵下，她們繞過坑洞，重新上路。

激動並沒有讓她們忘記應有的謹慎。於是，當她們越過陽光過度耀眼的大草原或沙漠時，她們會設法為砲兵遮蔭，避免腹錘過熱爆炸，殺死運輸兵和其他鄰兵。尤其是濃度高達百分之六十的超濃縮蟻酸：想像一下爆炸的氣流在隊伍中造成的破壞！

此刻，出現在眼前的是一條溝渠，可能是前陣子洪災遺留的水痕。一〇三六八三號認為溝道不可能延伸太長，應該可以從南邊繞過去。大家都不聽她的——沒時間可以浪費了！一群偵察兵跳入水中，彼此以腿緊緊互攀，搭成一座橋。部隊通過之後，會有四十隻偵查兵永遠僵硬地留在原地。不付出代價，我們就一無所有。

第二天，夜幕低垂之際，她們該要硬闖一座白蟻丘，或是敵對蟻族的邦城。可是地平線上空空蕩蕩，她們在一片荒原上，只看得到幾棵楓樹。

在一位老戰士的慫恿下——老戰士並不知道遠方的黑蟻就是用這種方法野營——她們聚集起來，堆疊成一顆緊密的球。這個臨時巢穴的外圍由一整排鋸齒狀的大顎構成，隨時可以向外咬噬。裡面則是安排了幾間活體廳室，給那些對寒冷較為敏感的甲蟲，還有病號和傷兵。整個球體由一些廊道和廂室組成，一共十層。

任何動物只要碰到這顆棕色的南瓜，就會立刻被螞蟻果肉吞噬。就這樣，一隻年幼的灰雀和一隻自以為皮夠硬的蜥蜴為了滿足好奇心，付出了恐怖死亡的代價。

被安排在外層的螞蟻們維持警戒狀態，內部的螞蟻則是讓動作平靜下來，放慢速度。每隻螞蟻都把自己嵌進分配給她的廂室或走廊的那個部分。

寒氣逼近。所有螞蟻都睡了。

79．百科全書

最小公倍數：地球上最多數人類可以共享的經驗就是和螞蟻的相遇。我們一定會遇到從未見過貓、狗、蜜蜂或蛇的人類部落，但我們永遠不會遇到從來沒被螞蟻爬上身的人。這是人類最廣泛的共同經驗。然而，觀察在我們手上行走的這隻螞蟻，我們可以從中得出一些基本資訊。一：螞蟻移動牠的觸角來了解牠身上發生什麼事；二：螞蟻只要能去的地方就到處去；三：如果您用手截斷牠的路，牠就會爬到您的手上；第四：用濕手指在排成一列的螞蟻前面畫一條線就可以阻止牠們前進（螞蟻到了那裡，就像遇到一堵無法越過的隱形牆，最終會繞道而行）。這些我們都知道。然而，這種幼稚的知識，這種我們所有祖先和我們所有當代人共享的原始知識沒有半點用處。因為這種知識學校不會教，找工作的時候也用不上。（學校教我們研究螞蟻的方式非常無聊又惹人厭：譬如記住螞蟻身體各個部位的名稱。老實說，那有什麼意思？）

艾德蒙．威爾斯

《相對知識與絕對知識百科全書》第二卷

80．夜間訪客

他是對的！法醫證實了他的看法。體內的傷口很有可能是螞蟻大顎造成的。或許雅克．梅利耶還沒找到嫌犯，但他確信自己已經找到正確的線索。

他興奮得睡不著覺，打開電視剛好看到「思考陷阱」的夜間重播。這一集的哈米黑茲夫人神彩奕奕，不再像前一集那樣靦腆拘謹。

「那麼，哈米黑茲夫人，這次您找到答案了嗎？」

哈米黑茲夫人毫不掩飾她的喜悅。

「是的，是的，我找到了！終於。我相信我已經找到謎題的解答！」

掌聲雷動。

「真的？」主持人驚訝地問道。

哈米黑茲夫人像個小女孩似的拍著手。

「對對對！」她叫著。

「好吧，請為我們說明一下，哈米黑茲夫人。」

「這要歸功於您的關鍵提示。」她說：「『您越聰明……就越不可能找到。』『您必須忘記您所知道的一切。』『就像宇宙一樣，這個謎題的源頭在絕對的簡單之中。』……我知道我要找到解答就必須再度成為一個孩子。倒著走，回歸本源，就像這組代表宇宙膨脹的數字，它很像是回到宇宙最初的大爆炸。我必須再次成為一個單純的心靈，才能找回我的嬰兒靈魂。」

「這可得找得很遠啊，哈米黑茲夫人……」

衛冕者沉浸在她狂熱之中，不容打擾：

「我們成年人，我們一直努力要變得更聰明，我就想呢，如果反向操作，會發生什麼事。打破常規，走一條與我們的習慣完全相反的路。」

「太棒了，哈米黑茲夫人。」

掌聲四起。現場觀眾也跟梅利耶一樣在等待後續。

「可是確切地說，一個聰明的頭腦對這個謎題會如何反應？面對這一連串的數字，他看到的是一個數學問題。所以，他會去找這些數字之間的最小公倍數。他加，他減，他乘，他把所有數字都放進去絞碎。可是他白費苦心，因為事情很簡單，這道謎題與數學無關……而這一題如果不是數學謎題，那就是文學謎題。」

「思路清晰，哈米黑茲夫人。」鼓掌響起。

衛冕者趁著觀眾歡呼，緩了緩氣。

「可是哈米黑茲夫人，您要如何將文學意義賦予這麼一堆數字呢？」

「要像小孩那樣，看到什麼就說什麼。小孩子，那些年紀最小的孩子，他們看到一個數字的時候就會說出那個字。對他們來說，「六」對應的是「六」這個字的發音，就像「乳牛」對應的是四條腿、有很多乳房的動物。這是一種約定俗成的東西。大家會依世界各地各自約定的各種不同聲音來指稱事物。但是名稱、概念和這個東西到最後畢竟還是同一件事。」

「哈米黑茲夫人，您今天是一位哲學家，但是我們親愛的電視觀眾要的是具體的東西。那麼，您找到的解答是……？」

「如果我寫『1』，一個剛學會認字的小小孩會對我說：『那是一個一。』所以我寫『1

1』。如果我給他看我剛剛寫下來的東西，他會告訴我他看到『兩個一』，也就是『2　1』。依此類推……這就是我的解答。只要把那行數字描述出來，就可以得到下面那行數字。所以我們的這個小小孩看到底下這行，會讀出『一個二，一個一』，也就是『1　2　1　1』。我再描述一次，就是『111221』，然後是『312211』，然後是『13112221』，然後是『1113213211』……我不認為『四』這個數字會太快出現！」

「太了不起了，哈米黑茲夫人！您獲勝了！」

攝影棚裡響起熱烈的掌聲，梅利耶暈陶陶的，彷彿觀眾是在為他喝采。

主持人請大家安靜下來：

「您不會打算不繼續闖關吧，哈米黑茲夫人？」

激動的衛冕者把汗濕的手放在緋紅的臉頰上。她露出微笑，用撒嬌的語氣說：

「至少讓我恢復一下平靜的心情吧。」

「啊！哈米黑茲夫人，您成功解開了我們的數字謎題，太精彩了，但是我們已經來到新一輪的『思考……』

「『……陷阱』！」

「……跟過去一樣，謎題是由一位匿名觀眾提供的。請聽清楚我們的新題目：您能用六根火柴，沒錯，我說的是六根火柴棒，在不折斷或黏起來的情況下，排出六個同樣大小的等邊三角形嗎？」

「您是說六個三角形？您確定不是六根火柴棒，四個三角形嗎？」

「六根火柴棒，六個三角形。」主持人用斬釘截鐵的語氣重複了一遍。

「所以一根火柴棒要有一個三角形？」衛冕者露出驚慌的表情。

「沒錯，就是這樣，哈米黑茲夫人。而這一次，第一個關鍵提示就是：『必須用別人的方式思考。』。那麼，電視機前面的觀眾朋友，大家的腦筋動起來吧。明天見，等你們來挑戰！」

雅克．梅利耶熄燈回到床上，終於入睡。他的興奮跟著他一起進入了夢境。他混亂的夢境裡出現了萊緹希雅．威爾斯——她淡紫色的眼眸和她牆上的昆蟲畫。還有塞巴斯蒂昂．薩爾塔和他那張從恐怖電影走出來的臉。區長也出現了，他放棄政治，投身法醫的志業。還有從未被自己的思維困住的衛冕者哈米黑茲……

他大半夜都在床上翻來覆去，夢境繼續喧譁。他沉沉睡去。他越睡越淺。他睡不著。他驚醒了。那確實是個小小的振動，像他小時候感覺床尾有東西在敲打床墊。兒時的噩夢又回來糾纏他了：怪獸，兩眼通紅充滿恨意的狂怒野狼……他醒了。他現在已經是大人了。他完全清醒了，他把燈點亮，發現腳底確實有一小塊隆起的東西在動。

他跳下床。腫塊就在那裡，確確實實。他用拳頭打下去，聽到一聲動物的尖叫。然後他驚訝地看著瑪麗－夏洛特從床單底下一瘸一拐地走出來。可憐的小貓躲到他懷裡喵喵叫。他不停撫摸牠，按摩牠疼痛的那條腿。接著，他決定要再休息一下恢復體力，他把瑪麗－夏洛特關在廚房裡，給了牠一個鮪魚罐頭。他從冰箱裡拿了水來喝，他看著電視，一直看到畫面讓他昏迷。

高劑量的電視節目有一種舒緩效果，就像止痛藥。整個人會像一團棉花，沉重的腦袋空空如也，兩隻眼睛裡滿滿的都是跟你無關的問題。過癮。

他回去睡覺。這一次，他開始像其他人一樣夢到剛才在電視上看到的東西——美國電影、廣告、日本動畫、網球比賽和國際新聞裡的屠殺事件。

他睡著了。他沉沉睡去。他越睡越淺。他睡不著了。

顯然，命運在後頭窮追不捨。再一次，他看到一個小沙丘在床尾移動。他又把燈打開。又是他的小貓瑪麗－夏洛特在搗蛋嗎？可是他明明把牠鎖在廚房裡。

他迅速起身，看見沙丘分裂成兩個、四個、八個、十六個、三十二個，變成一百個幾乎看不見的小疱，往床單的開口移動。他往後退了一步，驚愕地望著入侵他枕頭的螞蟻。

他的第一個反射動作是要用手掌把牠們掃走，但他及時收了手。他想到塞巴斯蒂昂．薩爾塔和所有其他的死者，他們一定也想過要用手把牠們掃到一邊。低估對手，就是最致命的錯誤。

於是，面對這些迷你的小蟲，雅克．梅利耶沒有浪費任何一秒去確定牠們究竟是什麼物種，他拔腿就跑。螞蟻追趕他，情況似乎是如此，幸運的是，他的前門只有一道鎖，雅克．梅利耶得以在大軍壓境之前逃離他的公寓。他在樓梯上聽到可憐的瑪麗－夏洛特被那些該死的昆蟲嚼碎時發出的喵喵慘叫。

他心神恍惚地經歷了這一切，彷彿某種快轉的影片。他赤腳穿著睡衣跑到街上攔下一輛計程車，拜託司機全速開往中央警署。

他現在可以肯定了，凶手已經知道他解開了那些化學家被謀殺的謎團，所以派遣他的小殺手們來找他了。

可是，只有一個人知道他解開了謎團。只有一個人！

81．百科全書

二元性：整部《聖經》可以總結於第一卷：《創世記》。整卷《創世記》可以總結於它的第一章，講述世界如何創造的那一章。整個第一章又可以總結於它的第一個單詞Béréchit，意思是「在開始的時候」。整個單詞可以總結於它的第一個音節Ber，意思是「已經分娩的」。整個音節又可以總結於它的第一個字母B，發音是「Beth[1]」，由一個開口的方形表示，中間有一個點。這個方形象徵著房子，或是子宮，包裹著卵子、胎兒——被召喚來出生的小點。

為什麼《聖經》的開頭是字母表的第二個字母而不是第一個？因為B代表世界的二元性，A則是最初的統一性。B是這種統一性的射出，投射。B是另一個。我們出自「一」，我們是「二」。我們出自A，我們在B之中。我們活在一個二元性的世界裡，活在對於統一性的懷舊——甚至是追尋——之中。統一性就是「Aleph[2]」，這個點是萬物的起點。

艾德蒙．威爾斯

《相對知識與絕對知識百科全書》第二卷

82．一直向前直走

野營地因為楓樹的一顆翅果墜落而被撞得搖搖晃晃。楓樹的翅果是一種可以將種子帶到遠方的植物螺旋槳，它的雙薄翅一旦旋轉起來，會對螞蟻造成危險。這一次，東征軍的團塊剛好被撞到解體，散落一地，之後大家就重新上路了。

隊伍裡因此有了對話的主題，大家開始討論各種天然投射物的不同風險。根據某些螞蟻的說法，最糟糕的是蒲公英的冠毛，它們會黏附在觸角上，搞亂所有的溝通。對一〇三六八三號來說，這類東西當中最可怕的是鳳仙花，只要輕輕觸碰果實，蜷縮的長條果皮就會把種子猛然拋射到百步以外！

大夥聊個不停，但是長長的隊伍並沒有因此放慢行進速度。她們會間歇地以腹部摩擦地面，這麼一來，杜氏腺體就會印出一條氣味痕跡，目的在於引導後面的眾多姊妹。

她們的上空有許多飛鳥來回盤桓，這些飛鳥比翅果危險得多。有淡藍羽毛的南方鶯、百靈鳥，還有大量或黑或綠的大斑啄木鳥。在楓丹白露森林裡，這些都是最常見的鳥類。

其中一隻黑色大斑啄木鳥飛到非常近的距離，用牠的尖喙對準一整隊褐螞蟻，然後向下俯衝，然後重新調整飛行平衡，展開超低空飛行。螞蟻驚慌失措，四散逃逸。

然而，這隻鳥的目標並不是那幾隻落單的倒霉鬼。當牠出現在一整隊兵蟻上空時，牠撒下一片白色的糞便，整隊兵蟻無一倖免。就這樣重複了幾次，鳥屎沾到大約三十隻螞蟻。這時，一聲喊叫傳遍了整個部隊。

1 Beth：希伯來文字母表第二個字母，寫法是：ב。
2 Aleph：希伯來文字母表第一個字母。

別吃！別吃！

事實上，啄木鳥的糞便經常感染條蟲。如果吃了……

83．百科全書

條蟲：條蟲是單細胞寄生蟲，成蟲後生活在啄木鳥的腸道中。條蟲會隨著啄木鳥的糞便排出體外。有人可能會相信啄木鳥知道條蟲的存在，因為啄木鳥經常以排泄物轟炸螞蟻的城邦。

螞蟻如果想要清除城邦的這些白色痕跡，牠們會將這些污痕吃掉，於是就會受到條蟲感染。這些寄生蟲會擾亂螞蟻的生長，改變牠們的甲殼色素成分，讓牠們的顏色變淡。受感染的螞蟻會變得懶散，反應速度變得很慢，一旦綠色啄木鳥襲擊城邦，這些被鳥糞感染的螞蟻就成了第一批犧牲者。

這些白化的螞蟻不僅速度變慢，甲殼顏色變淡也會讓牠們在城邦陰暗的廊道裡更容易暴露自己的蹤跡。

艾德蒙．威爾斯

《相對知識與絕對知識百科全書》第二卷

84．第一批陣亡者

大斑啄木鳥又回來空襲了。啄木鳥運用連環策略：先放毒，繼而在下次轟炸中採收被弱化的螞蟻。

兵蟻們束手無策。九號兵蟻仰天長嘯：我們要殺死**手指**，笨鳥攻擊我們就是在保護我們共同的敵人。

可是啄木鳥感知不到嗅覺訊息，牠翻身俯衝，撲向東征軍的前鋒縱隊。

全員就防空戰鬥位置！一個老戰士釋放費洛蒙。

重砲手迅速爬上高聳的花莖，牠們的彈著點落在啄木鳥剛剛飛過的路徑上，因為啄木鳥實在飛得太快了。脫靶！更糟的是，有兩名砲兵的交叉火力竟然誤擊對方！

不過，黑色啄木鳥打算重施糞便轟炸之技的時候，看見了一個不尋常的景象。牠發現有一隻犀角金龜（牠可以非同步拍動翅膀）似乎一動不動地懸浮在空中，前額的尖角上很詭異地跨坐著一隻螞蟻，就定射擊位置。那是一〇三六八三號兵蟻。她的肛門冒煙了，因為她的腹錘裡灌滿濃度高達百分之六十的超濃縮蟻酸。

一〇三六八三號的平衡其實不穩，牠提心吊膽，怕自己被啄木鳥消滅，因為對方的巨大、強壯、敏捷跟她完全不成比例。一〇三六八三號的腹錘一陣不自主的顫抖，再也無法瞄準。

這時她想到了**手指**。她對**手指**的恐懼超越其他所有的恐懼。於是她的勇氣不再動搖——一隻螞蟻都曾經距離**手指**那麼近了，怎麼可能讓啄木鳥嚇到自己。

她挺直身軀，將腹囊裡的液體一股腦地釋放出去。開火！啄木鳥來不及拉起飛行高度。牠喪失視力，脫離了原本的飛行路線，撞上一根樹幹，反彈之後跌落地面。儘管如此，在肉脯團隊踏上牠的身體之前，牠還是奮力振翅飛走了。

經此一役，一〇三六八三號樹立了相當程度的威望。可是沒有一隻螞蟻知道，她是以另一種更大的恐懼戰勝了此刻的恐懼。

東征軍從此習於以一〇三六八三號的勇氣、經驗、射擊技術為榜樣。畢竟，除了她之外，還有誰能用如此俐落的手法在飛行中攔阻大型掠食者？

除了越來越高的威望之外，這件事還帶來了另一項改變：大家為了表示親切和熟絡，縮簡了她的名字。從此，所有東征軍的成員都只叫她「一〇三號」。

部隊重新開拔前，要求受到啄木鳥糞便襲擊的螞蟻避免進行交哺，以免傳染給其他士兵。

二十三號走近一〇三號的時候，隊伍已經重新整編好了。

發生了什麼事？二十四號不見了。大家找了她好一陣子，就是找不到。

黑色啄木鳥並沒有抓走任何螞蟻！二十四號的失蹤非常麻煩，因為「信使任務」的天蛾繭也跟著她一起不見了。

不能告訴其他螞蟻。不能再等了。只能對二十四號說抱歉了。

蟻邦的集體利益優先於個體。

85．調查

梅利耶獨自來到奧德姜家。衣索比亞女學者盤腿坐在沒有水的浴缸裡，頭上抹著濃稠的綠色洗髮精，身上已經現出清晰可見的痕跡：雞皮疙瘩、恐懼的表情和耳朵邊緣的凝血。浴室隔壁的廁所也是同樣的場景，差別在於丈夫坐在馬桶上，上半身向前傾，褲子落在襪子上。

其實雅克・梅利耶只看了兩具屍體一眼，就已經知道是怎麼回事，他得立刻趕去艾彌勒・卡吾札克的住處。

卡吾札克探員很驚訝，老闆一大清早就來他家，風衣裡竟然還穿著睡衣。梅利耶來得不是時候，卡吾札克正沉浸在他最愛的消遣裡，他在製作飛蛾標本。

探長沒管他在幹嘛，劈頭就說：

「老哥，事情搞定了！這次我們逮到凶手了！」

探員一臉狐疑。

梅利耶發現他部下的書桌上一片狼藉：

「你到底都在搞什麼？」

「我？我收集蝴蝶和飛蛾啊。怎麼？我沒告訴過你嗎？」

卡吾札克蓋上他的甲酸[3]瓶，把小刷子上的甲酸塗在一隻蠶蛾的翅膀上，再用扁嘴鉗把牠夾起

3 甲酸：就是自然界的蟻酸。

來。

「很漂亮，不是嗎？你看，這是一隻蠶蛾。我幾天前在楓丹白露森林找到的。牠很奇怪，有一隻翅膀上有個完美的圓孔，另一隻被剪掉了。我可能發現了一個新品種。」

梅利耶俯下身子，厭惡地噘著嘴。

「可是牠們已經死了，你的這些飛蛾！你把一些屍體並排吊起來。你想讓別人把你放在玻璃底下，貼上智人的標籤嗎？」

老探員皺起眉頭：

「你對蒼蠅很感興趣，我是對飛蛾感興趣。每個人都有自己的癖好。」

梅利耶拍了拍他的肩膀：

「好啦，別生氣。我們沒時間可以浪費了，我找到凶手了。跟我來，我們會把另一隻漂亮的飛蛾插在標本板上。」

86．迷途

好，一定要想清楚，不是往這邊，也不是往那邊，不是這邊，也不是那邊，又不是這邊。

這附近沒有一絲螞蟻的氣味。她怎麼會這麼快就迷路了，到底怎麼了？啄木鳥向她們俯衝的時候，一名士兵喊說她們得趕快逃，趕快躲起來。她乖乖聽了她的話，結果她獨自一個在「大外界」

迷路了。她年輕，沒有經驗。她離自家姊妹很遠。她也離眾神很遠。

可是她怎麼會這麼快就迷了路？這正是她的大缺陷，缺乏方向感。

她很清楚這一點，而這也是為什麼其他螞蟻不相信她有足夠的膽量可以加入東征軍。

大夥給她起了個綽號：天生路癡二十四號。

她緊緊抱住她的寶貝包袱——天蛾繭。她這次迷路有可能導致不堪設想的後果。

不僅僅為了自己，更是為了整個蟻丘，甚至可能是為了螞蟻這整個物種，她得要不惜代價找到一條費洛蒙路徑。她開始以每秒兩萬五千次的頻率振動觸角，但是依然偵測不到任何有意義的氣味蹤跡。她確實是迷路了。

每走一步，她的包袱就變得越沉重，也越礙事。

她放下天蛾繭，瘋狂地清洗觸角，卯起勁用力嗅著四周的空氣。她嗅到黃蜂窩的氣味。黃蜂窩，黃蜂窩……她一定是在黃蜂窩的附近！所以她往北方走了。這根本不是正確的方向。而且她的江氏器官對地磁場很敏感，她確信她離原本的路徑很遠。

有那麼一刻，她覺得有一隻蚊子盯上她了。但這應該是錯覺吧。她再次拿起蛾繭，往前直走。

嗯，這次她確定是迷路了。

從很小的時候開始，二十四號就不停地在迷路。出生沒幾天就在屬於非生殖蟻的那些廊道上迷了路，後來是在城邦裡迷路，然後等她有機會走出蟻丘，她就開始迷失在大自然裡。

每次參加狩獵探險隊，到了快結束時，總會有隻螞蟻在整隊的時候大喊：

二十四號又跑到哪裡去了？

而這隻可憐的兵蟻也問著自己相同的問題：

我在哪裡？

沒錯，她覺得自己應該看過這朵花、這塊木頭、這個岩石、這片小樹林，可是……花有可能是另一種顏色的花。這種時候，她最常做的就是開始原地打轉，尋找探險隊的費洛蒙路徑。

儘管如此，大家還是繼續派她踏上「大外界」的小徑。原因是二十四號作為一隻非生殖蟻，卻因為某種奇怪的基因變異而擁有極佳的視力。她的眼球幾乎和雄蟻一樣發達。她的視力很好，這並不保證她的觸角就很敏銳，但她怎麼說都沒用，所有的任務編隊都希望帶上她，因為二十四號可以提供視力監控，確保任務順利運行。然後她就迷路了。

到目前為止，她每次都還可以勉勉強強想辦法回到蟻窩。但這次不一樣了，目的地不是回到蟻窩，而是要到世界的邊緣。她到得了嗎？

在城邦裡，妳是其他螞蟻的一部分；獨自一個的時候，妳是虛無的一部分。她對自己重複這句話。

向東走。她緩緩前進，感到絕望，感到被遺棄，隨便哪個掠食者經過都可以拿她當成祭品。她走了很久，突然間，地面出現了一個非常明顯的凹陷，擋住她的去路。凹洞大約一步那麼深。她探索著坑洞的邊緣，最終發現其實那是兩處相鄰的凹陷，是兩個平緩的盆地，比較大的那個是半橢圓形，另一個比較深，是半圓形。兩個奇怪凹洞的直徑部分是平行的，相隔大約五步。

二十四號又嗅了嗅、輕輕觸碰、嚐嚐味道、再聞。這氣味和其他氣味一樣不尋常。陌生的、新的……二十四號起初感到困惑，隨即被急遽的興奮征服。她感受不到任何恐懼了。其他巨大的凹痕相繼出現，大約每六十步就有一個。二十四號確定，這絕對是**手指**的蹤跡。她的願望實現了！**手指**引導著她，為她指明方向！

她追隨眾神的蹤跡。她終於要見到祂們了。

87．眾神發怒了

敬畏妳們的神。
要知道，妳們奉獻的次數太少，
對我們的體型來說，數量也太少。
妳們說是雨水摧毀了糧倉。
這就是妳們的懲罰，
因為妳們沒有提供足夠的奉獻。
妳們說雨水已經削弱了反叛運動。
那就讓它更強大地復活。
把**手指**的力量告訴大家！
派出自殺突擊隊搬空皇城的糧倉。
敬畏妳們的神！

手指可以做任何事，因為**手指**是神。

手指可以做任何事，因為**手指**很大。

手指可以做任何事，因為**手指**很強。

這是真理。

手指關掉機器，為自己是神而感到自豪。

尼古拉小心翼翼回到床上，睜著眼，一邊傻笑，一邊發夢。如果有一天他活著離開這個洞窟，他就有故事可以講了。他可以說給學校的同學聽，說給全世界聽！他會向大家說明宗教的必要性，他會因此成名，因為他成功地為昆蟲建立了宗教信仰！

88．第一次小型衝突

光是在貝－洛－崗控制的領土上，第一支東征軍過境帶來的犧牲和破壞就相當可觀了。因為褐色的兵蟻什麼都不怕。

有隻鼹鼠企圖鑽進大群螞蟻裡，牠只來得及吞下十四名受害者，螞蟻就已經入侵牠的身體並且將牠撕成碎片。長長的隊伍籠罩在寂靜之中。部隊抵達之前，一切都消失了。於是，雖然發兵初期的狩獵十分愜意，但隨之而來的卻是匱乏，而且才沒多久就出現了嚴酷的缺糧問題。

東征軍過境之處只留下荒涼，現在部隊也出現了餓死的螞蟻。

面對這種災難性的情況，九號和一〇三號研擬了對策。她們建議偵察兵以二十五隻為一組，在部隊前方做扇形部署。邏輯上來說，這樣應該比較低調，對森林居民來說也沒那麼可怕。

對於那些開始竊竊私語、討論撤退的螞蟻，她們得到粗暴的回應：飢餓反而會促使她們加快腳步，直奔前方。向東。她們的下一個獵物就是**手指**。

89．嫌犯終於落網

萊緹希雅．威爾斯躺在浴缸裡，沉浸在她最喜歡的運動裡——潛水閉氣可以讓她的思緒一起漫遊。她意識到自己已經好一陣子沒有情人了，她有過很多情人，但總是都很快就厭倦了。她甚至考慮過，要讓雅克．梅利耶躺在她的床上。梅利耶有時會讓她有點惱火，但他的好處是他的人就在那裡，在她覺得需要雄性動物的時候，他就在伸手可及的地方。

啊！世上有那麼多的男人……卻沒有一個有他父親的特質。她的母親凌蜜很幸運，可以參與他的人生。一個對所有事物都敞開心扉的男人，總是讓人意想不到又那麼有趣，又喜歡開玩笑。而且還有愛，那麼多的愛！

沒有人可以繞過艾德蒙，他的頭腦是個無邊無際的空間，他就像一台地震儀，記錄了他那個時代所有的心智動盪、所有的關鍵思想，他將這些東西吸收、合成……然後將它們反芻出來，成為自己不同的想法。螞蟻只是一個藉口。他也可以研究星系、醫學或金屬的電阻，他會表現得同樣出色。他的思想是一種真正的普世精神，他是一個另類的冒險家，才華橫溢又謙虛。

說不定在某個地方會有另一個男人，他的心理狀態靈活柔軟，可以不斷讓她感到吃驚，而且永不厭倦？不過到目前為止，她還沒有遇到這樣的人……

她想像自己刊登一則小廣告：「尋找冒險家……」。光是想到那些回應，她就先退縮了。

她把頭從水裡抬起，深吸了一口氣，然後又鑽進水裡。她的思緒流轉，母親、癌症……

她突然覺得缺氧，頭又冒出了水面。心跳劇烈。她從浴缸裡走出來，穿上浴袍。

有人在揿她的門鈴。

她花了一點時間讓自己平靜下來，吐了長長的三口氣，然後走去開門。

又是梅利耶。她開始習慣他的入侵了，但是此刻，她懷疑自己是不是不認得這個人。他穿著養蜂人的服裝，臉被一頂草帽垂下的棉紗面罩遮住，手上還戴著橡膠手套。看到探長後面站著三個怪模怪樣、相同打扮的男人，她不禁皺起眉頭。她認出其中一個身影是卡吾札克探員。她強忍笑意。

「探長！這趟變裝出訪有什麼特別用意？」

沒有人回應。梅利耶退到一旁，兩張身分不明的臉走上前來。這兩人肯定是警員，比較強壯的那位將萊緹希雅的右手銬住。她還以為自己在做夢。最妙的是，卡吾札克大聲朗誦——他的聲音因為面罩而模糊走調——「您因為謀殺和謀殺未遂而被捕。從現在開始，您所說的一切都可以用來指控您。當然，如果您的律師不在場，您有權拒絕發言。」

然後兩位警員拖著萊緹希雅走到黑色的門前站好。梅利耶迅速而精彩地展示了他闖空門的本領。黑門「喀喀」一下，應聲打開。

「您可以跟我拿鑰匙，不必把東西都搞壞了！」萊緹希雅發出抗議。

四名警察在一整個玻璃箱的螞蟻和一整套電腦設備前停了下來。

「這是什麼？」

「應該就是薩爾塔兄弟、卡若琳．諾嘉、馬克阿希烏斯和奧德姜夫婦的凶手。」梅利耶冷冷地說。

萊緹希雅大喊：

「您搞錯了！我不是哈梅林的吹笛人。您看不出來嗎？這只是我上星期從楓丹白露森林帶回來的一個螞蟻窩！我的螞蟻不是凶手。自從我把牠們安置在這裡，牠們就沒有離開過。從來沒有任何一隻螞蟻會聽誰的話。我們沒有辦法馴服螞蟻。牠們不是狗或貓。牠們是自由的。您聽得懂我說的話嗎，梅利耶？牠們是自由的，牠們只會做牠們自己想做的事，沒有人可以操縱或影響牠們。我父親早就明白了這一點。牠們是自由的。這就是為什麼我們總是想要毀滅螞蟻。世界上只有野生、自由的螞蟻！我不是您要找的凶手！」

探長無視她的抗議，轉身對卡吾札克說：

「把所有東西都帶走，電腦和螞蟻。我們要好好看一下，牠們大顎的尺寸是不是符合死者體內的傷口。叫他們貼上封條，然後你直接把威爾斯小姐載去預審法官那裡。」

萊緹希雅激動起來：

「我不是您要找的嫌犯，梅利耶！您又搞錯了！毫無疑問，這是您最擅長的。」

他不想聽她說。

「夥計們，」他繼續對他的下屬說：「當心別讓任何一隻螞蟻跑了，牠們都是物證。」

雅克・梅利耶陷入強烈的幸福感之中，他解開了這個世代最複雜的謎題。完美犯罪的聖杯近在眼前了。他征服了其他人都無法征服的地方。他已經掌握凶手犯案的動機：她是地球上最著名的「螞蟻狂」艾德蒙・威爾斯的女兒。

他離開了，甚至沒有接觸到萊緹希雅淡紫色的目光。

「我不是凶手。你正在犯下你職業生涯中最大的錯誤。我不是凶手。」

90．百科全書

文明之間的衝擊：西元前五十三年，敘利亞總督馬庫斯・李錫尼・克拉蘇（Marcus Licinius Crassus）將軍因為嫉妒尤利烏斯・凱撒在高盧的成功，於是也展開大規模的征戰。當時凱撒已經將他對西方的控制延伸至大不列顛島，克拉蘇則是想要入侵東方直到海濱。他要向東走，只是，帕提亞帝國橫阻在路上。克拉蘇率領千軍萬馬，迎向前方的險阻，史稱「卡萊之戰」。但獲勝的是帕提亞人的國王蘇雷納（Suréna）。就這樣，征服東方的戰事結束了。

這個嘗試帶來了意想不到的後續。帕提亞人俘虜了許多羅馬戰俘，他們在帕提亞人的軍隊服役，跟貴霜帝國作戰。這次換成帕提亞人被擊敗了，他們的羅馬人被編入貴霜帝國的軍隊，與中華帝國交戰。後來中國人戰勝，於是這些流浪戰俘最終加入了中國皇帝的部隊。

中國人對這些白人感到驚訝，特別是對他們製造投石器和其他攻城武器方面的科學感到佩服。中國人接納了他們，甚至放了他們，給他們一個城市作為領地。

這些流亡者娶了中國婦女為妻，也生了孩子。多年後，羅馬的商人提議帶他們返鄉，他們拒絕了，他們說他們在中國比較快樂。

艾德蒙・威爾斯

《相對知識與絕對知識百科全書》第二卷

91・野餐

為了躲避八月的熱浪，夏勒・杜佩宏區長決定帶他的小家庭去楓丹白露森林，在鄉野的葉簇下野餐。他的孩子喬治和維珍妮為了這次活動準備了越野鞋。妻子賽希兒在其他家人嘲諷的目光下準備了一些冷菜，讓夏勒放進一個巨大的冰桶裡載運到目的地。

這個星期天，早上十一點，天氣已經熱得要命。他們往西邊走，往樹下衝過去。孩子們哼著他們在幼兒園學到的童謠：「嗶吧啊嚕啦，她是我的寶貝（Be-bop-a-lula, she is my baby）[4]。」賽希

4 *Be-bop-a-lula, she is my baby*：一九五〇年代美國鄉村搖滾名曲，經多次翻唱已成經典。

兒舉步維艱，她不想踩進凹陷的輪胎痕而扭傷腳踝。

至於杜佩宏，儘管汗流浹背，他對這座野外學校可沒有任何怨言，因為他終於可以遠離保鑣，遠離祕書，遠離新聞官，遠離各個部門的公務員。回歸自然，這種活動自有其魅力。

他們走到一條近乎乾涸的小溪旁，杜佩宏愉快地嗅著空氣裡瀰漫的花香，他建議大家就在附近的草地野餐。

賽希兒立刻發出抗議：

「你別那麼自以為是！這附近一定到處都是蚊子！你難道不知道，只要一有蚊子，牠們就會來叮我！」

「牠們喜歡媽媽的血，因為比較甜。」維珍妮冷笑，舉起她帶來的捕蝶網，希望能讓他們班上的收藏變得更豐富。

去年，他們用八百隻蝴蝶和飛蛾的翅膀，拼成一幅飛機在空中飛翔的巨幅畫作。這一次，他們打算製作拿破崙的奧斯特利茨戰役。

杜佩宏想和家人妥協，他可不想為了蚊子毀了美好的一天。

「沒問題呀，我們再走遠一點。我看那邊的樹蔭底下好像有一塊空地。」

那塊林間空地是一個長滿酢漿草的正方形，有廚房那麼大，樹蔭慷慨地發送著涼意。杜佩宏卸下他的冰桶，從裡頭拿出一塊漂亮的白色大桌巾。

「這裡太完美、太棒了。孩子們，來幫媽媽擺餐具。」

他正打算要開一瓶上好的波爾多紅酒，沒想到此舉立刻引來妻子的不滿：

「難道沒有更緊急的事了嗎？孩子們已經吵起來了，而你，就只想著喝酒！你也盡一下父親的責任吧！」

喬治和維珍妮正在用泥土塊丟對方。杜佩宏嘆了一口氣，斥責他們：

「噢，孩子們，夠了！喬治，你已經是個大男孩了，你要當好榜樣。」

區長扯住兒子的褲子，用手掌嚇唬他。

「你看到這個了嗎？如果你一直欺負妹妹，你就會得到一張左右臉的來回票。聽清楚了沒有？」

「可是爸爸，不是我，是她。」

「我不想知道是誰，只要出什麼錯，你就會被處罰。」

二十五名偵察兵組成的小型突擊隊遙遙領先主力部隊，她們是部隊的觸手，她們四出探路，然後留下費洛蒙路徑，讓東征軍可以走上最佳道路。

最前鋒的小組由一〇三號指揮。

杜佩宏在樹下的熱氣裡慢慢咀嚼。他為咀嚼付出的努力如此巨大，以至於孩子們都靜下來了。

杜佩宏夫人抬起眼，打破了沉默：

「我覺得這裡也有蚊子。總之，有蟲子。我聽到嗡嗡嗡的聲音。」

「妳有見過沒蟲子的森林嗎？」

「我在想，你說要野餐到底是不是個好主意。」她嘆了口氣：「我們去諾曼第海邊的話會好得多。你很清楚喬治對昆蟲過敏！」

「拜託，不要過度保護這個小傢伙好嗎，妳會害他永遠都這麼脆弱！」
「但是你搞清楚！這裡到處都是蟲子。」
「別擔心，我有想到，我帶了一罐殺蟲劑。」
「喔，是嗎……什麼牌子的？」

來自某個偵察兵的信號：

北北東方向出現強烈不明氣味。

不明氣味，這很常見。世界上有幾十億種不明氣味。但是訊息傳遞者特別堅持的語調立刻觸發了突擊隊的警覺。她們進入埋伏警戒的位置。空氣中飄蕩著一些不尋常的香氣。

一隻兵蟻用大顎敲出聲響，她確信她嗅出了山鶉的氣味。觸角開始相接，螞蟻展開商議。一〇三號認為大家還是應該繼續前進，至少要去看清楚是什麼動物。大家都同意她的看法。

二十五隻螞蟻小心翼翼地追查氣味的來源。她們最後走上一片開闊的空間，一個非常不尋常的地方，那裡的白色地面上散布著小孔。

不管做什麼，事前的謹慎都是必要的。五名偵察兵原路折返，先將聯邦的化學旗幟插在草地上——只要幾滴十四烷基乙酸（$C_6H_{22}O_2$），就可以向整個星球宣告：這裡是貝－洛－崗的領土。這讓她們稍微安心了一些。為一個國度命名就算是開始認識它了。

她們開始造訪這片國土。

兩座巨大的高塔隱約可見。四名探險隊員開始攀登。頂端是圓形而且鼓鼓的，也打了洞，裡頭散發出鹹味或胡椒味。她們想要更靠近一點觀察這些物質，可是縫隙太小，她們無法通過。她們失望地爬下來了。

算了，或許後頭的技術團隊可以解決這個問題。她們才爬剛下來就被另一個奇觀吸引過去。這個奇觀甚至更怪異，是一連串的丘陵，散發著香氣，但形狀卻相當不自然。她們爬了上去，分散開來行動，各自越過山谷和山脊。她們到處輕拍，到處探索。

可食用的物質！第一隻成功鑽進堅硬表面層的螞蟻大聲驚呼。在她誤以為是石頭的東西底下，是很好吃的東西！除了數量多到難以想像的蛋白質之外，沒有別的！她以激昂的頻率發出訊息，嘴角的觸鬚滿是營養豐富的細絲。

「再來我們吃什麼？」

「串燒。」

「什麼串燒？」

「羊肉、培根、番茄。」

「不錯，有什麼醬料可以沾嗎？」

螞蟻沒打算在那裡停留。她們陶醉在第一次的成功之中，將嗉囊稍稍填飽之後，四散在白色的桌巾上。四名偵察兵組成的小組跑進一只白色的盒子裡，被裡頭滿滿的黃色膠狀物質吞沒了。她們掙扎了很久，終於陷入這種軟綿綿的物質裡。

「醬料？有外賣店給的貝亞恩醬[5]啊。」

一〇三號迷失在一疊黃色結構體組成的巨大團塊中心，團塊的表面在她腳下發出嗶剝、咔嗞的聲響。整個團塊分崩成一片片的牆。一〇三號怕被壓碎，不停地跳來跳去，腳才落地，就必須再往別處跳，免得有東西墜落把她埋在又像結晶又易碎的材料底下。

「噢，太棒了！有洋芋片！」

她意外滑落到一個塗了油脂的平坦表面，終於脫離了噩夢。她沿著一把叉子繼續走上探索之路。就這樣，從一次驚喜過渡到一次驚訝，從甘美到酸味，從嗆味到辛辣。她陷入一些綠色蔬菜裡，小心翼翼地往紅色的鮮奶油靠近。

「俄羅斯酸黃瓜、番茄醬。」

一〇三六八三號的觸角因為諸多異國情調的新發現而發熱，她越過一個遼闊的淡黃色區域，那裡散發著強烈的發酵氣味。姊妹們在洞穴之間漫步嬉戲。這個區域有連續不斷的洞穴，洞壁柔軟，形狀是完美的球形。她們用大顎就可以刺穿，然後黃色的洞壁就會變得透明。

「乳酪！」

一〇三號很高興，但她來不及跟大家分享她對這個萬物皆可食的奇特國度的印象。此時傳來一陣低沉的聲音，巨大如風，落在她們身上，轟隆隆像一聲雷。

「小心，有好多螞蟻！」

一顆粉紅色的球從天而降，有條有理地壓碎了八名探險隊員。啪，啪，啪。前後不到三秒鐘。震撼的效果是全面的。這些高貴的戰士個個身材魁梧，可是，沒有一個有能力做出任何抵抗。堅實的赤褐色鎧甲爆裂，她們血肉模糊，四散飛濺。潔白無暇的地面剩下一片片渺小的棕色可麗餅。

東征軍的士兵簡直不敢相信自己的感官。

那顆粉紅色的球其實是從一根長柱子延伸出來的。牠才剛完成它的破壞工作，另外四根柱子就慢慢伸展開來，過來跟牠會合。牠們一共是五個！

手指！

牠們是**手指**！！！**手指**！！！！

一〇三號確信不疑。牠們在那裡！牠們就在那裡！這麼快，這麼近，這麼強。**手指**就在那裡！！！！她釋放出最具認同催化效果的警示費洛蒙。

當心，牠們是**手指**！**手指**！

---

5 貝亞恩醬：原料含蛋黃、奶油，所以醬料呈黃色。

一〇三號感到一陣純粹的恐懼浪潮淹沒了她，在她的腦中沸騰，在牠的腿裡顫抖。她的大顎無緣無故地不停開闔。

手指！他們是**手指**！大家趕快找掩蔽！

手指一起在空中升起，然後縮成一團，只讓其中一個伸出來指著螞蟻。這個伸出來的**手指**像馬刺一樣。牠粉紅色的扁平底端追趕那些探險隊員，毫不費力就將她們碾碎了。

一〇三號勇敢但不魯莽，她本能地躲進一個寬闊的米色洞穴裡。

一切都發生得太快了，她還來不及好好理解到底發生了什麼事。不過，一〇三號清清楚楚地認出了牠們。

牠們正是……**手指**！

第二波恐懼浪潮再次襲來，這波甚至比上一波更酸。

這次，她想不出更恐怖的事來解除她此刻的恐懼了。她現在面對的就是世上最恐怖、最難以理解，而且可能是最強大的……**手指**！

恐懼襲遍全身。她顫抖，無法呼吸。

這種感覺很奇怪。剛才她還沒清楚地意識到，可現在她安安靜靜待在這個臨時避難所裡，恐懼的程度反而到達頂點。外頭有很多**手指**想要置她於死地。

會不會**手指**就是神？

她嘲弄過牠們，牠們發怒了。而她只是一隻命在旦夕的可憐螞蟻。希莉－埔－霓的恐慌是對的，誰想得到會在距離聯邦這麼近的地方發現牠們！所以，牠們已經越過世界的邊緣，牠們要入侵森林了！

一〇三號在溫暖的米色洞穴裡打轉。她歇斯底里地拍打腹鍾，釋放這幾秒鐘之內積累的所有壓力。

她花了很多時間才恢復平靜，恐懼似乎稍稍退散了，她謹慎地踏出每一步，探查這個詭異的拱形洞穴。它的內部有一片片黑色的板條，融化的溫暖油脂從這些板條上滲出來，一整個散發出噁心至極、令人難以忍受的悶臭。

「快點來切烤雞，看起來超好吃。」

「如果沒有那些討厭的螞蟻就好了……」

「我已經殺了一大堆。」

「不管怎樣，你，還有你的大自然，我不會忘記的！你看，這裡還有，那裡也有。」

一〇三號克服了厭惡感，穿過這個熱呼呼的洞穴，躲到洞穴的外緣。

她伸出觸角，實際見證了這個不可思議的事件。粉紅色的球是可怕的掠食者，牠們會追殺她所有的夥伴，牠們會把螞蟻們從杯子、盤子、餐巾紙底下趕出來，然後毫不費力地結束她們的生命。

這是一場大屠殺。

有幾隻螞蟻試圖向突襲者發射蟻酸，可是徒勞無功。粉紅色的球飛起，躍下，神出鬼沒，完全不給這些迷你對手留下任何機會。

接下來，一切都平靜了。

空氣中瀰漫著油酸的惡臭，這是螞蟻死亡的氣味。

手指五個一組在白色的大桌巾上巡邏。

受傷的螞蟻都被弄死，變成一個個小污點，要刮乾淨才不會弄髒食物。

「親愛的，把大剪刀給我。」

突然間，一根巨大的尖刺戳穿洞穴的頂壁，在震耳欲聾的喀啦喀啦聲中，兩片側壁也被頂開了。

一〇三號嚇壞了。她往前一跳。快。逃。快。快。怪獸般的眾神就在上面。

她抬起六條腿全速狂奔。

那些粉紅色的柱子花了一點時間才做出反應。

看到她脫離現場，粉紅色的柱子似乎非常生氣，立刻發起追擊。

一〇三號使出渾身解術。她不斷地做出急轉彎，甚至瞬間迴轉的動作。她的心跳劇烈到快要停了，但她還活著。兩根柱子落在她面前。透過複眼，她第一次看見五個巨大的身影出現在地平線上。她聞到牠們的麝香味。**手指**在巡邏。

恐慌蔓延。

她的腦袋裡發出咔嗒一聲。她害怕到做出不可思議的事。那是純粹的瘋狂。她沒有逃跑，而是飛撲到追殺她的**手指**身上！

震撼的效果是全面的。

她飛快地爬上手指，像一具火箭在發射架上。爬到山的盡頭，她縱身躍入空中。

那些粉紅色的球減緩了她的墜落。

牠們重新圍起，想將她碾碎。

她從底下鑽出去，繼續墜落，這次是跌在草地上。

快。她躲在一株酢漿草下。是時候了。她看到粉紅色的柱子在掃蕩四周的花草。手指眾神想把她趕出去。不過雛菊地是她的世界。牠們再也找不到她了。

一〇三號跑呀跑，各種各樣的想法在她的觸角裡劈啪作響。這次沒什麼好懷疑了，她看到牠們，摸到牠們，甚至還騙過了牠們。

但是，這依然無法回答最重要的問題：

手指是神嗎？

夏勒．杜佩宏區長用他的方格子手帕擦了擦手。

「好了，妳看，我們可以把牠們都趕走，甚至用不到殺蟲劑。」

「我早就跟你說過，親愛的，這個森林不乾淨。」

「我殺了一百隻！」維珍妮吹噓起來。

「哼，我才多，我比妳多更多！」喬治喊著。

「安靜一點，孩子們……螞蟻有沒有把食物弄髒？」

「我看到有一隻從烤雞裡跑出來。」

「我不想吃螞蟻弄髒的烤雞了！」維珍妮一聽到就大叫。

杜佩宏做了個怪表情。

「總不會因為有隻螞蟻碰到這隻漂亮的烤雞我們就把它扔掉吧！」

「螞蟻很髒，牠們會傳染疾病，老師在學校跟我們說過。」

「我們還是吃吧。」杜佩宏堅持。

喬治趴在地上。

「有一隻螞蟻逃走了。」

「那很好！這樣牠就會去告訴其他螞蟻不該來這裡。維珍妮，別再扯斷那隻螞蟻的腿了，牠都已經死了。」

「噢沒有，媽媽！她還有一點在動耶。」

「好啦，那妳不要把斷掉的腳放在桌布上，把它扔掉。我們可不可以安安靜靜來吃午餐了？」

賽希兒一邊說著，一邊抬眼望天，看得目瞪口呆。一群前額長角的甲蟲像一片雲懸浮在那裡，這片雲很小，但是很吵。牠們聚集在她頭頂上方一公尺處，像個花環。她看得臉色發白。

她丈夫的臉色也沒有比較好。他剛發現草地變黑了，他們一家人已經被一片貨真價實的蟻海包圍，數量可能有幾百萬！

事實上，這只是第一支東征軍的三千名士兵，加上澤第—貝—納崗增援的軍團。所有戰士都張開大顎，意志堅定地向前走。

這位丈夫兼父親的聲音似乎沒什麼信心，他說：「親愛的，趕快把殺蟲劑拿給我……」

92．百科全書

甲酸：甲酸是生命的一種重要成分。人類的細胞裡也有這種成分。在十九世紀下半葉，甲酸被用來保存食物或動物屍體，但主要的用途是去除床單上的污漬。

由於當時不知如何以合成的方法製造這種化學物質，所以是直接從昆蟲身上提取的。幾千隻螞蟻被堆放在榨油機裡，擰緊螺栓，榨出淡黃色的汁液。

過濾之後，這種「壓碎的螞蟻漿」在所有藥品雜貨鋪都有售，陳列在液體去污劑的貨架上。

艾德蒙．威爾斯
《相對知識與絕對知識百科全書》第二卷

93．最後階段

米格爾．辛涅希亞茲教授知道，沒有任何事可以阻止他進入最後階段了。

他手中握有絕對武器，足以對抗地獄之神的大軍。

他拿起銀灰色液體，倒入玻璃皿。然後再倒入一種紅色液體，進行化學上所謂的二度凝結。

這時，基質的顏色開始呈現各種變化，繽紛得像是孔雀的尾羽。

辛涅希亞茲教授將容器放進發酵箱。剩下的只是等待。在最後的這個階段，需要的只有機器依然無法控制的這種成分：時間。

94．手指撤退了

發起衝鋒，第一線的步兵突然被一片綠色的雲霧籠罩，害她們咳個不停。

高空，犀角金龜戳刺著那些朦朦朧朧的移動山脈。等牠們爬升到賽希兒．杜佩宏毛髮叢林的高度，砲兵就展開強酸連環發射，結果只屠殺了三隻打算在那裡定居的小蝨子。

另一團步行砲兵則是將火力聚集在一顆粉紅色的大球上。她們哪知道那是女人的一個大腳趾裸露在涼鞋外面？

得想想其他辦法，不只是因為蟻酸的腐蝕性對人類來說就跟檸檬汽水差不多，而且剛形成的幾片綠色殺蟲雲霧已經在貝－洛－崗邦民的隊伍中造成大量死亡。

找牠們身上的洞。九號放聲大喊。所有跟哺乳動物和鳥類有過戰鬥經驗的螞蟻立刻理解了這個訊息。

好幾個軍團對這些巨獸發起英勇的攻擊。她們毫不遲疑地將大顎嵌入布料的纖維裡，在一件棉質T恤和同樣布料的短褲上造成大片破口。另一方面，維珍妮．杜佩宏的運動衫（30％聚丙烯腈、20％聚酰胺）顯然是結結實實的盔甲，蟻族的大顎無法達成任何確實有效的破壞。

「我鼻子裡有一隻。哎喲！」

「快點，殺蟲劑！」

「殺蟲劑不能對著人噴吧！」

「救命！」維珍妮哀號著。

「好可怕呀！」喬治．杜佩宏大叫，他用力揮手，試圖驅散在他家人周圍嗡嗡作響的甲蟲。

「所以我們永遠沒辦法……」

……永遠沒辦法打倒這些怪獸了。牠們太大、太強了。牠們太不可思議了。

一〇三號和九號在小喬治脖子上的某處熱烈地討論戰況。一〇三號問有沒有攜帶異族的毒液。九號答說有一些，有黃蜂或蜜蜂的毒液，她立刻就去找。九號回來時，戰事依舊激烈，她的細爪上端著一顆裝滿黃色液體的卵形物，這種液體通常來自蜜蜂的毒針。

妳要怎麼把它注入敵人的身體？我們又沒有毒針。

一〇三號沒有回應，她將大顎插入粉紅色的肉中，並且儘可能插到最深。她重複了幾次同樣的操作，因為粉紅色的地面又堅韌又柔軟。終於！沒錯！她要做的就是把黃色液體倒入正在冒泡的紅色洞中。

快逃。

撤退並不容易。巨獸全身抽搐、窒息、顫抖並且發出很多噪音。

喬治．杜佩宏膝蓋彎曲，接著側倒在地。

喬治被迷你毒龍擊倒了。

喬治倒地。四個軍團的螞蟻在他的頭髮裡迷失了方向，其他螞蟻則是找到了牠的六個洞。

一〇三號安心了。

這一次，毫無疑問，我們擊倒了一個！

突然間，對**手指**的恐懼不再困擾她。恐懼的結局多麼美好！她感到自己自由了。

喬治．杜佩宏躺在地上，動也不動。

九號衝上去，爬到牠臉上，開始攀爬粉紅色的團塊。

一個**手指**其實就是一整塊完整的領土。從她行經的小範圍來看，**手指**至少有一百步寬乘以兩百步長！

那裡什麼都有：洞窟、山谷、山脈、火山口。

九號配備著東征軍最長的大顎，她認為**手指**還沒完全死去。她攀上眉毛，停在兩眼之間的鼻根處，也就是印度教所謂第三隻眼的位置。她將右邊大顎的尖端高高舉起。

劍刃在陽光照射下熠熠閃亮，宛如一把華麗的王者之劍。接著是無情的一擊，咻！她將大顎插進粉紅色的表面，能插多深就插多深。

在某種吸吮聲中，九號拔出了她的軍刀。

隨即，一道細細的紅色噴泉從觸角上方噴湧出來。

「親愛的！你看，喬治看起來很糟！」

夏勒．杜佩宏把殺蟲劑扔在草地上，彎下腰看著他的兒子。他的臉頰變得慘白，呼吸困難。螞蟻成群結隊在他身上跑來跑去。

「他的過敏發作了！」區長驚呼：「他得趕快去注射，他需要醫生……」

「我們趕快離開這裡吧！」

杜佩宏一家甚至來不及收拾野餐用具就往汽車的方向逃走，夏勒把兒子抱在懷裡。

九號及時跳了下來。她舔了舔黏在右邊大顎上的**手指**的血。

現在大家都知道了。

手指並非無懈可擊。我們還是有辦法對牠們造成傷害。我們可以用蜂毒戰勝牠們。

95．尼古拉

手指的世界如此美麗，還沒有任何螞蟻可以理解。

手指的世界如此和平，憂慮和戰爭都消失了。

手指的世界如此和諧，大家都生活在永恆的讚歎之中。

我們擁有可以讓我們永遠不必工作的工具。

我們擁有可以讓我們在太空高速移動的工具。

我們擁有可以讓我們毫不費力養活自己的工具。

我們可以飛。

我們可以到水裡。

我們甚至可以離開這個星球到天空外面。

手指可以做任何事，因為**手指**是神。

手指可以做任何事，因為**手指**很大。

手指可以做任何事，因為**手指**很強。

這是真理。

「尼古拉！」

男孩迅速關掉機器，假裝在翻閱《相對知識與絕對知識百科全書》。

「什麼事，媽媽？」

露西．威爾斯出現了。她很瘦弱，但她暗沉的目光有一股奇異的力量。

「你還不睡覺？現在已經是我們規定的夜晚時間了。」

「妳知道，我有時候會起來查《百科全書》。」

露西笑了。

「你說得對。這本書有好多東西要學。」她抓住尼古拉的肩膀：「告訴我，尼古拉，你還不想參加我們的心電感應會議嗎？」

「我不想，現在還不想。我覺得我還沒準備好。」

「你準備好的時候，你會很自然地感受到。不必勉強自己。」

她擁抱尼古拉，拍撫他的背。尼古拉輕輕掙脫了，他對這種展現母愛的行為越來越無感了。露西在他耳邊輕聲說：

「你現在還沒辦法理解，但是總有一天……」

96．二十四號竭盡所能（竭盡所有）

二十四號朝著她希望是東南方的方向行進。她詢問了她可以接近又不會有太大危險的所有動物。

牠們看到東征軍了嗎？可是螞蟻的氣味語言還不具備通用語言的位階。不過，有一隻金花金龜聲稱，牠聽說貝－洛－崗邦民遇到了**手指**，而且打了勝仗。

不可能。二十四號心裡立刻這麼想。*我們不可能戰勝眾神*！可是，她在路上不斷詢問，也得到足夠多的資訊，足以確信確實有過一次遭遇戰。可是這發生在什麼情況下，又造成了什麼結果？

她不在現場。她沒有看到她的眾神，而最糟的是，她無法將「信使任務」的蛾繭交給眾神。她詛咒自己的粗心和她永遠不會有的方向感！

她發現路上有一頭野豬。牠的速度會比她走路快得多。她一心想著要跟褐蟻姊妹們會合，而且，誰知道呢，說不定還會更接近**手指**，於是她爬上野豬的一條腿。沒等多久，野豬就衝出去了。問題是牠的方向往北偏斜太多，她只好跳車繼續步行。

她很幸運，路上又出現了一隻松鼠，她立刻依附在牠的毛皮上。這隻敏捷的嚙齒動物往東北方走，但牠突然跑到一棵樹的樹頂上停了下來，二十四號不得不再次跳車，盡快回到地面。

她確實走了好一段路，但她還是孤伶伶的一個。她用錯方法了，她必須振作起來：她相信**手指**，全能的神。好的，她要向眾神祈願，讓祂們引導她走向東征軍，走向眾神。

噢，**手指**啊，請不要把我遺棄在這可怕的世界，請讓我可以和我的姊妹重聚。

她收起觸角，像是為了跟她的主宰有更好的溝通。就在此刻，她感覺身後傳來一股最熟悉的氣味。

妳！

二十四號高興極了。

一〇三號出來打聽關於黃金蜂巢阿蕊克蕾茵的消息，她看到蛾繭鬆了口氣。她也很高興可以跟這位信奉自然神論的年輕叛軍重聚。

妳沒把蛾繭弄丟吧？

二十四號向一〇三號展示了這個珍貴的容器，然後她們一起去跟其他螞蟻會合。

97．百科全書

時空問題：一個原子的周圍有幾個電子軌道，有些離原子核很近，有些離原子核很遠。一個外部事件會迫使其中一個電子改變軌道，並且立即產生能量釋放，形式是光、熱、輻射。將一個電子從較低的軌道移動到較高的軌道，就像將一個獨眼人放到盲人的國度——他光芒四射，令人印象深刻，他就是國王。相反的，將一個電子從較高的軌道移動到較低的軌道，這個電子看起來就像是個完美的白癡。

整個宇宙都是以類似義大利千層麵的方式構建起來的。不同的時空並行，層層疊加。有些時空快速又複雜，有些則是緩慢又原始。

這種層層疊疊的組織在各種層次的生命裡都看得到。所以，一隻非常聰明機靈的螞蟻，被丟到人類的世界裡，就只是一隻笨拙膽小又驚惶的小蟲子。一個既無知又愚蠢的人，空降到蟻丘，就成了全能的神。儘管如此，跟人類接觸過的螞蟻會從經驗裡學到很多東西，等牠回到親友身邊，牠對高級時空的認識會讓牠在其他同類面前擁有某種力量。

進步的一個好方法，就是去了解更高維度裡的賤民狀態，然後再回到原來的維度。

艾德蒙．威爾斯

《相對知識與絕對知識百科全書》第二卷

98．我們的蒼蠅朋友

二十四號來到先前**手指**出現的那塊林中空地，也就是此刻東征軍紮營的地方。她十分頑固，堅持不信她的褐蟻姊妹們殺死了一個神。她告訴一〇三號，她們把其他巨型動物誤認為**手指**了。

就算那真的是**手指**，那麼有可能這個**手指**是裝死。祂想藉由這種方式來測試她們的反應，衡量她們狂熱的程度。以天真著稱的二十四號使出她的大絕招：如果**手指**死了，那祂的屍體在哪裡？

一〇三號顯得有點尷尬，但也僅止於此。她強調自己已經爬遍其中一個手指的全身，現在對這問題有更清楚的想法。

她把這些訊息傳送給二十四號的時候，腦子裡出現了這個念頭：為什麼不來編寫一則關於**手指**的記憶費洛蒙呢？她分泌了一些口水，開始寫下：

費洛蒙：動物學

主題：**手指**

唾液分泌者：一〇三六八三號

唾液分泌日期：一億零六百六十七年

（一）**手指**確實存在。

（二）**手指**是有可能受到傷害的。我們可以用蜂毒將牠們殺死。關於第二點的註解：

（a）或許還有其他方法可以殺死**手指**，但是目前為止，經證明有效的只有蜂毒。

（b）如果要殺死所有的**手指**，我們需要大量蜂毒。
（c）儘管如此，**手指**還是很難殺死。

（三）**手指**比我們的眼睛可見的範圍要大得多。

（四）**手指**很熱。

（五）**手指**表面覆蓋著一層植物纖維，像某種非天然的彩色皮膚，用大顎刺穿的時候不會流血，要刺到這層纖維底下的皮膚才會流血。

她舉起觸角把記憶收攏，然後嚥了一口唾液：

（六）**手指**有一種非常強烈的氣味，不同於任何已知的氣味。

她發現一群蒼蠅在暗紅色的水坑周圍盤旋。

（七）**手指**有紅色的血，跟鳥一樣。

這灘血正引來一整群嗡嗡作響的蒼蠅。

（八）如果**手指**是……

在這樣的情況下根本不可能工作，真的。那些蒼蠅正在大快朵頤。一〇三號不可能再跟這些蟲子相安無事了。她不得不停下工作，她想要趕走這些愛吃腐肉的吸血鬼。

可是仔細想想，蒼蠅對東征軍是派得上用場的。

99．百科全書

禮物：在綠蒼蠅的世界，雌蒼蠅會在交配期間把雄蒼蠅吃掉。激動會讓雌蒼蠅胃口大開，不管是誰的頭顱出現在牠旁邊，都像是一頓豐盛的午餐。可是就算雄蒼蠅想要做愛，牠也不想被美麗的女伴咬爛。為了擺脫這種性愛與義務衝突的困境，雄性的綠蒼蠅想出了一個對策。牠帶來一塊食物作為「禮物」。這麼一來，當綠蒼蠅夫人有點胃口的時候，就有一塊肉可以品嚐，而牠的伴侶就可以在安全無虞的情況下進行交配。

另一種進化程度更高的蒼蠅的作法是：雄蒼蠅將牠的昆蟲肉包裹在一個透明的繭裡，藉此爭取更多寶貴的時間。

第三種蒼蠅則由以下的事實得出結論：從雄蒼蠅的角度來看，打開禮物所需的時間比禮物本身的性質更重要。於是第三種蒼蠅的作法是：包裹禮物的繭又厚又龐大，而且……裡頭是空的。當雌蒼蠅發現是騙局時，雄蒼蠅已經做完牠的好事。

結果雌、雄雙方都重新調整了自己的行為。譬如雌蒼蠅會把繭搖一搖，檢查是不是空的。不過……還是有辦法可以應付。有先見之明的雄蒼蠅會把自己的排泄物塞進禮物包裹裡，重量剛剛好，可以假裝成肉塊矇混過關。

艾德蒙．威爾斯

《相對知識與絕對知識百科全書》第二卷

100．萊緹希雅越獄了

梅利耶探長來到監獄，要求會見萊緹希雅．威爾斯。他問典獄長：

「她對於被監禁有什麼反應？」

「什麼都沒有。她沒有反應。」

「您的意思是……？」

「她從來到這裡之後就一直在睡，什麼也沒吃，連一口水也沒喝。她沒動，睡著了，而且怎麼叫都叫不醒。」

「她睡了多久？」

「七十二小時。」

雅克．梅利耶沒料到會是這種反應。他逮捕過的女性通常會哭泣、發出憤怒的喊叫，但從來沒有人會睡。

電話響了。

「找您的。」典獄長說。

是卡吾札克探員打來的。

「探長，我現在在法醫這裡，這裡有一個問題。那個記者的螞蟻，嗯，沒有一隻在動。你覺得這是什麼狀況？」

「我覺得，我覺得……我覺得她們在冬眠，就是這樣。」

「八月的大熱天？」卡吾札克很驚訝。

「就是這樣！」梅利耶的語氣充滿自信：「艾彌勒，你跟法醫說我等一下就過去。」

雅克．梅利耶掛上電話，臉色發白。

「萊緹希雅．威爾斯和她的螞蟻正在冬眠。」

「您說什麼？」

「沒錯，我讀生物學的時候讀過。天氣寒冷，下雨，或者蟻后失蹤的時候，螞蟻會停止一切活動，並且減緩心跳的節奏，直到睡著或死去。」

兩人跑過整個拘留所，來到關押萊緹希雅的牢房。他們很快就安心了。這個年輕女人發出輕柔的鼾聲。梅利耶拉起她的手腕，發現她的脈搏……有點慢。他不停地搖晃她，直到她醒來。

萊緹希雅半睜著淡紫色的眼睛，似乎有點搞不清楚狀況，好不容易才認出了探長。她微笑著又睡著了。梅利耶決定暫時不管那些會讓他激動的複雜情感。

他轉頭對典獄長說：

「您看著吧，明天早上她會要求吃早餐。我敢打賭。」

在柔弱的眼皮底下，淡紫色的眼睛不停轉動，從左到右，從下到上，彷彿緊緊跟隨著夢境裡的高潮起起伏伏。怪事。萊緹希雅彷彿逃入了夢的世界。

101．傳教

就這樣，事情非常簡單。

二十三號就這樣開始她的演講。她站在一處砂岩凹陷的坑裡，二十四號在她身邊。一整隊三十三隻螞蟻在她們前面。

二十三號最初考慮過要在活體野營地裡舉辦她的傳道大會，但後來還是明智地放棄了——因為在裡面，牆上有很多觸角。

二十三號用四條腿著地，撐起上半身：

手指創造我們，將我們安置在地球，是要讓我們服事祂們。祂們在看著我們，我們必須小心別讓祂們不開心，因為祂們可以懲罰我們。我們服事祂們，而祂們會將祂們的一部分能力回饋給我們。

大多數聽眾都是螞蟻，她們是黑色啄木鳥轟炸機造成的絛蟲感染者。不論是因為她們已經沒什麼可以失去了，還是因為她們要為自己殘敗的生命尋求慰藉，事實是：這些白化症患者對於自然神論的論點很感興趣。她們時而驚訝，時而懷疑，她們都希望在死亡之外還有一個更上層的世界。

不得不說，這些可憐的白化症患者的日子很難過，她們漸漸被一種病態的倦怠侵襲，總是落在隊伍的最後面拖行，她們有權質問存在的意義。她們有時會被遠遠拋在隊伍後頭，很容易成為各種掠食者的獵物。

不過，任何士兵看到病患受到襲擊，都會毫不猶豫地出手救援。蟻邦士兵的團結不會排斥任何螞蟻，在第一次東征這樣的事功中，團結更加重要。

儘管如此，自然神論的訊息仍然吸引著並且找到一些耳根軟的觸角，其中也包括一些身強體健的螞蟻。最詭異的是聚集在砂岩坑裡的那些螞蟻，她們都忘了自己之所以離開城邦，正是為了要消滅她們此刻就要開始崇拜的那些對象。

微弱的反對意見、可能造成尷尬的提問還是有的。不過二十三號早就準備好要如何回應了：

重要的是去接近**手指**。剩下的事，妳們什麼都不必擔心。**手指**是神，**手指**永生不死。

這一題該如何回應？有一名褐蟻偵察兵還是舉起了觸角：

為什麼**手指**沒有發出任何訊息指示我們該做什麼？**手指**應該隨時告訴我們啊！

手指會跟我們交談。二十三號說：在貝－洛－崗，我們一直都跟**手指**保持聯繫。

一名砲兵問道：

我們如何與神交談？

回應：

我們必須非常用心想著祂們。神把這個稱為「祈禱」。不論在任何地方發出的任何祈禱，神都會聽到。

一隻白化的螞蟻釋放出一則絕望的費洛蒙：

手指可以治條蟲病嗎？

手指無所不能。

這時一名士兵問道：

現在蟻邦命令我們殺死所有的**手指**，我們該怎麼做？

二十三號斜眼看著提問者，靜靜地晃動自己的觸角。

我們什麼都不做。我們站得遠遠的，我們觀看。我們為了神無所畏懼。神是全能的。大家只要傳播利明斯通博士的話就好了，讓越來越多的螞蟻加入我們當中。小心謹慎。最重要的是，我們要祈禱。

對於大多數螞蟻來說，這是她們第一次對蟻邦做出反叛的行為。她們發現這種事非常刺激。就算**手指**不存在。

102．百科全書

神：根據定義，神是無所不在、無所不能的。如果神存在，那麼祂就是到處都在，而且什麼都會。但如果祂什麼都會，祂是不是也可以創造出一個祂不在其中而且什麼都不會的世界？

艾德蒙．威爾斯

《相對知識與絕對知識百科全書》第二卷

103．「黃金蜂巢」阿蕬克蕾茵

垂直8。倒8。螺旋8。正8。

停下來了。

雙8。相對於太陽的角度變化。

水平窄8。水平寬8。

這個訊息再清楚不過了。

回覆：正8，水平寬8，雙8，倒8。然後傳送到下一個空中通訊中繼站。

蜜蜂以旋轉的方式將訊息刻寫在天空。

為了表示食物在一百米外，她們會做出「8」字飛行，中軸線代表前往該地點的方向和距離。

河邊的大杉樹之城有個芳香的名字叫做阿蕬克蕾茵，在蜜蜂的世界，意思就是「黃金蜂巢」。

城邦裡有六千隻蜜蜂。

一隻阿蕬克蕾茵偵察蜂收到這個召喚，立刻高速起飛。她輕巧地在薊叢裡繞行，爬上陡坡，飛過麇集在草地裡的一隊螞蟻（喂，這些螞蟻在這裡做什麼？）。她繞過大橡樹，低空飛過沙塊區。

這裡感覺很有趣。她放慢拍打翅膀的速度，在水仙花上盤旋，把腿浸入一些不明花朵的雄蕊中，認真想想，發現是雛菊，於是她探出細而有力的舌頭，伸入黃色粉末中，片刻之後收回，連腿根都沾滿了新鮮的花粉。

她降落在蜂巢的飛行跑道上，立即開始以二八〇赫茲的頻率拍動翅膀。

嗡嗡嗡嗡，嗡嗡嗡。嗡嗡嗡。二八〇赫茲，這頻率可以讓一隻蜜蜂把絕大多數負責食物問題的工蜂聚集起來。

如果是二六〇赫茲，這頻率會吸引負責庶務和照顧幼蜂的工蜂。三〇〇赫茲，這是在施放軍事警報。

偵察兵站上一塊六角形的蜂蠟，開始跳舞。這次她畫了幾個8，都是二維的圖形，平貼在蜂巢的蠟質地面上。她很快講述了自己的冒險經歷，給出她造訪花群的準確方向、距離和品質。依照她的說法，那些花都是雛菊。

由於這次的蜜源不遠，所以她的舞跳得很快，不然她會跳得慢一些——有點像是要模仿長途飛行的疲勞。

在她的「舞蹈」報告中，她也考慮了太陽的位置及其運動。

夥伴們都飛過來了，大家都知道有很多花蜜可以採了，但她們想知道這個蜜源的品質。有時花朵會被鳥糞覆蓋，有時會枯萎，有時來自其他蜂巢的蜜蜂早已將花蜜劫掠一空。有些蜜蜂焦慮地用腹錘敲打蠟板。

我們想要具體的東西。她們用蜜蜂的語言如此表達。

偵察兵從善如流，吐出花粉：

來嚐嚐看，各位美女，妳們會發現，這是最高級的！

這場舞蹈、這段對話、這次交流在最徹底的黑暗中進行，但最後整個群體都起飛了，飛去執行她們已經了解大部分要點的這項任務。

精疲力盡的偵察兵大口吞下她帶回來作為證據的樣本。然後她要去御所，那裡是阿蘇克蕾茵蜂后所在之處，她的名字是札哈－哈蔺－莎（她是第六十七位用這個名字的蜂后）。

札哈－哈蘅－莎跟二十位女王姊妹經歷了一場鬥爭，最終登上這個蜜蜂王國的王座。蜜蜂總是產出太多女王，可是每個城邦只需要一個女王，所以她們在育種室裡野蠻地戰鬥，戰到只剩下一個凱旋者。

這種選拔的方法有點殘忍，但是可以讓最頑強、最有戰力的蜜蜂來帶領城邦。

蜂后很好認，她的腹錘是一種獨特的黃色，她已經活了四年，如果一切順利，她每天可以產下一千顆卵。

阿蘇克蕾茵蜂巢位於貝－洛－崗蟻丘的東北東方向。這是個完美的所在，橙色蠟板上擠滿了採蜜的工蜂。這裡的一切都閃閃發亮，芳香四溢。黃色、黑色、粉紅色和橙色。工蜂們將珍貴的蜂蜜從一隻腳傳到另一隻腳。

再過去一點，蜜蜂們在蠟瓶裡釀造著蜂王漿。

再過去則是幼蜂的教育廳。

蜜蜂的教育一直遵循著相同的規則。一離開蜂房，蜜蜂就會被她的姊妹們餵食，之後就開始工作。在生命最初的三天，她全身心投入蜂巢的庶務。到了第三天，身體產生變化，嘴邊出現分泌蜂王漿的腺體。於是她成了哺育幼蜂的保姆。再下來，這些腺體會日漸萎縮，而位於腹錘下方的新腺體會慢慢開始運作。這些腺體叫做蠟腺，負責分泌修築城邦蜂巢所需的蜂蠟。

所以，從第十二天開始，蜜蜂就成為了磚瓦匠。

她用蜂蠟建造那些蜂房，蜂房又構成了蜂巢。到了第十八天，就輪到這些蠟腺停止運作了。這時工蜂會變成蜂巢的守衛，開始要去熟悉外面的世界了，然後再去採蜜。她會以採蜜的身分死去。

偵察兵來到御所。她想要告訴母后關於那隊奇怪的螞蟻的事，可是母后似乎正在進行重要的對話，對象是……她簡直無法相信自己的觸角……對象竟然是一隻螞蟻。更準確地說，是一隻來自貝－洛－崗聯邦的螞蟻！她從遠處接收到這兩隻昆蟲的對話。

我們可以怎麼做？蜂后問道。

這隻螞蟻剛來蜂巢的時候，誰也不明白她的來意。之所以允許她進入黃金城，要說是因為同情，還不如說是因為驚訝。

一隻螞蟻來蜂巢做什麼！

二十三號於是表明來意，她是為了一些特殊情況而來。

她自己的姊妹們——那些貝－洛－崗邦民——都瘋了，她們對**手指**發起一場東征，而且已經殺死了一個。二十三號解釋說，東征軍必然會攻擊出現在征途上的蜜蜂。她建議蜜蜂大軍——她知道這支大軍令人聞風喪膽——預作準備，在東征軍深陷毛莨峽谷時攻擊她們。

埋伏？妳是在建議我安排伏兵，攻擊妳的同類嗎？

蜂后很驚訝。當然有蜜蜂告訴過她，螞蟻出現了一些行為，越來越變態，甚至有些傭兵會為了換取食物而跟自己的巢穴作戰，但她一時還半信半疑。現在有一隻螞蟻當面告訴她殺死自己親友的最佳地點，這帶給她極大的震撼。

顯然，螞蟻比她所想的更變態。除非這是陷阱。比方說，這個所謂的叛徒可能是來引誘蜜蜂大軍進入毛莨峽谷，而在此同時，東征軍的大部分兵力會趁機攻打蜂巢。這樣的話，事情其實比較容易理解。

札哈－哈蘅－莎蜂后振動她背上的翅膀。

她用一種連螞蟻都能理解的基本氣味語言問道：

為什麼妳要背叛自己的親友？

螞蟻解釋：貝－洛－崗邦民想殺死地球上所有的**手指**。**手指**是世界多樣性的一部分，螞蟻如果持續消滅整個物種，會讓地球變得貧困。每個物種都是有用的，大自然的特性要透過生命形式的多樣性才得以體現。

毀掉一種生命形式就是一樁罪。

螞蟻已經屠殺了許多動物。她們是有意這麼做的，她們沒有想過要理解這些物種，也不想跟她們溝通。她們是大自然的一個完整的部分，卻被單純的蒙昧主義消滅了。

二十三號兵蟻小心翼翼，沒有多做解釋**手指**就是神，而她自己是自然神論者。她沒有說「手指是全能的」，即使她內心的想法非常強烈。對這些超級抽象的概念，一隻女王蜂能理解什麼？

她決定採用非自然神論叛軍的論點。

對於從來不曾想過神的存在的昆蟲來說，這是一種不必多想就很容易接受的語言。

對於**手指**，我們幾乎一無所知。她們肯定有很多東西可以教給我們。以她們的水準，以她們的體型來說，她們遭遇的問題甚至是我們無法想像的……

依照她的說法，我們應該以寬容的態度對待**手指**，或者至少要留下一對來做研究。

蜜蜂理解這種語言，但是宣稱這場「螞蟻－**手指**之戰」與蜜蜂完全無關。她們現在跟一窩黑胡蜂發生了邊境衝突，已經調動了所有的軍事動能。札哈－哈葡－莎蜂后興致勃勃地說起這場「蜜蜂－胡蜂之戰」。

這些由數千隻膜翅目昆蟲所組成的飛行中隊混合著翅膀、空中懸浮對決、毒針碰撞、佯攻、刺擊、交叉脫身！蜂后承認自己對螫針擊劍術充滿熱情。只有胡蜂和蜜蜂了解這種運動。一邊做出靈巧的螫針刺擊動作，一邊還要維持飛行，這並不容易。蜂后身手矯健，模仿與想像對手的決鬥，做出一連串的打擊動作。風車式、刺擊、劍術第四式、第五式、第一式、右擋……。

她的腹錘尖端距離螞蟻的頭顱只有一片翅膀的厚度。螞蟻似乎沒有感到害怕，於是蜂后繼續為她描述一場「蜜蜂－胡蜂」的戰鬥。長隊布陣、小規模戰鬥、包圍、拖延、快速回擊……

二十三號打斷蜂后，堅持自己的看法，她說事情並非如此，蜜蜂已經徹底捲入這場「螞蟻－**手指**之戰」了。一〇三號是她們經驗最老到的兵蟻，她發現可以用蜂毒殺死**手指**。我們一時只有這種方法可以殺死**手指**。

所以東征軍必定會攻擊阿蘇克蕾茵以獲取毒液。

螞蟻？攻擊我們，離她們的聯邦這麼遠！妳在說夢話吧！

就在這時，黃金蜂巢的所有區域同時施放了軍事警報。

104．昆蟲不想讓我們有好日子過

現在輪到米格爾．辛涅希亞茲教授在研討會上介紹他在對抗昆蟲方面的貢獻了。他站起來，向聽眾展示一幅佈滿黑點的世界地圖：

「這些黑點代表戰區，不是人類之間的戰爭，而是對抗昆蟲的戰爭。世界各地都在跟昆蟲作戰。我們在摩洛哥、阿爾及利亞、塞內加爾對抗蝗蟲入侵。在祕魯，蚊子會傳播瘧疾；在南部非洲，采采蠅導致昏睡症；在馬利，蝨子大量繁殖導致斑疹傷寒的流行。在亞馬遜、在赤道非洲、在印尼，人類正在對抗黑蟻的入侵。在利比亞，大量的乳牛被螺旋錐蠅殺害。在委內瑞拉，凶猛的黃蜂會攻擊兒童。在法國，就在離這裡很近的地方，一個家庭在楓丹白露森林野餐時遭到一群褐螞蟻的襲擊。我就不再談那些摧毀馬鈴薯園的蔬菜花斑蟲，啃噬木屋甚至到最後會襲擊居民的白蟻，拿我們衣服當食物、攻擊我們養的狗的那些飛蛾……這就是現實。一百萬年以來，人類一直在和昆蟲作戰，這場戰鬥才剛剛開始。由於對手很小，我們經常低估牠們。我們以為輕輕彈指就可以粉碎牠們。錯了！昆蟲很難消滅。牠們可以適應毒藥，牠們會經由變異來增強對殺蟲劑的抵抗力，牠們會大量繁殖，以逃避我們滅絕昆蟲的企圖。昆蟲是我們的敵人。可是，動物界有十分之九是昆蟲。相較於數十億的螞蟻、白蟻、蒼蠅、蚊子，我們人類，甚至哺乳動物，只是動物界的一小部分。我們的祖先有一句話在定義這些敵人，他們稱昆蟲為地獄之神的大軍。昆蟲代表了地獄之神的大軍，也就是所有低下的、爬行的、地底的、隱藏的、不可預測的！」

一隻手舉了起來。

「辛涅希亞茲教授，我們要如何對抗這些地獄之神的大軍……我的意思是，對抗這些昆蟲。」

科學家對著他的聽眾露出微笑。

「首先，我們不要再低估昆蟲了。所以，我在智利聖地牙哥的實驗室裡，發現螞蟻有『品嚐員』。每當蟻丘遇到新的食物，牠們就負責進行測試。如果兩天之後，這些負責品嚐的螞蟻沒有出任何異狀，牠們的姊妹就會開始吃這種食物。這可以解釋為何多數有機磷殺蟲劑的效果有限。因此，我們開發了一種遲效型的新型殺蟲劑，攝入之後要過七十二小時才會發揮作用。儘管有安全措施，我們還是希望這種新型毒藥可以廣泛使用，突破昆蟲城邦的安全措施。」

「辛涅希亞茲教授，您對於萊緹希雅．威爾斯這位成功訓練螞蟻殺死殺蟲劑研究人員的女性有何看法？」

殺蟲劑專家抬眼望著天花板。

「一直以來都有人瘋狂迷戀昆蟲。令人驚訝的是，這種行為直到最近才出現。這些暗殺事件帶給我很大的痛苦，因為大部分的受害者都是我的合作夥伴和朋友。不過這些都不重要了。現在！威爾斯小姐已經沒辦法再害人了，而且再過幾天，我會向大家介紹這個神奇的產品，全球都有效，它讓我們付出了巨大的代價，它的代號是：『巴別塔』。欲知詳情，明天同一時間，同一地點再見。」

米格爾．辛涅希亞茲教授吹著口哨走回旅館。他對聽眾的反應感到滿意。

回到房裡，解開手錶的時候，他發現袖口有個方形的小洞，但他先前沒有留意到它的存在。

累了一整天，他想躺在床上休息，卻突然聽到浴室傳來一些聲音。顯然是管道出了什麼問題，沒想到在最高級的旅館也會有這種事！

他起身，靜靜地關上浴室的門，決定去吃晚飯了。他可以選擇走樓梯還是搭電梯去樓下的餐廳。他太累了，決定要搭電梯。

這是一個錯誤。

電梯車廂在兩層樓之間卡住了。

在下一個樓層等電梯的房客聽到米格爾．辛涅希亞茲發出驚恐的叫聲，而且用盡全力不停地拍打鋼牆。

「又是一個幽閉恐懼症患者。」一位女士說道。

等服務生來打開電梯車廂，看到的只有一具屍體。從死者臉上刻著的恐懼表情看來，這個人肯定是在跟惡魔戰鬥。

105．夢

喬納東還沒睡。自從他們的共融儀式變得如此激烈，他就越來越難以入睡了。

特別是昨天，他經歷了一次可怕的經驗。當他們全都發出共同之音，全波之音「唵」（OM）的時候，他感覺到某種不尋常的東西。他全身都被這股聲波吸了進去。就像一隻手從手套裡抽出來，他的內心有某種東西試著從他的人類軀殼抽離出去。

喬納東感到害怕，可是這時其他人也在，這又讓他安心了。於是，他以「唵」的聲音形式──或許是靈質也或許是靈魂的形式，怎麼說好像都可以──離開了自己的身體，跟其他人一起穿越花崗石，登入蟻丘。

這個現象沒有持續很久。他很快就回到了他的肉體，彷彿有一根鬆緊帶把他拉了回去。

這是一場集體的夢。這只能是一場集體的夢。

由於和螞蟻一起生活，他們都夢見了螞蟻。他想起《百科全書》裡有一段是關於夢的。他拿著手電筒走去讀經臺，翻開那些珍貴的書頁。

106・百科全書

夢：在馬來西亞的森林深處住著一個原始部落，他們是塞諾伊人。他們依據他們的夢來安排生活。他們也被稱為「夢的民族」。

每天早餐時，每個人都圍在火邊談論他們前一晚作的夢。如果一個塞諾伊人夢見自己傷害別人，他就必須給受到傷害的人一份禮物。如果他夢見自己被在場的某人毆打，動手的那人就應該向他道歉，並且送他一份禮物請求他的原諒。

在塞諾伊人的社會，夢的世界比現實生活提供更豐富的教誨。如果一個孩子說他看到一隻老虎，然後逃跑了，他就會被迫在第二天晚上再次夢見那種猛獸，和牠戰鬥並且殺死牠。長者會為他解釋該如何進行。如果這個孩子接下來沒辦法成功擊敗老虎，整個部落都會斥責他。

在塞諾伊人的價值體系裡，如果一個人夢到性關係，他必須達到高潮，之後於現實中以禮物感謝情人或他渴求的情人。面對惡夢裡充滿敵意的對手，他必須戰勝，然後向敵人索取禮物，藉此與對方成為朋友。最令人嚮往的夢則是飛行，整個部落都會向翱翔夢的作者道賀。對一個孩子來說，宣布第一次飛翔就是一場洗禮，族人會送他大批禮物，然後會為他解釋如何在夢中飛行，一直飛向未知的國度並且帶回異族的禮物。

塞諾伊人吸引了西方的民族學家。塞諾伊人的社會不知暴力與精神疾病為何物，這是一個沒有壓力、沒有征戰野心的社會，這裡的工作僅止於生存所需的最低限度。

塞諾伊人在一九七〇年代消失了，他們居住地的森林被砍伐殆盡。不過，我們所有人都可以開始應用他們的知識。

首先，每天早上將前一晚的夢記錄下來，給一個標題，載明日期，然後以塞諾伊人的方式跟身邊的人談論這個夢，譬如在吃早餐的時候。應用「夢境旅行」（l'onironautique）的基本法則，讓夢走得更遠。在入睡前決定你選擇什麼夢：讓山變高、改變天空的顏色、造訪異族所在之處、遇到選定的動物。

在夢裡，每個人都是萬能的。夢境旅行的第一個考驗就是飛翔。展開雙臂、翺翔、俯衝、盤旋上升——什麼都有可能。

夢境旅行需要漸進學習。幾小時的「飛行」帶來的是自信和表達能力。孩子們只需要五週的時間就可以控制他們的夢。至於成年人，有時需要幾個月的時間。

艾德蒙・威爾斯

《相對知識與絕對知識百科全書》第二卷

傑森・布哈捷看到喬納東在讀經臺，他發現喬納東在翻閱「夢」的篇章，於是就告訴他自己也夢到了螞蟻，牠們殺死了所有人類，「威爾斯門徒」是人類僅有的倖存者。

他們談起「信使任務」、螞蟻叛軍、新蟻后希蔾－埔－霓引發的問題。

傑森・布哈捷問到尼古拉為何一直沒來參加他們的共融儀式。喬納東・威爾斯答說他的兒子沒有表達參與的意願，這必須由他自己起頭。我們既不能建議他也不能強破他進行這種行為。

「可是……」傑森說。

「我們的知識沒有感染性，我們不是一個宗派：我們沒有人可以皈依。尼古拉會在他希望的那一天加入我們。加入共融是一種死亡的形式，是一種痛苦的蛻變。這必須由他決定，沒有人可以影響他。尤其是我。」

兩個人達成了共識，慢慢走回去睡覺。他們夢見自己在幾何形狀的空間裡飛行，穿過懸浮在天空中的立體數字。1。2。3。4。5。6。7。

107・蜂巢裡嗡嗡作響

垂直8。

倒8。

螺旋8。正8。雙8。水平8。相對於太陽的角度變化。轉三圈。

這次是直接施放的三級警報。根據空中通訊中繼站，來襲的部隊由飛行螞蟻組成。蜂后心想：只有螞蟻王子和螞蟻公主會飛，而且是為了非常明確的目的，就是在天空中交配。

可是通訊中繼站的蜜蜂證實了，朝著阿蕬克蕾茵方向來的確實是一些懸浮在空中的螞蟻，牠們的飛行高度為一千顱，速度為每秒兩百顱。

垂直8。

問：敵軍士兵數量？

答：暫時無法確知。

問：是貝－洛－崗的褐螞蟻嗎？

答：是的。牠們已經殺死我們五隻通訊中繼蜂。

二十隻工蜂圍著札哈－哈葡－莎。蜂后告訴臣民無需恐慌。在這座歌頌蠟與蜜的神殿裡，她覺得受到保護。一個蜂群最多可以接納八萬隻蜜蜂，她的蜂群只有六千隻，但她們攻擊鄰近巢穴的政策（這在蜜蜂世界是極罕見的行為）讓她在這一整區惡名昭彰。

札哈－哈葡－莎感到納悶。這隻螞蟻為何要來向她們示警？這隻螞蟻提到對**手指**的東征……而她自己的母親曾經跟她提到過**手指**：

手指，是另一回事，是另一種時空的維度。不要把**手指**和昆蟲混為一談。如果妳看到**手指**，不要理牠們，牠們就不會理妳。

札哈－哈葡－莎老老實實地奉行了這個原則。她教導女兒們永遠不要跟**手指**打交道，不要去攻擊牠們，也不要幫助牠們。要當作牠們並不存在。

她向臣民要求休息片刻，趁機吞了一點蜂蜜。蜂蜜是生命的食糧，這種物質如此純淨，所有的養分都可以被身體吸收。

札哈－哈葡－莎心想，戰爭或許是可以避免的。這些貝－洛－崗邦民只是想要進行軍事談判，好讓牠們的東征軍通過蜜蜂的領土而不造成任何損害。而且，就算有螞蟻出現在空中，也不表示牠們就掌握了所有空戰技巧！當然，牠們毫無困難就擊落了通訊中繼蜂，但是面對一支阿蕬克蕾茵的戰鬥中隊，牠們施展得開嗎？

不行，她們不能在跟螞蟻的第一場小衝突就使出螫針，蜜蜂將正面迎敵並且取得勝利。

蜂后立即召集她的戰鬥士氣兵，這些非常焦躁的蜜蜂知道如何散播躁動的情緒。札哈－哈葡－

莎下令備戰：

不要在蜂巢迎戰貝－洛－崗邦民，要在飛行中攔截牠們！

訊息一發出去，戰士們就立刻集結了。她們以緊密的隊形起飛，V形聯隊，四號攻擊計畫，類似防禦胡蜂的戰鬥隊形。

黃金之城的所有翅膀都以三〇〇赫茲的頻率振動著，發出一種狂熱的發動機轟鳴聲。嗡嗡嗡，嗡嗡嗡嗡嗡嗡嗡嗡嗡嗡，嗡嗡嗡。螫針先收起來了，只有在必須殺戮的時刻才會伸出來。

108．波瀾再起

夏勒．杜佩宏區長在房裡來回踱步。他召見了雅克．梅利耶探長，他的心情並不好。

「有時候我們對某個人很有信心，後來卻失望了。」

雅克．梅利耶忍著沒說，這種事在政界屢見不鮮。

夏勒．杜佩宏區長帶著一臉責備的神情走過來。

「我相信您。但是您為何用這麼可笑的方式對威爾斯教授的女兒窮追猛打？而且她還是個記者！」

「她是唯一知道我終於找到線索的人。她在自家的公寓裡養了螞蟻。而且就在同一天晚上，我的房間被螞蟻入侵。」

「所以呢，那我該怎麼說呢？您很清楚，我在森林裡被幾十億隻螞蟻攻擊！」

「說到這，區長先生，您的公子現在怎麼樣？」

「他完全康復了。啊，別提了！醫生診斷說是蜜蜂蜇傷。我們全身上下都是螞蟻，而醫生可以找到的解釋竟然是：蜜蜂螫傷！您知道嗎，最讓人難以置信的是，醫生給喬治打了抗蜂毒血清，他就立即恢復了。（區長搖搖頭。）我確實是有理由要對螞蟻生氣。我要求地區議會研究一項消毒計畫。在楓丹白露森林裡好好噴灑DDT，這樣我們就可以一連幾年在這種害蟲的屍體上野餐了！」

他在攝政風格的大辦公桌後頭坐下，繼續說下去，還是一臉的不悅：

「我已經下令立即釋放這位萊緹希雅．威爾斯。米格爾．辛涅希亞茲教授的謀殺案證明您的嫌犯是無辜的，也讓我們整個警界蒙羞。我們不需要這個新的失誤。」

梅利耶正要抗議，區長卻更加憤怒，繼續說了下去：

「我已經要求對威爾斯小姐的精神傷害進行賠償。這當然沒辦法阻止她在報上批評我們團隊的所有疏失。如果我們想要繼續抬頭挺胸，就得盡快找出殺死所有這些化學家的真正凶手。其中一名死者用他的血寫下了『螞蟻』。光是在巴黎的電話簿裡就有十四個人用這個姓氏。我是非常看重『字面意義』的。一個人臨死的時候用盡最後力氣寫出『螞蟻』（Fourmis），我會老老實實地把它當成凶手的名字。所以請往『傅密先生』[6]的方向進行調查。」

雅克．梅利耶緊咬嘴唇：

「這真是太簡單了，區長先生，簡單到我甚至沒想到。」

「好了，去工作吧，探長。我可不想一直為您的錯誤負責！」

109．百科全書

分蜂：在蜜蜂的世界裡，蜂群遵循著某種奇特的儀式。一個城邦、一個民族、一整個王國，在繁榮的鼎盛時期會突然決定一切重新開始。老蜂后在帶領她的子民取得成功之後會離開，拋下了牠最珍貴的財富：儲存的食物、井然有序的蜂房、壯麗的宮殿、蜂蠟儲備、蜂膠、花粉、蜂蜜、蜂王漿。牠把這些東西留給誰呢？留給凶猛的新生兒。

在牠的工蜂們的陪伴下，老蜂后離開蜂巢，要去定居在一個不確定的他方，那是牠可能永遠無法到達的地方。

牠離開幾分鐘後，幼蜂們醒了，發現牠們的城邦空空蕩蕩。每隻蜜蜂都本能地知道自己該做什麼。非生殖工蜂趕緊幫那些公主生殖蜂孵化出來，於是這些蹲在神聖膠囊裡的睡美人第一次振動了牠們的翅膀。

不過第一個會走路的公主立刻展現殺氣騰騰的行為，牠衝向其他蜜蜂公主，用牠細小的大顎傷害牠們，牠不讓工蜂把牠們移走，牠要用牠的毒針刺穿自己的姊妹。

殺害的姊妹越多，牠就越平靜。如果有工蜂想保護其他公主，第一個醒來的公主就會發出「蜜蜂憤怒的叫聲」，這和我們平常在蜂巢周圍聽到的嗡嗡聲很不一樣。然後，牠的子民會低下頭，表示順從，讓罪行繼續下去。

6 Fourmis：〔法文〕螞蟻（名詞複數）。作為姓氏時，音譯作「傅密」。

有時也有公主會起身保衛自己，我們就會見證到公主戰鬥的畫面。不過，奇怪的是，等到只剩兩位蜜蜂公主進行決鬥時，牠們也從來不會用毒針互刺。儘管牠們必須不惜任何代價，只留下一個倖存者，儘管牠們強烈地渴望成為統治者，但牠們永遠不會冒上同歸於盡的風險，讓整個蜂巢成為孤兒。最後的一個（也是唯一倖存的）公主隨後飛離蜂巢，讓雄蜂在飛行中授精。繞行城邦一兩圈之後，牠就會飛回來開始產卵。

艾德蒙・威爾斯

《相對知識與絕對知識百科全書》第二卷

110・埋伏

蜜蜂飛行中隊優雅地劃破長空。有個阿蘇克蕾茵邦民正在對她的鄰兵發出訊息：

看看地平線上的那些8。我們的跳舞傳訊兵清楚地指出貝－洛－崗部隊在飛行。

另一個鄰兵自我安慰：

只有生殖蟻才會飛。說不定這是一場集團交配飛行？這哪會給我們帶來什麼危害？

這隻蜜蜂知道自身和部隊的武力。她感覺到腹錘的末端，尖銳的螫針早已準備好要刺穿那些魯莽褐蟻的甲殼。她感覺腸子裡儲備的甜美蜂蜜令她興奮，儲備的毒液啃噬著她。太陽在她身後，讓那些即將和她交手的螞蟻睜不開眼。

有那麼一刻，她甚至憐憫起這些愛冒險的昆蟲，牠們就要為自己的大膽冒進付出慘痛代價。但是蜜蜂必須為跳舞的通訊兵復仇，這些蟻族也必須知道，地面以上的一切，都是屬於蜂族的控制範圍。

遠處隱約可見一朵濃密的雲，就像某種年少的層積雲。一隻興奮的蜜蜂提議：

我們躲進這片小雲裡，等牠們一靠近，我們就跳到牠們身上。

然而，在她們只要再拍一百下翅膀就會碰上這個懸浮掩蔽物的距離，不可思議的事情發生了。蜜蜂們不敢相信自己的觸角，眼睛也無法相信。牠們受到極大的驚嚇，翅膀拍動頻率從每秒三百下減少到每秒五十下。

她們剎車了，眼前就是那個灰色的雲團。

——灰。——

Quatrième Arcane

第四奧義

交戰時刻

Le temps des confrontations

111．螞蟻先生

門鈴才響了第一聲，一個胖嘟嘟的男人就開了門。

「歐利維．傅密先生？」

「是的，請問有什麼事？」

梅利耶揮了揮他的藍白紅三色斜槓的警官識別證。

「警察。梅利耶探長。我可以進來問您幾個問題嗎？」

這名男子的職業是小學老師，是電話簿裡登錄的最後一個「傅密（螞蟻）」了。

梅利耶拿出死者的照片，問他認不認識那幾個人。

「不認識。」對方非常驚訝。

探長詢問他案發當時的行程。歐利維．傅密先生不缺證人，也不缺不在場證明。他要嘛就是在學校，不然就是被家人圍繞，一向如此。要提出證明是再簡單不過的事了。

海倫．傅密也出現了。傅密太太裹著一件印著蝴蝶圖案的浴袍。這時，探長腦中浮現了一個想法：

「傅密先生，您用殺蟲劑嗎？」

「當然不用。從小就有一些白癡會說我是『骯髒的螞蟻』。長久下來，我對這些被人隨隨便便一腳踩死的蟲子產生了認同感。所以，這個房子裡就沒有殺蟲劑了，就像『蓬度先生』[1]家也不會有繩子。您明白我的意思吧。」

這時歐菲莉．傅密出現了，小女孩戴著一副班上第一名的那種厚眼鏡，依偎在父親身上。

「這是我女兒。」小學老師說：「她對我們姓氏的回應是在房間裡放一個蟻丘。親愛的，讓這位先生看看。」

歐菲莉帶梅利耶走到一個大型水族箱前面，跟萊緹希雅．威爾斯的那個飼養箱很像，裡頭滿滿的螞蟻，蟻丘頂部有一個細樹枝做成的圓錐。

「我還以為蟻丘是禁止販售的。」探長說。

小女孩反駁說：

「可是這不是買的，是我去森林裡找到的。只要挖得夠深，不要讓蟻后跑掉就好了。」

歐利維．傅密先生為他的孩子感到非常自豪。

「小傢伙長大以後想當生物學家。」

「對不起，我沒有孩子，我不知道螞蟻是流行的『玩具』」。

「牠們不是玩具。螞蟻之所以流行，是因為我們的社會生活跟牠們越來越像。或許透過觀察螞蟻，孩子會覺得可以更理解自己的世界。事情就是這樣吧。警察先生，您剛才有沒有盯著裝滿螞蟻的水族箱看上幾分鐘？」

「呃，沒有耶。通常我是不會去關心牠們……」

雅克．梅利耶心裡想著，不知道是他吸引了所有古怪的戀蟻狂，還是這些人真的已經形成一個範圍非常大的社會。

---

1 Pendu：〔法文〕被絞刑處死的人。作為姓氏時，音譯作「蓬度」。

「這個人是誰？」歐菲莉・傅密問道。

「他是探長。」

「什麼是探長？」

112・小雲團的戰鬥

層積雲的絮片以慢動作噴濺出去。

起初，黃金之城的蜜蜂只看到，那像是一群鬧哄哄的大蒼蠅從灰雲上的一個孔裡湧出來。

接著，很快地，阿蘇克蕾茵邦民就明白那是怎麼回事了。

那不是大蒼蠅！不是這樣，不是……

那是甲蟲。而且不是什麼普通的甲蟲或糞金龜，不是，那是犀角金龜。

宛如但丁地獄的幻象——這些鬧哄哄、頭上長角的巨獸身上爬滿小型的活體火砲，已經準備好要開火了。

牠們是怎麼馴服這些巨獸，而且還說服這些巨獸一起戰鬥的呢？蜜蜂們立刻感到好奇。

她們沒有時間問更多問題了，就那麼一瞬間，二十頭犀牛的陰影已經籠罩她們。犀角金龜向她們俯衝，褐蟻砲兵也開火了。

蜜蜂的V隊形現在正在轉變為W甚至是XYZ的隊形，整個潰散了。

射擊。

震撼的效果是全面的。每隻犀角金龜的身上都有四到五名砲兵，以綿密的蟻酸火線向蜜蜂發動

蜂群先是減速，然後繼續前進。阿蘇克蕾茵邦民的螫針出鞘了。

點線隊形！

一名阿蘇克蕾茵邦民發出訊息。

攻打那些坐騎！

第二列飛行犀牛的攻擊效果比較差。蜜蜂往下飛，躲到牠們的腹部下方，然後再往上找到喉頭，突刺，螫針整根沒入。現在是犀牛和牠們笨拙的駕駛東倒西歪，紛紛墜落了。

一則舞蹈命令發布了：

發起攻擊！衝鋒！

阿蘇克蕾茵的螫針如雨點般落下。

蜜蜂有一根像魚叉的刺針，如果卡在受害者的肉裡，蜜蜂就會在試圖脫身的同時扯掉毒腺因而死亡。螞蟻的甲殼跟犀角金龜不一樣，不會卡住蜜蜂的刺針。

接下來的幾分鐘，幾頭犀牛倒下了，不過剩下的犀牛還是緊緊靠在一起，排成一個菱形的飛行中隊，迎擊最後一個三角隊形的殺手蜂。

大量蜜蜂士兵組成的幾何隊形不斷瓦解。蟻族的菱形中隊也變成了幾個更小、更密的菱形。蜂族的三角隊形被打開變成了環形。

垂直的戰鬥在一百層堆疊的戰場上進行，就像在一百個平行棋盤上下棋。

越靠近就越壯觀。貝－洛－崗的飛行艦隊熠熠閃亮。蜜蜂利用暖流上升，登上沉著的甲蟲。她

們就像一群小艦艇，伺機攻打大型船艦。

百分之六十的蟻酸呼嘯著，宛如多管火箭砲筒噴射出液體火焰。燒焦的翅膀冒著煙，受傷的蜜蜂試圖利用衝力讓自己像飛鏢一樣插進犀角金龜的甲殼裡。

螫針距離太近時，無法瞄準的砲兵就會用大顎將它折斷。

這種手法的風險很高。大多數情況下，螫針會滑落並且插進嘴裡。死亡只是一瞬間的事。

空氣中飄著蜂蜜燒焦的氣味。

蜜蜂沒有毒液了，注射器無法再注入致命物質。砲兵們沒有蟻酸了，液體火焰噴射器無法運作了。最後的衝突是裸露的大顎跟乾涸的螫針對戰，速度最快、最敏捷的就是贏家！

犀角金龜有時會用額角戳穿蜜蜂。有一頭特別靈巧的犀牛將這種戰技發揮得淋漓盡致：牠用臉頰去推蜜蜂，然後將蜜蜂串在自己的角上。四名倒楣的阿蕬克蕾茵戰士就像一串帶著黑色條紋的黃色果實，堆疊在這根尖角上。

一〇三號發現有一隻蜜蜂正在和九號鬥劍。九號用右大顎捅進對方的背部。在昆蟲界，沒有禁止的招式。只要我們還活著，任何動作都是允許的。

然後，九號獨自騎著她的犀牛，衝進一團蜜蜂的戰鬥隊形之中。對方立刻形成一道豎起尖刺的戰線。她們的螫針對準前方，一再做出嚇阻動作，但是犀牛上的九號兵蟻速度如此之快，沒有什麼可以阻止她了。犀角衝撞刺針戰線。蜜蜂的陣形被炸開了。

一〇三號以兩條後腿站立，豎起軍刀大顎和兩隻蜜蜂的西洋劍螫針過招。但是犀牛坐騎開始下降，額角附近插著幾根黑色魚叉，宛如滿身鮮血的鬥牛，飛行平衡越來越難維持了。

巨獸體力耗盡，繼續下降。牠渾身淌血，終於停落在一片秋海棠上。

一〇三號狼狽地迫降。

蜜蜂還是在上方盤旋，幸好有一隊步行砲兵迅速趕來將蜜蜂驅散。

一〇三號現在有另一件非常重要的事要做。

在混戰的戰士上方，蜜蜂正在以8字舞蹈評論戰鬥。

我們需要援軍。

增援部隊從蜂巢起飛。

這些新的中隊由年輕的蜜蜂組成（多數都是出生二十到三十天，但是都無畏死亡）。

一小時後，貝－洛－崗邦民損失了三十頭犀牛中的十二頭，參戰的三百名砲兵折損了一百二十名。

另一邊，派往小雲團的七百名阿蘇克蕾茵邦民當中，有四百名戰士陣亡。倖存者猶豫不決，是要戰鬥到底，還是回頭保護蜂巢，怎麼做才好？最後她們選擇了第二個方案。

當犀角金龜和貝－洛－崗砲兵也來到黃金蜂巢時，情勢詭異。眼前所見的蜂巢似乎空空蕩蕩。九號在隊伍的最前頭。褐螞蟻嗅到陷阱的氣味，在城邦的入口猶豫不前。

113．百科全書

團結：團結誕生於痛苦，而非歡樂。每個人都曾覺得，跟自己分擔痛苦時刻的人比起跟自己共享快樂事件的人，前者和自己更為親近。

不幸是團結與聯合的起源，而幸福則讓人們分裂。為什麼？因為在共同的勝利之中，每個人都為了自己的功勞而感到委屈，每個人都以為自己是共同成功的唯一作者。

多少家庭在繼承財產時反目成仇？多少搖滾樂團的關係可以一直那麼緊密……直到成功？多少政治運動為了奪權而四分五裂？

從詞源上來說，「同感」（sympathie）這個單詞來自sun pathein，意思是「一起受苦」。同樣的，「同情」（compassion）也來自拉丁語cum patior，意思也是「一起受苦」。

正是透過想像參考群體的烈士們所承受的痛苦，人們才能暫時拋開他令人難以忍受的個體性。一個群體的凝聚力和力量，就在共同經歷磨難的記憶裡。

艾德蒙・威爾斯

《相對知識與絕對知識百科全書》第二卷

114・在蜂巢裡

九號從她的戰馬上爬下來，用觸角到處嗅了嗅。其他螞蟻也降落在附近。迅速展開商議。

極危險地形的突擊隊陣形。

她們排成一個緊密的方陣，深入敵軍的蜂巢。在裡面，飛行犀牛不再有任何用處。她們餵了牠們一些樹皮，讓牠們在門口耐心等候。

貝－洛－崗邦民覺得自己闖入了聖地，從來沒有蜜蜂以外的生物進入過這裡。蠟牆彷彿想要黏住螞蟻，她們小心翼翼，緩緩前行。

牆板的幾何對稱性無可挑剔，上頭透出金色的反光。幾縷陽光透了進來，照得蜂蜜閃閃發光。蠟板是用蜂膠接合的，這種淡紅色的樹膠是蜜蜂從栗樹和柳樹的芽苞採集黏性分泌物而來的。

別碰任何東西！九號發出訊息。

為時已晚。受到蜂蜜引誘，想要嚐嚐看的那些螞蟻，很快就陷入了蜂蜜裡。根本不可能讓她們走出這片流沙，除非自己也陷進去。

身上還有蟻酸儲備的砲兵倒著走，任何突然出現的襲擊者都逃不過她們的快速射擊。

一切都充滿糖與伏擊的味道。

她們聞到藏身蠟板蜂房的阿蘇克蕾茵工蜂和兵蜂的存在，這些蜜蜂早已做好準備，要在接獲命令的那一刻撲向她們。

別碰任何東西！

東征軍來到一處密密麻麻的六角形網格，宛如一座核子反應爐的中心，只是黃金蜂巢的未來公民取代了鈾燃料棒。那裡有八百個蜂房裝滿了卵，一千兩百個蜂房裝滿幼蟲，兩千五百個蜂房裝滿白色的蛹。中心區域由六個較大的蜂房組成，是公主生殖蜂的幼蟲成長的地方。

這座建築給螞蟻留下深刻的印象，這是一個文明發展極度成熟的展現。這和螞蟻城邦亂無章法的廊道簡直有天壤之別，因為螞蟻的廊道只是依據最省力法則隨意建造的。螞蟻是不是在智力或細緻方面不如蜜蜂？也許有人會這麼認為，因為蜜蜂的腦容量比螞蟻大得多。可是希藜－埔－霓蟻后進行的生物學研究證明，智力不僅僅是腦容量的問題。蘑菇體（昆蟲複雜的神經系統的專屬特徵）對螞蟻來說更為重要。

貝－洛－崗邦民繼續走，又發現了一個寶藏：一個食物快要滿出來的大廳。那裡有十公斤的蜂蜜，這個重量是蜂巢內所有居民體重加總的二十倍。褐螞蟻焦躁地揮動觸角討論著。

這實在太冒險了。她們轉身朝出口走去。

追捕逃跑的螞蟻！打擊這些入侵者，趁牠們還被關在我們的牆裡。一隻蜜蜂釋放了訊息。

四面八方的六角形蜂房不斷吐出蜂族戰士。

許多螞蟻被毒針刺傷而倒下，被黏在蜂蠟地板上的那些螞蟻根本毫無招架之力。

不過九號和大多數的突擊隊員都成功從蜂巢脫身了。她們跨上戰馬，隨即起飛，一大群阿蘇克蕾茵邦民在後頭追趕，發出勝利的氣味。

可是，就在黃金城裡正要準備慶功時，卻傳來一陣不祥的喀啦喀啦聲。——阿蘇克蕾茵的頂壁碎了，數百隻螞蟻出現在蜂巢裡。

一〇三號想出一個完美的策略。當蜜蜂追擊蟻族飛行艦隊時，她爬上一棵樹，派出幾千名貝－洛－崗邦民，攻擊空空蕩蕩沒有飛行兵蜂的城邦。

小心別把東西都打壞了。要讓傷亡降到最低。拿那些生殖蜂的幼蟲當人質就好！一〇三號釋放訊息，同時掃射札哈－哈葡－莎蜂后的專屬衛隊。

幾秒鐘的功夫，生殖蜂的幼蟲都被東征軍掐住脖子。城邦投降了。阿蘇克蕾茵蜂巢屈服了，她們被征服了。

蜂后完全明白了。突擊隊的入侵只是聲東擊西。在此同時，沒有飛行坐騎的螞蟻打穿了蜂巢的屋頂，開闢出比第一戰線更凶險的第二戰線。

螞蟻因此打贏了「小灰雲」之戰。這標誌著螞蟻在這個地區徹底征服了三維空間。

現在妳們想要怎麼樣？蜂后問道。把我們都殺了？

九號回應說，褐螞蟻從來沒有這樣的目標。她們唯一的敵人是**手指**。只有**手指**才是她們討伐的對象。貝－洛－崗的螞蟻對蜜蜂毫無敵意。她們只是需要蜜蜂的毒液來殺死**手指**。

手指一定非常重要，值得付出這麼多的努力。札哈－哈薾－莎發出訊息。

一○三號要求一個蜜蜂軍團來支援。蜂后同意了。她提供了一支菁英中隊「花衛隊」。三百隻蜜蜂立刻開始嗡嗡作響。一○三號認得這些蜜蜂。正是這些阿蘇克蕾茵士兵造成貝－洛－崗部隊最多的傷害。

東征軍還是要求黃金蜂巢為她們提供過夜的住處以及路上所需的蜂蜜儲備。

阿蘇克蕾茵蜂后問道：

為什麼妳們要如此激烈地對抗**手指**？

九號解釋說，**手指**用火。因此，牠們對所有物種都構成威脅。過去，昆蟲們曾經立約：聯合起來對抗火的使用者。現在，將這個協約付諸實踐的時候到了。

這時，九號注意到二十三號從牢房裡出來。

妳在這裡做什麼？九號豎起她的觸角問道。

我只是逛了一下御所。二十三號隨便搪塞了一下。這兩隻螞蟻本來就不太對盤，她們的關係只會越來越糟。

一〇三號將她們分開，問了二十四號到哪兒去了。

二十四號在最後的攻擊中在蜂巢迷路了。她加入戰鬥，飛奔追逐一隻蜜蜂……現在她已經不知自己身在何處了。連綿不絕的蜂房讓她失去信心。不過，她還是緊緊抱著蛾繭。她沿著了一排蜂房走下去，希望可以在第二天早上之前跟其他東征軍會合。

115．在地鐵潮濕的熱氣裡

雅克．梅利耶在擁擠的車廂裡感到窒息。一個急轉彎害他倒在一個女人的肚子上。一個略顯沙啞的聲音抗議道：

「您不能小心一點嗎？」

他首先從歌詞裡聽出旋律，然後，在汗垢和汗水的氣味中，他破譯了某種香水的甜美訊息。佛手柑、岩蘭草、柑橘、檀香，再加上一絲庇里牛斯山野山羊麝香。這香水說著：

我是萊緹希雅．威爾斯。

確實是她，淡紫色的目光帶著野性的微光盯著他。

她真的是用充滿怨恨的眼神看著他。門打開了。二十九個人下車，三十五個人上來。比剛才更擠了，每個人都感受得到其他人的呼吸。

她瞪著他的眼神越來越強烈，就像一條眼鏡蛇準備活吞一隻幼獴，而他卻著迷到無法移開自己的目光。

她是無辜的。他的行動太快了。過去，他們曾經交換想法，甚至互有好感。她請他喝了蜂蜜酒，他向她透露自己對狼的恐懼，她也向他透露自己對人類的恐懼。他多麼懊悔，這些親密的時光都被他犯的錯給毀了。他要提出解釋。她會原諒他的。

「威爾斯小姐，我想告訴您我有多麼……」

她趁著地鐵靠站，鑽入人群消失了。

她加快腳步，走入地鐵的廊道。她幾乎是用跑的，她想盡快逃離這個骯髒的地方。她感覺周圍都是猥瑣的目光。結果最棒的是，梅利耶探長竟然和她搭了同一線地鐵！

陰暗的廊道，潮濕的小徑，暗淡的霓虹燈映照著這座迷宮。

「嘿，洋娃娃！一起散散步好嗎？」

三個凶惡的身影向她走來。三個混混，都穿著發亮的人造皮夾克，其中一個在幾天前就已經跟她搭訕了。她加快腳步，但他們也跟上來，靴子的鐵蹄聲在地面迴蕩。

「一個人嗎？不跟我們聊一下嗎？」

她突然停下腳步，眼裡寫著「滾開」兩個字。這招上次有用，但是今天對這幾個低能兒沒有任何作用。

「這對漂亮的眼睛是您的嗎？」大鬍子的高個兒問道。

「不是，是租來的。」另一個同夥的說。

猥褻的笑聲。在背上的輕拍。大鬍子男人拿出一把彈簧刀。

突然間，她的自信全都消失了，而當她發現自己進入受害者的角色，那些人也立刻擔當起掠食者的角色。她想逃，可是三個混混一起擋住她的路。其中一個抓起她的手臂，扭到背後。她發出痛苦的呻吟。

廊道很明亮，一點也不冷清。人們從他們身邊走過，低頭，加快腳步，假裝不明白這一幕。這麼快就拿出刀子了……

萊緹希雅．威爾斯驚慌失措。她常用的武器沒有一樣對這些惡霸有用。這個大鬍子、那個禿頭、那個大塊頭，他們應該也有面帶微笑為他們編織藍色嬰兒服的母親。

掠食者的眼睛發亮，人們繼續在附近魚貫而過，繼續在經過這幾個人的時候加快腳步。

「你們想要什麼，要錢嗎？」萊緹希雅結結巴巴地說。

「妳的錢，我們晚一點再拿。我們現在有興趣的是妳。」禿頭男子冷笑了幾聲。

大鬍子男人已經用鋒利的刀尖將外套鈕扣一顆顆解開了。

她掙扎著。

怎麼可能這樣！時間是下午四點，總會有人做出反應，大叫示警吧！

留鬍子的男人扯開她衣服，乳房露出來時，他還吹著口哨。

「是有一點小，不過還是很美啦，你們不覺得嗎？」

「這就是亞洲女人的問題。她們的身體都跟小女孩一樣，根本填不滿一個老實男人的手。」

萊緹希雅．威爾斯撐著沒暈過去。她的人類恐懼症快要發作了。男人們的手——那些髒手——拂過她，摸她，試圖傷害她。她的恐懼如此強烈，強烈到她甚至吐不出來。她停留在那裡，被困住那裡，成為囚犯，無法逃脫折磨她的人。她幾乎沒聽到有人在喊：「住手。警察。」刀子的動作停了。

一個男人拿槍指著那幾個混混，手上秀出藍白紅三色斜槓的識別證。

「媽的，是警察！兄弟們，快閃。臭婊子，改天再來找妳。」

混混們拔腿就跑。

「站住別動！」警察大喊。

「你很棒啦。」禿頭男子叫著：「有種開槍啊，看你會不會上法院。」

雅克．梅利耶把槍放下，混混們一哄而散。

萊緹希雅．威爾斯慢慢恢復了正常呼吸。事情過去了。她得救了。

「還好嗎？他們沒對您太粗魯吧？」

她點點頭。漸漸地，她的意識清醒了。梅利耶很自然地將她擁在懷裡安撫：

「現在都沒事了。」

她也很自然地抱著他。她鬆了口氣。她從沒想過有這麼一天，她看到梅利耶探長出現會這麼高興。

她用淡紫色的眼睛望著他，大海的波濤已經平靜。凶惡的目光不見了，只有微風輕拂的波紋。

雅克．梅利耶撿起外套的鈕扣。

「我想我得謝謝你。」她說。

「不必啦，我再跟您說一次，我只是想和您討論一下。」

「討論什麼？」

「我們倆都關心化學家的那些案子啊。我之前太蠢了。我需要您的幫助。我……我一直都需要您的幫助。」

她猶豫了一下。既然如此，不如再請他到家裡喝一杯蜂蜜酒吧？

116．百科全書

文明之間的衝擊：教皇烏爾班二世在一〇九六年發動了第一次十字軍東征，旨在收復耶路撒冷。參軍的朝聖者意志堅定，可是沒有任何軍事經驗。他們的領導者是：貧窮的戈蒂埃（Gautier Sans Avoir）和隱士皮耶（Pierre l'Ermite）。十字軍向東挺進，甚至不知道自己正在穿越哪些國家。由於他們已經沒東西吃了，所以掠奪了沿途的一切，因此他們在西方造成的破壞比在東方更大。由於飢餓，他們甚至開始吃人肉。這些「真信仰的代表」很快就成了一群衣衫襤褸、野蠻而且危險的流浪漢。匈牙利國王也是基督徒，但他被這些赤腳漢造成的破壞激怒了，決定要屠殺他們以保護農民免受襲擾。少數倖存者設法來到土耳其海岸，但他們半人半獸的野蠻人惡名已經先一步抵達，於是等他們到了尼西亞（Nicée），當地人就毫不猶豫地消滅了他們。

艾德蒙．威爾斯

《相對知識與絕對知識百科全書》第二卷

117．在貝－洛－崗

幾隻小蠓傳訊兵降落在貝－洛－崗，所有小蠓都攜帶著同樣的消息。東征軍用蜂毒擊敗了**手指**，她們接著攻擊黃金蜂巢，戰勝了阿蘇克蕾茵邦民。她們所向批靡。

城邦一片歡騰。

希藜－埔－霓蟻后十分欣喜。她一直都知道**手指**並非刀槍不入。現在證據出來了。她朝著母后屍體的方向，興奮無比地發出訊息：

我們可以殺死牠們，我們可以擊敗牠們。牠們並不比我們優越。

在皇城底下幾層的地方，支持**手指**的叛軍聚集在一間密室裡，這個密室甚至比她們以前在蚜蟲畜牧場上方的老巢還小。

一個非自然神論者說，如果我們的軍團真的可以殺死**手指**，那就表示牠們不是神。

手指是我們的神。自然神論者堅稱。對她來說，東征軍以為她們打敗了一個**手指**，但事實上，她們打敗的是其他圓形和粉紅色的動物。她熱切地重述：

手指是我們的神。

然而，這是第一次，一些最虔誠的自然神論叛軍心裡產生了懷疑。她們犯下大錯，竟然將她們的懷疑直接告訴機械先知，也就是著名的「利明斯通博士」。

118．神的怒火

尼古拉神大怒。

這些提出異議的螞蟻是什麼東西？不虔誠的、不信教的、瀆神者！一定要制服這些異教徒！

他知道，如果他不強調自己是一個可怕而且復仇心重的神，他的統治就不會長久。

他抓起電腦鍵盤，把自己的話翻譯成費洛蒙：

我們是神。
我們可以做任何事。
我們的世界是更高層的。

我們所向無敵。
沒有誰可以懷疑我們的統治。

在我們面前，妳們只是不成熟的幼蟲。
妳們對世界一無所知。

敬畏我們並且餵養我們。

手指可以做任何事，因為**手指**是神。

手指可以做任何事，因為**手指**很大。

手指可以做任何事，因為**手指**很強。

這是真……

「你到底在這裡做什麼，尼古拉？」

他趕緊關掉機器。

「妳還沒睡嗎，媽媽？」

「鍵盤的聲音把我吵醒了。我的睡眠變得很淺，淺到有時候已經不知道我什麼時候是在睡覺，什麼時候是在做夢，什麼時候是活在真正的現實裡。」

「妳在夢裡，媽媽。妳繼續睡覺！」

他溫柔地陪她走到床邊。

露西．威爾斯口齒不清地說：「尼古拉，你用電腦在做什麼？」但她還沒來得及把問題問完就睡著了。她夢見自己的兒子用「羅塞塔石碑」更清楚地理解了螞蟻文明如何運作。

尼古拉知道，這次他是僥倖躲過了。未來，他得更加小心才行。

119．共識

一長列陰暗的隊伍在鼠尾草、墨角蘭、鋪地百里香和藍花三葉草的荊棘叢裡迤邐而行。蟻族史上第一支對抗**手指**的東征軍由一〇三號帶頭，因為她是唯一知道通向世界盡頭然後再到**手指**國度之路的螞蟻。

等等我！等等我！

二十四號一醒來就到處打聽，最後是蒼蠅告訴她如何找到東征軍。

她跑到一〇三號身邊。

妳至少沒有弄丟妳的繭吧？

二十四號生氣了。她或許看起來冒冒失失，但她知道自己責任重大。信使任務的重要性高過一切。一〇三號讓她平靜下來，建議她一直待在她身邊。這麼一來，迷路的可能性就比較小了。

二十四號同意了，從此緊緊跟在一〇三號後頭。

在她們後面，九號在一群螻蛄鳴叫聲的伴奏下唱起激勵部隊的戰歌：

殺死**手指**，士兵們，殺死**手指**！

妳不殺死牠們，牠們就會碾碎妳。

牠們會放火燒妳的蟻丘

並且屠殺保姆蟻。

手指跟我們不一樣。

牠們都很軟，
牠們沒有眼睛，
而且牠們很惡毒。
殺死**手指**，士兵們，殺死**手指**！
明天，沒有任何**手指**逃得過。

目前看來，遭殃的是附近的小動物。整個東征軍的部隊平均每天消耗四公斤的昆蟲肉。更別提那些被褐螞蟻劫掠的巢穴了。最常見的情況是，一個村子如果收到警告說東征軍就要來了，牠們寧可加入東征軍也不願意遭受掠奪，結果東征軍的規模不斷地壯大。

她們離開阿蕬克蕾茵的時候只有兩千三百名士兵，現在已經有兩千六百名了，變成一個由大大小小不同顏色的螞蟻主導的混合體。就連飛行艦隊也重新編組了，現在它更強大了，有三十二頭飛行犀牛，加上蜜蜂軍團的三百名戰士，再加上七十隻來來去去、視紀律為無物的一個蒼蠅家族。東征軍又回到大約三千名士兵的規模了。

中午時分，東征軍會休息，因為熱氣無法忍受。

整個部隊都躲在一棵大橡樹的樹蔭下避難，就地午睡。一〇三號趁機進行了一次試飛。她請求一隻蜜蜂讓她騎在背上。

這場實驗沒有進行太久。事實證明，蜜蜂是糟糕的坐騎，因為牠的振動太頻繁了。在這種飛行條件下要發射蟻酸，根本不可能瞄準。算了。蜜蜂中隊反正沒有領隊也一樣可以飛。

一旁的角落裡，二十三號正在進行一場新的佈道會。這一次，她成功吸引了比上次更多的聽眾。

手指是我們的神！

聽眾齊聲呼喊自然神論者的口號。螞蟻熱衷於同時釋放相同的費洛蒙。

可是，這次東征怎麼說呢？

這不是東征，而是去會見我們的主宰。

稍遠處，九號主持的則是一場完全不同類型的宣傳活動。

她向聚集在她周圍的數百名士兵講述這些**手指**的恐怖故事，牠們可以在幾秒鐘內劫走整座城邦。所有螞蟻聽了都渾身發抖。

再更遠一點，是一〇三號，她沒有釋放費洛蒙。她在接收。更準確地說，她正在匯集異族昆蟲告訴她的關於**手指**的所有訊息，以完備她的動物學費洛蒙報告。

一隻蒼蠅報告說，牠被十隻**手指**追趕，牠們想把牠壓扁。

一隻蜜蜂報告說，牠被囚禁在一個透明的杯子裡，而**手指**在外面嘲弄牠。

一隻金龜子信誓旦旦，說牠撞上過一隻粉紅色、軟軟的動物，那也許是一隻**手指**。

一隻蟋蟀聲稱牠曾經被關在籠子裡，被餵食生菜，然後被放了。牠的獄卒肯定是**手指**，因為給牠送來食物的是一些粉紅色的球。

有幾隻紅螞蟻堅稱牠們曾經把毒液用針注入一個玫瑰色的團塊裡，然後立刻逃跑。

一〇三號在他關於**手指**的動物學費洛蒙報告裡，認真地記錄了這些見證者敘述的所有細節。

接著氣溫又變得可以忍受了，螞蟻又上路了。

東征軍向前進，永遠向前進。

120．作戰計畫

萊緹希雅急著要清洗她的身體在地鐵站裡沾染到的不潔。她建議梅利耶先在客廳看個電視。

梅利耶舒服地坐在沙發上，打開電視。而在水中，萊緹希雅又變成了一條魚。

閉氣調息。她心想，如果她有充分的理由討厭梅利耶，那她也應該有同樣充分的理由感謝他在正確的時刻出手介入。天平歸零。

客廳裡，梅利耶正在追他最喜歡的節目，臉上露出微笑，像個快樂的孩子看到他最喜歡的玩具。

「那麼，哈米黑茲夫人，您找到答案了嗎？」

「呃……用六根火柴棒排出四個三角形，我很清楚該怎麼做，可是用六根火柴棒排出六個三角形，我根本想不出來。」

「請開心一點。『思考陷阱』也可以要求您用七萬八千根火柴搭出一座艾菲爾鐵塔……（笑聲和掌聲。）……可是我們的節目只要求您用六根小火柴組成六個小三角形。」

「我要用一張鬼牌。」

「很好。為了幫助您，這是另一句提示：『就像一滴墨汁落入一杯水裡。』」

萊緹希雅再次出現，穿著她平時穿的浴袍，頭上包著一條毛巾。梅利耶把電視關掉。

「我要謝謝您出手幫忙。您看到了吧，梅利耶，我是對的，人類是我們最大的掠食者，我的恐懼是最有道理的。」

「我們還是不要把事情放大吧，那只是幾個成不了氣候的混混。」

「不管他們是遊手好閒的傢伙還是殺手，對我來說都一樣。人比狼更壞。人不知道如何控制自己的原始衝動。」

雅克．梅利耶沒有回應，他起身望著這個年輕女人的螞蟻飼養箱，現在就放在客廳中央很顯眼的地方。

他把一根手指放在玻璃上，但螞蟻根本不理他。對牠們來說，那只是個影子。

「牠們恢復活力了嗎？」他問。

「是的。您的『介入』把牠們消滅了九成，可是蟻后活了下來，是一些工蟻把她團團圍住充作防護罩，牠們用這種方法保護牠。」

「牠們真的有一些奇怪的行為。這種行為不是很人性，但是……確實是很奇怪。」

「無論如何，如果不是又發生了一樁化學家的命案，我現在還在你們的監獄裡腐爛呢，而牠們全部都會死掉。」

「不會的，無論如何您都會被釋放的。法醫鑑定顯示，薩爾塔兄弟和其他人的傷口不可能是您的螞蟻造成的，牠們的大顎太短了。容我再說一次，是我行動太快、太蠢了。」

萊緹希雅的頭髮已經乾了。她進去換上一件鑲著玉飾的白色絲質連身裙。

她帶了一瓶蜂蜜酒回來，說道：

「現在預審法官已經下令釋放我，您如果要說您已經發現我是無辜的，這種事很容易。」

梅利耶抗議：

「就算是這樣，我還是有一些嚴肅的假設。您不能否認這些事實。螞蟻真的來到我的床上攻擊我了，牠們真的殺了我的貓瑪麗－夏洛特。我親眼看到了這些螞蟻。殺死薩爾塔兄弟、卡若琳·諾嘉、馬可錫米里昂·馬克阿希烏斯、奧德姜夫婦和米格爾·辛涅希亞茲的不是『您的』螞蟻，可是凶手確實是『一些』螞蟻。萊緹希雅，容我再重複一次，我一直都需要您的幫助。讓我們分享彼此的想法好嗎？（他語氣堅定。）您和我一樣，都對這個謎題如此著迷。讓我們一起努力，遠離任何司法機構。我不知道哈梅林的吹笛人是誰，但他是個天才。我們必須對他做出反擊。我自己一個人是永遠做不到的，但是有了您和您對螞蟻的了解，對人類的了解……」

萊緹希雅點燃了插在菸嘴上的長菸，思索著。梅利耶繼續懇求：

「萊緹希雅，我不是偵探小說裡的主人翁，我是一個普通人，所以我有時會犯錯，會把調查搞砸，會監禁無辜的人。我知道這是嚴重的錯誤。我很後悔而且想要彌補。」

萊緹希雅對著梅利耶吐了一個煙圈。他為自己犯的錯表達了這麼深的歉意，她開始對他有了一點憐憫。

「好吧，我可以和你一起工作，但是有個條件。」

「什麼條件都可以。」

「等我們找到罪魁禍首，您得把調查過程的獨家報導留給我。」

「沒問題。」

他向她伸出了手。

她猶豫了一下，才握住他的手掌：

「我總是原諒得太快。我這次肯定是幹了我這輩子最大的蠢事。」

他們立刻開始工作。雅克．梅利耶向她展示所有資料的檔案：屍體的照片、驗屍報告、每位死者的生平檔案、體內傷口的X光檢查報告、蒼蠅群的觀察報告。

萊緹希雅沒給梅利耶任何她自己彙整的資料，但她也非常認同，一切似乎都指向「螞蟻」的概念。螞蟻是凶器，而且螞蟻也是動機。但還是要找出最重要的關鍵：是誰操縱了螞蟻，還有如何操縱。

他們逐一檢視清單上羅列的生態恐怖分子和熱愛動物的狂熱分子——他們渴望把所有動物園的所有動物、所有關在籠子裡的鳥類或昆蟲都放出去。萊緹希雅搖搖頭。

「梅利耶，您知道的，雖然一切跡象似乎都在控訴螞蟻是嫌犯，但我不相信螞蟻有能力殺死製造殺蟲劑的那些人。」

「為什麼？」

「螞蟻的聰明不會讓牠們做出這種事。一報還一報是人類的想法，復仇是人類的概念，我們把人類的情感投射到螞蟻身上。螞蟻幹嘛攻擊人類呢？牠們只要等著人類自我毀滅就好了！」

雅克．梅利耶沉思片刻。

「無論是螞蟻、吹笛人，還是有個人試圖假冒螞蟻，這都值得我們去找出罪魁禍首，不是嗎？就算只是為了幫妳的那些小朋友洗清罪名。」

「我同意。」

他們望著客廳大桌上的每一塊拼圖。他們都相信自己擁有的線索可以整理出重新連結這些拼圖的邏輯。

萊緹希雅突然從椅子上跳起來。

「我們別再浪費時間了，我們想要的就是找出凶手。要達成這個目標，我突然有個想法，一個非常簡單的想法。聽好！」

121．百科全書

文明之間的衝擊：布永的戈弗雷（Godefroy de Bouillon）率領第一次十字軍東征，奪回了耶路撒冷和聖墓。這一次，十萬名朝聖者配備了四千五百名身經百戰的騎士。這些騎士多半是年輕的貴族，由於他們不是長子，所以被剝奪了所有封地。這些被剝奪繼承權的貴族們以宗教為幌子，希望能在外國攻城掠地，最終擁有一些土地。

這就是他們做的事。他們每次佔領一座城堡，騎士們就會在那裡定居，放棄東征。他們之間經常為了爭奪敗戰城市的土地而爭鬥。例如，塔蘭托的博希蒙德王子（Le prince Bohémond de Tarente）就決定將安條克城（Antioche）據為己有。結果是十字軍不得不跟一些自己人戰鬥才能說服他們繼續參加東征。矛盾之處：我們看到，一些西方貴族為了順利達成目的，他們與東方的王公們結盟，在戰鬥中擊敗自己的戰友。而被打敗的更是毫不猶豫地與其他的東方王公聯合起來對抗他們。到頭來已經搞不清楚誰跟誰是一夥的，誰在對誰作戰，也不知道為何而戰了。許多人甚至忘了十字軍東征的初衷。

艾德蒙．威爾斯
《相對知識與絕對知識百科全書》第二卷

122．在群山之中

遠處隱約可見丘陵起伏的陰暗輪廓，然後是山脈。由於那裡是乾燥的泥炭地形，本地的灰螞蟻於是將第一個山頭命名為「泥炭峰」。要通過那裡不是太難。

東征軍發現了一道狹窄（但很深）的山口可以穿越這個山頭。白、灰和米色石頭疊成的山壁依序出現，展示著它們的歷史的岩層。在年代不可考的岩石裡，刻畫著螺旋或圓錐狀化石的痕跡。

過了峽谷，還是峽谷。每一條裂縫對蟻族士兵來說都是一道致命的溝壑，一次失足就足以致命。

峽谷裡的涼意對行軍的螞蟻來說非常難以忍受，運輸車隊也急著要衝出去。一些仁慈的蜜蜂給了抱怨寒冷的螞蟻一點蜂蜜補充體力。

一〇三號憂心起來，她不記得曾經攀爬過這整座山。算了！也許部隊往北偏離太多，不過只要朝著日出方向，就可以到達世界盡頭。是的，她們只要繼續直走就可以了。

荒涼的岩石除了長出像生菜的黃色地衣之外，沒有任何東西可以供給她們食用。那裡還有葫蘆蘚，又叫做「濕度計蘚」，它們之所以得到這樣的名字，是因為當空氣變潮濕的時候，它的蒴果就會扭曲變形。

最後會來到佛手柑樹的山谷。功能會創造器官，東征軍不斷在露天行走，她們的視力都變好了。她們對光的耐受性也越來越好，不再尋找陰影區域，而且可以辨認距離她們的複眼三十步以外的風景。

儘管如此，還是無法阻止偵察兵掉入虎甲蟲的陷阱。這些小甲蟲會在地下挖出陷阱，上方有一扇活板門，牠們一感覺到振動，就會冒出來抓住正在散步的蟲子。

接著部隊遇上了蕁麻路障。對螞蟻來說，這就像眼前突然升起一堵牆壁，牆上布滿巨大的鐵蒺藜，她們的腿立刻被卡在上面。

蕁麻沒有給她們造成太大的損害，真正的障礙在更遠處——前方出現了一道裂縫，緊接著裂縫後頭，還有一道瀑布。她們不知如何同時越過一道溝壑和一整堵液體牆。有幾隻蜜蜂進行了實驗，都栽進了瀑布裡。

蒼蠅們說，水會把所有飛的東西吸引下來。

更不用說這片冰冷狂暴的水幕了。

二十四號依舊緊抓著蛾繭，她向前走去。或許她有個解決方案可以提供給大家。有一次，她在西部的森林裡迷路時——當妳迷路要找路的時候，妳會發現很多有趣的事情，真的是很瘋狂——她看到一隻白蟻利用一塊木頭穿過一道從岩石上流下來的水流。白蟻把這塊木頭從正面放進瀑布裡，然後在木頭裡面挖洞。

螞蟻們立刻動身去找一根粗樹枝或類似的東西。她們發現了一根粗蘆葦，它將形成一個完美的移動隧道。於是，她們用腿的末端將蘆葦抬起，讓它慢慢滑動，直到穿入瀑布的水牆。顯然，有幾隻工蟻在工程中溺斃，但是這截水生植物無情地前進，幾乎沒有遇到什麼阻力。

然後，螻蛄在木頭裡面用力挖，直到把蘆葦挖成一個防水的圓管，可以讓東征軍從管子裡穿過峽谷和水牆。

對那些鞘翅有點被卡住的犀牛來說，這是艱難的考驗，不過大家一直努力推，最後牠們也都通過了。

123．本週四

摘錄《星期日回聲報》。

標題：**特邀嘉賓**。

「橫濱大學高組教授將於本週四在『麗堤酒店』會議室發表他最新研發的殺蟲劑。這位日本科學家聲稱已發現如何使用新型合成毒性物質阻止螞蟻入侵。高組教授本人將親自到場發表研究成果，在發表會之前，他將入住麗堤酒店，並與法國同行交換意見。」

124・洞窟

過了隧道，是個山洞。不過東征軍並沒有陷入死路，洞窟的盡頭延伸出一條岩石長廊，新鮮空氣在裡頭正常流通。

東征軍向前進，永遠向前進。

螞蟻們繞過大塊石灰岩、石筍。在頂壁上行走的那些螞蟻則是跨過鐘乳石往前走。有時石筍和鍾乳石會湊在一起，結合成一根根長柱，這種時候很難區分哪邊是上面，哪邊是下面！

洞穴裡麇集著一群奇特的小蟲，有些是真正的活化石。大多數昆蟲都是盲眼而且色素不足。白色潮蟲匆匆忙忙地逃走，多足動物慢慢爬著，彈尾蟲神經質地跳來跳去。半透明的蝦，觸鬚比身體還長，在水坑裡游著。

一〇三號在一個小洞偵察到一群臭兮兮的穴居臭蟲，正在用牠們末梢的打洞性器進行日常狂歡。貝－洛－崗邦民動手殺了幾隻。

一隻螞蟻走過來品嚐被一〇三號的蟻酸灼熟的蟲子。她說這種肉熱熱焦焦的比生冷的好吃多了。

她心想：嘿，我們可以把肉浸在蟻酸裡煮熟。

美食經常就是在這種情況下發現的。不經意的偶然。

125．百科全書

雜食動物：地球的主宰們只能是雜食動物。要讓自己的物種在空間與時間的維度上擴展出去，其中一個必要條件就是可以大口吞嚥各式各樣的食物。為了確立自己作為地球的主宰，我們應該要有能力吞下所有地球生產的各式食物。

依賴單一食物來源的動物如果遇到單一食物來源消失的問題，牠的生存就會遭到挑戰。有多少種鳥類的消失就是因為牠們僅以單一類型的昆蟲為食，結果這些昆蟲遷徙了，但是鳥類無法跟著牠們一起遷徙？同樣的，僅以尤加利樹的樹葉為食的無尾熊無法在森林遭砍伐的地區旅行或生存。

人類跟螞蟻、蟑螂、豬和老鼠一樣，都明白這一點。這五個物種幾乎可以品嚐、食用和消化任何食物，甚至任何食物的殘渣。所以這五個物種有能力覬覦世界動物主宰的稱號。另一個共同點：這五個物種不斷改變自己的食物組合，才能提高自己適應環境的能力。因此，這五個物種都被迫在吞嚥新的食物之前進行測試，避免染上流行病或中毒。

艾德蒙．威爾斯

《相對知識與絕對知識百科全書》第二卷

126・誘餌

這則短訊出現在《星期日回聲報》的時候，萊緹希雅・威爾斯和雅克・梅利耶已經以高組教授的名義在麗堤酒店預訂了一個房間。他們給了服務人員恰如其分的小費，然後在房裡設置一堵假牆，安裝了一組非常精密的監控設備。

他們在房間的各個角落都放了攝影機，只要最輕微的空氣流動就會觸發敏感的警報器，接著是啟動攝影。最後，他們在床上放了一個日本人的人體模型。

接著，他們進入了埋伏位置。

「我跟您打賭，螞蟻會來的！」梅利耶探長說。

「我收。我呢，我賭來的會是一個人類。」

剩下的就是等待了，看是什麼魚會來咬他們撒下的餌。

127・偵察飛行

前方，遠處，有一絲微弱的光。

空氣越來越暖和，東征軍加快了腳步。迤邐的隊伍離開陰暗涼爽的洞窟，前往陽光燦爛的峭壁小徑。

蜻蜓在陽光裡翩翩起舞。有蜻蜓的地方就有大河。可以肯定的是，東征軍距離目的地已經不遠了。

一〇三號選了一頭最漂亮的犀牛——牠被喚作「大角」，因為牠的鼻子上的角最長。一〇三號用細爪攫住牠的甲殼，請牠起飛進行偵察飛行。十二名騎兵砲手也架著犀角金龜隨行護衛，以防遇到鳥類襲擊。

她們一起乘風而下，直衝波光粼粼的大河。

在空氣層之間滑行。

十二隻飛行獸展現完美的同步性，將翅膀尖端置於一條假想的軸線上，一起向左迴旋。動作如此迅速，一〇三號被離心力壓貼在坐騎身上。

空氣的純淨讓她陶醉。

蔚藍的天空下，一切都顯得那麼明亮，那麼清澈。那種迫使昆蟲要時時刻刻保持警醒的多重氣味衝擊已經結束，只剩下一種透明空氣裡的透明氣味。

十二隻犀牛放慢翅膀拍擊的速度。靜靜地盤旋。

下方是絡繹不絕的各種形狀和顏色。

飛行中隊降低高度，超低空飛行。輝煌的戰鬥艦隊在垂柳和赤楊樹之間滑行。

一〇三號坐在「大角」身上，心情很好。她跟這些犀角金龜相處的機會多了之後，也知道怎麼分辨牠們了。她的坐騎不僅擁有整個飛行中隊裡最高聳也最鋒利的犄角，還有肌肉最發達的腿和最長的翅膀。不僅如此，「大角」還有另一個優點：牠是唯一思考過應該如何飛行才能讓砲手調整到最佳射擊位置的飛行犀牛。遇到飛行的掠食者追擊時，牠也知道該如何及時迴轉。

一〇三號以簡單的香氣問牠，犀牛們是否喜歡這次旅程。「大角」答說穿過洞穴很痛苦，被封閉在黑暗的廊道裡很辛苦，大甲蟲需要空間。除此之外，牠跟其他同伴一樣，意外察覺到螞蟻提及「神」的對話。「神」，這是**手指**的另一個名字嗎？

一〇三號支支吾吾，搪塞過去。不能讓「意識病」蔓延到傭兵物種，否則爭議會擴大，這麼一來，世界盡頭都還沒到，東征就要提前結束了。

「大角」提醒，前方出現泥炭區。南方的甲蟲就喜歡在泥炭裡縮成一團。有些甲蟲確實會讓人嚇一跳。不過所有鞘翅類的昆蟲都有牠們的特色，沒有什麼物種是相似的。這些南方甲蟲對東征軍來說也派得上用場，何不徵召牠們呢？一〇三號表示同意。我們珍惜所有的援助。

她們繼續飛。

大河周遭瀰漫著毒芹、沼澤勿忘草和旋果蚊子草的香氣。下方是一整片純白、粉紅和黃色的睡蓮，絡繹不絕，大河宛如一股繽紛的激流。

飛行中隊在大河上空盤旋，兩邊的河岸中間有一座小島，中央有一棵大樹。

飛行騎兵團在翻騰的河水上滑行，犀牛的腿在浪濤上劃出一道一道的線條。

可是一〇三號依然找不到著名的莎苔港——實際上這是一條地底通道，可以讓通行者從大河下方鑽過去。東征軍應該是偏離了預定的路徑，而且是嚴重偏離。她們得再多走很長的時間。

飛行偵察兵返回，宣布一切正常，必須繼續前進。

部隊就像一片土石流，螞蟻們靠著腳尖帶有黏性的皮莢藜從懸崖上衝下來，飛行犀牛盤旋，蜜蜂俯衝，蒼蠅亂成一團。

下方是一片米色細沙的沙灘，淡色沙丘上看得見零零星星的草叢，主要是禾草和鼠尾粟草，都是適合螞蟻的好食物！

一〇三號說，要到莎苔港，必須沿著河岸向南前進。大車隊再度開拔。

「大角」和其他犀牛一起遠離了大部隊。牠們說有一項任務要完成，稍後會再回來跟部隊會合。

偵察兵前進時，發現了一些散發蝸牛香氣的白色凝塊。她們已經吃夠了禾草，而這些卵的外型看起來很美。九號提醒她們要提高警覺，在吃任何東西之前，都要先檢查食物是否有毒。有的螞蟻聽了，有的螞蟻埋頭就吃。

多嚴重的錯誤啊！這些東西不是卵，而是蝸牛吐出來的口水。而且還是感染了吸蟲病的蝸牛的口水！

128．百科全書

殭屍：肥大吸蟲（羊肝吸蟲）的生命週期無疑是自然界最大的謎團之一。這種動物值得我們為牠寫一本小說。顧名思義，這是一種在羊的肝臟裡繁殖的寄生蟲。吸蟲以血液和肝細胞為食，成長然後產卵。可是吸蟲的卵無法在羊的肝臟裡孵化，所以有一趟長途旅行等著它們。

這些卵跟著宿主的排泄物排出體外，來到外面又乾又冷的世界。經過一段時間的成熟後，卵孵化了，變成微小的幼蟲。幼蟲會被新的宿主（蝸牛）吃下去。

在蝸牛體內，吸蟲的幼蟲會再增殖，然後在雨季時，在蝸牛的黏液裡被吐出來。

但是這趟長途旅行只完成了一半。

這些成串的白色珍珠黏液經常引來螞蟻。吸蟲藉由這種「特洛伊木馬」侵入昆蟲體內。牠們不會在螞蟻的社會嗉囊裡停留太久，牠們會鑽出幾千個小洞，把嗉囊變成一個篩子，然後鑽出來，再用一種有硬化效果的膠將這些小洞封閉，螞蟻因而可以存活。千萬不能殺死螞蟻，吸蟲如果要和羊重新產生連結，螞蟻是不可或缺的。接下來，吸蟲在螞蟻的體內到處跑，而從螞蟻的外部來看，卻沒有任何跡象顯示內部發生了如此戲劇性的變化。

因為現在，幼蟲已經變成了成蟲，必須回到羊的肝臟來完成牠們的生長週期。

但是要怎麼讓不是食蟲動物的羊把螞蟻吃下去？

一代又一代的吸蟲肯定問過自己這個問題。羊只會在涼爽的時候低頭吃草，而螞蟻是在炎熱的時候離開巢穴，行走在草根的陰影裡。這些習性讓這個問題更難解決。

如何讓羊和螞蟻在同一時間、同一地點聚在一起？

吸蟲找到的解方就是讓自己分散在螞蟻的身體裡，十隻在胸廓，十隻在腿部，十隻在腹錘，只有一隻在腦部。

打從這隻唯一的吸蟲幼蟲將自己植入螞蟻大腦的那一刻起，螞蟻的行為就改變了……是的！吸蟲是一種接近草履蟲的小型原始蠕蟲，所以也是最粗糙的單細胞生物，現在卻駕馭著如此複雜的螞蟻。

結果是，到了晚上，所有工蟻都睡了，感染了吸蟲的螞蟻卻離開牠們的城邦。牠們像夢遊者一樣往前走，爬到草尖上牢牢攀附在那裡。而且這些夢遊者不是隨便什麼草都行！牠們攀附的是羊最喜歡吃的苜蓿和薺菜。

夢遊的螞蟻最後癱瘓了，在那裡等著跟草一起被吃掉。

這就是腦吸蟲的工作：每天晚上都讓牠的宿主走出去，直到被羊吃掉。因為到了早上，熱量回來了，如果沒被羊吞食，螞蟻就會重新找回牠對自己大腦和自由意志的控制。牠會問自己在草上做什麼。牠很快就會下來，回到自己的巢穴，繼續牠的日常工作。直到下一個晚上，牠又會像殭屍一樣，跟所有感染吸蟲的同伴一起走出去，等著跟草一起被羊吃掉。

這種生命循環帶給生物學家許多問題。第一個問題是：躲在大腦的吸蟲如何看到外界，然後命令螞蟻往這片或那片草地走去？第二個問題是：當羊開始消化的時候，控制螞蟻大腦的吸蟲就會死亡，而且只有牠自己會死亡。這隻吸蟲為什麼要這樣犧牲自己？一切事情的進展彷彿所有吸蟲都接受牠們當中的一個（而且是最優秀的一個）死去，為的是讓所有其他吸蟲達成目標，完成生殖的週期。

艾德蒙・威爾斯

《相對知識與絕對知識百科全書》第二卷

129・熱汗

第一天，沒有人來攻擊高組教授的假人。

雅克・梅利耶和萊緹希雅・威爾斯準備了一些即食罐頭和脫水料理包。他們像被圍城一樣做好了準備。為了打發時間，他們決定下西洋棋。萊緹希雅下棋比梅利耶精明，梅利耶經常因為笨拙而下錯棋步。

辦案搭檔的棋力優越，這令他感到惱火，他逼自己要讓記憶力更集中。他把自己的棋子調度成守勢，用一整排小兵堵住敵人所有的攻勢。棋局很快變成一場凡爾登式的壕溝戰。主教、騎士、王后和城堡無法發動閃電攻擊，互相牽制著。

「您連玩西洋棋也膽子這麼小！」萊緹希雅說。

「我會膽小？」梅利耶氣憤地說：「我一讓出一個空間，您就卡進來。那我還可以怎麼下？」

她突然僵住不動，一根手指輕放在嘴唇上，示意要他安靜。她察覺有個細微的聲音從麗堤酒店的客房裡的某處傳來。

他們檢查了監控螢幕。沒有任何異狀。可是萊緹希雅．威爾斯確信凶手就在那裡。運動偵測器開始閃爍，確認了確實有動作發生。

「凶手來了。」她低聲說。

探長雙眼緊盯監控螢幕，驚呼道：

「對，我看到了。是一隻單獨行動的螞蟻，牠爬到床上去了！萊緹希雅撲向梅利耶的襯衫，迅速解開釦子，讓他高舉雙臂，然後她拿出一條手帕，在探長的腋下反覆擦拭。

「您怎麼了？」

「您別管。我想我已經搞清楚我們的凶手是怎麼操作了。」她推開假牆，在螞蟻到達床罩的床頭位置之前，她用沾了雅克．梅利耶腋窩汗水的手帕擦拭假人。然後很快又回來躲在梅利耶旁邊。

「可是……」梅利耶正要說。

「您閉上嘴，用看的就好。」

床上的螞蟻走到假人身上。牠在高組教授的假人睡衣上切了一小塊方形的布料，然後走進浴室，就消失了。

「我不明白。」梅利耶說：「這隻螞蟻沒有攻擊我們的假人。牠只是帶走很小的一塊布。」

「是為了氣味，單純就是為了氣味，探長。」

由於負責指揮行動的似乎是萊緹希雅，於是梅利耶問道：

「現在我們要怎麼做？」

「我們等。凶手就要來了。現在，我很確定了。」

梅利耶一臉疑惑。

萊緹希雅用她迷人的淡紫色眼睛望著梅利耶，解釋給他聽：

「這隻單獨行動的螞蟻讓我想起我父親跟我說過的一個故事。在非洲，他曾經在巴烏雷人（Baoulé）的部落生活。這個部落發現了一種相當驚人的殺人方式。如果有人想要用非常謹慎的方式殺人，他會從這個未來的死者被汗水浸濕的衣服上取走一塊布，然後把它放進一個事先裝了一條毒蛇的袋子裡，接著再把整個袋子放在一個正在燒水的大鍋上。疼痛會讓毒蛇大怒，牠會把這種迫害跟布料的氣味連結起來。再來只要把毒蛇放回村子裡就行了。蛇一聞到跟那塊布料類似的氣味，就會一口咬下去。」

「所以您認為是死者的氣味在指引我們的凶手？」

「完全正確。畢竟，螞蟻所有的資訊都是從氣味獲取的。」

梅利耶欣喜若狂：

「啊！您終於承認是螞蟻殺人了！」

她讓他平靜下來。

「到目前為止，沒有人被殺。只有一項輕罪，就是有一件睡衣被輕微撕裂。」

梅利耶想了一下，突然就爆發了：

「而您卻把我的氣味弄在那件衣服上！現在，牠們要殺的是我了！」

「您還是那麼膽小，探長……您只要好好把腋下洗乾淨，然後噴上除臭劑就好了。在這之前，我們得先幫我們的高組教授抹上大量的您的汗水。」

梅利耶一點也不放心，他在咬緊的牙齒裡塞進一塊山香糖。

「可是牠們已經攻擊過我一次了！」

「……而您成功逃走了，不是嗎？幸運的是，我什麼都想到了，我帶來了最適合讓您放鬆的設備。」

她從袋子裡拿出一台小型手提電視。

130．沙丘之戰

步行穿越沙丘荒漠的路途漫長。

步伐越來越沉重。

一層薄薄的沙塵黏附在甲殼上，嘴唇都乾了，甲殼的關節也嘎嘎作響。胸甲上處處是沙塵，不再閃閃發亮。

東征軍向前進，永遠向前進。

蜜蜂沒有更多能量飽滿的蜂蜜可以提供了。

社會嗉囊都空了。每跨出一步，腳尖的皮莢藜就會吱嘎作響，像一小袋脆裂的石膏。

東征軍精疲力盡，現在又出現了新的威脅。遠方的沙塵像一朵雲在地平線上升起，越來越大，越來越近。在這團模糊的光暈裡，很難分辨出哪些是敵方的軍團。

到了三千步的距離，就看得比較清楚了。出現的是一支白蟻大軍。白蟻士兵的梨形頭顱很容易辨認，牠們拋出黏膠，絆住了第一線的螞蟻。

蟻族的腹錘噴射出腐蝕性酸液。白蟻騎兵稀稀落落，可是螞蟻太晚開火，敵軍已經包抄了她們，並且突破了第一道螞蟻防線。

大顎碰撞。

胸甲爆裂。

蟻族輕騎兵甚至還來不及移動，就已經被白蟻部隊包圍了。

開火！一〇三號釋放訊息。可是配備濃度百分之六十蟻酸的第二線重型砲卻不敢向這群混戰的螞蟻和白蟻開火。命令沒有被遵循。各組依靈感自行發揮。東征軍的兩股側翼試圖脫離，從後方襲擊白蟻大軍，但她們的機動速度太慢了。

白蟻膠擊落了試圖起飛的蜜蜂。蜜蜂跟蒼蠅一樣，也跟二十四號和她的繭一樣，通通躲進沙子裡。

一〇三號四處飛奔，呼喝著步兵隊重新集結成結實的方陣。她累了。我老了。她開砲時一邊想著，結果沒有擊中。

到處都是在往後撤的東征軍。那些擊敗**手指**的輝煌勝利者在做什麼？蜂族黃金城的征服者在做什麼？

陣亡的螞蟻堆積如山。她們只剩一千二百隻，心裡想的都是自己很快也會經歷同樣可怕的命運。

她們輸了嗎？

沒有，因為一〇三號看到遠方出現了第二團雲。這次是朋友。「大角」歸來，跟在後頭的是最可怕的飛行大軍。

牠們喧鬧地從眾多複眼上方飛過，所有螞蟻的目光都混合著欽佩與敬畏的感覺。牠們是從哥德啟示錄走出來的真正魔王。

牠們向前衝，體型華美，熠熠閃亮，漆亮的關節嘎嘎作響。

隊伍裡有牛頭金龜、海神大兜蟲、鰓角金龜，還有壯碩的深山鍬形蟲，炫耀著牠們鉗形的額角。

這是鞘翅目昆蟲綻放的最驚人的精緻花朵，牠們響應了「大角」的召喚。

華麗的怪獸，身上的鎧甲配備了各種尖刺、長矛、尖角、刺針、盾牌、利爪。牠們的鞘翅色彩繽紛，宛如盾形的紋章，有些背上還畫著黑和粉紅兩色的血盆大口的臉，有的則是展現較為抽象的圖案，紅、橙、綠或螢光藍的斑點。

沒有鐵匠可以雕鑄出這樣的鎧甲。牠們的頭盔讓牠們看起來就像中世紀傳奇裡的英勇王子。

在「大腳」的指揮下，二十多隻甲蟲在空中迂迴前進；牠們排成一列，然後衝進排列得最緊密的白蟻士兵隊伍裡。

一〇三號從未見過如此壯觀的畫面。

白蟻隊伍裡一陣驚愕。遇上這支援軍，牠們的黏膠就起不了作用了。液態拋射彈滑過千錘百鍊的厚重胸甲，落回白蟻的隊伍裡。

白蟻開始撤退。

「大角」在一〇三號附近降落。

上來！

起飛。

在她坐騎的腳下，戰場像一條沸騰的輸送帶不斷滾動。

一〇三號領軍追擊潰逃的敵軍。她在她的飛行器上準確地調整蟻酸射擊，每一發都正中目標。

開火！她使盡觸角的全力嘶吼。開火！

螞蟻們一邊奔跑一邊發射蟻酸。

131．戰略費洛蒙

記憶費洛蒙：第六十一號

主題：戰略
唾液分泌日期：一億零六百六十七年第四十四大
所有戰略首先都是要讓對手失去平衡。
就本能反應來說，對手會試著往作用力的反方向施力作為補償。
這時，不要去阻擋對手，相反的，必須陪伴對手，直到牠被自己的力量帶走。
對手會有一段很短的時間特別脆弱、易受攻擊。要利用這段時間解決對手。如果沒抓住機會，時機一過，一切都得從頭開始，下次敵人的疑心會更重。

132．戰爭

開火！
好幾波黑色的身影在濃密的槍林彈雨裡奔跑。
戰敗者的骨骸冒著煙。士兵們互相幫忙，把鄰兵埋進土裡，以免被槍彈波及。一群群士兵都躲在沙丘裡。
手榴彈的爆炸聲。機關槍掃射的聲音。遠處燃燒的油井冒著濃濃的黑煙，濃到連陽光都透不進去。

「夠了！關掉！」

「您不喜歡看新聞嗎？」梅利耶邊問邊把正在播放每日世界新聞的電視聲音調低。

「只要一小段時間，人類的愚蠢就會讓人受不了。」萊緹希雅說：「還是沒有任何動靜嗎？」

「還是沒有。」

年輕女子裹在一條毯子裡。

「既然這樣，我先去睡一下。如果有什麼動靜，請叫醒我。」

「為了立刻把您搖醒，有一組運動偵測器剛被觸動了。」

他們緊盯著螢幕。

「是房間裡有了動靜。」

他們逐一打開所有的監視螢幕，可是什麼也沒看到。

「『牠們』來了。」梅利耶宣布。

「『牠』來了。」萊緹希雅提出糾正：「螢幕上只有一個訊號。」

梅利耶打開一瓶礦泉水。順手又用另一瓶濕敷在腋下，為了避免風險，他又給自己灑了一次香水。

「我還聞得到汗味嗎？」他問道。

「您聞起來跟小嬰兒一樣香。」

他們還是什麼也沒看見，但現在聽到地板上有某種刮擦聲。

雅克．梅利耶把客房裡的攝影鏡頭連接的錄影機電源打開。

「『牠們』靠近床鋪了。」

地毯上的鏡頭前面，出現了一隻正在覓食的毛茸茸老鼠的嘴巴。

兩人哈哈大笑。

「畢竟螞蟻不是唯一活在人類世界的動物。」萊緹希雅嘆了口氣說：「這次我真的要睡了，有正經一點的狀況再叫我。」

133．百科全書

能量：在遊樂場乘坐雲霄飛車可能有兩種心態。第一種是坐進最後一輛台車，然後閉上眼睛。在這種情況下，追求刺激的人會感到巨大的恐懼。他在忍受速度，每一次睜開眼皮，他的恐懼都會增加十倍。

第二種態度是選擇第一輛台車的第一排，睜大眼睛，想像自己就要飛起來了，而且飛得越來越快。這時，乘坐者會有一種強而有力的陶醉感。

同樣的，如果一段硬式搖滾樂突如其來地從擴音器傳出來，聽起來會很暴力而且震耳欲聾。我們多少都是在忍耐。但是，如果有人很渴望這種音樂，那他就不是在忍受痛苦，而是好好地去吸收這種能量。這時，這種音樂暴力對聽者來說就像是興奮劑，可以令聽者亢奮。

任何釋放能量的事物，當我們必須忍受它的時候都是危險的，而如果可以將它導向自身的利益就可以豐富我們。

艾德蒙．威爾斯
《相對知識與絕對知識百科全書》第二卷

134．崇敬死者

最後十二名自然神論者聚集在貝－洛－崗城裡的堆肥池附近，這是她們的最後一個臨時巢穴。

她們凝望著死去的同伴。

希藜－埔－霓蟻后決心殺死所有叛亂分子。她們一次又一次試圖餵養**手指**，也一次又一次被逮捕。所有非自然神論者都消失了，反叛運動的代表只剩下這幾個歷經大洪水和迫害，仍然如奇蹟般倖存的自然神論者。

沒有螞蟻想聽她們說話了。沒有螞蟻要加入她們。她們成了賤民，她們知道一旦城邦衛隊發現她們的藏身之處，她們就沒有明天了。

她們用觸角尖端搔弄著三具屍體，都是撐著最後一口氣爬回這裡等死的老夥伴。自然神論者打算將她們運到垃圾場。

其中一隻螞蟻突然表示反對。其他螞蟻疑惑地探詢她的想法。如果我們不把這些烈士送去垃圾場，幾小時後，她們就會散發油酸的臭味。

那名叛軍依舊堅持。蟻后將她母親的屍體完好地保存在御所裡，為什麼我們不能像蟻后那樣？

為什麼我們不保存她們的屍體呢？畢竟，屍體的數量越多，就越能證明自然神論的運動曾經有過一整群戰士。

十二隻螞蟻擺弄著她們的觸角。多麼令人驚訝的想法啊！不再把屍體扔掉……

所有螞蟻靠在一起，進行了一次絕對溝通。或許她們的姊妹找到了對的方法，可以復興自然神論的運動。保存死者，很多螞蟻都很喜歡這個想法。

一名叛軍建議將死者埋進牆裡，以免她們散發油酸的氣味。第一個說要保存屍體的螞蟻不同意：

不行，剛好相反，我們必須要能夠看到她們。我們就效仿希藜－埔－霓蟻后的做法吧，把肉挖空，只保留空殼。

135．白蟻丘

白蟻全速潰逃。

衝啊！一〇三號在「大角」頭頂大喊，激勵她的東征軍更奮力作戰。

一隻都別留！九號騎在她的飛天戰馬上接著喊。

飛行砲兵不停地射擊，播撒著酸液和死亡。

白蟻方面則是潰不成軍。所有士兵都飛得東倒西歪，為的是躲避那些空中怪獸和跨坐其上的飛行員的致命射擊。白蟻也只能自求多福了，牠們四散往城邦飛奔而去，那是一座新近在大河西岸建造的大型水泥堡壘。

從外部看，建築令人印象深刻，赭土色的城寨由中央碉堡和頂上的三座塔樓組成，塔樓又有六個主塔。地面的所有出口都用砂礫堵死。幾名哨兵從槍眼形狀的缺口監視城外的動靜。

東征軍攻擊敵軍城堡時，象白蟻士兵的角從垂直的縫隙中伸出，向攻擊者噴灑白蟻膠。

第一波攻擊損失五十名士兵。第二波三十名。居高臨下的防守總是比由下往上的仰攻占優勢。

所以只有空襲一途，沒有其他解方了。犀牛角直接插入主塔，鍬形蟲把整座塔樓掀起，裡頭滿是驚慌失措的白蟻，不過白蟻膠還是繼續在蘑希蘆克菘白蟻邦城創造奇蹟，白蟻因此得到一點喘息的機會。

牠們救治傷兵，填補破口，整理穀倉，為了長期圍困做準備。哨兵都撤回來了。

蘑希蘆克菘的白蟻蟻后毫不畏懼。在牠身旁，謹慎而沉默的白蟻蟻王仍舊封閉在神祕之中。在白蟻的世界裡，雄性白蟻在交尾飛行中倖存下來，然後與雌性白蟻一起留在御所。

一名間諜兵的表情像是發現了什麼天大的祕密，低聲說出眾所皆知的事：貝－洛－崗的褐螞蟻發起一場東征，一路屠殺了幾個螞蟻村落和一座蜜蜂城邦。

據說，牠們的新蟻后希藜－埔－霓著手透過建築、農業和工業等等各式各樣的創新來改良聯邦。

年輕的蟻后總是認為自己比年老的聰明。年老的蘑希蘆克菘白蟻蟻后釋放了諷刺的訊息。白蟻們發出共識的氣味。

就在此時，警報響起。

螞蟻入侵城邦！

白蟻士兵的觸角之間傳遞的訊息實在是太震撼了，白蟻蟻后幾乎不敢相信。螻蛄鑿穿底下的樓層。牠們發達的前腿讓牠們得以快速挖掘地道。現在牠們列隊前進，跟在後頭的數百隻兵蟻正在大肆破壞。

螞蟻？牠們馴服了螻蛄？

難以想像，卻是千真萬確。因為這支地底大軍，白蟻城邦首度遭到敵軍由下而上的猛攻。誰能預料，繞過城邦守衛的攻勢竟是為了突破城邦的地面？蘑希蘆克菘的戰略家們完全不知如何因應。

在最底層的廳室裡，一〇三號正在讚嘆這座白蟻城邦的繁複細緻。所有結構都是為了在牠們想要的地方享受牠們想要的溫度。自流井在一百多步深的地方接上地下水層，為城邦帶來清涼的空氣。熱空氣則是由位在王宮上方較高樓層的蘑菇園圃產生的。那裡有好幾道通風管，有些一直往上接到主塔，可以排出二氧化碳，其他通風管則是吸入地窖的涼風，往下送到御所和孵化室。

那現在呢？要攻擊育嬰室嗎？一名貝－洛－崗士兵問道。

不行。一〇三號解釋說：白蟻這邊的情況有所不同。最好先從蘑菇園圃開始。

東征軍湧入多孔的廊道。在那些地底的樓層，蘑希蘆克菘部隊都成了瞎子。牠們對蟻族士兵的推進只能做出微弱的抵抗，但是爬到越高處，牠們的戰鬥就越具破壞性。每征服一個區域，雙方都要付出慘重的代價。在徹底的黑暗之中，每個士兵都收起自己的識別費洛蒙，以免成為暗處敵人的標靶。

還要再犧牲兩百名士兵才能攻進白蟻的園圃。

對蘑希蘆克菘邦民來說，唯一的選擇就是投降了。失去蘑菇的白蟻無法吸收纖維素，會全數死於營養不足，成蟲、幼蟻和蟻后無一能倖免。

勝利的螞蟻會依慣例屠城，殺到一個也不剩嗎？

不會。這些貝－洛－崗邦民絕對令人驚嘆。在御所裡，一〇三號向白蟻蟻后解釋，褐螞蟻發動戰爭的對象並非白蟻，而是住在大河對岸的**手指**。而且如果不是蘑希蘆克菘的居民先來挑釁，她們也不會攻擊白蟻。蟻族軍團現在要求的，只是希望能在白蟻丘過夜，也希望得到蘑希蘆克菘邦民的軍援。

136．抓到牠們了

「不可能的啦，您別再管那些設備了！」

萊緹希雅氣呼呼地把毯子拉上去蓋住眼睛。

「我是不可能起來的。」她咕噥著：「我很確定那又是一次假警報。」

梅利耶更加用力地搖晃她。

「可是『牠們』真的來了。」他幾乎是用喊的。

歐亞混血美女終於拉下毯子，睜開一隻霧濛濛的紫色眼睛。在所有的監控螢幕上，有幾百隻螞蟻正在前進。萊緹希雅跳了起來，調整變焦鏡頭，直到高組教授的假人清晰地出現。她的身體也激動到痙攣了。

「牠們正在從體內把它咬成碎片。」梅利耶低聲說道。一隻螞蟻靠近假牆，似乎正在用觸角尖東嗅西嗅。

「我又聞得到汗味了嗎？」探長問道。

萊緹希雅嗅了嗅他的腋窩。

「沒有，只有薰衣草的香味。您沒什麼好怕的。」

那隻螞蟻轉身加入了同伴的屠殺行動，牠顯然也同意萊緹希雅的看法。塑膠假人在體內攻擊下振動起來。之後顫動平息，他們看到一列小螞蟻從假人的左耳爬出來。

萊緹希雅．威爾斯向梅利耶伸出她的手。

「太棒了。您的推論是對的，探長。真是難以置信，不過我親眼看到了，是這些螞蟻謀殺了殺蟲劑的製造者！可是，我還是不敢相信！」

身為善用現代科技的警察，梅利耶在假人耳朵裡滴了一滴放射性物質。無可避免地，一定會有一隻螞蟻的腳伸進去吸收到放射性物質。現在，這隻螞蟻要為他們指引追蹤路徑了。計畫成功！

螢幕上，螞蟻在假人的周圍打轉，到處窺探，像是要清除所有犯罪的痕跡。

「這就解釋了為何有五分鐘沒有蒼蠅。牠們的罪行已經完成，牠們收拾了可能有的傷兵以及任何可能洩露行蹤的東西。在這段時間裡，蒼蠅不敢靠近。」

螢幕上，螞蟻們排成長隊，進了浴室。接著，牠們爬到洗臉台的排水口，然後全部往裡面衝。

梅利耶非常驚訝。

「透過城市地下管道的網路，牠們可以進入任何地方，任何一間公寓，而且不會有任何破門侵入的痕跡！」

萊緹希雅沒有像梅利耶那麼開心。

「對我來說，還有太多未知數。」她說：「這些昆蟲會讀報紙嗎？牠們認得地址嗎？牠們明白殺死製造殺蟲劑的那些人攸關牠們的生存嗎？我不能理解！」

「我們低估了這些小蟲子，事情就是這麼簡單……還記得您是怎麼指責我低估對手的嗎？現在換您了。令尊是昆蟲學家，但是您卻從來不了解牠們進化到什麼程度了。牠們當然知道怎麼讀報紙，怎麼偵測出敵人。我們現在有證據了。」

萊緹希雅拒絕接受這種太過顯而易見的證據。

「牠們不可能知道如何閱讀！牠們不可能瞞過人類這麼久。您可以想像這是什麼意思嗎？意思是牠們了解人類的一切，但是卻讓自己被視為微不足道的小東西，被人類用腳跟踩扁！」

「不管怎麼說，先看看牠們要去哪裡。」

梅利耶從箱子裡拿出一個可以遠距感知的蓋格計數器。計數器的指針已經依據螞蟻身上沾到的示蹤劑的放射性設定好了。這個儀器由一具天線和一個螢幕組成，螢幕上有個綠點在一個黑色圓圈的中央閃爍。綠點緩緩前進。

「接下來我們只要跟著我們的領路者就好了。」梅利耶說道。

他們在外頭叫了一輛計程車。司機很難理解他顧客要求的行進速度只有每小時零點一公里，這正是那群凶手的移動速度。一般來說，人們都是那麼匆忙！難道這兩人坐他的車只是為了調情？他瞄了一眼後照鏡。並沒有，他們正忙著討論事情，兩雙眼睛還盯著手上拿著的奇怪儀器。

137・百科全書

文明之間的衝擊：十六世紀，第一批在日本上岸的歐洲人是一些葡萄牙探險家。他們來到日本西岸的一個小島，藩主非常有禮地接待了他們。他對這些「長鼻子」帶來的新技術很感興趣。他特別喜歡火繩槍，用絲綢和米跟他們換了一把。

藩主隨後命令宮裡的鐵匠仿製他剛獲得的神妙武器，可是鐵匠無法關閉這把火器的後膛。每次日本品牌的火繩槍都會在使用者的臉旁爆炸。於是，當葡萄牙人回到島上停泊時，藩主要求船上的鐵匠教他的鐵匠如何焊接槍栓，以免火繩槍在擊發時爆炸。

日本人因此成功地大量製造槍支，打破了他們國家所有的戰爭規則。事實上，在此之前，戰場上只有拿刀的武士。幕府將軍織田信長創立了一支火繩槍兵隊，教導他們如何以連發射擊來阻擋敵方的騎兵隊。

除了這項物質的貢獻之外，葡萄牙人還帶來了第二項禮物，是精神方面的，那就是基督教。教宗剛剛將世界分配給葡萄牙和西班牙，日本被歸給前者，所以葡萄牙人派出了耶穌會士。他們一開始很受歡迎，日本人早已融合了多種宗教，對他們來說，基督教只是又多了一種。可是基督教不容異己的原則最終惹惱了他們。這個聲稱所有其他信仰都是錯誤的天主信仰是什麼？誰能保證他們的祖先——他們想要虔誠崇敬的這些祖先——會不會被誰以沒有受洗為藉口，在地獄裡烘烤他們？

如此強烈的宗派主義令日本民眾感到震驚。他們嚴刑伺候並且屠殺了大部分耶穌會士。然後，到了「島原之亂」，就輪到已經皈依基督教的日本人被消滅了。

從此，日本人就跟西方入侵的勢力斷絕了關係。唯一受到容忍的只有荷蘭商人，他們被隔離在沿海的一個島上。有很長的時間，這些商人被剝奪了踏上日本列島的權利。

艾德蒙．威爾斯
《相對知識與絕對知識百科全書》第二卷

138．為了我們的孩子

白蟻蟻后困惑地扭動著觸角。接著她突然停下來，面對包圍她御所的那些螞蟻。

我會幫助妳們。蟻后說：我會幫助妳們，不是因為妳們讓我受到蟻酸噴射的威脅，而是因為**手指**也是我們的敵人。

蟻后的說法是，**手指**不尊重任何事，也不尊重任何生物。牠們揮舞著裝上絲線的長竿，絲線的末端有小蒼蠅或蛆，牠們被刺穿，遭受可怕的酷刑。**手指**把牠們丟到水底，直到仁慈的魚同意殺死牠們才把竿子拉起來。

為了給牠們的絲線加料，**手指**做了更糟的事。牠們其中一群襲擊了她的城邦蘑希蘆克菘。牠們捅破廊道，劫掠糧倉，摧毀御所。這些蠻族在找什麼？蛹。牠們綁架了所有的蛹。

有幾個獵殺者意識到，牠們可以讓這些蛹在長竿的末梢掙扎號叫，釋放費洛蒙求救，白蟻以為她們肯定要失去這些孩子了。

要如何拯救她們？向龍蝨求援。這些水生甲蟲可以充當白蟻的船。

船？

蟻后解釋：螞蟻知道如何馴服犀牛，將牠們當成飛行坐騎；白蟻則是馴服龍蝨，讓牠們成為水上的推進器。她們只要坐在一片勿忘草的葉子上，然後讓龍蝨推著走。當然，這事並不容易。剛開始的時候，大多數的小船都被青蛙咬成碎片。

整個水生環境都對白蟻充滿敵意，直到她們學會對準青蛙的嘴巴射出白蟻膠，或是在大魚貼近時，飛撲上去用大顎在牠們身上鑽孔。

不幸的是，白蟻艦隊從未成功達成拯救任務。在她們到達之前，手指已經將白蟻蛹都丟入水底了。儘管如此，這次行動讓她們得以發展航行技術並且控制了河面。

妳們說的很有道理。蘑希蘆克菘的蟻后聲稱：不能讓這樣的情況繼續下去。團結起來的時候到了，我們要讓這些手指清醒過來，不能再讓牠們摧毀我們的城邦，不能再讓牠們用火，不能再讓牠們虐殺我們的孩子了。

於是，以反對用火的古老盟邦之名，白蟻蟻后支援遠征軍四個象白蟻軍團、兩個方頭白蟻軍團和兩個鼻白蟻軍團。這些都是白蟻的亞種，各自的形態適應著各種不同形式的戰鬥。

讓我們忘記螞蟻和白蟻的世仇吧。最重要的是，我們必須制止這些怪獸的橫行霸道。

為了加速東征，白蟻蟻后提議派遣她的艦隊渡過大河。蘑希蘆克菘在那裡建立了自己的港口，河灣裡可以避風，還有一整片細沙灘。

螞蟻們來到沙岸。到處都是勿忘草的長葉，有些滿載白蟻的食物，等待卸貨；有些空著，準備前往新的地方。白蟻用植物纖維素建造了這個停泊塢來保護她們的船隻，甚至還在一道河堤上種了一些小蘆葦，藉以隔離港口，免受風浪影響。

島上有什麼？一〇三號問道。

什麼都沒有。只有這棵年輕的牛角金合歡，白蟻沒吃，因為她們不喜歡這種纖維素。另外就是，遇到暴風雨來襲，這座小島有時會成為她們的避難所。

一〇三號和二十四號帶著她的繭坐上其中一片勿忘草，草葉的表面覆蓋著一層透明絨毛。一些螞蟻和白蟻也坐上草葉。幾隻白蟻將船推入水中，然後迅速跳上船，以免腳被弄濕。

蘑希蘆克菘邦民將她們的觸角浸入水中，釋放某種費洛蒙，接著水底有兩個形體接近，是兩隻龍蝨，牠們是白蟻城邦的朋友。龍蝨這種甲蟲在水中呼吸的方法是以鞘翅箍住一個氣泡，靠著這個氧氣瓶，牠們可以在水底待上很長的時間。牠們的前腿配備有吸盤，通常用來交配，但是這時候，牠們靠吸盤固定在草葉下方，推動草葉前進。

龍蝨聽到釋放到波浪裡的化學信號，開始用長而有力的後腿打水，白蟻的船就慢慢駛入大河了。

東征軍向前進，永遠向前進。

139．共融儀式

奧古斯塔．威爾斯和她的地下生活夥伴們重新圍起圓圈，準備進行一場新的共融儀式。他們一個接著一個，輪流發出一個聲音，最後聚集在「唵」（OM）這個獨特的單音上。他們讓「唵」產生共鳴，直到它在肺部變得模糊，繼而在頭顱之中振動。

接著是一片寂靜，只聽得到他們逐漸放緩的呼吸聲。

每場共融儀式都不相同。這一次，一切都被來自天花板的一種能量穿透了。那是一種遙遠的能量，但卻能夠穿過岩石接觸到他們。

《百科全書》裡有個段落提到宇宙波，這種波的波峰相距甚遠，這種波可以穿透任何物質，包括水和沙子。

傑森・布哈捷在他的體內感知到各種能量，這些能量都是以聲音表現的。一開始，有一種基礎能量，是「OU」的聲音。它又可以分為兩種次能量：「A」和「WA」。它們又可以分解為其他四個聲音：「WO」、「WE」、「E」、「O」。它們又可以再分成八個單音，最後又分成兩個，以「I」和「WI」收尾。他數了數，共有十七個，呈金字塔形狀集合在他太陽穴的高度。

這些聲音就像一個棱鏡，接收「白光－『唵』（OM）的聲響」，同時將它分解成所有原色。

專注。擴張。

他們呼吸著色彩和聲音。

吸氣。吐氣。

共融信徒只是十六個平靜的棱鏡，充滿音和光。

尼古拉看著他們，一副嘲笑的表情。

140．廣告

「天氣晴好的時候，蟑螂、螞蟻、蚊子和蜘蛛就會在我們的家裡和花園裡繁殖。要擺脫這些害蟲，唯一的解決方案就是：『喀啦喀啦除蟲粉』。

有了『喀啦喀啦』，夏天高枕無憂！『喀啦喀啦』的特殊乾燥劑會讓昆蟲變乾，一直乾到像細玻璃一樣碎掉。

『喀啦喀啦除蟲粉』、『喀啦喀啦除蟲噴霧劑』、『喀啦喀啦蚊香』。『喀啦喀啦』有益健康！」

141．大河

一〇三號的勿忘草葉片漸漸加速。這艘龍蝨動力船筆直前進，穿越河面的水氣。前方出現一團白色泡沫時，草葉船甚至還抬起了船艏。在這艘船的周圍，可以看見另外一百艘船，滿載著觸角和大顎。兩千名東征軍坐在一百片勿忘草的葉片上，儼然是一支龐大的艦隊。

光滑如鏡的河面掀起了波濤。

蚊子被蘑希蘆克菘的小船驚醒，一邊飛，一邊用蚊子的方言低聲抱怨。

在船的前部，站在船艏的象白蟻向另一隻白蟻指出最佳的航道。後者再往水裡釋放費洛蒙，將命令傳遞給水底的龍蝨。

船隻必須避開水坑，避開露出水面的岩石，還有那些會阻擋一切的半透明藻類。

脆弱的小船在平靜澄亮的大河上滑行。

只有龍蝨攪動著水波，一個個藍色的漩渦在這片寂靜之中打開了若有似無的裂口。艦隊上方，垂柳傾瀉它一整棵樹的長葉。

一〇三號把眼睛和觸角浸入水中。水裡生意盎然。她認出各種好玩的水生動物，包括水蚤和劍水蚤。這些迷你的紅色甲殼動物往四面八方擺動，所有接近龍蝨的生物都會被這些野獸吸走。

至於九號，她注意到水面上也是生意盎然……一群蝌蚪在河浪上突突跳跳跳地往她們衝過來了。

當心，蝌蚪來了！

牠們的黑色皮膚閃閃發亮，對著昆蟲艦隊高速衝過來。

蝌蚪，蝌蚪！

訊息傳遍所有的白蟻船。龍蝨們收到命令，加快打水的節奏。螞蟻無事可做，白蟻只要求她們把自己好好固定在葉子的絨毛上。

象白蟻，就戰鬥位置！

這些頭型像梨子的白蟻將她們的角對準浪頭的高度。

一隻蝌蚪飛撲過來，咬住二十四號的勿忘草。船偏離了航道，陷入漩渦，開始打轉。

另一隻蝌蚪衝向一〇三號的船。

九號抬起腹錘瞄準，近距離發射蟻酸。蝌蚪被擊中了，但這頭陰暗黏稠的野獸臨死的反射動作是在草葉上跳了一下，使勁掙扎，黑色的長尾抽打著葉面。所有螞蟻和白蟻都被掃到水裡。

九號和一〇三號被另一艘船及時撈救。

還有好幾片勿忘草也被蝌蚪弄沉。近千名東征軍溺斃。

就在此時，「大角」和牠的金龜朋友們第二次介入了。從渡河開始，牠們就一直在艦隊上方盤旋。牠們一看到蝌蚪弄翻了勿忘草並且攻擊所有溺水的東征軍，就立刻頂著尖角向下俯衝，刺穿那些柔軟的小蝌蚪，然後在身體弄濕之前轉身飛上來。

有幾隻金龜在這種危險的特技動作中溺斃了，但大多數都飛上來了，牠們的角上串滿還在跳動的蝌蚪，又黑又濕的長尾巴拍打著空氣。

這一回合蝌蚪只能撤退了。

撈救的工作即時展開。船只剩下五十艘了，一千名東征軍幾乎擠爆這些勿忘草。二十四號的小船（在戰鬥中迷失）也奮力划水，順利回來跟艦隊會合。

終於，大家期待已久的費洛蒙呼喊聲響起。

看到陸地了！

142．黑夜裡的綠點

興奮達到了頂點。

「右轉。慢慢開，慢慢開。還是右轉。然後左轉。直走。開慢一點。繼續直走。」梅利耶探長向計程車司機下達指令。

萊緹希雅．威爾斯和雅克．梅利耶在後座激動不已，他們焦急地想要知道調查的結果。計程車司機只能無奈地照做。

「再這樣下去，我車子早晚會熄火。」

「看起來牠們正在往楓丹白露森林的外圍前進。」萊緹希雅不耐煩地絞著手指說。滿月的皎潔月光下，街道的盡頭，森林的葉簇已經隱約可見。

「慢一點，開慢一點！」

跟在後面的憤怒駕駛們都在猛按喇叭。就路況來說，沒有什麼比慢動作追車更惱人的了！更棒的是，沒參賽的車子都從隔壁車道呼嘯而過！

「再向左轉！」

司機嘆了口氣，用哲學家的語氣說：

「你們用腳走不是更好嗎？而且左轉是單行道，禁止進入。」

「沒關係，我是警察！」

「那好！您說了算！」

但是路被迎面而來的車堵住了。沾染放射性物質的螞蟻已經到了訊號接收範圍的極限。女記者和探長從還在移動的車上跳下來，不過以這速度來說其實稱不上危險。梅利耶扔了一張紙鈔，沒等找錢就走了。這兩個乘客或許行事有點古怪，但無論如何並不小氣，司機一邊想，一邊小心翼翼地倒車。

他們又收到信號了。蟻群確實正在向楓丹白露森林前進。

雅克．梅利耶和萊緹希雅．威爾斯來到的這區，在路燈照耀下，放眼所見都是破舊的小房子。窮社區的街道上空無一人。街道空無一人，可是他們經過的時候卻有不少狗在狂吠。這些狗大多是大型的德國狼犬，飼養者為了維持純種的特質而過度近親繁殖，導致牠們出現先天性的退化，一看到街上有人就開始對著柵欄又吠又跳。

雅克．梅利耶非常害怕，他對狼的恐懼讓他籠罩在恐懼費洛蒙的雲霧之中，狗也感受到了。這讓牠們更想咬他了。

有幾隻狼犬跳起來想要越過障礙物，有幾隻則是想用獠牙把木柵欄咬斷。

「您怕狗？」女記者問著臉色慘白的探長。「您撐著點好嗎？現在不是陷入恐懼的時候，我們的螞蟻快要逃走了。」

就在這時候，一隻大狼犬開始吠得比其他狼犬更大聲。牠用臼齒咬破了一片柵欄，成功切斷了一塊木板。狼犬瘋狂的眼睛骨碌碌地轉來轉去，對牠來說，有人散發出這麼多的恐懼氣息，這種挑動是前所未有的——牠遇到過嚇壞的小孩子、明顯加快步伐的老婆婆，但是從來沒遇過有人這麼強烈地覺得自己等著受死。

「您怎麼了，探長？」

「我……我沒辦法再往前走了。」

「您不是在開玩笑吧？那只是一隻狗耶。」

德國狼犬繼續猛咬柵欄。第二塊木板被咬爛了。閃亮的牙齒，紅色的眼睛，尖尖的黑色耳朵：在梅利耶的心裡，那是一頭狂暴的野狼，是那頭躲在床尾的怪獸。

狼犬的頭穿過木板探了出來，接著是一條腿，然後是整個身體。牠在外面了，牠跑得很快。狂暴的野狼在外面了。鋒利的牙齒和柔嫩的脖子之間不再有任何屏障。

野獸和文明人之間不再有阻礙。

雅克・梅利耶臉色慘白，動也不動。

萊緹希雅及時站到人狗之間。她用冷冷的淡紫色眼神瞪著這隻動物，眼神流露的話語是：「我不怕你。」

她站在那裡，挺直背脊，肩膀打開，流露出一種自信的姿態，就像訓練師在教德國狼犬如何顧家的那種姿態和嚴厲的眼神。

狼犬垂著尾巴，掉過頭，害怕地走回圍欄裡。梅利耶的臉色依舊慘白，因為恐懼和寒冷而顫抖。萊緹希雅沒有多想就把他抱在懷裡，像抱個孩子似的。她安撫著他，讓他溫暖起來。她溫柔地抱著他，直到他露出微笑。

「我們扯平了。我把您從狼犬那裡救出來，您把我從人的手裡救出來。您看到了，我們都需要對方。」

「快點，訊號！」

綠點差點就跑出了螢幕的外框。他們一路狂奔，直到綠點回到黑色圓圈的中心。

社區裡的小房子一棟接著一棟，每棟都很相似，有時門上掛著「小而美」或是「喜歡住這裡」的牌子。到處都是狗，到處都是疏於維護的草坪、塞滿廣告傳單的信箱、吊著晾衣夾的繩子、破爛不堪的乒乓球桌，搖搖晃晃的露營車也隨處可見。唯一的人類生命痕跡，是從窗口透出的電視藍光。

沾染了放射性物質的螞蟻就在他們腳下，在下水道裡奔跑。森林越來越近了。探長和女記者緊緊跟著訊號走。

他們轉進了一條街，乍看之下，這條街和附近的所有街道都一樣，街角看到的路名是「鳳凰街」。不過，在住家之間，開始出現一些商家。一家快餐店裡有五個青少年正在對著酒精含量六度的啤酒深思熟慮。酒瓶上的標籤寫著：「注意：飲酒過量有害健康。」菸盒上也有同樣的警語。政府預計很快就要在汽車的油門踏板和自由買賣的武器上也加註類似的警語了。

他們走過「消費神殿」超市、「朋友相聚」咖啡館，最後在一家玩具店前面停下。

「牠們剛剛停下來了。就在這裡。」

他們勘察了現場。店面看起來很老氣，櫥窗陳列的東西布滿灰塵，好像被人隨便丟在那裡：絨毛兔子、桌遊、火柴盒小汽車、洋娃娃、玩具士兵、太空人或仙女的服裝、整人玩具……在這堆亂七八糟的東西上頭，一頂過時的繽紛花環閃閃發亮。

「牠們在這裡。牠們就在這裡。綠點已經停止移動了。」

梅利耶緊緊握住萊緹希雅的手，幾乎要把她的手握碎了：

「我們逮到牠們了！」

他高興得摟住萊緹希雅的脖子。他差點開心地抱著她，但是萊緹希雅把他推開了。

「冷靜一點，探長。工作還沒結束。」

「牠們在那裡。您自己看看，訊號一直亮著，而且不再移動了。」

她搖搖頭，抬起眼，商店前面的藍色霓虹燈大字寫著：「玩具之王亞瑟之家」。

143．在貝－洛－崗

在貝－洛－崗，一隻小蠓傳訊兵向希藜－埔－霓報告：

她們抵達大河了。

小蠓鉅細彌遺地敘述著。在與阿蘇克蕾茵蜂巢的飛行中隊戰鬥之後，東征軍在山中迷路，穿越了一道瀑布，然後跟「通吃大河」岸邊的一個新的白蟻丘展開一場大戰。

蟻后將這些資料記錄在一則記憶費洛蒙裡。

那現在，她們要怎麼渡河？走莎苔地底通道嗎？

不是，白蟻已經馴服了龍蝨，並且用牠們來拖曳勿忘草艦隊。

希藜－埔－霓看起來很感興趣。她從未成功馴服這些水生甲蟲。

信使以壞消息作結。她們後來遭到蝌蚪襲擊，這些橫生的枝節都大大削弱了東征軍的兵力。她們的總數不超過一千，而且隊伍裡還有不少傷兵。很少有螞蟻還是六肢完好無缺。

蟻后並沒有太擔心，就算少了幾條腿，這一千名東征軍現在都已經身經百戰，足以殺死地球上所有的**手指**了，她在心裡這麼盤算著。當然，她們不可以再承受更多損失了。

144．百科全書

牛角金合歡：牛角金合歡是一種灌木，只有在某種奇怪的條件下才能長大成年。為了充分生長，這種樹確實需要螞蟻的照顧和保護。也因為這樣，為了吸引螞蟻，多年下來，牛角金合歡會變成一座生氣盎然的蟻丘。

它的所有分支都是空心的，而且在每個分支裡都有一個專為螞蟻的舒適便利而建造的廊道與廳室的網路。

更好的是：這些廊道經常有白色的蚜蟲住在那裡，牠們的蜜露是工蟻和兵蟻的最愛。所以，牛角金合歡為那些想要在它這裡定居的螞蟻提供了遮風擋雨的住所。作為交換，螞蟻履行了賓客的職責。牠們清除了所有可能妨礙枝葉生長的毛毛蟲、外來的蚜蟲、蛞蝓、蜘蛛和其他以木頭為食的昆蟲。每天早上，牠們都會用大顎砍掉常春藤和其他想要寄生在樹上的爬藤植物。

螞蟻清除枯葉，刮掉地衣，用牠們的消毒唾液照顧樹木。

自然界裡很少看到植物和動物之間的合作如此成功。靠著螞蟻的幫助，牛角金合歡多半長得比其他有可能擋住它光源的樹還高。它的樹冠比其他樹冠高，可以直接接收到太陽光。

艾德蒙．威爾斯

《相對知識與絕對知識百科全書》第二卷

145．牛角金合歡之島

大霧漸漸散去，一片奇異的背景露了出來。海灘、珊瑚礁、懸崖峭壁。最前頭的那艘白蟻船擱淺在長滿綠色苔蘚的沙岸。這裡的動植物完全不同於一般已知的情況，散發沼澤氣味的蒼蠅在成群的蚊子和蜻蜓之間盤旋，植物像被放在那裡，沒有根，花朵很細小，葉片一綹一綹滴垂下來，海藻下面是堅硬的地面，海水泡沫把岩石表面侵蝕得像是大片蜂房，看起來就像一塊破掉的黑色海綿。

再過去一點，土壤比較鬆軟，一棵年輕的牛角金合歡很醒目地長在小島中央，應該是一顆種子被風搖搖晃晃地吹起，偶然降落在小島上。水、土、空氣，這三項要素足以賦予這株植物生命。但是，這棵小樹還缺少一個可以讓它繼續成長下去的貢獻者：螞蟻。跟螞蟻的結合一直銘刻在它的基因裡。

它已經等了螞蟻兩年。多少牛角金合歡兄弟錯過了這次宇宙洪荒的相遇！這樁幸運的好事是**手指**間接促成的，也就是在它的樹皮刻下「吉勒愛娜塔莉」的那些**手指**。這道傷痕讓它承受多少痛苦啊！

突然間，一〇三號顫抖起來。島中央放著一個東西，喚起了一些過於清晰的記憶。這種突出物……是的，這不可能是巧合。就是這個。這座塔的頂端是圓的，而且布滿了洞。這是上次在白色國度發現的第一個異象。她沒有知會大家就自行脫隊。她摸了摸，堅硬、透明，裡面有一種白色粉末。跟上次一模一樣。

白蟻士兵過來跟她會合。

觸角接觸。

發生了什麼事？她為什麼脫隊？

一〇三號解釋說，這個物品是非常重要的東西。

是的，非常重要。二十三號又說了一次。這是**手指**大神雕刻的東西！這是一塊神聖巨石。

自然神論者立刻動手製作了一尊相似的黏土雕像。

最喜歡煽動信徒的那些螞蟻決定在這寧靜的避風港逗留幾天，讓自己從長途旅行的情緒裡恢復過來，療癒戰爭的創傷，好好補充體力。

所有士兵都喜歡在這裡歇腳。

一〇三號才走了幾步，彷彿就有個東西立刻擊中她。她對地球磁場敏感的江氏器官讓她發癢。

她們在一個哈特曼結點上！

東征軍離一個哈特曼結點不遠！

哈特曼結點是一個具有特殊磁性的區域。螞蟻通常只會在這些準確的點上築巢。這些點是地磁場的磁力線與正離子電力線的交會處。這些點會讓許多動物（尤其是哺乳動物）感到不適，可是對螞蟻來說，這些點反而是舒適的保證。

透過這些刺在地殼上的小穴位，螞蟻可以和她們的母星對話、定位水源、偵測地震。她們的城邦就這樣與世界的脈動相連結。

一〇三號尋找能量最強的精確地點，她發現哈特曼結點就位於牛角金合歡樹下。

在二十四號和九號的陪同下，一〇三號立刻開始勘察這株灌木。有一處樹皮較薄。她們一起切開這層保護膜，闖進牛角金合歡裡。太神奇了！這裡有一座空空蕩蕩、乾淨無瑕的蟻丘在等著她們。

她們鑽進灌木的根部，那裡到處都是廳室，只等著螞蟻來住。有些廳室有類似糧倉或育嬰房的建築外觀，甚至還有畜牧場，沒有翅膀的白色蚜蟲已經在那裡進進出出了。

這幾位貝－洛－崗邦民參觀了這個意想不到的住所。所有的樹枝都是空心的。在這座生機勃勃的城邦，樹液在薄薄的壁板裡循環。

被闖入的灌木釋放了最令人愉悅的樹脂香氣，歡迎蟻族的光臨。

二十四號欣羡地發現了一整排植物材質的廳室。她激動地打開大顎，放開了天蛾繭。她沒忘記自己的職責，她很快地又撿了起來。

一位老探險家告訴她，這個「禮物巢」是要付出代價的。如果想要住在這裡，就必須照顧這棵樹。這是一項永久的義務，妳必須發自內心覺得自己像個園丁。她們走了出來，老兵蟻給她看了一顆菟絲子的嫩芽，然後為她解釋。

菟絲子的種子不管接觸到任何腐爛的東西就會發育，然後會從土裡長出莖，莖會伸長並且以每小時兩轉的速度慢慢旋轉。

這根莖一遇到灌木，就會讓自己的根死去，然後長出一些帶刺的吸器。這些吸器會攀附在灌木上，並且從中吸取樹液。菟絲子可以說是植物界貨真價實的吸血鬼。

一〇三號指著其中一株距離牛角金合歡不遠的菟絲子。它旋轉的速度如此緩慢，看起來像是被風吹動的自然現象。

二十四號探出她最鋒利的大顎，準備將菟絲子切成碎片。

不行。一〇三號發出訊息。如果妳把它剪斷，每一截都會再活過來。一株菟絲子切成十段，就等於是十株菟絲子。

一〇三號說她曾經目睹一個相當驚人的現象。並排生長的兩片菟絲子旋轉著，要尋找灌木來吸血。由於它們沒找到灌木，於是就互相纏繞，吸取對方的汁液，直到雙雙死去。

那我們到底要怎麼辦？如果我們讓它生長，它最終會找到牛角金合歡，然後纏繞在樹幹上。

二十四號發出訊息。

必須將它們連根拔起，立刻丟入水中。

說了就做。她們藉此機會清除所有可能對牛角金合歡有害的其他植物，然後趕走在附近出沒的所有蠕蟲、小型嚙齒動物和毛毛蟲。

有那麼一瞬間，她們聽到規律的滴答聲。那是一隻勾魂甲蟲，一種規律地在木頭上打洞的昆蟲。另一個滴答聲在對牠做出回應。

那是一隻雄性的勾魂甲蟲在呼喚雌甲蟲！一隻經常與這些敵手打交道的白蟻告訴大家。事實上，這些聲音就像在相互應答，宛如兩個手鼓在合奏一首歌。

她們很輕鬆就找到了聲音來源，於是勾魂甲蟲羅密歐與朱麗葉就成了螞蟻的食物。

當我們選擇成為同一陣營之後，就會組成共同戰線，對抗共同敵人。

東征軍移動到樹之邦城裡頭過夜。

所有螞蟻發現空心的牛角金合歡都覺得非常神奇。

她們在最大的地下室裡用餐。

螞蟻、白蟻、蜜蜂和小甲蟲進行交哺。有的螞蟻採收了蚜蟲甜美的蜜露分給大家食用。然後，就像每次野營一樣，大家又回到永恆的主題，她們遠征的終極目標——**手指**。

手指是神。一個貝—洛—崗自然神論者聲稱。

神？什麼是神？一隻蘑希蘆克菘白蟻問道。

二十三號為她們解釋說，眾神是強大的，祂們主宰一切。蜜蜂、蒼蠅和白蟻發現東征軍裡頭竟然有螞蟻崇拜**手指**，甚至相信祂們是世界的起源，大家都驚訝不已。

爭論仍在繼續。每隻昆蟲都想表達自己的觀點。

手指不存在。

手指會飛。

不是，**手指**是用爬行的。

手指可以潛入水下。

手指吃肉！

不是，**手指**是草食性動物。

手指根本什麼都不吃，**手指**是靠出生時儲備的能量維生。

手指是植物。

不是，**手指**是爬蟲類。

手指的數量很多。

手指最多有十到十五隻，五五成群在地球上到處漫遊。

手指不會死。

才不是這樣，我們前幾天才殺了一隻。

那不是真正的**手指**！

不然那是什麼？

手指沒有任何可以攻擊的弱點。

手指跟黃蜂一樣有堅固的蜂巢。

不是，**手指**像鳥一樣睡在樹上。

手指不會冬眠！

停！別鬼扯了。**手指**一定會冬眠的，所有動物都會冬眠。

手指是吃木頭的，因為有一隻白蟻已經看到有些樹不知被誰用奇怪的方式鑽了孔。

不是，**手指**吃的是螞蟻。

手指不吃東西，祂們依靠儲備的能量維生，這是祂們出生就有的，我剛才已經跟大家解釋過了。

手指是粉紅色的，而且是圓的。

手指也可以是黑色而且是扁平的。

爭論仍在繼續。自然神論者和非自然神論者針鋒相對。二十四號和二十三號瘋狂的理論激怒了九號。

我們必須在這個敗類污染其他東征軍之前殺了她。九號這麼說，她希望一〇三號支持她的見證，這些內部敵人是很危險的。

一〇三號搖晃她的觸角。

不。隨她們去吧。她們是世界多樣性的一部分。

九號感到疑惑。真是奇怪，從這次東征開始，大家似乎都變了。螞蟻現在討論的是抽象的話題。大家有越來越多情緒和恐懼的感受。褐螞蟻是不是染上了某種屬於「意識病」的流行病？還是大家變得比較不像螞蟻了？

眼前有怪物要對付，大家應該去睡了，而她們竟然還在那裡討論。牛角金合歡很開心，它知道樹該做什麼，它即將扮演她們睡眠的守護者。

外頭，黑夜的蟾蜍扯著嗓門大叫，她們無法享用這群被纖維和樹液保護的昆蟲。

東征軍的士兵們昏昏欲睡，除了那些感染肝吸蟲的殭屍螞蟻——她們魚貫而出，爬上草尖，等著跟草一起被羊吃掉。但這座島上一隻羊也沒有。到了早上，她們已經忘記關於這場小冒險的一切，她們會回到其他夥伴的身邊。

Cinquième arcane

第五奧義

螞蟻的領主

Le seigneur des fourmis

146・自然神論者

叛軍衝進城邦的廊道。她們永遠無法將這隻水罐蟻帶去利明斯通博士那裡了，已經有好幾名叛軍為了拖延聯邦衛隊的速度而犧牲了。

蟻酸發射，火線交織。一個自然神論者陣亡了，然後又是另外一個。

倖存者慢慢往臭蟲培育室撤退。但在她們全數被剿滅之前，希蔾－埔－霓想要知道她們的想法。她命令士兵將其中一個狂熱分子帶過來。

妳們為什麼要這麼做？蟻后問她。

手指是我們的神。

永遠都是這句老套的台詞。希蔾－埔－霓蟻后晃動觸角，若有所思。近來不知何故，反叛運動有了新的成長。不過是幾週前，根據蟻后的間諜的情報，叛亂分子只有十幾個，現在已經有百來個了。

必須加強追捕叛亂分子。她們現在的危險性已經太高了。

147・玩具店

「現在怎麼辦？」萊緹希雅・威爾斯問道。

「就進去吧。」雅克・梅利耶的語氣充滿信心。

「您覺得他們會讓我們進去嗎？」

「我其實沒有想到要按電鈴。我們從正面的窗戶進去吧。如果有人抗議，我就拿出搜查令。我身上都有帶一張假的。」

「這種辦案心態還真棒！」萊緹希雅發出抗議：「顯然警察跟流氓的差別還真是沒那麼大。」

「用你們客客氣氣的規矩和那些美好的感情，這樣根本沒辦法打擊罪犯。我們走吧！」

萊緹希雅實在太好奇，沒辦法再挑他毛病了。梅利耶攀著雨水槽爬上外牆時，她也跟著爬了上去。

人類要在垂直的表面上前進是有困難的。他們的手被刮破了，好幾次都差點摔下去，最後終於爬到露台上。幸運的是，這棟房子的二樓上面就是屋頂了。

他們屏住呼吸。綠點一直在那裡，動也不動地停在螢幕中央。萊緹希雅和梅利耶現在距離那些螞蟻殺手或許只有五六公尺了。陽台的門半掩，他們進去了。

梅利耶的手電筒照亮的是一間非常普通的臥室，裡頭有一張罩著紅色床罩的大床、一個十八世紀諾曼第古董風的衣櫃，貼著花壁紙的牆上隨興掛了幾幅山景複製畫，房裡散發著薰衣草混合樟腦的味道。

臥房外面是個看似家具賣場的客廳，擺著幾張扶手椅，椅子腳上有幾顆圓球的造型，天花板上掛著一盞吊燈，綴著好幾圈的吊墜。顯然是某種匠心獨具的風格——暖氣上的托架板子上還擺了一整排東方香水瓶。

他們發現再過去一點的地方有光。在光源處，可能有人正在廚房吃晚餐，眼睛盯著他們的電視。

梅利耶望著自己的螢幕。

「螞蟻現在在我們的上方。」他低聲說：「所以這裡應該有個閣樓。」

他們在天花板上摸索，看是否有活動板門。在通往浴室的走廊上，他們發現了一個通往閣樓的梯子，他們非常驚訝，因為他們看到閣樓上有一盞燈亮著。

「我們上去吧。」梅利耶邊說邊拔出手槍。

他們進入的是一間奇怪的閣樓。中央放著一個透明飼養箱，外型跟萊緹希雅家的類似，但是體積大了十倍。幾根管子從這個巨大的飼養箱連接到一台電腦，電腦本身則是連接著許多不同顏色的小瓶子。飼養箱左邊是其他的電腦設備、一個實驗檯、一架顯微鏡、一堆亂七八糟的電線和電晶體。「這是個瘋狂科學家的巢穴吧。」萊緹希雅心裡才這麼想著，背後就傳來一聲斥喝：

「把手舉起來！」

他們慢慢轉過身來。首先映入眼簾的，是一支對準他們的步槍。接著，在步槍上方，出現了一張令人驚訝的熟悉臉孔。他們認識這個人很久了，這個哈梅林的吹笛人！

148．百科全書

放屁蟲：放屁步行甲蟲（Brachynus creptians）擁有一具「器官步槍」。受到攻擊的時候，牠們會釋放一種煙霧，緊接著是一次爆炸。這種甲蟲透過結合從兩個不同腺體分泌的兩種化學物質來製造這種氣體。一個腺體分泌的是含有百分之二十五的過氧化氫和百分之十的對苯二酚的溶液。另一個腺體產生的是一種過氧化物酶。這些汁液在一個燃燒室裡混合，達到沸水的攝氏一百度，從而產生煙霧，接著就是硝酸蒸氣的噴射，從而產生爆炸。

如果你的手靠近一隻放屁蟲，牠的槍管會立刻射出一團滾燙又非常芳香的紅色水滴。硝酸會導致皮膚起水泡。

這些甲蟲知道如何以靈活的腹錘進行瞄準，藉由腹錘裡的混合物爆炸的壓力，牠們可以擊中幾公分外的目標。就算失手，轟然的爆炸聲也足以嚇跑所有來犯的攻擊者。

一隻放屁蟲通常有三到四發的酸液儲備。然而也有昆蟲學家發現，有些種類的放屁蟲受到刺激時，可以連續發射二十四發酸液。

放屁蟲是橙色和銀藍色的，很容易被察覺。牠們就像配備著大砲，看似刀槍不入，就算穿著五顏六色的衣服來展示自己也不害怕。一般來說，所有色彩絢麗、鞘翅配備耀眼圖案的甲蟲都有一個防禦的「小玩意」，可以讓牠們遠離那些好奇的傢伙。

註：老鼠知道這種昆蟲雖然有這個「小玩意」，但是吃起來很美味，所以老鼠會在混合爆炸物發揮作用之前就跳到放屁蟲身上，然後立刻把放屁蟲的腹錘埋進沙子裡。這麼一來，爆炸就會被沙子鎮住，等放屁蟲耗盡了所有彈藥，老鼠就會從頭部開始吃牠。

艾德蒙．威爾斯

《相對知識與絕對知識百科全書》第二卷

149．充滿歌聲的早晨

二十四號醒了，她睡在牛角金合歡的一根細細的空心樹枝裡。她在小樹枝的內側發現一些類似舷窗的小孔，是用來給那些廂室通風的。她刺破最裡面的隔膜，發現了一個可以拿來做育嬰室的廳室。其他螞蟻都還在睡。二十四號自己去外頭走了一下。

牛角金合歡的葉柄支撐著花蜜分配器和「小罐」花粉，前者提供給成蟲，後者給幼蟲。這些食物富含蛋白質和脂肪，完美符合各年齡層螞蟻的營養需求。

懸崖在第一波河浪的沖擊下發出劈啪的聲響，空氣裡瀰漫著刺鼻的薄荷香氣和奇特的麝香味。沙灘上，發紅的陽光照亮了隱角椿象滑行的河面。岸邊的一根小枯枝成了河堤。二十四號往前走去，透過清澈的河水，她辨認出一群群水蛭和孑孓在水底擠來擠去。

二十四號往小島的北邊走。那裡有大片的浮萍，像綠色圓形顆粒鋪成的草坪，輕撫著懸崖外緣，時不時還會有小雨蛙露出兩隻凸眼。更遠的一處河灣，長了一些白色睡蓮，花瓣尖端是淡紫色，它們在早上七點開花，直到傍晚才閉合起來。睡蓮在昆蟲界以強力的鎮靜作用聞名，在物資匱乏的時候，昆蟲甚至會吃它富含澱粉質的根莖。

大自然總是思慮周全，二十四號心裡想著，補救措施總是被安排在壞事的附近。所以死水的邊上會長出垂柳，它的樹皮含有水楊酸（阿斯匹靈的主要成分），可以治癒大家在這種不衛生的地方罹患的疾病。

島很小，二十四號已經來到東岸。這地方到處可見兩棲植物，它們的莖沒入水中。茨菰、蓼和毛茛比比皆是，為這個綠意盎然的世界增添了或紫或白的色彩。

成對的蜻蜓在她上方盤旋。雄蜻蜓試圖將自己的兩個性器與雌蜻蜓的兩個性器接合起來。雄蜻蜓在胸廓下方有一個性器，腹錘末端又有另一個，雌蜻蜓則是在頭的後面有一個性器，另一個在腹錘末端。為了讓一切順利進行，四個性器必須同時連結，這需要一些複雜的技巧。

二十四號繼續在島上遊歷。

她到了南邊，那裡的沼澤植物直接紮根於陸地。那裡有蘆葦、燈心草、鳶尾花和薄荷。突然，竹林裡出現了兩隻黑色的眼睛。這對眼睛看著二十四號，往她的方向前進。這對眼睛屬於一隻蠑螈。那是一種蜥蜴，黑色的外皮有黃色和橙色的大理花紋。牠的頭圓扁，背上是一顆顆灰色的疣，這是牠們恐龍祖先的斑紋遺留下來的最後痕跡。蠑螈靠近了，牠們很喜歡吃昆蟲，但牠們的動作非常緩慢，大多數時候，獵物在牠們抵達之前就已經逃走了。所以，牠們總是等待雨水將昆蟲擊倒再過去撿拾。

二十四號朝牛角金合歡狂奔，奔向她的避難所。

警戒！她用嗅覺語言高喊。蠑螈，有一隻蠑螈！

腹錘從這株灌木的槍孔中探出。灌木噴射出連發的蟻酸，輕鬆擊中了速度毫不驚人的目標。但是蠑螈暗沉粗礪的厚皮根本對此無感，幾隻螞蟻迫不及待地衝上去，舉起大顎要給牠補上幾刀，結果都因為覆蓋在蠑螈身上的蟻酸毒液而喪命。結果，動作慢的有時可以戰勝動作快的。

蠑螈確信自己刀槍不入，百毒不侵，於是氣定神閒地將腳伸向站滿砲手的樹枝。結果……牠被牛角金合歡的尖刺刺傷。牠流血了，害怕地檢查自己的傷口，然後跑去躲在燈心草叢裡。這次是不動的戰勝了動作慢的。

牛角金合歡的所有住民都為此歡呼，彷彿有一隻動物跑來保護牠們，讓牠們免受掠食者侵犯。

牠們清除了樹枝裡最後的寄生蟲，還在根部附近注入了幾公克的堆肥。

趁著早上的熱氣，大家開始各忙各的。白蟻忙著打穿上流沖下來的一塊木頭。蒼蠅忙著舉行性愛展示派對。每個物種都走出自己偏好的地盤。牛角金合歡島為大家提供所有必需的食糧，並且將牠們與掠食者隔離開來。

大河有豐盛的食物：水生三葉草，螞蟻用來榨汁，變成一種富含糖分的啤酒；沼澤勿忘草、肥皂草可以消毒傷口；鬼針草，魚會被它的刺卡住，褐螞蟻因此有了新的肉品來源。

一團團的蚊子和蜻蜓籠罩在上空，所有昆蟲都可以體驗全新的島嶼生活，遠離大城邦一成不變的重複工作。

一陣巨響。是兩隻雄性鍬形蟲在打架。

兩隻壯碩的甲蟲頂著鉗子和尖角繞著對方打轉，再用過度發達的大顎抓住對方，一下直起身體，一下翻仰在地。甲殼互撞，尖角互擊。摔角大賽。揚起大量灰塵和噪音。兩隻巨獸起飛，在空中繼續纏鬥。

這場精彩的對決讓所有觀眾都看得很樂。觀眾已經傳出大顎喀啦喀啦的聲響，所有昆蟲都躍躍欲試了。

到後來，身材比較壯碩的那隻占了上風；另一隻倒下，六腳朝天不停地蹬踏。戰勝的鍬形蟲擎起長長的鉗子對空揮舞，展示勝利。

一〇三號從這件事裡看到了一個徵兆。她知道牛角金合歡島上的平靜時光結束了。昆蟲們迫不及待要繼續東征。如果她們留在這裡，那些求偶的比鬥、打架、爭吵將會重新開始，物種之間的古老競爭也會再度上演。結盟的關係會破裂。螞蟻會跟白蟻戰鬥，蜜蜂會跟蒼蠅戰鬥，甲蟲會跟甲蟲戰鬥。

必須將這些破壞性的能量導引到一個共同目標，必須繼續東征。她到處跟士兵們談論這件事，結論是等明天早晨最初的熱量降臨，大軍就出發。

晚上，大家都待在大自然提供的廂室裡，跟平常一樣討論著各種事情。

今天，一隻螞蟻提議，為了紀念這次東征，每隻螞蟻都找個名字來代替自己的孵化編號吧，就像蟻后那樣。

名字？

有什麼不行……

對呀，我們互相取名吧。

妳們會叫我什麼？一〇三號問道。

有螞蟻提議「那個帶路的」或是「那個戰勝飛鳥的」，也有螞蟻說「那個害怕的」。但她認為自己最重要的波形特質是懷疑與好奇，她最自豪的特質就是無知。她希望大家叫她「那個愛懷疑的」。

我呢，我希望大家叫我「那個知道的」，因為我知道**手指**是我們的神。二十三號如此宣稱。

九號很堅持：我希望大家叫我「那個真正的螞蟻」，因為我為螞蟻而戰，我對抗所有與螞蟻為敵的物種。

我呢，我希望大家叫我「那個……」

從前，「我」這個字是禁忌。她們給自己取名的這件事意謂著一種獲得承認的需要，她們不再需要被認同為整體的一部分，而是因為自己的個體特質而得到認同。

一〇三號感到不安。這一切並不正常。她只用四條腿站著，讓上半身立起來。她要求大家放棄這個想法。

大家好好準備，明天一早我們就出發。越早越好。

150．百科全書

曙光之城：曙光之城位於印度，在朋迪榭里（Pondichéry）一帶，是烏托邦人文社區當中最有意思的實驗社區之一。一九六八年，孟加拉哲學家師利．奧羅賓多（Sri Aurobindo）和法國哲學家密那．阿爾法薩（Mira Alfassa，信徒稱她為「母親」）在朋迪榭里創建了「理想村莊」。它的形式像個星系，一切都由圓心向外輻射，等待著來自世界各地的人們。來的主要都是來尋找絕對烏托邦的歐洲人。

來到這裡的男男女女建造了風力渦輪機、手工工場、水道系統、一座電腦中心、一座磚廠。他們在這個乾旱地區種植莊稼。「母親」寫了幾卷關於她自己心靈體驗的書。一切都很順利，直到有一天，社區成員決定奉「母親」為神。還在世的「母親」先是拒絕了這項榮譽。可是師利．奧羅賓多過世了，她身邊已經沒有足夠強大的人可以支持她，她無法長久抗拒這些崇拜者的要求。

他們將「母親」囚禁在房裡，並且決定既然「母親」在世時拒絕封神，那麼她就死後封神吧。她或許沒有意識到自己的神性，但這並不妨礙她成為神！

「母親」在最後幾次露面的畫面上顯得意志消沉，像是遭受了沉重的打擊。只要她試圖談論監禁和崇拜者對待她的方式，他們就會打斷她的話，帶她回到房裡。「母親」變成了一個老婦人，那些自稱崇拜她的人日復一日對她施加的考驗讓她漸漸枯萎。

「母親」還是向昔日友人偷偷傳遞了一個訊息：他們試圖毒害她，在她死後奉她為神，讓她變得更適合崇拜。求救徒勞無功。那些試圖幫助「母親」的人立即被逐出社區。最終的溝通方式：在四面牆壁中間，她彈奏風琴來訴說她的悲劇。

沒有人救得了她。「母親」應該是服用了高劑量的砒霜，於一九七三年離世。曙光之城為她舉辦了一場神級的葬禮。

可是少了她，就沒有什麼可以將社區團結起來了。社區從此分裂，成員互相對立。所有人都忘了烏托邦的理想世界，在法庭上長年互訟。無數的訴訟讓人們對一個曾經最充滿雄心壯志、最成功的人類社區實驗產生了懷疑。

艾德蒙．威爾斯
《相對知識與絕對知識百科全書》第二卷

151．尼古拉

妳們要戰鬥到最後。

他知道，在希藜－埔－霓的無情追殺下，自然神論者很難再為組織的發展找到生機。可是為了發揮作用，神必須表現出自己有能力讓自己說的話符合當下發生的事。尼古拉．威爾斯利用整個地底社區的睡眠時間，在翻譯機器前坐了下來。他先是花了一段時間尋找靈感，接著開始在鍵盤上打字，就像年輕的莫札特一樣。但他產出的不是音樂，而是一首接著一首要將他變成神的香氣交響曲。

妳們要戰鬥到最後。
不惜一切代價完成奉獻的使命。
因為妳們沒有給我們足夠的食物，所以現在要經歷痛苦和死亡。

手指可以做任何事，因為**手指**是神。
手指可以做任何事，因為**手指**很大。
手指可以做任何事，因為**手指**很強。

這是真……

「尼古拉，你起來了，你在幹什麼？怎麼不睡覺？」

喬納東．威爾斯站在尼古拉背後，他往前走，一邊揉著眼皮，一邊打哈欠。

一陣恐慌。尼古拉．威爾斯想把機器關掉，但卻按錯按鈕，結果電源沒有切斷，反而是螢幕變亮了。

喬納東才看一眼就全猜到了。他只來得及看到最後一句，但是已經明白了一切。

尼古拉讓螞蟻相信他是神，他強迫螞蟻餵養他們。

喬納東睜大眼睛。短短的一瞬間，他就猜出這詭計是怎麼回事。

尼古拉讓螞蟻變成信徒！

他愣了好一會兒，這個發現令他驚訝不已。尼古拉不知道該怎麼辦，他衝到父親身邊。

「爸爸，你要知道，我這麼做是為了拯救我們，讓螞蟻可以養活我們……」

喬納東．威爾斯十分驚恐。

尼古拉結結巴巴地說：

「我想教導螞蟻，讓牠們來崇拜我們。反正我們會在下面還不都是因為牠們，所以我們也要靠牠們來脫身。結果牠們不帶食物給我們了，牠們拋棄了我們，害我們餓得要死。一定要有人做出反應而且採取行動。所以我一直在想辦法，最後終於找到解決的方法。我們比螞蟻聰明一千倍，強壯一千倍，體型大一千倍。不論哪一個人，對這些小昆蟲來說都是巨人。如果牠們以為我們是神，牠們就不會放棄我們。所以我訓練了一些自然神論的螞蟻，多虧了我，你們還能吃得到一點蜜露和蘑菇。我，尼古拉，十二歲，是我拯救了你們，你們這些正在把自己當成昆蟲的大人！」

喬納東．威爾斯毫不猶豫，兩個響亮的巴掌，在兒子的兩個臉頰各留下五道通紅的指印。噪音吵醒了其他人，大家一看就知道出了什麼事。

「尼古拉！……」奧古斯塔外婆驚呼，她嚇壞了。

尼古拉開始啜泣。大人總是什麼都不懂。在父母親冰冷的目光下，有仇必報的神變成一個哭哭啼啼的孩子。

喬納東．威爾斯再次抬起手要執行懲罰。妻子阻止了他：

「不要這樣，別把暴力帶回這個地方。我們好不容易才把暴力趕走！」

可是喬納東氣壞了。

「他濫用作為人類的特權，他把『神』的概念引入了螞蟻文明！誰可以預見這種行為的後果？宗教戰爭、宗教裁判所、狂熱主義、對異教毫不寬容……而這一切都因為我兒子。」

露西幫兒子求情：

「這是我們所有人的錯。」

「這樣的錯要怎麼彌補？」喬納東嘆了口氣：「我實在想不出來有什麼辦法。」

她摟著丈夫的肩膀。

「有的。眼前已經有一個辦法了，就是去跟你兒子談一談。」

152．牛角自由社區的誕生

黎明。今天早上也一樣，二十四號凝望著朦朧的地平線。

太陽，升起吧。

太陽聽了她的話。

二十四號獨自在樹枝的盡頭，看著世界的美麗並且思考著，如果眾神存在，祂們並不需要化身為**手指**，毋需變成巨型怪獸。其實，祂們就在那裡——在樹木為了吸引螞蟻而生產的那些甜美糖果裡，在金龜子耀眼的胸甲裡，在白蟻丘的冷卻系統裡，在大河的美麗與花朵的香氣裡，在臭蟲的變態行為和蝶翼的繽紛色彩裡，在蚜蟲的美味蜜露和蜜蜂致命的毒液裡，在蜿蜒的山脈和平靜的大河裡，在奪取性命的雨水和提振精神的陽光裡！

她跟二十三號一樣，願意相信有一種更上層的力量在統治世界。但是，她剛剛才明白，這種力量無所不在，而且存在一切事物之中，不僅僅化身為**手指**！

她是神，二十三號是神，**手指**是神。不需要再去更遠的地方尋找，一切就在那裡，在觸角和大顎可及之處。

她想起一〇三號跟她說過的蟻族傳說。現在她徹底明白了。生命中最重要的時刻是什麼？是當下！該去做的最重要事情是什麼？去關心我們眼前的事物。幸福的祕訣是什麼？在大地上行走。

她立直了身子。

太陽，升得更高，變得白亮吧！

再一次，太陽溫馴地聽了她的話。

二十四號繼續行走。她放開了蛾繭，她再無所求，她明白一切了。不需要再繼續東征了。她永遠都在迷失方向，因為她一直找不到自己的位置。現在她知道自己的位置就在這裡。她要做的就是開發這座島嶼，她唯一的志願就是善用每一秒，把每一秒都視為生命奇蹟般的餽贈。

她不再害怕孤獨，也不再害怕其他生物。如果我們在對的位置上，就什麼都不害怕了。

二十四號跑去找一〇三號。

她發現一〇三號正在用唾液修理那些勿忘草船。

觸角接觸。

她把蛾繭交給她。

我不會再帶著這個寶物了。妳必須自己帶著它了。我要留在這裡。我不再需要證明什麼了，我受夠了戰鬥，我受夠了迷失方向。

這番話讓所有在場的螞蟻都驚訝地豎起了觸角。一〇三號茫然接下了蛾繭。

她問她發生了什麼事。

兩隻昆蟲用觸角尖端互相輕觸。

我要留在這裡。二十四號又說了一次。我要在這裡建造一座城邦。

可是妳已經有了貝－洛－崗，那是妳的母城！

年輕的螞蟻欣然承認貝－洛－崗是個強大的聯邦，只是她對蟻族城邦之間的敵對競爭已經沒興趣了，她也受夠了這些階級——從出生就把某種角色強加給每一隻螞蟻。她想要遠離她們生活，遠離**手指**生活。一切從零開始。

可是妳會孤孤單單的一個！

如果有其他螞蟻也想留在島上，很歡迎。

一隻褐螞蟻走了過來。她也厭倦了這場東征。至於**手指**，她沒什麼贊成或反對的意見，她對**手指**完全不感興趣。其他六隻螞蟻也表態附和，她們也拒絕離開小島。

兩隻蜜蜂和兩隻白蟻也決定放棄東征。

青蛙會把妳們全部吞了。九號警告她們。

她們不相信。牛角金合歡會用它的刺來保護她們，不讓她們受到掠食者的侵害。

一隻甲蟲和一隻蒼蠅也加入了二十四號的陣營。接著又是十隻螞蟻、五隻蜜蜂和五隻白蟻。

要如何挽回她們？

一隻褐螞蟻先說她是自然神論者，但是也希望在這裡生活。二十四號回答說，在**手指**這方面，她們的社區既不支持也不反對自然神論。在島上，每隻昆蟲都可以依照自己想要的方式思考。

思考……。一〇三號不寒而慄。

這是第一次，昆蟲創造了一個烏托邦社區。她們給這個社區取了一個費洛蒙名字，叫做「牛角城邦」，然後開始定居在樹上。蜜蜂們還有一點充滿荷爾蒙的蜂王漿，可以讓非生殖蜂轉變為生殖蜂。這麼一來，就會出現幾隻蜂后，社區就可以永遠延續下去了。

她們的決定讓一〇三號十分驚訝，她愣在那裡好一會兒。後來，她重新晃動觸角，要求所有想要繼續東征的士兵們重新集結。

153．百科全書

樹木間的溝通：有些非洲金合歡具有驚人的特性。如果羚羊或山羊想要吃它們的樹葉，它們就會改變樹液的化學成分，讓樹液變得有毒性。而羚羊或山羊發現樹的味道不一樣了，就會去吃另一棵樹。而且金合歡會立刻發出一種警告的氣味，讓附近的金合歡接收，提醒它們掠食者的存在。於是在幾分鐘之內，所有樹木都變得不可食用了。這時羚羊或山羊只好離開，去找一株距離較遠、收不到警告訊息的金合歡。但是由於畜牧技術的發展，羊群和金合歡樹群被聚集在同一個小型的封閉場所裡。結果：一旦第一株受威脅的金合歡對所有其他的金合歡發出警告，羊群就無計可施了。牠們只能繼續吃這些有毒的灌木。於是無數羊群因此中毒身亡。人們過了許久才明白整件事的前因後果。

艾德蒙．威爾斯

《相對知識與絕對知識百科全書》第二卷

154．世界的邊緣就在眼前

正午時分。烏托邦的先驅們在牛角金合歡島上繼續她們的安家工作，一〇三號在武裝所有的勿忘草船，東征軍的士兵登船就位，牢牢攀住草葉的絨毛。

蒼蠅起飛進行偵察，檢視對岸可以停泊的地點。蒼蠅的工作是去尋找最佳下錨點，也就是危險性最低的地點。

所有船隻都駛離了浮橋。牛角社區的成員為東征軍送行，直到水邊，還幫忙把船推入大河。所有觸角都豎了起來，交流互相打氣的費洛蒙。誰也不知道何者較為困難：在荒島上創建一個自由的社會，還是與世界邊緣之外的怪獸們戰鬥。兩個團體都希望對方能夠堅持下去。無論發生什麼事，都不能放棄為自己設定的目標。

船隻離沙灘越來越遠，端坐在勿忘草葉上的航行者看到自然神論者製作的泥塑變得越來越小。輕型戰艦列隊前進。

龍蝨划槳兵推動著脆弱的小船，在河水中快速行進。船隻的上方，飛行甲蟲們驅趕著那些想要靠近輕型艦隊的飛鳥。

東征軍向前進，永遠向前進。

一首費洛蒙戰歌在溫熱的空氣中升起。

牠們很壯碩，牠們就在那裡，
我們要殺死手指，殺死手指。
牠們放火燒了糧倉，
我們要殺死手指，我們會抓住牠們！
牠們綁架了我們的城邦，
我們要殺死手指，殺死手指。

牠們會刺穿蟲蛹，
我們要殺死手指，我們會戰勝牠們！
牠們對我們毫不留情，
我們要殺死手指，殺死手指。

有時，湖擬鯉、鱒魚和鯰魚的背鰭尖端會露出水面，但是飛行犀牛在上頭守護著。如果這些水生怪獸有哪一頭對船隻造成威脅，牠們會毫不猶豫地將前額的長矛插入牠的鱗片。

蒼蠅偵察兵返回，精疲力盡，降落在勿忘草葉上，就像戰鬥機返航，降落在航空母艦上。蒼蠅們不僅在河岸附近發現了世界的邊緣，而且還發現了一座石頭拱橋可以跨過世界的邊緣。真是意外的收穫！

不需要挖掘隧道！一〇三號很高興。

橋在哪裡？

稍微往北一點。只要逆流而上就行了。

東征軍的士兵們興奮得發抖——世界的盡頭就快要到了。

艦隊抵達陡峭的對岸，渡河沒有太大損失，只有一艘船被蠑螈活吞。這些都是旅行的風險！依軍團和物種整隊。前進！

蒼蠅沒有說謊！

那些從未見過世界盡頭的昆蟲，心情無比激動！被神祕傳說包圍的黑色長條地帶就在這裡。一堆奇怪的東西以令人眼花繚亂的速度在那上面來來去去，周圍的光暈瀰漫著塵埃，散發著煙霧和碳氫化合物的氣味。這些東西的振動有一種前所未見的力量，一切都不再是自然的了。

對一〇三號來說，這些快速衝刺的晦暗物體是世界盡頭的守護者。她也認為這是**手指**的某種化身。

那麼，我們就來攻擊牠們吧！一名白蟻士兵說道。

不行，我們要攻擊的對象不是那些東西，地點也不是在這裡。

一〇三號認為黑色地帶賦予**手指**異常巨大的力量。最好是在比較不危險的地方跟牠們戰鬥，在世界盡頭的另一邊，也就是橋的另一邊，在那裡比較容易擊敗牠們。

每支軍隊都會有不用腦的冒失鬼。有隻白蟻非得自己去把事情搞清楚不可，她在黑帶上前進，結果立刻被壓得像樹葉一樣扁。不過昆蟲就是這樣，不管什麼事都得先做實驗才能相信。

事件發生後，東征軍跟著一〇三號越過橋樑，朝著**手指**成群出沒的大片未知領域前進。

155．熟面孔

梯子上站著一個人，舉槍瞄準他們，只有槍手的上半身和步槍從閣樓地面的活門下方露出來。這個人爬上梯子，終於跟他們面對面時，雅克．梅利耶在腦海裡翻來覆去拚命搜尋：「我認得這張臉。」

萊緹希雅．威爾斯跟他一樣，有個名字都快到嘴邊了，但就是想不起來。

「先生，把槍放下！（梅利耶把他的手槍扔到腳邊。）請你們坐到這邊的椅子上。」

這語氣，這聲音……

「我們不是闖空門的小偷。」萊緹希雅說：「我的夥伴甚至……」

探長立刻打斷了她的話：

「……是這附近的人。我就住在這一帶。」

「這不重要！」對方忙著用電線把他們綁在椅子上。

「好了，現在我們可以好好來談了。」

「所以你們到底是誰？」

「那麼，梅利耶探長，您和《星期日回聲報》的記者萊緹希雅．威爾斯，在我這裡做什麼？而且你們還一起來。我一直以為你們兩人都恨對方。她在媒體上侮辱您，您把她送進監獄！結果你們兩個狼狽為奸，一起跑來我的公寓，還大半夜的。」

「那是因為……」

萊緹希雅的話再次被打斷。

「我百分之百知道你們為什麼來我家，別再呼嚨我了！我還搞不清楚你們是怎麼做到的，但我知道是跟著我的螞蟻來的。」

樓上傳來一個呼喚人的聲音：

「發生什麼事了，親愛的？妳在閣樓上跟誰說話？」

「跟兩個我們不歡迎的人。」

第二個頭、第二個身體從活門底下冒出來。

「我不認識他。」

一位留著長長的白鬍子的先生出現了。他穿著灰底紅格子的襯衫，像個聖誕老公公，不過，是個被歲月催殘、疲憊不堪的聖誕老公公。

「我來為你介紹梅利耶先生和威爾斯小姐。他們陪我們的小朋友一起回到這裡。怎麼做到的呢？他們會告訴我們的。」

聖誕老公看起來很不安。

「不過他們很有名，兩個都很有名喔。他是警察，她是記者！妳不能殺了他們，不行的。而且，我們也不能再殺下去了……」

女人語氣冷淡地質疑他：

「你是要我們放棄嗎，亞瑟？你要我們放棄一切嗎？」

「是的。」亞瑟說。

她的語氣近乎哀求：

「可是如果我們放棄了，誰來接手我們的任務？沒有人，沒有任何人……」

白鬍子男人扭絞著手指。

「如果他們可以找到我們，其他人一定也可以。結果就是殺，沒完沒了地殺！我們的任務永遠不會完成。消滅了一個，就會再出現十個。我已經厭倦了這種暴力。」

「這個聖誕老人，我從沒見過。可是這個女人，她……」萊緹希雅的腦子亂成一團，完全跟不上這段攸關兩條人命的對話。

亞瑟用他長滿黑斑的手背擦了擦額頭。這段對話讓他精疲力盡，他想找個可以抓住的東西，卻什麼也沒抓到，就整個人癱倒在地上暈厥了。

女人不發一語，看著兩個年輕人，然後幫他們解開了電線。他們機械式地摩挲著腳踝和手腕。

「就幫我把他抱到我們的床上吧。」她說。

「他怎麼了？」萊緹希雅問道。

「身體不舒服。這些天不舒服的狀況越來越頻繁。我丈夫生病了，病得很重。他活不久了。就是因為他覺得自己離死亡不遠了，才會奮不顧身地投入這場冒險。」

「我以前是醫生。」萊緹希雅說：「您願意讓我幫他看看嗎？我也許可以讓他減輕一點痛苦。」

女人臉上露出悲傷的表情。

「沒用的。我很清楚他痛苦的原因。他的癌症擴散了。」

他們小心翼翼地把亞瑟抬到床上。病人的妻子拿起一個裝有鎮靜劑和嗎啡混合劑的針筒。

「現在讓他休息吧。他需要睡眠來恢復一點體力。」

雅克．梅利耶盯著這女人看了很久。

「好了，我認出您了。」

同一時間，同樣的信號也在萊緹希雅．威爾斯的腦中響起。當然是她，她也認出這個女人了！

156．百科全書

共時性：一九〇一年在多個國家同時進行的一項科學實驗顯示，在一系列特定的智力測驗中，老鼠的分數為六分（滿分是二十分）。

一九六五年，這項實驗在相同的國家以完全相同的測驗重新進行，結果老鼠的平均分數是八分（滿分是二十分）。

地理區域與此現象完全無關。歐洲老鼠的智力跟美國、非洲、澳洲或亞洲的老鼠相比，沒有比較高，也沒有比較低。在所有的大陸上，一九六五年的所有老鼠都比牠們一九〇一年的祖先得到的成績更好。整個地球上的老鼠都進步了。彷彿有一種全球性的「老鼠智力」在逐年增長。

在人類的世界，有人發現某些發現或發明是在中國、印度和歐洲同時出現的：譬如火、火藥、編織。時至今日，還是有些發現是在地球上的好幾個地點，在有限的時間裡同時發生的。

這些例子會讓人這麼想：某些想法飄浮在空氣中，飄浮在大氣層之外，有能力捕捉到這些想法的人就會對提高人類的整體知識水準做出貢獻。

艾德蒙．威爾斯

《相對知識與絕對知識百科全書》第二卷

157．在世界之外

東征軍沿著陡峭的岩石緩緩攀爬前進。橋的另一頭，高大的立方體結構高聳入雲。這些立方體似乎沒有根。螞蟻動也不動地觀察著這些形體完美、又高又陡的山脈：這就是**手指**的巢穴嗎？

她們在世界邊緣之外的國度。**手指**的領土！

一種前所未有的猛烈衝擊——不論是數量還是強度——狠狠地壓倒了她們。**手指**的巢穴就在那裡！龐大，宏偉，比森林中最古老的樹木還要粗、還要高上一千倍！它們的陰影延伸到幾十萬步之外。**手指**建造的巢穴根本無法丈量，光靠自然的力量也造不出類似的東西。

一〇三號僵住了。這次，是她讓自己鼓起勇氣繼續前進，跨越世界的邊緣，超越了螞蟻的可能性。現在，她終於來到這個讓她朝思暮想的異地，來到所有文明之外。

在她身後，其他的昆蟲疑惑地晃動觸角的尖端。

東征軍的士兵就這樣沉默了許久，動也不動，被如此強大的力量震懾了。自然神論者匍伏拜倒。其他士兵則是議論著如此奇異的世界，線條都是直的，體積是無限大的。

士兵們重新整隊，重新計數。她們在敵國有八百名士兵，可是要如何殺死躲在這種堡壘之中的**手指**呢？一定得攻打這個巢穴！

甲蟲和蜜蜂的飛行軍團作為備援部隊，只在遇到問題的時候出手。大家都同意，一收到信號，東征大軍就往建築物的入口衝鋒。

一隻怪鳥從天而降，那是一塊黑色的板子。牠壓碎了四名白蟻士兵。黑色的板子現在四處掉落，擊碎了砲兵的盔甲。

牠們是**手指**嗎？

第一次衝鋒，七十多名兵蟻陣亡。

可是東征軍沒有喪失信心，她們先往後撤，隨即發起第二次衝鋒。

前進，把牠們全都殺了！

這一次，蟻族大軍排出尖頭陣型。一個個軍團迫不及待地上陣衝鋒。

時間是上午十一點，來郵局寄信的人很多。很少有人會看到地上有一小團一小團肉眼難辨的黑色東西在移動。嬰兒車的輪子、皮鞋和運動鞋把這些晦暗的小身影壓得扁扁的。有幾個小黑點爬上了一條長褲，但也很快就被反手一揮，掉回地上。

我們被發現了，牠們從四面八方攻擊我們。一名士兵在被壓扁之前大聲吶喊。

撤退的費洛蒙訊息響起。又有六十名士兵陣亡了。

觸角祕密會議。

我們必須不惜任何代價，奪下**手指**的巢穴。

九號建議將軍團排成不同的陣型繼續衝鋒。必須試試迂迴戰術。命令下達，看到鞋底就攀爬上去。

衝鋒！

配置在第一線的砲兵將毒液噴灑在一只籃球鞋的橡膠上。有幾名砲兵則是把一雙高跟鞋閃閃發亮的塑膠膜給毀了。

撤退。重新計數。又有二十名士兵陣亡。

神是刀槍不入的。那群自然神論的螞蟻得意洋洋地說著，她們從一開始就遠離戰鬥，在一旁祈禱。

一〇三號不知如何是好。她一直抱著信使任務的蛾繭，不敢參與這些危險的衝鋒。對**手指**的巨大恐懼慢慢襲上心頭。確實，牠們看起來是無敵的。

但是九號沒有放棄，她決定要跟飛行軍團一起衝鋒。全軍聚集在郵局對面的梧桐樹上。九號騎上一隻甲蟲，將蜜蜂部署在她攻擊線的兩側。

她看到**手指**巢穴上敞開的大洞，高喊著提振士氣的費洛蒙。

犀角金龜們低下頭，將牠們的角準確地對在瞄準線上。

向**手指**衝鋒！

一名郵局的工作人員把玻璃門關上。「風太大了。」她說。

東征軍什麼也看不見。透明牆板出現時，她們正在全速俯衝，根本來不及剎車。甲蟲們一個個爆裂並且墜落，背上的砲兵們陷在甲蟲的屍體裡。

「下冰雹了嗎？」郵局裡的一名顧客問道。

「沒有，我想一定是萊蒂芙太太的那些孩子在丟小石頭。他們就喜歡這樣玩。」

「可是他們有可能會把玻璃打破，不是嗎？」

「您別擔心，玻璃很厚。」

還治得好的傷兵被帶回去治療。這次衝鋒，東征軍又損失了八十隻兵蟻。

手指比我們想像的更難對付。一隻螞蟻釋放了訊息。

九號不想放棄。白蟻也不想。她們走了那麼遠的路，克服了那麼多的阻礙，可不是為了來這裡被黑色板子和透明牆板給擋下來的！

她們在梧桐樹下野營過夜。

大家的信心都在，明天又是新的一天。

螞蟻懂得如何估算代價、運用時間和想辦法。她們最後總是會成功。這是眾所周知的。

一名偵察兵在她們前一天攻擊的巢穴山牆上發現了一道裂縫。這是一道規則的長方形裂縫。她想，說不定這是一個祕密入口。她沒有告訴其他夥伴就跑去偵察了。她進入了刻著一些符號的裂縫，這些符號在另一個時空維度裡的意思是「長程航空郵件」，她掉落在好幾片扁平的白色板子底下。她決定潛入其中一片，去看看裡頭有什麼。當她試著要出去時，她被一堵白牆壓住了，於是她留在那裡等著。

因此，三年後，人們驚訝地發現一群典型的法國褐螞蟻定居在尼泊爾，在喜馬拉雅山脈的深山裡。多年後，幾位昆蟲學家感到納悶，這些螞蟻是如何長途跋涉來到這裡。他們最終得出結論，這肯定是一個和法國螞蟻極為相似的平行物種，純屬巧合。

158．是她

「您認出我了？」

雅克．梅利耶很確定。

「您是……朱麗葉．哈米黑茲，『思考……』」

「……陷阱』的明星衛冕者。」萊緹希雅幫他把話說完。

女記者皺起眉頭，她想要找出解謎冠軍、假聖誕老人和這幫殺手螞蟻之間的關連。

梅利耶探長作為應付這種場面的老手，他試著安撫朱麗葉．哈米黑茲。他猜想她已經快要崩潰了。

「是因為我們很喜歡這個節目，所以才認得出您，您明白吧！這節目用了一些不像表面上看起來那麼難的例子，教我們用不同的方式來看待宇宙。教我們用不同的方式思考。」

「用不同的方式思考！」哈米黑茲夫人嘆了口氣，忍不住抽泣起來。

她沒化妝，沒打理髮型，穿的是舊浴袍而不是剪裁得宜的圓點連身裙。她看起來比電視上老，而且疲憊。光鮮的衛冕者現在只不過是個憔悴的中年婦女。

「他是我的丈夫亞瑟。」她指著床上的男人說：「他是那些螞蟻的『主人』。可是一切都是我的錯，都是我的錯！既然你們已經找到我們了，我就不能再保守祕密了。我會把事情的原委都告訴你們。」

159・重點整理

「尼古拉，我得跟你好好談一談。」

孩子低下頭，等著父親怒罵。

「嗯，爸爸，我做了不好的事。」他乖巧地說：「我不會再這樣了。」

「尼古拉，我現在不是要跟你談你那些小詭計。」喬納東溫柔地說：「我想談的是我們在這裡的生活。也許可以這麼說，你選擇繼續『正常』生活，而我們卻決定要當『螞蟻』。有些人認為你應該參加我們的共融儀式。我呢，我是覺得我們應該要先讓你知道我們的心靈狀態，然後讓你自由選擇。」

「嗯，爸爸。」

「你明白我們在做什麼嗎？」

男孩眼睛盯著地面，咕噥著說：

「你們圍成一圈，一起唱歌，然後越吃越少。」

父親早有準備要表現得很有耐心。

「這些只是我們所做的事情的外在面向。它還有其他的部分。告訴我，尼古拉，你有幾種感官？」

「五種。」

「哪五種？」

「視覺、聽覺……呃，觸覺、味覺和嗅覺。」男孩背誦著，像在學校考試一樣。

「然後呢？」喬納東問道。

「然後就沒有了。」

「很好。你提到五種肉體感官，可以讓你掌握肉體的現實。可是還有另一種現實，就是心靈的現實，這是可以透過五種心靈感官來掌握的。如果你只用你的五種肉體感官，那就像是你只用左手的五根手指一樣。為什麼不也用一用右手的五根手指呢？」

尼古拉聽了非常驚訝：

「你說的另外五種『心－靈－』感官是什麼？」

「情感、想像、直覺、普遍意識和靈感。」

「我以為思考只是用到我的頭腦，然後就沒有其他的了。」

「才不是，思考的方式有很多種。我們的大腦就像一台電腦，可以透過編寫程式來實現我們幾乎不知道的一些奇妙的事。這是我們天生就有的一項工具，可是我們從來沒有找到完整的使用說明書。目前我們只使用了百分之十的大腦。也許一千年以後，我們會知道如何用到百分之五十，一百萬年以後，可以用到百分之九十。在大腦這方面，我們都是嬰兒，我們連在我們周圍發生的事情的一半都不了解。」

「你說得太誇張了。現代科學……」

「我才沒有誇張！科學根本什麼都不是。科學只能讓那些對科學一無所知的人留下深刻的印象。真正的科學家知道我們一無所知，而我們越往前走，就越會意識到我們的無知。」

「可是艾德蒙舅公知道一些事情，他……」

「不是的。艾德蒙為我們指出了自我解放的道路。他為我們示範如何提出問題，但他不會為我們提供解答。你開始讀《相對知識與絕對知識百科全書》的話，會覺得對一切事物都有了更好的理解，然後如果你繼續讀下去，會覺得你什麼都不懂了。」

「可是我，我覺得我了解這本書裡講的東西。」

「你很幸運。」

「這本書講到大自然、螞蟻、宇宙、社會行為、地球上的部落對抗……我甚至還看到了一些食譜和謎題。我呢，我讀這本書的時候，覺得自己變得更聰明、更強了。」

「你真的很幸運。我呢，讀得越多，就越發現一切都是那麼難以理解，我們距離要實現的目標是那麼遠。就連這本書也幫不上我們的忙了，它只不過是一系列單詞組成的，而單詞本身又是由字母組成的。字母是在素描，單詞則是試圖捕捉命名背後的物體、想法和動物。『白色』這個單詞有它自己的振動，但是『白色』在其他語言裡是用不同的單詞說出來的：white、blanco……等等，這證明『白色』這個單詞不足以定義這種顏色，那是從前不知是誰發明的一個近似說法。書是一連串的文字，一連串的死符號，一連串的近似說法。」

「可是《相對知識與絕對知識……」

「《百科全書》跟實際經歷的生活比起來，根本算不了什麼。沒有一本書比得上對現在的行動進行一分鐘的反思。」

「我已經聽不懂你講的這些難懂的話了！」

「對不起，我解釋得太快了。這麼說好了，我在跟你講話的時候，你聽我說話，這已經很重要了。」

「我當然會聽你說話，為什麼你會覺得我不聽你說呢？」

「聽人說話非常困難……你必須有高度的警惕。」

「你很奇怪，爸爸。」

「對不起，我沒有用你可以理解的方式來講。我想讓你看個東西。閉上眼睛，專心聽我說。你想像一顆檸檬。你看到了嗎？它是黃色的，很黃，在陽光下閃閃發亮。它很粗糙，而且很香。你聞到它的香氣了嗎？」

「聞到了。」

「好。現在你拿起一把尖銳鋒利的大刀。你把檸檬橫切：檸檬打開了。圓形的切片在陽光下顯露出多汁的果肉的紋理。你去擠壓檸檬片，你看到果肉榨裂，果汁流下來，很黃，很香……你感覺得到嗎？」

尼古拉依然閉著眼睛。

「哦，我感覺到了。」

「好，告訴我，你的嘴巴裡有口水嗎？」

「呃……（他咂了一下舌頭）……嗯，我的嘴巴裡都是口水！怎麼會這樣？」

「這是思想對身體作用的力量。你看，只是想到一顆檸檬，你就可以引發一種無法控制的生理現象。」

「這真是太神奇了！」

「這是第一步。我們不需要讓別人以為我們是神，我們已經成為神了，這已經發生了很長的一段時間，只是我們不知道。」

尼古拉激動起來。

「我想學習變成這樣。爸爸，拜託，教我用我的心靈控制一切。教我。我該怎麼做？」

160 · 隱翅蟲的毒品

城邦內戰愈演愈烈。支持自然神論的叛軍已經入侵了一整個地區，那是水罐蟻居住的地區。叛軍可以從那裡為**手指**提供源源不絕的蜜露。

奇怪的是，**手指**不再透過利明斯通博士傳來訊息。先知的聲音沉默了。

這種沉默絲毫沒有減弱虔誠信徒的狂熱。

死去的自然神論者會被規規矩矩地集中置放在一間廳室裡。叛軍在參與戰鬥之前會來這裡探望死者，對著死者模仿交哺與對話的動作。這些「雕像」的姿勢通常凝結在某個戰鬥動作之中。所有螞蟻只要踏入陣亡戰士廳，離開時連觸角的香氣都會改變。完整無缺地保留死者的樣貌，就是重視生命。

城邦裡，只有自然神論的運動主張，邦民不是生來讓城邦任意拋棄的個體。

自然神論叛軍的說話方式宛如隱翅蟲的毒品，一旦她們開始釋放提及眾神的費洛蒙，螞蟻們就無法停止接收這些訊息。

然後，被「**手指**宗教」感染的螞蟻就不再工作，不再照顧幼蟲了，她們只想著要偷食物，再把食物帶去石板底下的**手指窩**。

希藜－埔－霓蟻后似乎不為叛亂運動死灰復燃感到困擾。她只問了東征軍的消息。

依據小蠓通訊兵帶回來的訊息，東征軍現在已經越過世界盡頭，跟**手指**開戰了。

太好了。蟻后釋放訊息。可憐的**手指**，牠們不知有多後悔來挑釁我們！等我們最終在那裡打敗牠們，反叛運動在這裡就沒有任何理由存在了。

161．百科全書

述：「述說」（conte）和「計數」（compte）這兩個單詞在法文裡的發音相同。不過，我們注意到，這種字母和數字之間的對應關係其實存在所有的語言裡。數單詞或述說數字，差別在哪裡？在英文裡，「計數」是to count；「述說」是to recount。在德文裡，「計數」是zahlen；「述說」是erzählen。在希伯來文裡，「計數」是li saper；「述說」是le saper。在中文裡，「計數」是「數」；「述說」是「述」。

自語言初生以來，數字和字母就被結合在一起。每個字母都對應一個數字，每個數字都對應一個字母。希伯來人自古就明白這一點，這就是為什麼《聖經》是一本充滿科學知識的神奇經典，以編碼敘事的形式呈現。如果我們將這些數字的價值賦予每個句子的第一個字母，我們就會發現隱藏的第一義。如果我們將數字的價值賦予每個單詞的每個字母，我們就會發現一些跟傳說或宗教不再有任何關係的公式和聯想。

艾德蒙・威爾斯
《相對知識與絕對知識百科全書》第二卷

162・路途上的意外

昆蟲們正在為大舉進攻做準備。**手指**的巢穴就在那裡，就在面前，以一種令人無法忍受的方式在嘲笑她們。

東征軍意志堅定，她們會像瘋子一樣去戰鬥。這第一個巢穴具有象徵意義，她們無論如何要攻下來。軍團依戰鬥職能列隊。一〇三號跨坐在「大角」背上，她提議以緊密的小方陣攻擊，**手指**一出現，方陣就散開。侏儒蟻在罌粟花丘之戰用過這種戰術，當時的效果非常好。

每隻螞蟻都在清洗身體，進行最後的交哺。興奮的螞蟻釋放著她們最野蠻的費洛蒙。

攻擊！

最後五百七十名東征軍排列而成的戰線向前推進，聲勢駭人，意志堅定。蜜蜂在螞蟻觸角的上方盤旋，她們的毒針已經出鞘。金龜子的大顎喀喀作響。

九號想要再給**手指**鑽一個洞，在裡頭注入蜂毒。畢竟這是唯一曾經成功對抗**手指**的狩獵技術。

所有昆蟲都準備就緒！第一線、第二線的輕步兵出動了，纖細長腿的騎兵在她們的側翼騰跳著前進。這群貝－洛－崗、澤第－貝－納崗、阿蕬克蕾茵、蘑希蘆克菘邦民是一支出色的軍隊。甲蟲們想為牠們撞碎在莫名出現的透明牆板上的同胞們報仇。

第三波、第四波攻擊接連上陣，主力是輕型和重型蟻酸砲。

到目前為止，她們沒怕過誰。

第五波和第六波突擊隊正在準備了結**手指**的性命，她們在大顎的尖端塗上蜂毒。

從來沒有一支昆蟲的聯合軍曾在距離各自巢穴如此遙遠的地方作戰。每個士兵都知道，能否征服地球所有的外圍領土，或許就取決於這場戰役！

而且，這已經不只是一場戰役了，這根本是一場決定由誰來統治世界的戰爭。勝利者會證明誰才是這個星球的主人！

九號非常清楚這一點，看她張牙舞爪地伸展大顎，就知道她不是好惹的。

東征軍距離這些嘲笑她們的**手指**的巢穴只有幾千步了。

八點三十分。郵局才剛開門。第一批顧客進來時並沒有想過他們面臨了什麼挑戰。

昆蟲們從小跑步變成狂奔。

前進，衝鋒！

市政府的清潔隊都是早上八點三十分來的。那是一輛裝滿肥皂水的小型灑水車，往人行道噴水，進行清洗的工作。

我們碰上了什麼事？

東征軍一片慌亂：一股嗆辣的水颶風襲來。

東征軍遭遇痛擊，隨即被水吞沒。

散開！一〇三號大叫。

數十步高的浪頭淹沒所有士兵，水流往空中彈起，擊中飛行軍團。

所有士兵都被肥皂水清洗了。

幾隻甲蟲好不容易載著一群群驚惶的螞蟻起飛。每隻昆蟲都拚了命在掙扎。螞蟻推開白蟻。族群之間不再團結，不再互相理解了！先保住性命再說。

由於乘客太重，甲蟲們飛行困難，成了胖鴿子的一頓大餐。

地面上是一場大屠殺。

所有的軍團都被水颶風殲滅了，士兵們穿盔戴甲的屍體在廣場上滾動，最後掉進排水溝裡。

一場華麗的軍事冒險就此告終。四十秒的肥皂水密集噴灑後，東征軍的部隊不再前進。要解決**手指**問題的三千隻不同物種的昆蟲聯軍當中，只剩一小撮倖存者，多半還少了幾條腿。大多數士兵都被市政府清潔隊的大浪給沖走了。

自然神論者、非自然神論者、螞蟻、蜜蜂、甲蟲、白蟻、蒼蠅，無一例外，都被這股流體龍捲風狂掃而去。

最諷刺的是，駕駛灑水車的清潔隊員什麼也沒看到。沒有一個人類發現智人剛剛在「星球大對決」大獲全勝。人們繼續處理自己的事，一邊想著午餐要吃什麼，那天有哪些雜務要處理，辦公室有什麼工作要做。

至於螞蟻，她們非常清楚，她們已經輸掉了這場世界大戰。

一切都發生得如此迅速、如此確定，這場災難幾乎是無法想像的。在四十秒的時間裡，這些曾經跋涉數公里的腿，這些身經各種凶險戰鬥的大顎，這些在最陌生的異族地區嗅過各種氣味的觸角，所有這一切，全都淪為漂浮在橄欖綠的濃湯上的破碎零件。

第一支對抗**手指**的東征軍不再向前進，也永遠不會再向前進了。她們被肥皂水龍捲風吞沒了。

163．尼古拉

尼古拉．威爾斯加入了其他人的行列。他以自己的聲波豐富了「唵」的集體振動。有那麼一瞬間，他感覺自己變成一朵無形的、輕飄飄的雲，向上升騰，再升騰，穿越所有物質。這比成為螞蟻的神強上一千倍。自由！他自由了。

164．算帳

九號有一種反射性的自救本能。她把細爪深深插進水溝蓋的凹槽裡，慘兮兮地爬在廣場的石磚路上。至於一〇三號，她在最後一刻跟「大角」一起升空，避開了肥皂渦流氣旋。她毫髮無傷，

二十三號也是，她縮在一個柏油鋪面的凹洞裡。

更遠處，倖存的甲蟲載著她們的駕駛兵一起逃命。最後的幾隻白蟻倉皇逃走，邊逃還邊懊悔沒有留在牛角島。

三個貝－洛－崗邦民終於會合了。

對我們來說，牠們太強大了。九號悲痛地說，一邊抹著她被消毒水刺激到的眼睛和觸角。**手指**是神。**手指**是萬能的。我們不停地告訴大家，妳們卻不相信我們。看現在亂成這樣！

二十三號嘆了一口氣。

一〇三號還在因為害怕而顫抖。無論**手指**是不是神，事情都不會改變，牠們太可怕了。她們互相摩擦身體，進行絕望的交哺。她們是這場徹底潰敗的東征僅有的倖存者，只有她們能做這些事了。

然而對一〇三號來說，冒險並沒有就此結束，她還有一項使命要完成。她緊緊抱著她的蛾繭，這動作引起了九號的注意，在此之前，她對蛾繭的存在並不關心：

從東征開始，妳就一直把這玩意帶在身邊，這裡頭有什麼？

沒什麼特別的東西。

給我看看。

一〇三號拒絕。

九號大怒。她告訴對方，她一直懷疑她是幫**手指**工作的間諜。引導大家一頭栽進這個陷阱的就是她——這個自稱是嚮導的一〇三號！

一〇三號將蛾繭交託給二十三號之後，接受了決鬥的提議。

兩隻螞蟻面對面，大顎全開，不時將觸角尖端甩向對方。她們繞著對方轉圈，衡量對方最容易攻擊的弱點。接著是突如其來的衝擊，她們衝向對方，甲殼互撞，胸廓互相推擠。

九號的左大顎劃破空氣，插進對手的胸甲，透明的血液流了出來。

一〇三號躲開第二記鐮刀。趁著對手猛揮大顎，失去平衡之際，一〇三號砍掉她一根天線的末端。

停止這場毫無意義的打鬥吧！只剩下我們了。

妳真的那麼想完成**手指**交代妳的工作嗎？

九號已經失去理智，此刻她只把自己的觸角插進這個叛徒的眼窩裡。

她差一點就擊中了目標。

一〇三號想噴射蟻酸，她調整腹錘，射出一滴腐蝕性的液體。這滴蟻酸消失在一名郵差翻摺的褲腳裡。

九號也開始射擊。現在，一〇三號的腹囊空了。興奮的對手認為解決獵物的時機到了，可是一〇三號的招數還沒用盡。她往前衝，大顎張開，夾住九號的左邊中間的那條腿，不停地前後扭絞。

九號也對一〇三號的右後腿做了同樣的事。就看誰先扯下對方的腿了。

一〇三號想起她的一堂戰技課。

如果以同樣的方式攻擊五次，對手就會用跟前五次一樣的方式來躲開第六次攻擊。這時要給對方一次突襲就不難了。

一連五次，一〇三號用觸角尖端攻擊九號的嘴。這時，只要利用對方收攏大顎的姿勢，趁機夾住她的脖子就行了。一〇三號俐落地一揮，斬下對方的頭。

九號的頭顱在油膩的地磚上滾動。

頭顱不動了。一〇三號走過來盯著頭顱看。鬥敗的觸角晃動著。螞蟻身體的每個部分都有一定的自主性，就連死後也是如此。

妳錯了，一〇三號。九號的頭顱說道。

一〇三號覺得自己似乎經歷過這樣的場面——一顆頭顱堅持要傳遞它最終的訊息。但那不是在這裡，傳遞的也不是同樣的訊息。那是在貝－洛－崗的垃圾場，那時候叛軍跟她說的話徹底改變了她的生命歷程。

九號的觸角又動了起來。

妳錯了，一〇三號。妳以為妳可以還就所有的螞蟻，但這是不可能的。妳必須選擇妳的立場，要嘛支持手指，要嘛支持螞蟻。妳無法用美好的想法來避免暴力。我們只能透過暴力來避免暴力。今天妳贏了，是因為妳比我強。妳很棒。但我有一句忠告：永遠不要變弱，因為，如果妳變弱了，妳所有美好的抽象原則都救不了妳。

二十三號走上前，把這顆實在太健談的頭顱一腳踢開。她向一〇三號道賀，然後把繭遞給她。

現在妳知道還有什麼事要做了。

一〇三號知道。

那妳呢？

二十三號沒有立刻回答。她依舊含糊帶過。她自稱是**手指**眾神的僕人。她認為到了必要的時候，**手指**會給她指示，讓她完成使命。在此之前，她將在這個世界之外的世界繼續遊蕩。

一〇三號祝她好運，然後爬到「大角」背上，端坐在她的觸角之間。甲蟲滑動鞘翅，展開棕色的長翼。發動機啟動。骨架密布的薄翼拍動著**手指**國度的髒污空氣。一〇三號起飛了，衝向離她最近的**手指**巢穴的頂點。

165・精靈大師

天亮了。萊緹希雅・威爾斯和雅克・梅利耶依然聚精會神聆聽朱麗葉・哈米黑茲講述的離奇故事。

他們已經知道，那個舉止像是退休聖誕老人的男人是她的丈夫亞瑟・哈米黑茲。他們得知亞瑟・哈米黑茲從小就對動手做東西充滿熱情。他製作過一些玩具、飛機、汽車、船，還用遙控器進行遠端操控。這些東西和機器會聽從他的每一個指令。他的朋友給他取了一個「精靈大師」的綽號。

「每個人都有某種天賦，只要好好培養就可以發揮出來。所以，我有個朋友，她是十字繡的藝術家。她的掛毯是……」

但是她的聽眾根本就不在乎十字繡可以實現的奇蹟。她繼續說了下去：

「亞瑟呢，他明白，如果他的存在可以帶給人類一點什麼，那應該是他在遠端操控方面的靈巧。」

很自然地，他投身機器人研究，毫不費力就拿到了工程學位。他發明了爆胎自動充氣裝置、可植入顱內的隨身聽，甚至還發明了可以遙控的搔背機器。

在最近一次的戰爭期間，他研發出「鋼狼」。這種四條腿的機器人顯然比兩條腿的更穩。這種機器人還配備了兩組紅外線攝影機，可以在黑暗中瞄準，兩挺機槍裝在鼻孔的位置，嘴裡還有一門三十五毫米的短炮。「鋼狼」在夜間進擊，士兵們安全地隱蔽在五十公里之外操控。事實證明，這些機器人非常有效，沒有任何敵人可以存活下來向世人宣告它們的存在！

可是有一天，亞瑟偶然在一個極機密的影像檔案裡看到「鋼狼」造成的破壞。負責指揮它們的士兵，個個深陷在遊戲的狂熱之中，像在打電動玩具似地屠殺所有在監控螢幕上移動的東西。

亞瑟心灰意冷，決定提前退休，開了這家玩具店。從此，他將自己的天賦用在孩子們的身上，因為大人太不負責任，根本沒辦法好好運用他的發明。

就在這個時候，他遇到了朱麗葉，那時她就已經是郵局的投遞員了。她遞送信件、匯票、明信片、掛號信給亞瑟。兩人一見鍾情，立刻就結了婚，在鳳凰街的房子過著幸福快樂的生活，直到意外發生的那一天。是的，她確實是用「意外」來說那件事的。

那一天，她跟平常一樣走了固定的路線去送信，一隻狗襲擊了她。那隻狗咬住她的郵件袋，用滿口的牙齒咬了下去，狠狠地撕裂了一個包裹。

朱麗葉做完她的工作，把破損的包裹帶回家。她心想，亞瑟的**手指**很靈巧，可以把包裹修補好，收件人肯定不會發現任何異樣，不然萬一發生客訴，她就麻煩了。

結果亞瑟．哈米黑茲根本沒有修補這個包裹。

亞瑟才拿起包裹，內容物就引發了他的好奇：裡頭有一份厚達數百頁的文件、幾頁設計圖（設計的是一台奇怪的機器），還有一封信。他與生俱來的好奇心戰勝了他同樣與生俱來的判斷力：他讀了文件，讀了信，還仔仔細細地看了那些設計圖。

他們的生活從此發生巨變。

亞瑟．哈米黑茲從此陷入唯一的執念：螞蟻。他在閣樓上安置了一個巨大的飼養箱。他總是說螞蟻比人聰明，因為一座蟻丘所有的心靈結合起來，力量會超過蟻丘所有螞蟻智慧的單純加總。他保證，在螞蟻的世界裡，一加一等於三。社會性的協同效應發揮了作用。螞蟻讓我們清楚看到，如何開展一種新的群體生活方式。依照他的說法，這種生活方式會改變人類的思想，事情就是這樣。

朱麗葉．哈米黑茲在很久以後才知道這些設計圖的用途。這台機器被它的發明者稱作「羅塞塔石碑」，它可以將人類語言的音節轉化為螞蟻的費洛蒙，反之亦然，它可以跟螞蟻社會進行對話。

「可是……可是……可是這是我父親的研究啊！」萊緹希雅驚呼著。

哈米黑茲夫人握住她的手。

「我知道，您現在來到我面前了，我很羞愧。這個包裹，正確地說，是令尊艾德蒙．威爾斯寄出去的，而收件人就是您，威爾斯小姐。那份文件是他的《相對知識與絕對知識百科全書》第二卷。那份設計圖是他要把法語翻譯成螞蟻語言的機器。還有那封信，那封信……那封信是要給您的。」她一邊說，一邊從餐具櫃的抽屜裡拿出一頁折疊整齊的白紙。

萊緹希雅幾乎是一把將那張白色的紙搶過來。

她讀著：萊緹希雅，我親愛的女兒，請不要評判我……

她狼吞虎嚥讀完了這份充滿愛的書寫，結尾的地方還有其他溫柔的話語，署名艾德蒙．威爾斯。她覺得無法忍受，眼淚就快掉下來了。她大聲尖叫：

「小偷，你們都是小偷！這是我的，這些東西都是我的！我唯一的遺產，你們卻把它偷走了。我父親的精神遺囑，被你們侵占了！我很有可能一輩子都不知道，他最後想的那些事都是為了我！你們怎麼可以……」

她倒在梅利耶的身上，柔弱的肩膀因為壓抑抽泣而不停地顫抖，梅利耶伸出手臂摟著她。

「請原諒我們。」朱麗葉．哈米黑茲說。

「我一直相信這封信確實存在。是的，我很確定！我等了這封信一輩子！」

「或許，如果我向您保證，令尊的精神遺產沒有落在壞人的手裡，您會不會少恨我們一點。請您把這件事稱為巧合或是命中注定……就像命運想讓這個包裹來到我們這裡。」

當年，亞瑟．哈米黑茲立刻動手重建這台機器，他甚至還做了一點改良。所以現在這對夫婦可以跟飼養箱裡的螞蟻交談。是的，他們可以跟昆蟲溝通！

萊緹希雅的震驚夾雜著憤怒與讚歎。她和梅利耶一樣，迫不急待地想聽到故事的後續。

「多麼愉快啊，剛開始的時候！」茱麗葉說：「螞蟻向我們解釋了牠們的聯邦如何運作，講述了物種之間的戰爭和對抗。我們發現了一個平行宇宙，就在那裡，就在我們鞋底的高度，而且那個宇宙充滿了智慧。你們知道的，螞蟻有一些工具，牠們實行自己的農業，牠們開發出先進的技術，牠們甚至有一些抽象概念，像是民主、階級、分工、互助……。」

在螞蟻的幫助下，亞瑟．哈米黑茲深入認識了牠們的思考方式，開發出一套可以重現「蟻丘思維」的電腦程式。同時，他也設計出微型機器人：「鋼蟻」。

他的目標：創造一個由數百隻機器螞蟻組成的人造蟻丘。每隻螞蟻都配備自主智慧系統（內建電腦程式的晶片），但又可以融入整個群體，共同行動與思考。朱麗葉·哈米黑茲在腦子裡搜尋合適的用字：

「怎麼說呢？這個整體構成了一台擁有不同元素的獨一無二的電腦，或者也可以說那是一顆分裂的大腦，但是擁有團結一致的神經元。一加一等於三。所以一百加一百等於三百。」

亞瑟·哈米黑茲認為，他的「鋼蟻」非常適合征服太空。所以，與其向遙遠的行星發送機器人探測器（常見的太空科技），為什麼不發送一千個同時具備個體和集體智慧的小型機器人探測器呢？如果其中一個探測器失效或損壞，其他九百九十九個探測器就會接手。反之，如果發送單一的大型探測器，萬一遭遇愚蠢的機械事故，整個太空計畫就毀了。

梅利耶露出讚歎的表情。

「軍事方面也一樣，摧毀一個大型、非常聰明的機器人也比摧毀一千個更簡單可是更團結的小型機器人容易。」

「這就是協同效應的原理。」哈米黑茲夫人強調：「團結的力量超過個體能力的加總。」

理想雖然美好，可是哈米黑茲夫婦的大型計畫都缺乏資金。微型零件價格昂貴，玩具店的生意和朱麗葉當郵遞人員的工作都不足以支付零件供應商的帳單。這時，亞瑟·哈米黑茲靈活的腦袋冒出一個新點子：讓朱麗葉去參加電視節目「思考陷阱」。一天一萬法郎，這可是一筆橫財！他把艾德蒙·威爾斯的《相對知識與絕對知識百科全書》裡頭可用的最佳謎題都寄給製作人。茱麗葉負責解答這些謎題。製作人經常選用威爾斯的謎題，因為沒有人可以發明這麼巧妙的謎題。

「所以一切都是在造假。」梅利耶十分不悅。

「所有的一切從來就是在造假。」萊緹希雅說：「有趣的是去搞清楚，這一切是怎麼造假的。譬如，我就不懂您為什麼耗這麼久的時間去假裝想不出關於那些『一』、『二』、『三』的謎題。」

答案很簡單。

「因為艾德蒙．威爾斯的礦藏不是取之不盡，用之不竭的。用一下鬼牌，可以讓遊戲拖久一點，而且每天還是可以繼續拿走一萬法郎！」

這些收穫讓這對夫婦過得舒舒服服，亞瑟也在製造「鋼蟻」和跨物種對話方面取得了進步。兩個平行世界裡，事情都很順利地往最好的方向發展，直到有一天，亞瑟看電視廣告看到渾身發抖。那是一個CCG產品的廣告：「『喀啦喀啦』所經之處，昆蟲回天乏術。」在特寫鏡頭裡，一隻螞蟻正在掙扎，抵抗著侵蝕牠內臟的殺蟲劑。

亞瑟忿忿不平。毒死這麼一個小對手，真是太惡毒了！他剛好製成了一隻鋼蟻。他立即把它送去CCG實驗室進行間諜活動。機器螞蟻發現薩爾塔兄弟正在與國際專家合作一項更可怕的計畫，叫做「巴別塔」。

「巴別塔」實在太可惡了，所以就算對那些最傑出的殺蟲劑研究人員也必須絕對保密，以免被生態保育人士盯上！即使是CCG的主管也對他們的實驗一無所知。

「『巴別塔』是一種絕對有效的殺蟲劑。」哈米黑茲夫人說：「化學家從來沒辦法用有機磷的傳統毒藥有效打擊螞蟻。不過，『巴別塔』不是毒藥，它是可以打亂螞蟻觸角溝通的一種干擾物質。」

「巴別塔」的最終產品是一種粉末，只要撒在土裡，就會散發出一種可以干擾所有螞蟻費洛蒙的氣味。只要一盎司的劑量，就可以污染好幾平方公里。附近的所有螞蟻都會失去發送或接收費洛蒙的能力，而一旦失去溝通的可能性，螞蟻就不再知道牠的蟻后是否還活著，牠有什麼任務，什麼對牠有益，什麼對牠有害。如果整個地球表面都塗上這種產品，五年後，這顆星球就不會再有螞蟻了。如果不再能夠彼此理解，螞蟻寧可死去。

螞蟻一整個就是「溝通」！

薩爾塔兄弟和他們的同事早已瞭解螞蟻世界的這個基本定數，但是對他們來說，螞蟻只是他們要消滅的害蟲。他們對自己的發現感到自豪，他們不是透過毒害螞蟻的消化系統來消滅牠們，而是去毒害牠們的大腦。

「太可怕了！」萊緹希雅發出嘆息。

「我丈夫靠著他的機械小間諜掌握了檔案裡的所有文件。這幫化學家打算一勞永逸地將螞蟻這個物種從地球表面根除。」

「哈米黑茲先生就是在這個時候決定插手的嗎？」探長問道。

「是的。」

萊緹希雅和梅利耶兩人早已知道亞瑟是如何做到的，他的妻子也向他們證實了：他派了一隻偵察蟻去剪下一小塊浸透了未來受害者氣味的布料。接著他放出大批機器螞蟻，去摧毀攜帶這種香氣的人。

探長很高興他猜對了，他以行家的口吻發出讚賞：

「夫人，您的丈夫發明了我畢生所見最精密的暗殺技術。」

朱麗葉．哈米黑茲因為受到恭維而臉紅了。

「我不知道別人是怎麼做的，但我們的方法確實證明非常有效。而且，誰會懷疑我們呢？世上所有的不在場證明都可以任我們使用。我們的螞蟻是自己行動的。我們可以自由出現在距離案發現場一百公里遠的地方！」

「您的意思是，你們的殺手螞蟻是自主的？」萊緹希雅很驚訝。

「當然。使用螞蟻不只是一種殺人的新手法，也是一種思考工作的新方法——就算這項工作是死神任務！這或許就是人工智慧的巔峰！威爾斯小姐，令尊非常明白這一點，他在他的書裡做了說明，你們看！」

她讀了《百科全書》裡的一段文字給他們聽，這個段落論證了蟻丘的概念可以為電腦的人工智慧帶來徹底的改變。

派去薩爾塔兄弟家的螞蟻不是遠端控制的，它們是自主的。但它們的程式設定是去一間公寓集合，去識別一種氣味，去殺死任何帶有這種氣味的人，然後讓所有謀殺的痕跡消失。另一個命令是：消滅這個慘劇的所有目擊者（如果有的話），離開時不能讓任何生命留下一絲香氣。

這些機器螞蟻以下水道和排水管道作為聯通道路。它們無聲無息地出現，在身體的內部鑽洞，用這種方式殺人。

「完美而且無法偵測的武器！」

「話雖如此，您還是逃過了它們的追殺，梅利耶探長。其實，只要拔腿就跑，逃命不難。『鋼蟻』行進的速度很慢，你們在來的路上就知道了。只是，大部分的人被我們的螞蟻攻擊時都非常害怕，以至於他們驚嚇到連身體都僵硬了，沒有衝到門口趕快離開。而且，現在的門鎖非常複雜，如果手在顫抖，要在螞蟻發動攻擊前迅速將門鎖打開是很困難的。這個時代有件事很矛盾：擁有最好的門鎖系統的人，就是把自己困得最慘的人！」

「所以薩爾塔兄弟、卡若琳．諾嘉、馬可錫米里昂．馬克阿希烏斯、奧德姜夫婦和米格爾．辛涅希亞茲就是這麼死的！」探長做了簡單的回顧。

「是的，他們就是『巴別塔』計畫的八位推動者。我們派了殺手去你們的高組教授那裡，因為我們擔心有個日本分部是漏網之魚。」

「我們可以判定，這些小精靈的效能很高！我們可以看看它們嗎？」

哈米黑茲夫人去閣樓拿了一隻螞蟻下來。必須非常貼近觀察，才會發現那不是活生生的昆蟲，而是一個有關節的自動裝置。金屬觸角、兩台配備廣角鏡頭的微型攝影機、腹錘酸液噴射器（噴射動力來自加壓膠囊）、鋒利的不鏽鋼大顎。機器螞蟻從胸廓的鋰電池獲取能量，頭部的微處理器控制所有關節的推進器，並且處理人工感官提供的訊息。

萊緹希雅手握放大鏡，讚嘆著這件展現微型化與精細手工技術的大師之作：

「這個小玩具可以有很多方面的應用！間諜活動、戰爭、征服太空、人工智慧系統的進化……而且它的外表跟螞蟻簡直一模一樣。」

「光有外表是不夠的。」哈米黑茲夫人強調：「要讓機器螞蟻真正有效，還得複製並且為它注入跟螞蟻完全相同的心態。請聽聽令尊是怎麼說的！」

她翻開《百科全書》，然後指著其中一個段落給她看。

166．百科全書

擬人論：人類總是以同樣的方式思考，將一切歸結於人類的尺度與價值。因為人類對自己的大腦感到滿意和自豪，覺得自己是合乎邏輯的，認為自己是合理的。所以人類一直都是從自己的角度來看事情：智力只可能屬於人類，就像意識或觀感。「科學怪人」（Frankenstein）是這種人類神話的代表，人可以依照自己的形象創造出另一個人，就像上帝創造亞當。永遠是同一個模具！就連在製造機器人的時候，也是在複製人類自己的存在方式和行為方式。人類有一天可能會給自己造出一個機器人總統、一個機器人教宗，但這完全不會改變人類的思考方式。可是，其實還有很多不同的思考方式！螞蟻就教了我們一種，外星生物將來或許會教我們更多種。

艾德蒙．威爾斯

《相對知識與絕對知識百科全書》第二卷

雅克．梅利耶漫不經心地嚼著口香糖。

「很有趣，這一切都很有趣。不過有個問題是我一直想知道的。哈米黑茲夫人，為什麼你們要殺我？」

「哦，剛開始我們懷疑的不是您，而是威爾斯小姐。我們讀了她的文章，知道她的來路。那時候，我們根本不知道您的存在。」

梅利耶嚼口香糖的動作緊張起來。朱麗葉繼續說了下去：

「為了監視威爾斯小姐，我們將一隻機器螞蟻放到她的家中。我們的間諜將你們談話的錄音傳送給我們，於是我們得知，你們兩人當中對案情更有洞察力的是您。您提到哈梅林的吹笛人的故事，這已經離真相不遠了。所以我們決定派出螞蟻大軍去找您。」

「這就是我被懷疑的原因。還好你們的謀殺行動又繼續下去……」

「米格爾・辛涅希亞茲教授掌握了他們最終的成品。這是我們要摧毀的首要目標。」

「那現在這個著名的絕對殺蟲劑『巴別塔』在哪裡？」

「辛涅希亞茲死後，我們的一個螞蟻突擊隊員摧毀了裝著這種壞東西的試管。據我們所知，沒有其他試管了。希望新的研究人員不會哪天又提出類似的想法。艾德蒙・威爾斯曾經寫過，所有想法都在空氣裡……好的想法和壞的想法！」

她歎了口氣。

「好吧，你們現在什麼都知道了。我回答了你們所有的問題，什麼都沒有對你們隱瞞的。」

哈米黑茲夫人伸出雙手，彷彿等著梅利耶從口袋裡把手銬掏出來。

「你們可以訊問我，逮捕我，囚禁我，但是拜託你們不要打擾我丈夫。他是個老實人，他只是無法忍受沒有螞蟻的世界。他想拯救受到一小撮傲慢的科學家威脅的地球財富。拜託你們不要打擾亞瑟。無論如何，癌症已經宣判他離死期不遠了。」

167．沒有消息就是壞消息

東征軍有沒有什麼消息？

沒消息了。

怎麼會這樣，沒消息了？沒有任何一隻小蠓傳訊兵從東邊回來嗎？

希蔾－埔－霓將觸角靠近她的嘴唇，認真清洗。她很擔心事情並沒有如她所希望的那麼順利。也許螞蟻因為殺了太多**手指**而筋疲力盡？

希蔾－埔－霓蟻后問到「叛軍」的問題是否終於得到解決。

一名士兵回答，她們現在有兩三百名，要把她們找出來很難。

168．百科全書

第十一誡：昨晚我做了一個怪夢。我想像巴黎被一把大鏟子鏟起來，放進一個透明的罐子裡。巴黎一被放進罐子裡，所有東西就開始搖晃，晃到艾菲爾鐵塔的塔尖撞上我的廁所牆壁。所有東西都翻過來了，我在天花板上滾來滾去，成千上萬的行人撞上我緊閉的窗戶，汽車撞上煙囪，路燈從地面拔起，家具在滾動，我逃出我的公寓。外面的一切都顛倒了，凱旋門裂成一塊塊，巴黎聖母院也倒了過來，塔樓深深插進地下。地鐵車廂從開腸剖肚的地面冒出來，吐出它們的人肉果醬。我在廢墟之間奔跑，來到一堵巨大的玻璃牆板前面。牆板後面有一隻眼睛。這隻眼睛有整個天空那麼大，在那裡看著我。有那麼一會兒，那隻眼睛想看我的反應，開始用一個東西敲打玻璃牆板（我認為那是一支巨大的湯匙）。震耳欲聾的鐘聲響起。公寓裡還沒破損的窗玻璃都炸開了。那隻眼睛仍然看著我，它比太陽大一百倍。我不希望這種事發生。自從做了這個夢，我就不再去森林裡尋找蟻丘了。如果我的蟻丘都死了，我也不會再安置其他蟻丘了。這個夢啟發了我的第十一誡，我先在自己身上實施這條戒律，之後再拿它來要求我身邊的人：你不想要別人對你做的事，就不要去對別人做。我所說的「別人」指的是「其他所有的生物」。

艾德蒙·威爾斯
《相對知識與絕對知識百科全書》第二卷

169．在蟑螂的國度

一隻貓看到一隻奇怪的飛蟲經過，牠從陽台欄杆伸出貓掌打了一下。甲蟲「大角」墜落。一〇三號在落地之前還來得及跳出去。

她的腿承受了衝擊。十三層樓畢竟算是很高。

甲蟲就沒那麼幸運了，牠沉重的身驅在地面炸開。這是英勇的「大角」——輝煌戰鬥機——的終局。

一〇三號墜落在一個大垃圾堆上，因此得到緩衝。她一直沒有放開她的繭。

她走在五顏六色、處處是裂縫的垃圾堆上。多麼奇妙的地方啊！這裡的一切都可以食用，她可以靠這些東西活下去。這些東西聞起來混合了多種強烈的香氣和惡臭，可她沒有時間去辨認。

垃圾堆裡有一本撕爛的食譜，她在上頭發現了一個鬼鬼祟祟的身影。其實是好幾個身影。其實是幾千個身影偷偷摸摸地注視著她，那些身影的觸鬚很長，而且越來越多。

所以**手指**的國度也有昆蟲在這裡生活！

她認得這些昆蟲。牠們是蟑螂。

蟑螂無處不在。牠們可能從一個罐頭跑出來，也可能從一只破洞的拖鞋、一隻熟睡的老鼠身上、一包添加酵素的有機洗衣粉、一罐添加活性乳酸菌的優格、一顆壞掉的電池、一根彈簧、一塊紅色的要用膠布、一盒鎮定劑、一盒安眠藥、一盒興奮劑、一盒已過保存期限因此被整包丟掉的冷凍食品、一罐去頭去尾的沙丁魚罐頭……從這些東西裡跑出來。蟑螂將一〇三號團團包圍。螞蟻從沒有見過這麼大的蟑螂。牠們的棕色鞘翅和非常長又沒有關節的彎曲觸鬚。他們的氣味很難聞，比臭兮兮的臭蟲略好，但有一種更嗆鼻、更令人作嘔的氣味，在一堆腐爛的嗅覺調性裡顯得更微妙。

蟑螂的側腹是透明的，透過半透明的甲殼可以看到顫動的內臟、心跳以細細的動脈裡噴射的血液。一〇三號留下非常深刻的印象。

一隻鞘翅暗黃、腿上長滿小尖刺、渾身散發惡臭的老蟑螂（像是蜜露腐臭的那種嗆鼻味）用嗅覺語言跟一〇三號交談。

牠問一〇三號在那裡做什麼。

一〇三號回答說，她要去**手指**的巢穴找牠們。

手指！所有蟑螂似乎都在嘲笑她。她真的說了……**手指**嗎？

是啊，有哪裡不對嗎？

手指無處不在。要見到牠們並不難。老蟑螂說。

你們可以帶我去牠們的巢穴嗎？螞蟻問道。

老蟑螂靠了過來。

妳真的知道……**手指**究竟是什麼嗎？

一〇三號迎上前去。

牠們是巨大的動物。

一〇三號不明白蟑螂想要她釋放什麼樣的訊息。

老蟑螂終於給了她答案：

手指是我們的奴隸。

一〇三號覺得難以置信。巨大的**手指**會是噁心小蟑螂的奴隸？

可否請您解釋一下。

老蟑螂講述了蟑螂如何教會**手指**每天向牠們傾倒大量的各類食物。**手指**為牠們提供住所、食物，甚至溫暖。牠們聽從蟑螂的命令，並且悉心照顧蟑螂。

每天早上，蟑螂才在**手指**送來堆積如山的貢品裡吃上一些現成的餐點，就有其他**手指**來撤走一道道的菜餚了。所以，這裡總是有非常新鮮的上選食物可以吃，而且數量充沛。

其他蟑螂接著說，從前牠們也生活在森林裡，後來發現了**手指**的國度，就在這裡定居下來。從那時開始，牠們甚至不需要再去狩獵覓食了。**手指**提供的食物又甜，又富含油脂，品項又豐富，而且……最重要的是，這些食物都不會動。

往前推算，我們的祖先不再追逐小獵物，至今已經十五年了。所有東西每天送過來的時候都是新鮮的，都是**手指**提供的。一隻黑背大蟑螂說道。

你們會跟**手指**說話嗎？一〇三號問道，她為自己聽到的事情感到驚訝，但也對她被迫看見的事實感到驚訝——堆積如山的食物！

老蟑螂解釋說，我們不需要跟牠們說話。在蟑螂還不需要提出堅定的主張之前，**手指**就已經乖乖聽話了。

話雖如此！還是有一次，貢品遲來了一點，蟑螂用腹錘撞擊牆壁表達牠們的不悅。第二天食物終於準時送來了。一般來說，垃圾每天都會送下來。

你們可以帶我去牠們的巢穴嗎？螞蟻發出訊息。

交頭接耳。蟑螂似乎不是全都同意。

老蟑螂發送了商討的結果。

除非妳可以通過「崇高的考驗」，我們才會帶妳去牠們的巢穴。

崇高的考驗？

蟑螂們帶著兵蟻來到地下一樓的垃圾間。那裡有一個堆放雜物的角落，裡頭塞滿舊家具、家用電器、紙箱。

蟑螂們帶著一〇三號走到一個特定的位置。

這個「崇高的考驗」到底是什麼？

一隻蟑螂回答她，基本上，就是去跟某個生物碰面。

某個生物，是誰？是敵手嗎？

是的，一個比妳更強壯的對手。一隻貌似巫師的蟑螂答道。

蟑螂排成長長的一列行進。

其中一隻蟑螂把螞蟻帶到那個特定的位置。在那裡，一〇三號看到另一隻螞蟻，頭上的細毛蓬亂，是一隻外表凶猛的兵蟻。她也被蟑螂包圍著。

一〇三號向前伸出觸角，發現了第一個異常現象：這隻螞蟻沒有任何氣味通行證！她肯定是一隻習於近身肉搏的傭兵，因為她的腿和胸廓傷痕累累，都是被大顎刻劃的印記。

不知為何，這隻螞蟻在這麼怪異的情況下出現在她面前，卻讓她立刻產生了反感。沒有氣味，一副快要餓死的樣子，傲慢浮誇的走路方式，細爪上的毛肯定已經兩天沒舔了，真是隻不親切的螞蟻！

她是誰？一〇三號問那些蟑螂，蟑螂則是饒有興味地看著她的反應。

這隻螞蟻堅持要見妳，而且非妳不可。有隻蟑螂回答了她的問題。

一〇三號覺得納悶，為什麼這隻螞蟻要見她，那為什麼現在又不跟她說話？一〇三號試探了一下：她假裝輕輕晃著頭，然後猛然將大顎張開，做出威嚇的姿勢。對方會低頭，還是會迎戰？她才揚起大顎擺出戰鬥姿勢，對方唇邊的兩把軍刀就出鞘了。

妳是誰？

沒有回應。對方剛剛舉起觸角。

妳在這裡做什麼？妳是東征軍的成員嗎？

戰鬥是無法避免了。

一〇三號試著將腹錘翻轉到胸廓下方，以近距離噴射蟻酸的姿勢進行更強烈的威嚇。對方應該不知道她的蟻酸儲備已經空了。

對面的螞蟻也做出相同的回應。兩位蟻族文明的代表在蟑螂極度好奇的目光下繼續對峙。一〇三號現在比較明白這場考驗是什麼了。其實，蟑螂想要見證一場螞蟻的決鬥，獲勝者會被承認為蟑螂部落的一員。

一〇三號不喜歡殺死螞蟻，但她知道自己的使命更重要（有一隻蟑螂同意在考驗期間幫她看好那個蛾繭）。而且，她覺得眼前這隻螞蟻變得越來越凶狠了。這隻自命不凡的螞蟻到底是誰？不言不語，連第一隻到達世界盡頭的螞蟻都不認識。

我是一〇三六八三號！

對方再次豎起觸角，但是依然沒有回應。雙方都維持著射擊姿勢。

我們總不會互相射擊吧。一〇三號釋放訊息，心想對方的腹囊肯定裝滿了蟻酸。

她傾聽自己身體的聲音，感覺自己腹囊深處還剩下最後一滴。如果射得夠快，或許她的奇襲可以占到優勢。

她用盡腹錘的肌力，將最後一滴蟻酸噴射出去。

但是事情就是這麼湊巧，對方也在完全相同的時間發射，結果兩滴蟻酸的衝力相互抵銷，慢動作滑落。（慢動作？從來沒見過空氣可以讓液體滑落，但是一〇三號沒留意到這個怪事。）一〇三號飛身躍出，大顎全開，撞上某種硬物——對方大顎的尖端，不偏不倚地擊中她大顎的尖端！

一〇三號思索著。她的對手看來身手矯健，難以對付，而且能夠預測她的攻勢，在她要痛下殺手的那一瞬間和那個位置將她擋下。

在這種情況下，正面對抗並不適當。

她轉身面向蟑螂，向牠們宣布，她拒絕跟這隻螞蟻搏鬥，因為她跟她一樣，都是褐螞蟻。

你們必須接受我們兩個，不然就都不要接受。

蟑螂對這樣的說法並不意外。牠們只是向她宣布，她已經通過了考驗。一〇三號不明白。這時蟑螂為她解釋：事實上並沒有什麼對手，她的眼前從來就沒有對手。她唯一的對話者一直都是她自己。

一〇三號還是不明白。

這時蟑螂們又補充說，她被放在一面魔法牆的前面，牆上覆滿一種物質可以讓「眼前的自己」現身。

這可以讓我們學習很多關於異族的事。特別是異族如何評價自己。老蟑螂說。

要評判一個個體，還有什麼比這更好的方法嗎？——把這個個體放進這樣的情境裡，讓個體老老實實地承認，面對自己的幻影的時候會有什麼反應。

蟑螂偶然發現了這堵魔法牆。牠們的反應很有趣，有些蟑螂對著自己的形象奮戰好幾小時，有些蟑螂則是羞辱自己，大多數的蟑螂認為出現在眼前的昆蟲「活該被攻擊」，誰叫牠沒有氣味，或者說，誰叫牠跟蟑螂的氣味不同。

很少有蟑螂試著立刻對自己的映影示好。

我們要求別人接受我們，而我們卻不接受自己……。老蟑螂發表牠的哲思。我們怎麼可以想要去幫助一個還沒有準備好要幫助自己的個體呢？我們怎麼可以去欣賞一個不欣賞自己的個體呢？

蟑螂非常自豪，牠們發明了「崇高的考驗」。依照蟑螂的說法，無論是無限大還是無限小的昆蟲都無法抵擋自己的目光。

一〇三號和她的分身同時往鏡子走回去。

當然，她從來沒見過鏡子。在這個瞬間，她心想，這肯定是她見證過的最偉大的奇蹟。一面牆，讓另一個自己出現，跟自己同時移動！

或許她低估了蟑螂。如果牠們能夠製造魔法牆，說不定牠們真的是**手指**的主人！

當妳終於接受自己的時候，我們就會接受妳，當妳終於想要幫助自己的時候，我們就會幫助妳。老蟑螂這麼說。

170．戰士們的休息

萊緹希雅．威爾斯在鳳凰街上跟雅克．梅利耶並肩走著。她調皮地勾著他的手臂。

「我很驚訝您表現得這麼通情達理。我本來以為您一定會當場逮捕這對善良的老夫婦。一般來說，警察都滿遲鈍的，而且在程序方面都很一板一眼。」

他掙開她的手。

「人類的心理從來不是您的強項。」

「這什麼奇怪的想法！」

「這很正常，您討厭人類！您從來沒有試過要理解我。在您看來，我只是一個傻瓜，您得不斷地把我帶回理性的道路。」

「可是你就是個大傻瓜呀！」

「就算我是傻瓜，您也沒資格評判我。您的腦子裡裝滿了成見。您什麼人都不愛。您仇恨所有人。要得到您的歡心，最好要有六條腿，而不是兩條腿，有一對大顎也好過有一張嘴！（他直視那雙淡紫色的眼睛——現在變得冷酷了。）您這個被寵壞的小孩！一天到晚大言不慚，永遠都說自己是對的！就算是我這個傻瓜，我犯錯的時候都知道要虛心一點。」

「您就是一個……」

「一個疲憊不堪的人，對一位女記者表現出過多的耐心，而這位女記者卻把時間花在破壞這個人的信譽，只為了在讀者面前自吹自擂。」

「不必再羞辱我了，我要走了。」

「沒錯，逃走要比聽真話容易多了。您要去哪裡？趕快跑去找一台打字機，趕快把這個故事告訴全世界嗎？我寧可做一個錯的警察，也不要做一個對的記者。我讓哈米黑茲夫婦繼續過平靜的日子，可是因為您，就因為您愛出風頭，他們還是有可能要在監獄裡關上一輩子！」

「我不准您……」

她動手要搧梅利耶一巴掌，梅利耶又熱又結實的手卻握住了她的手腕。他們的目光撞在一起，黑色瞳孔對上淡紫色瞳孔，烏木森林對上熱帶海洋。一股笑意頓時襲上心頭，他們一起笑了出來，盡情地笑了出來。

什麼！他們才剛剛解開了他們的人生大謎題，接觸到另一個奇妙的平行世界。這個世界的人製造出一些團結的機器人，這個世界的人可以跟螞蟻溝通，這個世界的人操縱了完美的犯罪。而他們竟然在那裡，在這條悲傷的鳳凰街上，像孩子一樣爭吵。他們應該要手牽手在一起，整合大家的想法，好好回想那些在原本的時光之外的時刻！

萊緹希雅笑到失去平衡，乾脆在人行道上坐了下來。時間是凌晨三點，他們年輕，他們開心，他們沒有睡意。

萊緹希雅先恢復了正常的呼吸。

「對不起！」她說：「我很蠢。」

「不，不是妳，蠢的人是我。」

「是我，是我。」

再一次，笑聲淹沒了他們。一個遲歸的派對動物帶著微醺回到家，同情地看著這對無家可歸、只能在人行道上嬉鬧的年輕情侶。梅利耶把萊緹希雅扶起來。

「我們離開這裡吧。」

「要做什麼？」她問。

「妳不會想要在人行道上過夜吧？」

「為什麼不行？」

「萊緹希雅，我最通情達理的萊緹希雅，妳怎麼了？」

「有時候我會很厭倦自己這麼通情達理。失去理智的那些人才是對的，我要像世界上所有的哈米黑茲一樣！」

梅利耶把她拉到門廊下的牆角，不讓清晨的露水浸濕她絲滑的頭髮和她薄薄的黑色套裝裡如此嬌弱的身軀。

他們靠得非常近。梅利耶不敢眨眼，伸手要撫摸她的臉。她溜走了。

171．蝸牛的故事

尼古拉在床上翻來覆去。

「媽媽，我沒辦法原諒自己冒充螞蟻的神。我怎麼會犯這種錯！我要怎麼彌補？」

露西．威爾斯靠在他身上說：

「什麼是好，什麼是壞？這種事是誰決定的？」

「那當然是壞事。我覺得好可恥。我做了我可以想像的最糟的蠢事。」

「我們永遠無法確定什麼是好，什麼是壞。你要我說個故事給你聽嗎？」

「媽媽，我要！」

露西．威爾斯坐在兒子的床邊。

「這是一個中國的故事。從前有兩個道士在一座道觀的花園裡散步。其中一個道士突然看到他們前面的地上有隻蝸牛在爬，他的同伴沒當心，就快踩上那隻蝸牛了。他趕緊拉住他的同伴，彎下腰，把那隻蝸牛撿起來。『你看，我們差點殺了這隻蝸牛。這隻蝸牛代表一個生命，也代表某個透過牠來呈現的命運，牠必須活下去。這隻蝸牛必須活下去，繼續牠的輪迴。』接著，他小心翼翼地把蝸牛放回草地上。『你頭腦有問題！』另一個道士生氣地大喊：『你救了這隻笨蝸牛，就會讓我們園丁費心種植的蔬菜陷入危險。為了拯救一個莫名其妙的生命，你毀了我們一位同伴的工作成果。』

兩人吵了起來，另一位道士路過，露出好奇的目光。由於他們爭執不下，第一個道士提議：『我們去找道長評理吧，只有他擁有足夠的智慧可以判定我們誰是對的。』於是他們一起去找道長，第三個道士也跟著去了，他對這件事很好奇。第一個和尚說了他怎麼拯救了一隻蝸牛，保存了一個神聖的生命，這個生命包含了過去和未來輪迴的幾千個生命。道長聽了，點點頭，然後說：『你做了你該做的事。你是對的。』第二個道士跳了起來。『什麼？拯救一隻會蹂躪蔬菜的蝸牛，這會是好事？不是吧，我們得把蝸牛踩扁才能保護這個菜園。有了這個菜園，我們每天才有好東西吃！』道長聽了，點點頭說：『對呀。這是該做的事。你是對的。』至此一直保持沉默的第三個道士說話了：『可是他們的觀點完全相反！怎麼可能兩個人都是對的？』第三個道士所說的話讓道長思考了很久。他想過之後，點點頭說：『對呀。你說的也是對的。』」

被子底下，尼古拉平靜地躺著，發出輕微的鼾聲。露西溫柔地幫他拉了拉被子。

172．百科全書

經濟：從前，經濟學家認為健康的社會是個不斷擴張的社會。成長率就像一只溫度計，可以衡量整個結構的健康狀況：國家、企業、工資總額。不過也不可能總是埋頭往前衝，現在是時候該停止擴張了，以免過度擴張壓垮我們。經濟擴張是不可能有未來的。只有一種持續的狀態可以存在，那就是力的平衡。一個健康的社會、國家或工人是一個不會損害周遭環境也不會被周遭環境損害的社會、國家或工人。我們不該再以征服為目標，相反的，我們應該將自己與自然和宇宙融為一體。唯一的口令就是：和諧。外在世界與內在世界之間和諧地相互滲透。沒有暴力也沒有自命不凡。當人類社會面對自然現象不再有優越感或恐懼感的那一天，人類將和宇宙達到體內平衡。人類會認識到什麼是平衡。人類不會再把自己投射到未來，也不會再給自己設定遙遠的目標，只會活在當下。

艾德蒙・威爾斯
《相對知識與絕對知識百科全書》第二卷

173・下水道裡的史詩

她們正在爬進一條凹凸不平的廊道。一〇三號的大顎緊緊夾著信使任務的蛾繭。她們攀爬得很慢。有時，一道光從上方照亮沒有盡頭的廊道，這時蟑螂就會向螞蟻發出信號，讓她貼在牆面上，將觸角往後收。

事實上，蟑螂非常了解**手指**的國度。因為在信號燈光過後，她們立刻聽到一陣可怕的喧鬧聲，然後一大團沉重又氣味四溢的東西就從垂直的廊道筆直地落下來了。

「親愛的，你把垃圾袋丟進垃圾槽了嗎？」

「對。這是最後一個了。妳要再買一些了，而且要買大一點的。這些垃圾袋根本裝不了多少東西。」

昆蟲們繼續前進，一邊擔心著新的雪崩。

你們要帶我去哪裡？

妳想去的那裡。

昆蟲們越過好幾層樓，然後停了下來。

就是那裡。老蟑螂說。

你們會陪我一起去嗎？一〇三號問道。

不會。有一句蟑螂諺語是這麼說的：「每隻蟑螂都有自己的問題。」請妳靠自助來解決問題。妳是妳自己最好的盟友。

在那下面，老蟑螂指著垃圾槽的活門給螞蟻看，邊上有個凹冂，經由這個凹口，一〇三號可以直接通往廚房水槽。

一〇三號緊緊抓著她的繭，走進活門的凹口。

我來這裡到底要做什麼？她問自己。她這麼害怕**手指**，卻跑到**手指**的巢穴裡遊蕩！

可是她離她的城邦那麼遠，離她的世界那麼遠，她知道自己能做的最好的事情就是繼續向前進，永遠向前進。

螞蟻大步走在這個奇異的國度，這裡的一切都是絕對標準的幾何形狀。她一邊啃著掉落在一旁的麵包屑，一抬頭已經來到廚房。

為了給自己打氣，這位東征軍的最後倖存者唱起了一首貝－洛－崗的小調：

總有一天
火迎向水
天迎向地
高處迎向低處
小迎向大
總有一天
簡單迎向多重
圓迎向三角
黑暗迎向彩虹

但就在哼唱這首單調曲子的時候，她又感到恐懼襲上心頭，連腳步都在顫抖了。火迎向水的時候，蒸氣就會噴出；天迎向地的時候，雨水就會淹沒一切；高處迎向低處的時候，眩暈就不遠了⋯⋯

⋯⋯

174．切斷聯繫

「我希望你犯的錯不會造成太嚴重的後果。」

「神」事件發生後，他們決定毀掉「羅塞塔石碑」這台機器。尼古拉當然是悔過了，但最好還是別讓他受到任何關於神的新誘惑。他畢竟只是個孩子，如果被飢餓折磨太多，他還是有可能會做出蠢事。

傑森・布哈捷把電腦的核心取出來，所有人都意志堅定地踩上一腳，直到踩成了碎屑。

「我們跟螞蟻的聯繫徹底切斷了。」大家都這麼認為。

在一個如此脆弱的世界裡，想要變得太強大是很危險的。艾德蒙・威爾斯是對的。現在還為時過早，只要有一丁點錯誤都有可能對螞蟻的整個文明造成毀滅性的影響。

尼古拉直盯著父親的眼睛。

「別擔心，爸爸。我跟牠們說的那些事，牠們一定聽得不是很懂。」

「但願如此，兒子。但願。」

手指是我們的神。一名叛軍從牆上冒出來，用狂熱的費洛蒙高聲吶喊。隨即，一名士兵將腹錘翻轉到胸廓下方，開始射擊。叛軍癱倒在地，最後的反射動作是她本能地將還在冒煙的身體擺成一具六個分叉的十字架。

175．陰與陽

早上，萊緹希雅．威爾斯和雅克．梅利耶緩步往這位年輕女記者的公寓走去。幸運的是，公寓不遠。就跟哈米黑茲夫婦一樣，也跟她表哥先前一樣，她選擇住在楓丹白露森林的邊緣。不過，她的社區比鳳凰街的社區討人喜歡，這裡有精品店林立的行人徒步區，還有許多綠地，甚至還有一個迷你高爾夫球場，當然還有一間郵局。

進了客廳，他們脫下濕衣服，各自癱倒在單人沙發上。

「妳還會想睡嗎？」梅利耶親切地問道。

「不會，我剛才多少睡了一會兒。」

他呢，只有全身的疲勞痠痛見證他沒有闔眼，整夜凝望著萊緹希雅。他的思緒很靈敏，隨時可以接受新的謎題、新的冒險的挑戰。最好是萊緹希雅問他要不要去屠殺其他的惡龍！

「來一點蜂蜜酒？奧林匹斯眾神和螞蟻的飲料……」

「啊，永遠別再說這個詞了。我永遠、永遠、永遠都不想再聽到關於螞蟻的事了。」

她走過來，坐上沙發的扶手。兩人碰杯。

「關於被嚇死的化學家，調查結束，螞蟻再會了！」

梅利耶嘆了口氣。

「我處在一種狀態……我感覺無法入睡，但是同時又因為太累而無法工作。要不要來下盤西洋棋？就像在麗堤酒店的房間等待螞蟻上鉤那樣，多麼美好的時光啊！」

「再也沒有螞蟻了！」萊緹希雅笑著說。

「我從來沒有在這麼短的時間裡這樣笑個不停。」他們的心裡同時出現這樣的想法。

「我有個更好的主意。」年輕女子說：「來下跳棋。這種遊戲不是要毀滅對手的棋子，而是利用對手的旗子，讓自己前進得更快。」

「考慮到我大腦智力在退化，希望這遊戲不會太複雜。現在又要靠妳教我了。」

萊緹希雅・威爾斯拿來一個六邊形的大理石棋盤，上面刻著一個六角星。

她宣讀了遊戲規則：

「六角星的每個三角形尖角都是一個營地，上面填滿十顆玻璃珠。每個營地有不同的顏色，我們的目標就是要盡快把自己的十顆玻璃珠帶到對面的營地。你可以跳過自己或對手的玻璃珠前進，只要那顆珠子後面的格子是空的，珠子跳得進去就沒有問題。只要有空間可以跳，你可以往任何方向跳，要跳過多少顆珠子都行。」

「如果找不到可以跳過去的珠子怎麼辦？

「你可以一格一格前進，往任何方向都行。」

「被跳過的那些珠子就被吃掉了嗎？」

「沒有，這跟傳統的跳棋不同，沒有棋子會被吃掉。我們要做的只是利用這些空格的位置作出應變，找出通往對面營地的最快路徑。」

他們開始下棋。

萊緹希雅很快就安排出某種路徑，每顆珠子之間都空了一格。她的棋子一個接一個，沿這條高速公路走到盡可能遠的位置。

梅利耶也採取同樣的行動。第一盤結束的時候，他把所有的棋子都帶到萊緹希雅的營地。所有的棋子，只有一個沒過去，一顆落後的棋子，被他遺忘了。等他把這顆孤伶伶的棋子帶過去的時候，萊緹希雅的棋子已經全部追上了。

「妳贏了。」他承認。

「對一個初學者來說，我得說你下得很好。現在你就知道，一定不能遺漏任何一顆珠子了。我們必須想到要盡快淨空所有的棋子，每一個，不能漏掉任何一個。」

他沒再聽她說話了。他盯著棋盤，像被催眠了似的。

「雅克，你是不是覺得不舒服？」她有點擔心：「當然，經過這樣的一夜……」

「不是啦。我感覺再好不過了。妳看看這個棋盤，仔細看。」

「我在看了，所以呢？」

「所以呢！」他喊了出來：「所以這就是解答呀！」

「我以為我們已經找出所有的解答。」

「這個還沒有。」梅利耶加重了語氣：「哈米黑茲夫人最新謎題的解答還沒有。妳還記得嗎？用六根火柴棒做出六個三角形（她瞪著那個六邊形，什麼也沒看出來。）妳再看看。只要把火柴棒排成六角星就好了。就是這個棋盤上看到的，兩個交疊的三角形！」

萊緹希雅更專心地細看了棋盤。

「這顆星星是大衛之星。」她說：「它象徵微觀世界的知識和宏觀世界的知識結合。無限大和無限小的婚禮。」

「我喜歡這個概念。」他說著，把臉貼近萊緹希雅的臉。

他們維持這樣的姿勢，臉頰輕觸，凝視著棋盤。

「也可以把這個稱為天與地的結合：」他說：「在這個理想的幾何圖形裡，一切都相互完成、混合、結合。兩個區域相互滲透，同時保留各自的特殊性。這是高處和低處的混合。」

他們開始對比的競賽。

「陰與陽。」

「光明和黑暗。」

「善與惡。」

「冷和熱。」

萊緹希雅皺起眉頭，在腦海裡搜尋其他的對比。

「智慧與瘋狂？」

「心靈和理性。」

「精神與物質。」

「積極和消極。」

「這個星星，」梅利耶做了總結：「就像跳棋一樣，每個人都從自己的觀點出發，然後要採納對方的觀點。」

「所以謎題的提示句子是：『必須用別人的方式思考。』」萊緹希雅說：「可是我還有一些聯想可以提出來。對於『美貌與智慧的結合』，你覺得怎麼樣？」

「那妳覺得男性和……女性的結合怎麼樣？」

他把一臉鬍渣的臉龐湊近萊緹希雅柔軟如天鵝絨的臉頰。他大膽地把手指伸進她絲滑的頭髮裡。

這一次，她沒有把他推開。

176．超自然的世界

一〇三號出了水槽往下爬，爬過吸塵器，來到走廊，爬上一張椅子，爬上一面牆，鑽進一幅畫的後面，又跑出來，又爬下去，爬到抽水馬桶陡峭的邊緣。

馬桶底下有一個小湖，但她不想下去。她走進浴室，嗅著一條沒蓋好的牙膏管散發的薄荷味和鬚後水的淡甜香氣，在馬賽肥皂上蹦蹦跳跳，滑進一罐雞蛋洗髮乳，差點就被淹死。

她在這裡已經看得夠清楚了。這個巢穴裡連個**手指**的影子都沒有。

她再次上路。

她形單影隻。她心想，她代表東征軍最簡化的結果。到最後，一切都簡化為一個個體。而她還可以選擇：支持還是反對**手指**。

一〇三號可以嗎？她能獨自摧毀所有的**手指**嗎？

當然。但這並不容易。

東征軍已經被迫投入三千名士兵，結果只殺死這些巨獸當中的一個！

她越想就越覺得自己必須放棄這個單槍匹馬殺死地球上所有**手指**的念頭。

她來到一個水族箱前面，待了很長的時間，貼在玻璃板上看那些五顏六色的怪魚懶洋洋地游來游去，發出螢光的虹彩。

一〇三號接著穿過前門，走上主梯，爬了一層樓。她進入第二間公寓，重新展開調查：浴室、廚房、客廳。她在錄影機的活門裡迷了路[1]，參觀了一下電子零件，再走出來，進入一個房間。沒有**手指**。放眼所及，看不到任何**手指**的蹤影。她又找到一條穿過垃圾槽的路，又爬了一層樓。廚房、浴室、客廳。沒有**手指**。她停下來，吐出一種費洛蒙，記錄她對**手指**風俗習慣的觀察：

費洛蒙：動物學

主題：**手指**

唾液分泌者：一〇三六八三號

唾液分泌日期：一億零六百六十七年

手指似乎都有結構類似的巢穴，都是一些無法挖鑿的岩石建造的大型洞穴。這些洞穴的形狀都是立方體，而且一個疊著一個，通常裡頭都是溫暖的。天花板是白的，地板上覆蓋著一種有色的草坪。**手指**們很少來這裡生活。

1 二十世紀末至二十一世紀初，人類的錄影機有一活門，供使用者放入匣式錄影帶。

她走到陽台，用細爪上帶有粘性的皮莢藜爬上外牆，前往另一間相似的公寓。她走進客廳。在這裡，**手指**終於出現了。她往前走。手指們開始追她，要置她於死地。一〇三號什麼都來不及想，只能緊緊抓住蛾繭，拔腿就跑。

177．百科全書

走向：人類大多數偉大的史詩都是發生在從東方往西方的路上。總之，人類追隨太陽的運行，想知道這顆火球會在哪裡沉沒。尤利西斯、哥倫布、阿提拉[2]……所有人都相信西方就是解答。向西方出發，就是想認識未來。

不過，雖然有人想知道他要去向「何處」，但也有人想知道他來自「何處」。向東方走，就是想認識太陽的起源，也想認識自己親人的起源。馬可波羅、拿破崙、哈比人（托爾金《魔戒》的主人翁之一）都是屬於東方的人物。他們相信，如果有什麼東西值得發現，就是在東方，在遙遠的後頭，一切事物開始之處，包括每一個日子。

在冒險家的象徵體系裡，還有另外兩個方向，意義如下：向北方走，就是尋找阻礙來衡量自己的力量。向南方走，是為了尋求休息與平靜。

178·流浪

一〇三號帶著她珍貴的包裹在**手指**的超自然世界裡流浪了很久。她造訪了許多巢穴，有時巢穴是空的，有時**手指**追著要殺她。

有那麼一瞬間，她想要放棄信使任務。走了這麼遠的路，付出這麼多的努力，如果現在放棄，實在很可惜。她一定要找到一些善良的**手指**，一些對螞蟻友善的**手指**。

一〇三號走訪了近百間公寓。她要餵飽自己很容易，到處都有很多食物。但是，孤伶伶地走在這些有棱有角的空間裡，她覺得自己像是在另一個星球，所有的一切都是幾何形狀，而且閃耀著超自然的色彩——白色、暗棕色、電光藍、鮮橙、黃綠。

迷惑混亂的國度！

幾乎沒有樹木，沒有植物，沒沙，沒草，只有光滑、冷冰冰的物體或材質。

---

2 阿提拉（Attila，約四〇六－四五三）：西羅馬帝國和東羅馬帝國最懼怕的匈人部落帝國的領導者，兩度橫渡多瑙河，並於四四一年成功入侵東羅馬帝國，於四五一年越過萊茵河。

幾乎沒有任何昆蟲，只有幾隻蟎蟲，一看到她走近就四散奔逃，彷彿害怕這個來自森林的蠻族。

一〇三號在一支拖把裡迷了路，在一盒麵粉裡掙扎，她探索了幾個抽屜，裡頭裝的東西令她感到驚訝。

嗅覺或視覺的座標都消失了。只有死氣沉沉的形狀、了無生氣的塵埃、巢穴——裡頭空空蕩蕩或是住滿了怪獸。

貝洛—裘—裘霓說，無論什麼東西，都要找到中心。但要如何在這麼相疊或相連的立方體巢穴之中找到一個中心？

而她孤孤伶伶，如此孤單，離她的親友如此遙遠！

鄉愁，她懷念貝—洛—崗讓人平靜的金字塔、姊妹的活動、交哺時的溫柔熱氣、需要別人幫忙播種的植物散發的誘人香氣、令人安心的樹蔭。她多麼想念這一切，想念那些可以讓她充滿熱量的岩石，那些在野草間穿行的費洛蒙路徑！

而一〇三號就和先前的東征軍一樣向前進，永遠向前進。她的江氏器官受到一堆奇異的波的干擾：電流的波、無線電波、光波、電磁波。世界之外的世界只是一團混亂的錯誤資訊。

她沿著一條管道、一條電話線或一根晾衣繩，從一棟樓房流浪到另一棟樓房。

什麼都沒有。沒有任何歡迎的信號。**手指**沒有認出她。

一〇三號感到困惑。

她倦了，想著「何苦？」想著「究竟為什麼？」突然間，她辨識出一些不尋常的費洛蒙，那是一種樹林裡的褐螞蟻特有的香氣。她很高興，立刻往這些奇蹟般的香氣衝了過去。她越是往前跑，就越認得這個氣味旗幟——姬烏－藜－崗，在東征軍出發前不久被**手指**劫走的蟻丘！

淡淡的香氣像磁鐵一樣把她吸過去。

是的。姬烏－藜－崗的蟻丘就在那裡，完好無損。它的居民也完好無損。她想跟她的姊妹們說話，觸摸她們，可是她們之間立著一堵堅硬透明的牆，阻斷了一切接觸的可能。城邦被封閉在一個立方體之中。她爬上屋頂。那裡有一些洞，那些洞太小，沒辦法讓觸角互相摩擦，但是足以發送訊息。

姬烏－藜－崗的邦民告訴她，她們如何被帶到這個人工巢穴。自從她們被強迫住在這裡，五個**手指**就一直在研究她們。沒有，這些**手指**沒有攻擊件。牠們不殺螞蟻。可是有一次，發生了一件不尋常的事，其他跟她們不熟的**手指**又把她們搬走了，她們受到粗魯的晃動，很多姬烏－藜－崗的邦民在這次事件中喪命。

不過自從她們被帶回這裡之後，就沒有再遭遇任何問題了。五個可愛的手指餵飽她們，照顧她們，保護她們。

一〇三號高興極了。她終於找到她尋尋覓覓的這些對話者了嗎？

被關在人工巢穴裡的螞蟻們透過氣味和動作，為她指示了如何找到這些「善良的」**手指**。

179．香氣

奧古斯塔．威爾斯正在參加圍圓圈的共融儀式。所有人都發出「唵」（ＯＭ）的聲音，構成一個心靈的泡泡，大家互相依偎在那裡。

在上方，在非現實的懸浮之中——在頭頂上方一公尺，在頂板下方五十公分之處——大家不再飢餓，不再寒冷，不再恐懼，大家都忘了自己，所有人都只是一團會思考的蒸氣懸浮在那裡。

可是奧古斯塔．威爾斯卻匆匆忙忙從心靈的泡泡裡跑出來，重回她的肉身。她的注意力無法集中，因為有件事困擾著她，有個念頭造成干擾，導致她跟她的心靈和自我一起留在地面。尼古拉的事在她腦海裡，揮之不去。

她心想，人類世界對一隻螞蟻來說一定很精彩，螞蟻永遠無法理解汽車、咖啡機或火車上的剪票機是什麼。這超出牠們的想像。奧古斯塔．威爾斯心想，螞蟻宇宙跟這個難以理解的人類宇宙之間的距離或許和人類宇宙跟一個更高的維度（神的維度？）之間的距離一樣大。

在更高的時空維度裡，或許存在著一個尼古拉。那裡的人類納悶著神為什麼會有這樣或那樣的作為，但其實那可能只是個頭腦不清楚的小孩閒著沒事在玩耍！

什麼時候才會有人告訴他，點心時間到了，必須停止跟人類玩耍了？

想到這裡，奧古斯塔．威爾斯又暈又興奮。

如果螞蟻無法想像火車上的剪票機，那麼更高時空維度的神要能夠操縱哪些機器、哪些新穎的概念？

這只是一些無端而且無用的空想。她重新集中注意力，重新回到那個屬於大家的、軟綿綿的心靈泡泡裡。

180．目標越來越近

這裡充滿噪音、氣味和熱。事情很明顯，這裡有活生生的**手指**。

一〇三號越來越接近噪音和振動的區域，她努力不讓自己在厚厚的紅地毯叢林裡過度迷失方向。路上到處是軟軟的障礙物——一大堆五顏六色的布料散落在地面。

最後一名東征軍終於爬上雅克．梅利耶的外套，然後爬上他的褲子。一〇三號繼續往前走，踩上黑色絲質套裝，踩上探長的襯衫，再過去一點，她又上又下地爬過一整座雲霄飛車的軌道，那是萊緹希雅．威爾斯的胸罩。她繼續往喧鬧的區域前進。

眼前是一塊針織床罩，她爬了上去。她越爬搖晃就越厲害。那裡有**手指**的氣味、**手指**的熱、**手指**的聲音，牠們就在上面，一定是的。她終於要找到牠們了。她打開蛾繭，取出她的寶物。信使任務即將結束。她爬到了床上。

不管怎麼樣，拚了。

萊緹希雅．威爾斯閉上紫色的雙眸，感受著同伴的陽氣和自己的陰氣交融。他們的身體相連，同步舞動。萊緹希雅再次睜開眼睛時，大吃一驚，一隻螞蟻就在她的鼻子前面，牠的大顎夾著一張折得小小的紙頭不停地揮舞！

這景象讓她完全無法專心。她停下身體的動作，掙開對方，站了起來。

雅克．梅利耶被這突如其來的中斷嚇了一跳。

「怎麼了？」

「床上有一隻螞蟻！」

「一定是從妳的飼養箱逃出來的。今天螞蟻已經夠多了，把牠趕走，我們從停下來的地方繼續！」

「不行，等一等，這隻螞蟻跟其他的螞蟻不一樣，牠不知哪裡有點特別。」

「是亞瑟．哈米黑茲的機器螞蟻嗎？」

「不是，牠是一隻活生生的螞蟻。你可能不相信，但是牠的大顎夾著一張折起來的紙頭，牠好像想要拿給我們！」

探長嘀咕著，但還是去核實了這項資訊。他確實看到一隻螞蟻搬著一張折好的紙頭。

一〇三號在她眼前看到一艘滿載著**手指**的船。

通常**手指**這種動物會分成兩叢，每叢有五個**手指**。但是這頭**手指**巨獸應該是一種比較高等的動物，因為牠更粗，而且牠不只有兩組各五個的**手指**叢，而是有四組。也就是說，有二十個**手指**從粉紅色的根部結構延伸出來在嬉戲。

一〇三號迎向前，用大顎尖端舉起信件，努力不讓自己被這些怪東西激起的自然恐懼所淹沒。

她又想起跟森林裡的那些**手指**戰鬥的情景，她想要拔起六條腿逃跑。但是都快接觸到目標了，如果不去面對，那實在太蠢了。

「快去，去看看牠的大顎夾著什麼。」

雅克．梅利耶的手非常緩慢地伸向螞蟻。他低聲說道：

「妳確定牠不會咬我或是對我噴射蟻酸嗎？」

「你不會跟我說你連一隻小螞蟻都怕吧？」萊緹希雅在他耳邊輕聲說。

手指越靠越近，恐懼籠罩著一〇三號。她想起小時候在貝－洛－崗上過的課。面對掠食者，必須忘記牠比妳強，必須想其他事情。保持冷靜。掠食者總是希望我們在牠面前逃跑，而牠早有對付妳逃跑的準備。但是如果妳留在那裡，在牠面前，不動聲色，不露出恐懼的神色，牠就會開始慌張，不敢攻擊。

五個**手指**從容地迎上前來。

牠們似乎一點也不慌張。

「千萬別嚇到牠！等等，你慢一點，不然牠會跑掉。」

「我很確定牠之所以不動，是因為牠在等我靠近好咬我。」

話雖如此，他的手還是繼續以緩慢而穩定的速度滑過去。

靠過來的**手指**看起來懶洋洋的，沒有絲毫敵對行為的跡象。懷疑。這一定是陷阱。但是一〇三號拜託自己不要逃跑。

別怕。別怕。別怕。來吧。她對自己說。我從老遠的地方跑來找牠們，現在牠們就在那裡，我卻只想著一件事：拔起我的六條腿就跑！勇敢一點，一〇三號，妳已經跟牠們交手過了，妳也沒有因此喪命。

可是，看到五個比妳高、比妳大十倍的粉紅圓球向妳逼近，要告訴自己無論如何都不能動，這種事並不容易。

「慢一點，慢一點，你看你嚇到牠了，牠的觸角抖個不停。」

「妳放心，牠開始習慣我的手慢慢前進了。動物不會害怕緩慢穩定的現象。小螞蟻，小螞蟻，小螞蟻。」

這是本能的反應。**手指**一靠到二十步的距離之內，一〇三號就會忍不住想要張開大顎進行攻擊。可是她的大顎之間夾著那張折好的紙頭。她的嘴被封住了，根本無法咬人。牠把觸角尖端向前甩。

她的腦子裡萬馬奔騰，三個大腦搶著說話，每個腦都想把自己的意見強加給一〇三號：

「我們逃吧！」

「不要恐慌。我們這趟長途旅行不能空手回去。」

「我們要被壓扁了！」

「無論如何，**手指**離我們太近了，我們來不及逃跑！」

「你住手，她被你嚇死了。」萊緹希雅·威爾斯命令他。

手停了下來。螞蟻後退三步，然後不動了。

「妳看，我停下來的時候，她最害怕。」

有那麼一瞬間，一〇三號以為有喘息的機會，可是**手指**再度推進。如果她什麼都不做，幾秒鐘之後，牠們就會碰觸她！一〇三號已經看過**手指**輕輕一彈會有什麼後果。她想起面對未知的兩種態度：行動或是忍受。因為她不想忍受，所以她行動了！

太棒了！螞蟻剛剛爬到他的手掌上！雅克·梅利耶很高興。但是螞蟻一直往前衝，在他身上一直跑，以他的手臂為跳板，邊跑邊跳，爬上了萊緹希雅·威爾斯的肩膀。

一〇三號踩著謹慎的步伐向前進。這裡的氣味比另一個**手指**的氣味好。她花了一點時間分析她所見所感的一切，如果她可以活著離開，之後這些見聞都可以用在她關於**手指**的動物學費洛蒙報告裡。待在**手指**上頭是一種奇怪的感覺，那是個淡粉紅色的平坦表面，上面佈滿條紋狀的凹槽，每隔一段距離就有一些小坑，裡頭裝滿氣味香甜的汗水。

一〇三號在萊緹希雅·威爾斯白晰的肩頭走了幾步。萊緹希雅動都不敢動，她太怕把螞蟻壓扁了。一〇三號爬上脖子，光滑的質地讓她覺得很舒服。她繼續前進，來到嘴巴，她將六條腿的全部重量都壓在這塊深粉紅色的墊子上。她在右鼻孔的洞穴裡迷了好一會兒的路，萊緹希雅使勁憋著不要打出噴嚏。

她從鼻子跑出來，俯身靠在左眼球的上方。眼球濕漉漉的而且會動，象牙色的海洋中央有一座淡紫色的小島。她不敢冒險前往，她害怕她的腳會被黏住。她的決定是對的，因為有某種巨型的膜（末端是一列黑色的刷子）已經覆蓋了眼球。

一〇三號走原路回到脖子，然後滑到兩個乳房之間。哎呀，這裡有一些雀斑害她被絆了一下！然後，她被乳房細緻的質地給迷住了，接著她往一個乳房發起攻頂，峰頂是粉紅色的，而且顏色正在變化。她在那裡停了下來，做了一些筆記。她知道自己在一個**手指**上，而且這個**手指**允許她來造訪。姬烏－藜－崗的邦民是對的，這些**手指**確實沒有攻擊性。她從乳房的尖端可以看到另一個乳房和腹部的谷地，一覽無遺。

她往下爬，一邊欣賞著這個清潔、溫暖、柔軟的表面。

「妳不要動，牠已經接近妳的肚臍了。」

「我很願意，但是我很癢。」

一〇三號掉進肚臍眼裡，爬了上去，在長腿上奔跑，爬到膝蓋上，再往下來到腳踝，再爬到腳後跟。

她從那裡看到五個萎縮的肥胖小**手指**，末梢塗成紅色。她再次爬到腿上，在小腿肚上衝刺，在光滑白晰的皮膚上滑行。她在這片溫暖、帶著柔軟顆粒的粉紅色荒漠上狂奔。她跑過膝蓋，往上跑到大腿根部。

181．百科全書

六：要蓋一棟建築物，「六」是一個好數字。「六」是創世的數字。上帝用六天創造了世界，在第七天休息。根據亞歷山大城的革利免[3]的說法，宇宙是在六個不同的方位上創造出來的：包括四個基點、天頂（最高點）和天底（相對於觀察者的最低點）。在印度，六角星被稱為Yantra，意謂著性愛的行為，是Yoni[4]和Lingam[5]的相互貫穿。對希伯來人來說，「大衛之星」（亦稱「所羅門封印」），代表宇宙所有元素的總和。朝上的三角形代表火，朝下的三角形代表水。

在煉金術裡，六角星的每個尖端各自對應一種金屬和一顆行星。最上面的尖端是「銀－月亮」。從左到右，我們依序看到「銅－金星」、「水銀－水星」、「鉛－土星」、「錫－木星」、「鐵－火星」。六種元素和六顆行星的巧妙組合在中心指向了「金－太陽」。在繪畫裡，六角星用於展示所有可能的色彩組合。所有色調結合起來，就會在中央的六邊形之中產生白光。

艾德蒙．威爾斯

《相對知識與絕對知識百科全書》第二卷

3 亞歷山大城的革利免（Clément d'Alexandrie，一五〇年－約二一五年）：基督教早期教父。
4 Yoni：女性性器官的象徵。
5 Lingam：男性性器官的象徵。

Sixième Arcane

第六奥義

手指帝國

L'Empire des Doigts

182．離目標更近了

一〇三號爬向大腿根部，可是有五個長長的**手指**靠近了，著陸了，在她抵達腹股溝之前擋住她的去路。遊覽結束了。

一〇三號很害怕，以為自己會被壓扁。結果沒有，**手指**們停在那裡，一副氣定神閒等她赴約的樣子。毫無疑問，姬烏－藜－崗的邦民是對的，這些**手指**不是壞東西。她還活著。她用後腿站起身來，把信舉向天空。

萊緹希雅．威爾斯打開拇指和食指，長而光滑的指甲慢慢靠近，像細鉗子似的抓住折疊的紙頭。

一〇三號猶豫了一下，接著張開大顎，放下她珍貴的重擔。為了這個神奇的時刻，多少螞蟻喪失了生命。

萊緹希雅．威爾斯把紙放在掌心，這張小紙頭只有一般郵票的四分之一大，可是兩面都刻著小字。紙張小到字跡無法辨認，但還是看得出是人類的字跡。

「我覺得這隻螞蟻在給我們送信。」萊緹希雅一邊說，一邊試著去讀小紙頭上面的字。

雅克．梅利耶去拿他的大型手電筒放大鏡。

「試試這個，要看清楚這封信，用這個輕鬆多了。」

他們把螞蟻放進一個小瓶子，穿好衣服，然後把放大鏡靠在小紙頭上。

「我的視力很好。」梅利耶的語氣很肯定：「拿支筆給我，我會把我認出來的字記下來，如果有缺什麼字，我們再一起來想想看。」

183．百科全書

白蟻：我曾經遇過研究白蟻的學者，他們告訴我，我的螞蟻確實很有趣，但牠們所成就的還不及白蟻所成就的一半。

確實如此。

白蟻是唯一的社會性昆蟲，甚至是唯一創造了「完美社會」的昆蟲。白蟻將自己組織成絕對君主制，每隻白蟻都樂意為自己的蟻后效力，每隻白蟻都互相理解，互相幫助，沒有一隻白蟻有一絲野心或自私的想法。

在白蟻社會中，「團結」一詞肯定展現了這個詞彙最強烈的意涵，這或許是因為白蟻是第一個建造城市的昆蟲，時間可以上溯至兩億年前。

然而，成功本身也蘊含著厄運。完美的事物依定義是無法變得更好的。因此，白蟻城不曾遭遇任何質疑、任何革命、任何內亂，它是一個純粹又健康的有機體，運作非常良好，整個城邦只要在極其堅固的水泥所建造的廊道裡過著幸福的日子。

另一方面，螞蟻生活的社會體系比較無政府，螞蟻在犯錯中進步，而且螞蟻所做的一切都是從犯錯開始。螞蟻從不滿足於自己所擁有的一切，牠們不管什麼都會試試看，甚至冒著生命危險也在所不惜。

蟻丘不是一個穩定系統，而是一個永遠在摸索、測試所有解決方案的社會，牠們會去嘗試一些極不合常理的解決方案，有時甚至冒著毀滅蟻丘的風險。這些都是我對螞蟻比對白蟻更感興趣的原因。

艾德蒙．威爾斯

《相對知識與絕對知識百科全書》第二卷

184．解讀

經過幾分鐘的解讀，梅利耶得出一封可以理解的信。

「救命！我們十七個人被困在一座蟻丘底下。向您傳遞此訊息的螞蟻非常認同我們，牠會為您指引前來拯救我們的路徑。我們上方有一大塊花崗石板，請您來時攜帶挖地電鑽和十字鎬。請盡快行動。喬納東．威爾斯。」

萊緹希雅．威爾斯再次直起身體：

「喬納東！喬納東．威爾斯！竟然是我表哥喬納東在求救！」

「妳認識他嗎？」

「我從未見過他，但他終究是我表哥啊。大家都以為他已經死了，消失在錫巴里斯人街的地窖裡……你還記得我父親艾德蒙的地窖出事的那個案子嗎？喬納東是第一批受害者！」

「看來他還活得好好的，但是跟一整群人困在一座蟻丘底下！」

梅利耶檢查了那張小紙頭。這個訊息就像一只瓶子被扔進大海。這些字是一隻顫抖的手寫的，也許是個垂死的人。這隻螞蟻帶著這封信走了多久？他知道這些昆蟲移動的速度有多慢。

另一個困擾他的問題是：這封信很顯然是寫在一張正常尺寸的紙上，再用影印機縮小了許多次。所以他們在那裡生活得夠好，好到有影印機，所以也有電力嗎？

「妳認為這是真的嗎？」

「我想不出其他劇情可以解釋有一隻螞蟻拖著一封信出現！」

「就算這樣也太巧了，這隻螞蟻竟然會跑到妳的公寓裡。楓丹白露森林很大，以螞蟻的尺度來說，楓丹白露市又更大，大成這樣，這位信差還是有辦法找到妳在四樓的公寓……這有點不真實，妳不覺得嗎？」

「我不覺得，有時候某些事發生的機率是百萬分之一，但這些事還是發生了。」

「但是妳可以想像有人被『困』在蟻丘底下，他們的生命還得依賴螞蟻的善意？這根本不可能啊，一座蟻丘，一腳就踹翻了！」

「他們有提到有一塊花崗石板擋在上面。」

「可是他們是怎麼鑽進蟻丘底下的呢？真的是要瘋了才有可能。我看這只是個玩笑吧！」

「不。這是個神祕的謎，我父親的神祕地窖吞噬了所有下去探險的人。現在的問題是要把困在裡頭的人救出來。我們沒有時間可以浪費了，能幫助我們的，我只想到……」

「誰？」

她指著正在小瓶子裡掙扎的一〇三號。

「牠。信上說牠可以帶我們去找我表哥和他的同伴。」

他們把螞蟻從玻璃監獄放出來。他們手上沒有放射性物質可以標記牠，萊緹希雅．威爾斯乾脆在這隻螞蟻的前額刷了一小滴紅色指甲油，確保可以區分牠跟其他的螞蟻。

「來吧，小可愛，來給我們帶路吧！」

大出意外的是，螞蟻竟然不動。

「你覺得牠是不是死了？」

「沒有，牠的觸角在擺動。」

「那牠為什麼不往前走？」

雅克．梅利耶用手指碰了碰牠。

沒有反應。只有觸角的動作越來越緊張。

「看起來牠不想帶我們去那裡。」萊緹希雅．威爾斯說：「我想只有一個辦法可以解決這個問題：我們必須跟牠……談一談。」

「好。這是個絕佳的機會，可以看看這位亞瑟．哈米黑茲的機器『羅塞塔石碑』是怎麼運作的。」

185・等待建設的樂土

二十四號不知道該從哪裡著手來解決這個問題。創造一個跨物種的烏托邦社區非常美好，在一株植物的支持和水的保護下完成這個目標又更美好了，但是要怎麼做才能讓大家和睦相處？

自然神論者大部分時間都在複製她們的巨石雕像，她們要求有一個角落可以埋葬死者。

白蟻發現了一大塊乾木頭，就賴在那裡不走了。蜜蜂在牛角樹的樹枝上安置了一個迷你蜂巢。至於螞蟻，她們整理了一個廳室作為蕈圃。

一切都正常運作；為什麼二十四號要費這麼大的勁來安排一切事情？大家都在自己的角落做自己喜歡的事，只要不打擾別人就好。

晚上，社區成員聚集在牛角樹的一個小樹洞裡，互相講述她們世界的故事。

正是在這個平凡的時刻，所有物種的所有昆蟲都伸出觸角來聆聽蜜蜂戰士或白蟻建築師的嗅覺故事，這是社區的主要連結。

牛角社區是由一大堆傳說和故事的總和連結起來的。嗅覺傳奇故事。就這樣而已。

自然神論的宗教只是眾多故事當中的一個，沒有誰會去評判它的真偽。大家在意的標準只有一個：它要可以讓你有夢想。神的概念可以讓你有夢想……

二十四號建議大家把螞蟻、蜜蜂、白蟻或甲蟲最美麗的傳說匯集到類似化學圖書館的桶槽裡。

海軍藍的夜晚在牛角樹的舷窗裡出現了，一輪滿月照亮夜空。

這天晚上，天氣比較熱，昆蟲們決定到沙灘上講述各自的故事。

一隻昆蟲說的是：

白蟻王已經繞著蟻后的婚房轉了兩個圈，突然，鑽木團隊回報，一隻勾魂甲蟲正在擾亂蟻后的性慾衝動……

另一隻昆蟲在說：

……就在這時，一隻黑胡蜂出現了，牠向我衝過來，刺針向前伸。我差一點來不及……

所有昆蟲都跟這隻阿蘇克蕾茵蜜蜂一樣，陷入同樣的恐怖經歷回顧而簌簌發抖。

周圍的水仙花香、輕撫河岸的平靜水流讓昆蟲們感到安心。

186・最後的審判

亞瑟・哈米黑茲熱情地接待他們，他的身體好多了。他感謝他們沒將他們夫婦交給警方。哈米黑茲夫人不在，她正在上「思考陷阱」的節目。

女記者和警察向他說明剛發生的新事件：實在太令人難以置信，一隻螞蟻給他們帶來了一份手寫的訊息。

他們給他看了信，亞瑟・哈米黑茲立即明白了問題所在。他扯著自己的白鬍子，隨即同意啟動他的「羅塞塔石碑」。

他帶他們上了閣樓，啟動幾台電腦，開燈照亮那些產生費洛蒙的香水瓶，他搖了搖幾個透明的管子，以免有任何沉澱。

萊緹希雅非常小心，將一〇三號從她的小瓶子裡揪出來，亞瑟把牠放在一個玻璃罩底下。玻璃罩上接了兩根管子：一根吸收螞蟻的氣味費洛蒙，另一根向螞蟻傳輸翻譯人類訊息的人工費洛蒙。

哈米黑茲坐在控制面板前，調整了幾個旋鈕，又檢查了一些指示燈，轉動了幾個電位器。一切就緒。接下來就是啟動以螞蟻氣味複製人類語言的程式了。哈米黑茲的「法語－螞蟻詞典」收錄了十萬個單詞和十萬種有細微差異的費洛蒙。

工程師坐到麥克風前面，一個音節一個音節清楚地說：

發送：問候。

他摁下一個按鈕，螢幕這邊就把這個單詞轉換成化學式，然後傳輸到香水瓶，香水瓶再根據電腦詞典的精準劑量釋放香氣。每個單詞都有各自的特定氣味。

包含著訊息的這朵小雲在空氣幫浦推送下，通過管子進到玻璃罩裡。

螞蟻揮舞著觸角。

問候。

訊息收到了。

一架鼓風機清除了玻璃罩裡所有的干擾氣味，好讓回覆的訊息可以被正確地接收。

敏感的觸角振動起來。

回覆的訊息雲沿著透明管道上升，到達質譜儀和色譜儀，將分子逐一分解，析出的每一種液體都對應到一個單詞。

電腦螢幕上緩緩打出了一句話。

在此同時，聲音合成器也把這個句子讀了出來。

大家都聽到了螞蟻的回答。

接收：你們是誰？我不太懂你們的費洛蒙。

萊緹希雅和梅利耶驚嘆不已，艾德蒙．威爾斯機器真的管用！

發送：妳在一台可以幫助人類和螞蟻溝通的機器裡。靠這台機器，我們可以跟你說話，而且在你傳送訊息的時候明白你的意思。

接收：人類？人類是什麼？是一種**手指**嗎？

顯然，令人驚訝的是，螞蟻沒有對他們的機器感到驚訝。牠的回答很直接，甚至似乎知道牠所說的「**手指**」是何方神聖。對話因此可以順利開展。亞瑟．哈米黑茲緊握著麥克風。

發送：是的，我們是**手指**的延伸。

電腦上方的擴音器傳來螞蟻的回答。

接收：在我們這裡，我們稱你們為**手指**。我比較喜歡叫你們**手指**。

發送：隨你高興。

接收：你們是誰？我猜你們不是利明斯通博士……

三個人都大吃一驚。一隻螞蟻怎麼會聽說過利明斯通博士，還知道那句著名的：「我猜您就是利明斯通博士？」[1]起初他們以為是翻譯器設定錯誤，或是「法語－螞蟻詞典」的機制出現故障。沒有人想到要笑，也沒有人想像出現在眼前的可能是一隻有幽默感的螞蟻。他們想知道的是，這隻螞蟻認識的利明斯通博士是誰。

發送：不，我們不是「利明斯通博士」。我們是三個人類。三個**手指**。我們的名字是亞瑟、萊緹希雅和雅克。

接收：你們是怎麼學會說地球語的？

萊緹希雅小聲說道：

「牠的意思應該是：我們怎麼會說螞蟻的氣味語言。牠們顯然以為自己是唯一真正的地球居民……」

發送：這是我們偶然接收到的一個祕密。那你呢，你是誰？

接收：我是一〇三六八三號，但是我的同伴更喜歡叫我一〇三號。我的階級是探險隊的非生殖兵蟻。我來自貝－洛－崗，那是世界上最大的城邦。

發送：你怎麼會給我們帶來這個訊息呢？

接收：住在我們城邦底下的手指們要求將這個包裹轉發給你們。牠們把這項任務稱為「信使任務」。由於我是唯一接近過手指的螞蟻，所以我的姊妹們認為我也是唯一能夠完成這項任務的螞蟻。

一〇三號刻意不提，在這次旨在消滅地球上所有手指的東征中，他也是主要的嚮導。

三個人類各自有一些問題要問這隻健談的螞蟻，但還是由亞瑟·哈米黑茲繼續主導談話。

發送：在你給我們的信上說，有一些人，對不起，是有一些手指，被困在妳們的城邦底下，只

1　「利明斯通博士」是十九世紀的英國探險家，一八七一年他在非洲與外界失聯多年後被《紐約先驅報》的記者尋獲，據說當時這位幽默的記者對他說的第一句話就是「我猜您就是利明斯通博士？」（當時方圓百里都是非洲土著部落，不可能有其他白人。）

有妳可以帶我們去找到他們，並且營救他們。

接收：是的。

發送：那麼，就給我們指路吧，我們會跟著妳。

接收：不。

發送：為什麼不？

接收：我需要先認識你們。不然，我怎麼知道我可不可以信任你們？

三人驚訝得不知該如何回應。

他們當然對螞蟻很有好感，甚至尊敬，但是聽到這隻小昆蟲公然對他們說「不」，還是很難接受。玻璃罩底下的這個放肆無禮的黑色小團塊，牠的細爪掌握著十七個人的生命。他們只要用拇指輕輕一按就可以把牠壓碎，牠竟然敢拒絕幫助他們，假藉的理由是他們沒有對牠做自我介紹！

發送：為什麼你要認識我們？

接收：你們的身材高大，力氣也大，但我不知道你們是不是出自善意。你們就像我們的蟻后希藜－埔－霓所相信的那樣，是怪獸嗎？還是像二十三號想的那樣，是全能的神？你們危險嗎？你們聰明嗎？你們是蠻族嗎？你們的數量很多嗎？你們的科技發展到哪裡了？你們知道怎麼使用工具嗎？所以我應該先認識你們，再決定是不是值得去拯救你們的那些同類。

發送：你想要我們三個把每個人的生活都說給你聽嗎？

接收：我想了解和評判的不是你們三個，而是你們整個物種。

萊緹希雅和梅利耶面面相覷。這要從何說起？我們是不是必須為這隻螞蟻講述古代文明、中世紀時期、文藝復興時期、世界大戰？亞瑟看起來倒是覺得這場討論很有意思。

發送：那麼，請向我們提出問題。我們會回答你，並且為你解釋我們的世界。

接收：那太不可靠了。你們會介紹你們世界比較美好的一面，只是為了可以把你們的手指囚犯從我們的城邦裡救出來。你們要想個更客觀的方法給我提供訊息。

這個一〇三號還真是頑固！就連亞瑟也不知道該說什麼才能讓牠相信他們的誠意。至於梅利耶，他已經生氣了。他轉頭看著萊緹希雅，怒氣沖沖地說：

「很好。我們不需要這隻自命不凡的螞蟻幫助，我們自己去救妳表哥和他的那些同伴。亞瑟，你有楓丹白露森林的地圖嗎？」

是的，他有一張地圖，但是楓丹白露森林的面積超過一萬七千公頃，而且到處都有蟻丘。要從哪裡找起？去巴比松鎮（Barbizon）那邊，到阿普勒蒙的岩石（rochers d'Apremont）底下，去弗宏夏德沼澤（mare Franchard）附近，在拉索爾高地（hauteurs de la Solle）的沙子裡？

他們可能得挖上好幾年。如果光靠自己的力量，大概永遠都找不到貝－洛－崗。

「總不能讓一隻螞蟻來羞辱我們吧！」梅利耶很生氣。

亞瑟．哈米黑茲為他們的客人辯護。

「在把我們帶去牠的巢穴之前，牠想要的只是更了解我們。牠這麼做並沒有錯。換作是我在牠的處境，我也會做同樣的事。」

「但是要怎樣才能讓牠對我們的世界有個『客觀』的看法呢？」

他們陷入苦思。這又是一個謎題！最後是雅克．梅利耶大叫了一聲：

「我有辦法了！」

「什麼辦法？」萊緹希雅問道，探長想出來的激烈做法總是讓她心存疑慮。

「電視。電－視－！沒錯，有了電視，我們就會連結到全人類，我們會感受到了全人類的脈搏。電視展現我們文明的所有面向。透過看電視，我們的一〇三號就可以用牠的靈魂和良知判斷我們是什麼，我們的價值是什麼。」

187．費洛蒙

蟻族傳說：
獲授權解密
記憶費洛蒙：第一二三號
主題：傳說
唾液分泌者：希藜－埔－霓蟻后

這就是關於兩棵樹的傳說。兩個敵對物種的蟻丘各住在一棵樹上。兩棵樹靠得很近。結果，碰巧有一根樹枝開始往橫向生長，要連結到另一棵樹，於是，每一天，這根樹枝都會靠近一點。兩個物種都知道，一旦這根樹枝跨越兩棵樹之間的空隙，戰爭就會爆發。但是沒有任何一隻螞蟻帶頭提前挑釁，要一直等到有一根樹枝輕觸到另一棵樹，戰爭才開始。戰鬥是無情的。這個故事說明了，事情的發生都有一個特定的時刻。之前，為時過早；之後，為時已晚。每個個體都能憑直覺知道什麼時候是正確的時刻。

188．話語加上影像的衝擊

他們把一〇三號安置在一台小型液晶彩色電視機前面。螢幕對螞蟻來說還是太大，他們在前面放置一組特殊透鏡，把影像縮小到百分之一。這麼一來，螞蟻就有了完美的電視影像。

聲音方面，亞瑟將電視的擴音器連接到「羅塞塔石碑」的麥克風前面。於是這位貝－洛－崗的探險隊員就可以好好享受手指電視的影像和氣味聲音了。

當然，一〇三號不會感知到音樂或噪音，不過因為這個程序，她可以理解那些評論和對話的基本特質。

她分泌了一滴唾液，她打算記下她對手指習俗的觀察，然後再推論這些動物的價值。

亞瑟．哈米黑茲打開電視，隨意按下遙控器的一個按鈕。

三四一台：「有了『喀啦喀啦』，您就可以輕鬆擺脫您的……」

雅克．梅利耶跳了起來，立刻轉台。他的聰明點子不能保證沒有風險！

接收：這是什麼？一〇三號問道。

人類這邊一陣慌亂，大家趕緊安撫螞蟻。

發送：只是一種食品的廣告。沒什麼意思。

接收：不是，我是問，這個平面燈是什麼東西？

發送：這是電視，是我們最普遍的傳播模式。

接收：這是一種平的、冷的火，是嗎？

發送：妳們知道火嗎？

接收：當然知道，但不是這種火。你們解釋一下！

亞瑟．哈米黑茲不知道怎麼跟一隻螞蟻解釋陰極射線管的原理。他試著用比擬的方法：

發送：這不是火。它會發光而且很清晰，不過那是因為它是一扇窗，我們文明裡發生在不同地方的所有事情都在這裡頭不停地展示。

接收：這些影像是怎麼來到達這裡的？

發送：它們在空中飛。

一〇三號不懂這種**手指**科技，但她知道她會看到**手指**的世界，彷彿同時置身**手指**城邦的好幾個地方。

一四三二台。新聞。機關槍啪噠啪噠的聲音。旁白：「敘利亞人已經研製出毒氣，可以殺死……」

趕快，亞瑟又轉台了。

一四四五台。環球小姐選美大賽。女孩們扭擺著身體在走台步。

接收：這些用兩條後腿走得歪歪倒倒的昆蟲是什麼？

發送：她們不是昆蟲，這些動物就是人類，就是妳們說的**手指**。這些是我們的雌性。

接收：所以，這就是了，這是在你們的高度上看到的一個完整的**手指**？

螞蟻將右眼湊到透鏡前面，細細看著螢幕上晃動的形體看了好久。

接收：所以，你們有眼睛和嘴巴，但是它們在你們身體的頂端。

發送：你不相信嗎？

接收：我以為你們只是一團粉紅色的東西。你們沒有觸角，那你們怎麼跟我說話？

發送：我們使用聽覺溝通模式，不用觸角。

接收：而且你們少了兩條腿。你們只有四條腿！你們怎麼能走路？

發送：我們有兩條後腿就可以走路了，不過我們花了很長的時間才成功，不會跌倒。我們的兩條前腿可以做其他事，譬如拿東西。不像妳們，所有的腿都是用來前進的。

接收：頭顱上有很長的毛，那些人是不是生病了？

發送：一些雌性會把她們的毛髮留得很長，這樣更容易吸引雄性。

接收：你們的雌性怎麼沒有翅膀？

發送：沒有任何一個**手指**有翅膀。

接收：就連有生殖力的**手指**也沒翅膀嗎？

發送：就連他們也沒有。

一〇三號專注地盯著螢幕。她覺得雌性**手指**真的非常醜陋。

接收：你們跟變色龍一樣會改變外殼顏色是嗎？

發送：我們沒有外殼。我們的皮膚是粉紅色的、裸露在外面，我們會用各種顏色和圖案的衣服來保護皮膚。

接收：衣服？這是一種偽裝，避免被掠食者捕抓嗎？

成的。

發送：不完全是這樣，衣服比較是一種禦寒和表現個性的方式。這些衣服是用植物纖維編織而成的。

接收：啊，是像蝴蝶一樣用來求愛的嗎？

發送：要這麼說也可以。確實有時候我們的「雌性」用某種方式穿衣服，會更吸引雄性的注意。

一〇三號的問題很多，學得也很快。有些問題實在很難回答。譬如：「為什麼手指的眼睛會移動？」或者「為什麼同一階級的個體身材不一樣？」三個人類試著盡可能用簡化而清晰的詞彙來回答。他們幾乎被迫重新發明法語，因為法語單詞有時富含暗示，寓意微妙，他們每次都必須重新定義才能讓螞蟻理解。

終於，一〇三號厭倦了雌性人類的舞台展示。她想看看別的東西。

梅利耶持續轉台，如果影像引起一〇三號的注意，她會發送一個「停」的訊號。

接收：停。這是什麼？

發送：大城市的路況報告。

評論員的旁白：「交通堵塞是我們的大都會最令人擔憂的問題之一。一項專業機構的研究指出，修築的公路和高速公路越多，人們購買的汽車就越多，交通堵塞的機率就會增加。」

螢幕上，灰色煙霧中，一列列靜止不動的汽車。鏡頭推出去：遠處是綿延數公里的車陣——貨車、汽車、巴士都被黏在柏油路上。

接收：啊，大都會交通堵塞，這種問題到處都有！看看別的吧。

一連串的畫面切換。

接收：停。這是什麼？

發送：一部關於世界上的飢餓問題的紀錄片。

孩子們的身體又乾又瘦，眼窩裡都是蒼蠅，驚惶不安的母親空虛鬆弛的乳房上掛著瘦弱的嬰兒，還有一些目光呆滯，看不出年齡的人……

評論員冷漠的聲音：「衣索比亞的乾旱依舊肆虐，歷經五個月的饑荒，現在又宣告蝗蟲入侵。在當地，國際救援組織的醫生們嘗試以極為有限的醫療方式協助當地民眾。」

接收：什麼是醫生？

發射：有些**手指**在其他**手指**生病或有需要時會幫助他們，無論他們的領土在哪裡，即使他們的膚色不同也沒關係。並不是所有**手指**都是粉紅色的，世界各地也有黑色和黃色的**手指**。

接收：我們的物種也是，有可能會有不同的顏色。有時候不同的顏色足以激發出敵意。

發送：我們也一樣。

一二二七台，一二二六台，一二二五台。停。

接收：這是什麼？

畫面很好認，梅利耶立刻就看出來了：

「我們在鎖碼頻道。這是……一部色情影片。」

運氣不好，哈米黑茲只能盡力解釋。〇三號要求知道真相。

接收：這是什麼？

發送：在這些影片裡，他們展示了**手指**的繁殖……

螞蟻饒有興趣地打量著這些影像。

一〇三號發表評論。

接收：你們在腦子裡做這個嗎？

發送：呃，不，不完全是這樣。

萊緹希雅說著，一臉尷尬。

螢幕上的伴侶換了姿勢，繼續纏綿。

一〇三號發表評論。

接收：其實你們做愛就像蛞蝓一樣，在地上扭來扭去，一定不是很舒服，應該會到處磨來磨去。

萊緹希雅．威爾斯氣呼呼的，轉台。

一二二四台。一大堆小黑點麇集的畫面。

接收：停。這是什麼？

運氣不好，是一部關於昆蟲的野生動物紀錄片！

發送：一……一個關於「螞蟻」的報導。

接收：「螞蟻」是什麼？

蟻族擠成一團像岩漿似的畫面實在不怎麼討人喜歡，他們猶豫是不是要發表評論。

接收：「螞蟻」是什麼？

發送：嗯，這解釋起來太複雜了。

哈米黑茲猶豫了一下，然後承認：

接收：螞蟻就是……你們。

發送：是我們？

一〇三號伸長了脖子。即使是特寫鏡頭，她也認不出這是她的姊妹，因為螞蟻的視界是球形，而人類的視界是平的。

她隱約認出一場交尾飛行的畫面，幾位公主和雄蟻起飛了。

一〇三號聽著記者的講述，了解了很多關於她的物種的知識。她不知道地球上有這麼多螞蟻。她也不知道澳大利亞有一個被稱為「火蟻」的物種，蟻酸濃度之高，甚至可以腐蝕木頭。

一〇三號記了又記。她離不開這個窗子，這裡有這麼多有趣的資訊這麼快速地不斷展示。

接下來的幾個小時就在密集而大量的電視節目裡度過了。

第三天，一〇三號看了一場喜劇演員的表演。幾位演員拿著麥克風講故事，逗得全場哈哈大笑。

一個胖嘟嘟、笑嘻嘻的傢伙對著觀眾大放厥詞：「你們知道女人和政客有什麼不同嗎？不知道？嗯，這就是了，當女人說『不』的時候，意思是『說不定』；女人說『說不定』的時候，意思就是『好』，而當她說『好』的時候，她就會被當成蕩婦。而政客說『好』的時候，意思就是『說不定』；當政客說『不一定』的時候，意思就是『不』；當政客說『不』的時候，他就會被當成混蛋！」

房裡發出咯咯咯的笑聲。

螞蟻摩擦著觸角。

接收：我什麼都沒聽懂……

發送：這是要讓人發笑的。

亞瑟・哈米黑茲做了解釋。

接收：什麼是笑？

萊緹希雅・威爾斯努力要解釋什麼是**手指**的幽默。她試著講了那個站在梯子上給天花板刷油漆的瘋子的故事[2]給一〇三號聽，結果是白費工夫。其他笑話的下場也一樣。如果沒有人類文化的背景，講什麼都會變得很乏味。

發送：在你們的世界裡，有沒有什麼事會讓你們笑出來？

雅克・梅利耶問道。

接收：我首先得知道笑是什麼，我真的不知道笑是什麼！

他們試著發明一個螞蟻笑話：「這是一隻螞蟻粉刷天花板的故事……」，可是結果沒什麼說服力。他們得先知道，對一個蟻丘的居民來說，什麼是重要的，什麼是不重要的。

一〇三號暫時放棄要搞懂，她就在她的動物學費洛蒙裡記下：「**手指**需要講述一些怪異的故事，引發一些生理現象。**手指**喜歡取笑一切。」

他們又轉台了。

「思考陷阱」。哈米黑茲夫人出現了，她現在的挑戰是用六根火柴棒拼出六個三角形的謎題。她繼續假裝不知道答案，但是萊緹希雅和雅克現在明白了，所有的答案，哈米黑茲夫人老早都知道了。

他們繼續轉台。

關於愛因斯坦一生的影片。用科普的方式來解釋他天體物理學的理論。一〇三號對此產生了意想不到的興趣。

接收：一開始我沒辦法區分不同的**手指**。現在，看了越來越多手指的長相，我可以區分一些差別了。舉例來說，牠是雄性，不是嗎？我認得出來是因為牠短毛。

關於肥胖的報導。影片解釋了厭食症和肥胖症。螞蟻氣壞了。

接待：這些暴飲暴食的個體是什麼啊！吃是世界上最簡單、最自然的行為。就算是幼蟲也知道怎麼進食。水罐螞蟻會因為食物而鼓脹起來，那是為了群體利益，她會因為自己變粗的身體感到自豪，而不是像那些雌性**手指**因為限制不了自己進食而唉聲嘆氣！

一〇三號是個永不疲倦的電視觀眾。

哈米黑茲的玩具店已經打烊。萊緹希雅和雅克睡在客房裡。大家輪流排班來滿足螞蟻的要求。

一〇三號貪婪地吸收各種資訊。她對一切都很感興趣：足球、網球的規則、各種比賽、**手指**之間的戰爭、各國的政治、**手指**求愛的表演。她很喜歡動畫影片簡單明瞭的圖像。她看「星際大戰」看得出神。她不明白電影的整個劇情，但是某些片段讓她想起了「黃金蜂巢」的戰役。

她把一切都記在她的動物學費洛蒙裡。這些**手指**都是一種想像！

2　一個瘋子站在梯子上給天花板刷油漆，另一個瘋子經過對他說：「你抓好刷子，我要把梯子移開囉。」

189．百科全書

波：任何事物——物體、想法、人——都可以化為一種波。形狀波、聲波、影像波、氣味波。只要這些波不是在無限空無之中，它們必然會和其他的波形成相互干涉。會讓人心激動的，就是對於波——物體、想法、人——之間的相互干涉的研究。如果我們混合搖滾樂和古典樂會怎麼樣？如果我們混合哲學和電腦科學會怎麼樣？如果我們混合亞洲藝術與西方科技會怎麼樣？

當我們將一滴墨水滴入水中的時候，這兩種物質的資訊水平非常低，而且是一致的。這滴墨水是黑的，這杯水是透明的。墨水滴入水中，引發了一場危機。

在這次接觸當中，最有趣的時刻就是混沌形態出現的瞬間，亦即稀釋前的那一刻。兩種不同元素之間的相互作用產生了一個非常豐富的圖像，我們會看到一些複雜的螺旋、扭曲的形狀和各式各樣的細絲，逐漸溶解成灰色的水。在物體的世界裡，這個非常豐富的圖像很難靜止不動，可是在生者的世界裡，一次相遇是有可能嵌入並且凍結在記憶裡的。

艾德蒙．威爾斯

《相對知識與絕對知識百科全書》第二卷

190·希藜－埔－霓坐立難安

希藜－埔－霓很擔心。依照東方歸來的小蠓通訊兵的報告看來，討伐**手指**的東征軍已經全軍覆沒了。東征軍被一種**手指**武器發射的「刺水」龍捲風徹底消滅了。

那麼多的軍團，那麼多的士兵，那麼多的希望都白費了！

希藜－埔－霓蟻后面對母后貝洛－裘－裘霓的屍體，向她尋求建議。可是甲殼是挖空的，裡頭空無一物。母后沒有回答她。希藜－埔－霓焦慮地在御所來回踱步。工蟻們想靠近她，藉由輕撫讓她平靜下來。希藜－埔－霓猛烈地將她們推開。

希藜－埔－霓停下腳步，高舉觸角。

應該有什麼辦法可以毀滅牠們。

她衝向化學圖書館，還繼續釋放著費洛蒙。

一定有辦法可以毀滅牠們。

191·螞蟻對我們的看法

一〇三號不眠不休地看著電視已經五天了。她只發送了一個要求：她需要一個小膠囊來整理關於**手指**的動物學費洛蒙。

萊緹希雅望著同伴們說：

「這隻螞蟻真的要電視成癮了！」

「牠看起來是真的明白牠在看的東西。」梅利耶說。

「牠看得懂螢幕播放內容的十分之一，大概就是這樣，不會再多了。牠在這台電視機前面就像個小嬰兒。看不懂的地方，牠會用自己的方式去理解。」

亞瑟．哈米黑茲不同意。

「我認為您低估牠了。牠對兩伊戰爭的評論非常有見地。而且牠還懂得欣賞動畫片。」

「我可一點也沒低估牠。」梅利耶說：「這就是我擔心的原因。要是牠只對動畫感興趣就好了！昨天牠還問我，為什麼我們要這麼費勁讓彼此受苦。」

大家聽了都有點沮喪。大家都為了同一件事而感到不安：所以這隻螞蟻會怎麼看我們？

「我們得小心盯著，別讓牠看到我們世界太過負面的影像。其實只要及時轉台就好了。」探長補了一句。

「不。」亞瑟．哈米黑茲抗議說：「這個實驗太有趣了。這是第一次有個非人類的生物來評判我們。讓我們的螞蟻自由地評判我們吧，牠會告訴我們，我們的絕對價值有多少。」

三個人都回到「羅塞塔石碑」前面。他們的貴賓在玻璃罩裡，頭依然緊貼著液晶螢幕。牠剛看完一場競選活動，正在抖動觸角，並且用最快的速度分泌唾液，產生費洛蒙。顯然，她非常仔細地聽了總統的演講，同時做了大量的筆記。

發送：問候一〇三號。

接收：問候**手指**。

發送：你都好嗎？

接收：是的。

為了讓一〇三號可以依牠所需，更方便收到發送的訊號，哈米黑茲最後做出一個微型遙控器，可以讓牠在玻璃罩裡選台。一〇三號不只是用了這個遙控器，而且簡直是濫用。

實驗又持續了幾天。

螞蟻的好奇心似乎永無止境。一〇三號不斷要求手指提供說明。這是什麼？——共產主義、內燃機、大陸漂移、電腦、娼妓、社會保障、信託、經濟赤字、征服太空、核子潛艇、通貨膨脹、失業、法西斯主義、氣象、餐廳、三連勝、拳擊、避孕、大學改革、司法、農村人口外流……

一〇三號已經累積了三個關於手指的動物學費洛蒙報告。

到了第十天，萊緹希雅．威爾斯終於受不了了。或許到目前為止，她是不喜歡人類，但她一直都有家庭意識。現在，她表哥喬納東可能已經在死亡邊緣了，而他派來找他們的螞蟻救星還杵在那裡，拔都拔不起來，整天就黏在電視機前面。

發送：你現在準備好要帶我們去貝－洛－崗了嗎？她問一〇三號。

片刻的沉默，萊緹希雅的心砰砰跳。其他人站在她旁邊，也同樣焦急地等著螞蟻做出結論……

接收：所以你們想知道我的結論是什麼嗎？很好。我想我已經看夠了，可以評判你們了。

螞蟻把頭抬離電視螢幕，用後腿站了起來。

接收：我不敢說很了解你們，當然是這樣，你們的文明太複雜了……不過……其實我已經可以體會到本質的部分了。

一〇三號刻意讓他們受到煎熬，這是她精心安排的效果。一〇三號在操控個體這方面確實經驗豐富。

接收：你們的文明非常複雜，但我已經看了夠多東西，可以了解它的本質了。你們是邪惡的動物，你們不尊重你們周圍的一切，只關心積累你們所謂的「錢」。你們的歷史回顧讓我感到恐怖：都是一些大規模的連續謀殺案。你們先殺戮，然後你們再討論。你們用同樣的方式在自我毀滅，也在毀滅大自然。

開場白就這麼糟。三個人類沒想到螞蟻的結論如此嚴苛。

接收：不過，你們的世界有些東西讓我很著迷。啊，你們的畫！而且，我很喜歡那個**手指**，牠叫做……達文西。透過畫來展示牠對世界的詮釋，還有為了物品的美感而製作無用的物品的這種想法，真是太神奇了！這就好像我們製造香氣不僅僅是為了溝通，而是為了享受聞到這些香氣的快樂！這種美沒有目的又沒有用處，被你們稱為「藝術」，這是你們文明相對於我們的優勢。我們的城邦沒有任何類似的東西。你們的文明充滿了藝術和無用的激情。

發送：那麼，你同意帶我們去貝－洛－崗嗎？

螞蟻還不想回應。

接收：在到達你們的世界之前，我遇到了蟑螂。牠們教了我一件事。我們愛那些有能力愛自己的，我們幫助那些想要幫助自己的……

螞蟻揮舞著觸角，對自己和自己的論點充滿信心。

接收：這個問題對我來說似乎很重要。如果你們是我，你們會對自己的物種做出正面的評價嗎？

要命。這個問題顯然不能由萊緹希雅．威爾斯來回答。亞瑟．哈米黑茲也不行。

螞蟻繼續心平氣和地論證。

接收：你們明白我的意思嗎？你們是否足夠愛自己，可以讓別人想要愛你們？

發送：呃……

接收：如果你們不愛自己，我們怎麼能指望有一天你們能夠愛那些跟我們一樣那麼不同的生物呢！

發送：其實……

接收：你們正在尋找合適的費洛蒙來說服我嗎？不必再找了。我期望從你們這裡得到的解釋，電視已經提供給我了。我在電視上看到一些紀錄片、一些報導，提到有些**手指**互相幫助，有些**手指**從遠方的巢穴跑來援救其他的**手指**，有些粉紅色的**手指**在照顧棕色的**手指**。我們，也就是你們所說的螞蟻，我們永遠不會做這種事。我們不會去援救遙遠的巢穴，我們不會去援救其他種類的螞蟻。還有，我看到泰迪熊的廣告。這些泰迪熊只是物品，可是有些**手指**會撫摸它們，有些**手指**會親吻它們。所以，**手指**有多餘的愛可以給予。

他們什麼都想到了，但是沒想到這個。他們沒想到人類這個物種可以藉由達文西的畫作、醫療隊和絨毛娃娃來吸引一個非人類的生物！

接收：這還不是全部。你們把你們的孩子照顧得很好。你們希望未來的**手指**會比今天的**手指**更好。你們渴望進步。你們就像我們的兵蟻一樣，犧牲自己，為姊妹們架橋渡過小溪。年輕人總是要走過去的，而為了讓他們走過去，老年人已經做好死亡的準備。是的，我所看到的一切，電影、新聞、廣告，都表達了對於自己僅止於此的遺憾和自我提升的期望。而從這種期望之中，湧現了你們的「幽默」，誕生了你們的「藝術」……

萊緹希雅眼裡含著淚水。她竟然需要一隻螞蟻來為她解釋並且教她去愛人類。聽完一〇三號的演說之後，她再也不是從前的萊緹希雅了。她的人類恐懼症剛剛被一隻螞蟻治癒了！她突然很想要好好了解那些跟她同時代的人，這當中確實有一些很棒的人。這隻螞蟻看了幾小時的電視節目就明白的事，她卻一輩子都看不出來。

萊緹希雅傾身靠向麥克風，一個字一個字清楚地說：

發送：那麼，妳會幫助我們嗎？

一〇三號在玻璃罩底下舉起觸角，鄭重地發送出訊息：

接收：我們無法與你們對抗，你們也無法與我們對抗。我們兩個物種都沒有強大到足以消滅另一個物種。既然我們不能互相毀滅，我們就勢必要互相幫助。而且，我想我們需要你們。我們有一些東西要從你們的世界學習，我們絕不能在認識這些東西之前就殺死你們。

發送：所以妳同意帶我們去看看貝－洛－崗嗎？

接收：我同意幫助你們去拯救你們被關在城邦底下的朋友，因為現在我同意我們兩個文明之間要合作。

就在這時，亞瑟．哈米黑茲又昏倒了。

192．恐龍

這是一則跨越數千年歷史的記憶費洛蒙。

希藜－埔－霓將她的觸角靠近裝滿氣味濃郁液體的膠囊。這是用香氣完成的一幅單彩畫。隨即，費洛蒙記錄的文本伴隨著快感在她的觸角中升起。

歷史費洛蒙

唾液：第二十四代蟻后貝洛－袠－袠霓。

螞蟻並非總是地球的主宰。

過去，代表其他思維方式的其他物種也曾經挑戰過「地球的主宰」這個稱號。

數百萬年前，大自然曾經將統治權交付給蜥蜴。在此之前，蜥蜴只是體型相當合理的動物，是長了腿的魚。

可是，這些蜥蜴卻不停地決鬥，而且，牠們的身體為了適應單打獨鬥，也一點一點在變異。牠們漸漸變得更大，更具攻擊性。

形態的進化發生了。蜥蜴變成了巨獸。我們再也無法殺死牠們了，即使我們聚集了二十、三十甚至一百隻，也沒有辦法。蜥蜴現在太強壯，數量太多，破壞力也太大了，牠們已經成為地球上勢力最大的動物。

有些蜥蜴太高，頭已經超出樹頂，牠們不再是蜥蜴，而是恐龍。

這些巨型怪獸的統治持續了很長的時間，而我們，不管在哪裡，在我們的蟻丘中，我們都在思考。

我們已經戰勝了可怕的白蟻，我們應該也有能力除掉這些恐龍。各地的螞蟻都釋放出這樣的訊息。然而，所有派去對抗恐龍的蟻族突擊隊都被殲滅了。

我們是不是找到我們的主宰了？有些蟻丘已經順從地將狩獵場的控制權交給恐龍。她們在恐龍的腳下奔逃，她們活在陰影裡，恐龍決鬥的時候，連大地都在震動。白蟻也放下大顎投降了。

就在這時，來自某個黑蟻巢穴的蟻后喊出了一個口號：所有的城邦聯合起來對抗這些怪獸。訊息很簡單，衝擊是全球性的。所有的蟻丘都停止了地盤爭奪戰。不論種類，不論體型大小，不再有任何一隻螞蟻應該殺死另一隻螞蟻。「行星大聯邦」誕生了。

通訊兵在城邦之間來來去去，將恐龍的各種強項和弱點傳送到每個城邦。這些野獸看來毫無缺陷，但是所有動物都會有一個弱點，這是大自然刻意造就的。這個弱點，我們必須去把它找出來，而我們也找到了。恐龍盔甲的致命弱點就在肛門。

只要從這扇門入侵牠們的身體，就可以從體內毀滅牠們了。訊息傳播得非常快。各地蟻丘的軍團都湧入這條敏感的道路。騎兵、步兵、砲兵面對的不再是腳、爪和利牙，而是噴湧的消化液、白血球、反射性的肌肉收縮。

有一些恐怖故事是關於軍隊碎步推進，深入敵人腸道的故事。士兵們在肥大的結腸裡不斷地拐彎，突然間，隧道盡頭迸射出一顆致命的砲彈，那是一塊糞便。

戰士們拔腿就跑，躲進腸子的皺褶裡。這種惡臭的岩石有時會因為某種角度而卡住，有時會滾下來把軍隊壓個粉碎。

蟻族軍團的首要敵人變成糞便。成千上萬的螞蟻被雪崩般的堅硬小屎塊擊斃！多少螞蟻被泥流溺斃！多少突擊隊員僅僅因為恐龍放了一個屁而窒息！

不過大多數的蟻族軍團都及時穿透了腸道。

之後，在細細密密的攻擊下，恐龍肉山一座接一座崩塌。食肉的、食草的、配備鋸齒尾巴、尖刺、毒藥、裝甲鱗片的，沒有任何恐龍可以跟數百萬隻意志堅定的迷你外科手術師對抗。事實證明，一對大顎顯然比一根粗過樹幹的犄角還有效。

螞蟻花了幾十萬年才消滅了所有的恐龍。

後來，一年春天，大家冬眠醒來，發現天空已經放晴，不再有恐龍了，只有小型蜥蜴倖免於難。

希蔾－埔－霓鬆開觸角，她心事重重，在化學圖書館裡來回踱步。

所以，地球有過許多居民，這些居民每一個都想扮演全能的主宰。在螞蟻讓牠們重歸平淡之前，牠們都經歷過一段燦爛的時期。

螞蟻是地球唯一真正的主宰。希蔾－埔－霓為自己屬於這個物種感到自豪。

我們的體型這麼小，我們知道如何粉碎殘忍的大個子。我們的體型這麼小，我們會思考和解決看似無解的問題。我們的體型這麼小，我們從那些看似完美無缺、活生生的肉山身上學不到任何東西。

螞蟻文明是唯一一個能夠持續這麼久的文明，因為它知道如何消滅所有的競爭對手。

希蔾－埔－霓後悔沒有研究住在蟻丘底下的那些**手指**。如果她聽了一〇三號的話，就可以透過觀察，發現牠們的弱點，東征軍就會獲得榮耀而非潰敗。

也許為時未晚？說不定花崗石板下還有一些**手指**存活？她知道自然神論者如何竭盡心力為牠們運送食物。

希藜－埔－霓決定前往**手指窩**與這位受到蟻族間諜盛讚的「利明斯通博士」會談。

193・癌症

一〇三號察覺**手指**世界發生了異常情況。一些影子在她上方騷動著。空氣裡瀰漫著一股死亡的氣味。她問道：

接收：發生什麼事了嗎？

發送：亞瑟昏倒了。他生病了。他的癌症擴散了，這種疾病沒有人知道如何治癒。我母親就是這樣死去的。面對這種疾病，我們根本無力抵抗。

接收：什麼是癌症？

排放：是一種細胞失控增生的疾病。

為了好好思考，螞蟻細心地清洗了觸角。

接收：我們的世界也有這種現象，但它不是一種疾病。你們的癌症不是一種疾病。

發送：那是什麼？

這是人類第一次發出「是什麼？」的訊號。這個訊號一〇三號已經重複很多次，現在輪到螞蟻來解釋了。

接收：很久以前，我們也被你們所說的「癌症」襲擊，很多螞蟻都死了。幾百萬年來，我們認為這種災難是一種無法治癒的禍害，那些生病的螞蟻寧可立刻讓心跳停止結束生命。後來……

三個人類聽了都驚訝不已。

接收：後來我們明白了，我們是從錯誤的角度在看待問題，我們必須以不同的方式去研究和理解當初我們以為是疾病的東西。結果我們找到方法了。十萬年來，在我們的文明裡，再也沒有螞蟻死於癌症。噢！我們還是會感染許多其他的疾病，但是在我們的世界裡，癌症已經消失了。

萊緹希雅嚇了一跳，她的氣息讓玻璃罩蒙上了一層水氣。

發送：妳們發現了治療癌症的方法嗎？

接收：當然，我會告訴你們。但是首先，我需要呼吸一點新鮮空氣。我在這個玻璃罩底下快要窒息了。

萊緹希雅小心翼翼地把一〇三號捏起來，放進鋪著舒適的棉花床墊的火柴盒裡，然後捧著火柴盒去了陽台。

一〇三號呼吸著涼爽的微風。在這裡，她甚至可以感知到來自遠方的森林氣息。

「小心，別放在欄杆上。」雅克．梅利耶大聲說：「千萬別讓牠掉下去，這隻螞蟻是真正的寶藏，她同意要拯救那些人類的生命，而且牠還說牠知道治療癌症的方法。如果這是真的……」

他們的手靠在一起，在火柴盒的四周圍成一個搖籃。過沒多久，哈米黑茲夫人也加入了。她已經扶她的丈夫到床上了。亞瑟現在正在睡覺。

「我們的螞蟻說牠知道治療癌症的方法。」梅利耶告訴她。

「所以，我們必須讓牠說出來，而且要快！亞瑟剩下的時間不多了。」

「再等幾分鐘吧。」萊緹希雅說：「牠說想要呼吸一點新鮮空氣。想想看，牠剛被關在玻璃罩裡面好幾天，沒完沒了地看著電視。世界上沒有任何昆蟲可以忍受這種事！」

但是哈米黑茲夫人已經失去冷靜。

「牠可以等一下再休息，我們得先救我丈夫，事情很緊急。」朱麗葉．哈米黑茲往萊緹希雅的手臂衝過去，萊緹希雅往後退了一步，不想讓她搶走手中的火柴盒。有那麼一會兒，小船懸在半空中搖晃。哈米黑茲夫人扯住萊緹希雅的手，力道大到讓萊緹希雅的手腕翻了過來。

她掉下去了。有那麼一會兒，一〇三號在軟綿綿的飛毯上盤旋。接著她往下墜，再往下墜，一直往下墜。**手指**的巢穴可真高啊！

她撞到一輛汽車的金屬車頂，彈起來好幾次。她感到驚慌，往四面八方亂跑。那些「善良」的手指和他們的通訊機器跑到哪裡去了？她一邊往前衝，一邊高喊著無人能解譯的費洛蒙。

萊緹希雅、朱麗葉、亞瑟、雅克！你們在哪？我已經呼吸夠新鮮空氣了。帶我回到上面，我要把一切都告訴你們！

她降落在上面的汽車發動了。

一〇三號的六條腿緊緊勾住車頂的天線。風在她身旁呼嘯。即使在「大角」的背上飛行，她也從來沒飛過這麼快。

194．百科全書

文明之間的衝擊：印度這個國家會把所有能量都吸收進去。所有試圖讓印度屈服的軍事首領都被它耗盡。當這些軍事首領漸漸深入這個國家的內部，印度就會對他們產生影響，讓他們不再好鬥，而且愛上印度文化的細緻。印度就像一塊柔軟的海綿，可以吸納一切。他們來了，印度戰勝了他們。第一次大規模入侵是由阿富汗的土耳其裔穆斯林發動的。一二〇六年，他們拿下了德里，之後一連有五個王朝的蘇丹統治，每一位蘇丹都試圖要控制整個印度半島。但是越往南方推進，兵力就越弱。士兵們厭倦了屠殺，失去了戰鬥意志，受到印度習俗的魅惑。蘇丹的王朝日漸沒落。

洛迪王朝是最後一個王朝，它被帖木兒的後裔巴布爾推翻了。這位蒙古族的國王在一五二七年建立了蒙兀兒帝國，他才剛抵達印度中部，就放下武器，熱中於繪畫、文學和音樂。

他的後人阿克巴倒是統一了印度。他用的是懷柔政策，他還創立了一個宗教，汲取當時所有宗教的教義，將這些教義所包含的最和平的內容匯集起來。可是幾十年後，巴布爾的另一位後人奧朗則布卻試圖以武力將伊斯蘭教強加於印度半島。印度人起身反抗，造成分裂。要用暴力來馴服這個大陸是不可能的。

十九世紀初，英國人在軍事上征服了所有大城市，掌握了所有的洋行，但他們從來不曾全面掌控這個國家。他們只能建立一些營區，也就是一些「英國文明的小街區」，硬生生地插在一個完全印度的環境裡。

正如嚴寒護衛著俄羅斯，海洋護衛著日本和英國，心靈之牆也護衛著印度，吞沒了所有侵入其中的人。

即使是今天，所有在這個海綿國家冒險的觀光客——哪怕只是一天——腦袋裡都會充滿「做這幹嘛呢？」和「為什麼要做這？」之類的問題，然後就會想要放棄所有正在做的事。

艾德蒙・威爾斯

《相對知識與絕對知識百科全書》第二卷

195・一隻螞蟻在城裡

雅克・梅利耶俯身往下看。

「牠掉下去了！」

所有人都跑到他身邊。大家都很努力要在樓底下認出一點什麼。

「牠應該是死了……」

「說不定沒死，螞蟻可以承受從高處的墜落。」

朱麗葉・哈米黑茲激動起來。

「你們快去找牠，只有牠可以救我的丈夫和你們在蟻丘底下的朋友。」

他們跑下台階，在停車場進行地毯式搜索。

「千萬要當心你們的腳下！」

萊緹希雅・威爾斯在汽車的輪胎底下找。朱麗葉・哈米黑茲仔仔細細檢查了大樓底下花圃的矮樹叢。雅克・梅利耶摁了所有樓下鄰居的門鈴，確認螞蟻有沒有被風吹到他們的陽台上。

「您有沒有看到一隻額頭上有個紅印的螞蟻？」

當然，鄰居當他是瘋子，不過，看到他的藍白紅三色識別證，他們還是任由他東翻西找。

所有人找了一整天。

「怎麼辦？一〇三號到底在哪裡！」

朱麗葉・哈米黑茲拒絕放棄。

「如果這隻螞蟻真的知道如何治癒癌症，我們就得不惜任何代價找到牠。」

他們又找了很久。這裡的昆蟲從來沒少過！但是就算有手電筒放大鏡的幫忙，他們還是沒看到額頭上有紅點的褐螞蟻。

「要是我們標記的不是指甲油而是放射性物質就好了！」梅利耶已經快爆炸了。

他們開始討論。

「即使在楓丹白露這樣的城市，也一定有什麼辦法可以找到一隻螞蟻。」

「我們先把所有想到的點子都列出來，然後再來篩選。」哈米黑茲女士提出建議。

這是大家想到的點子：

「找軍隊和消防員幫忙，我們一公尺一公尺掃蕩整個城市。」

「問我們遇到的每一隻螞蟻，看牠們有沒有看到額頭紅紅的螞蟻經過。」

似乎沒有任何解決方案可以讓大家滿意。這時萊緹希雅提議：

「不如在報上登個懸賞啟事？」

法。

大家面面相覷。或許這個點子並不像它聽起來那麼蠢。他們想了又想，沒有人想出更好的辦法。

196・百科全書

勝利：為什麼任何形式的勝利都令人難以忍受？為什麼我們只會被失敗帶來的那種令人安心的溫暖所吸引？也許是因為失敗只能是一次轉變的前奏，而勝利往往會鼓勵我們維持同樣的行為。失敗是創新的，勝利是保守的。所有人類都隱約感覺到這個真理。所以，最聰明的人想要成就的不是最美麗的勝利，而是最美麗的失敗。漢尼拔在唾手可得的羅馬城下轉身離去。凱撒毅然決定奔赴三月十五日的元老院會議。

讓我們從這些經驗中得到教訓。

我們永遠無法盡早構建自己的失敗。我們永遠無法將跳板蓋得夠高，讓我們可以縱身跳進沒水的游泳池裡。

清醒生活的目標就是通往一場潰敗，成為所有同代人的警惕。因為大家永遠不會從勝利中學習，只會從失敗中學習。

艾德蒙・威爾斯

197．尋蟻啟事

《星期日回聲報》「寵物走失」廣告欄裡有一幅鋼筆畫的模擬畫像，畫的是一隻螞蟻的頭。啟事：「注意！請仔細閱讀！這不是玩笑。圖中的螞蟻可以拯救十七條危在旦夕的人命。以下線索可以幫助您，避免將牠與其他螞蟻混淆：

一〇三六八三號是一隻褐螞蟻。所以牠並非全黑。牠的胸廓和頭部是橙棕色，只有腹錘是暗黑色。

牠的體型：身長三毫米。甲殼上有劃傷。觸角短。如果有**手指**靠近，牠會立刻噴射酸液。

牠的眼睛較小，大顎寬短粗壯。

特徵：額頭上有一個紅印。

如果您發現牠，即使您覺得不確定，只要您認為那是牠，就請您先收留牠，保護牠，並且立刻撥打「三一 四一 五九 二六」的電話，與萊緹希雅聯絡。您也可以致電警局，轉接雅克・梅利耶探長。

任何有助於尋獲一〇三六八三號的電話都將獲得十萬法郎的獎金。」

萊緹希雅、梅利耶和朱麗葉．哈米黑茲努力跟飼養箱裡的螞蟻討論，跟街上隨機抓來的螞蟻討論。即使飼養箱裡的螞蟻聽說過貝－洛－崗，牠們也沒辦法帶他們去那裡。牠們甚至不知道自己此刻身在何處。至於癌症的祕密，他們更是完全摸不著頭緒！

在街上、花園或屋裡遇到的螞蟻也同樣一無所知。

他們這才知道，大多數螞蟻都相當笨，牠們什麼都不感興趣，什麼都不懂，滿腦子只想著要填飽肚子。

雅克．梅利耶、朱麗葉．哈米黑茲和萊緹希雅．威爾斯這才明白一〇三號有多麼獨特，牠的心智表現在螞蟻之中是獨一無二的。

萊緹希雅．威爾斯用一只小鉗子將膠囊夾起。這裡頭裝的是一〇三號整理的關於**手指**的動物學費洛蒙。

毫無疑問，這位一〇三號想要了解關於牠的世界和牠的時代的一切。如此強烈的好奇心和求知欲實在很罕見，即使在人類身上也很罕見。萊緹希雅心想，一〇三號確實是一隻非凡的螞蟻。她咬緊嘴唇，開始想念一〇三號了。

有那麼一刻，她幾乎想要祈禱。畢竟要在人類的城市裡找到一隻螞蟻，這需要奇蹟吧？

198．骸骨成群

一群衛兵高舉長長的大顎，簇擁著希蔾－埔－霓蟻后往城邦的地下層走去。希蔾－埔－霓在心裡責怪自己沒有早一點去跟利明斯通博士溝通。現在，她已經知道所有要提出的問題了，她已經知道如何看清牠們的弱點了。而且，她決定要餵養牠們——她必須以餵養作為誘餌，就像馴服野生蚜蟲，得先用食物引誘牠們，才能剪掉牠們的翅膀，把牠們養在獸欄裡。

地下十層：一股全新的熱情從心底湧現，蟻后加快了腳步。是的，她會餵養牠們，跟牠們交談。她會做筆記，記錄更多關於**手指**的動物學費洛蒙。

衛兵在她身邊蹦蹦跳跳，所有螞蟻都感覺到有重要的事情正在發生。聯邦之母——進化論運動的創始者——終於同意要和**手指**對話，要研究牠們，要找出更好的方法殺死牠們。

地下十二層：希蔾－埔－霓心想自己真的很蠢，沒有早一點聽一〇三號的話。她應該和**手指**對話。她應該聽母親的話。貝洛－袤－袤霓當年會跟**手指**說話，她如果跟母親做同樣的事其實很容易。

地下二十層：希望底下的那些**手指**還活著！希望她沒有因為這樣的意志——她想要出類拔萃，想要做一些跟父母不同的事——而毀掉一切。她不能背道而馳，也不能做完全相同的事，她必須延續下去，延續母后的工作，而不是去否定。

在她身邊，蟻邦一如往常地活絡。螞蟻們用觸角尖端向她致意，但是大多數邦民還是相當驚訝，蟻后竟然會來到城邦這麼深的底層。

地下四十層：此刻，希蔾－埔－霓和整個衛隊一同奔跑，她反覆說著：「希望不會太晚。」她轉進好幾條岔路，來到她從來不認識的一個廳室。這是一個巨大的廳室，應該是在不到一星期前，在這個少有螞蟻出現的樓層裡建成的。

突然，自然神論者出現在她眼前！那是所有被送到這裡的自然神論叛軍的屍體。數百隻靜止不動的螞蟻看似在挑釁這位不速之客。

死去的兵蟻被保存在城邦裡！蟻后的觸角受到驚嚇，往後竄動。在她後頭，隨行的貝－洛－崗士兵們也驚恐萬分。

這些死者都在這裡做什麼？她們應該在垃圾場呀！蟻后和士兵們在展示死亡的雕像之間走了幾步。死去的螞蟻大多呈戰鬥姿勢，大顎張開，觸角向前伸出，準備撲向同樣靜止不動的對手。其中幾具屍體身上還有被臭蟲的陰莖刺穿的痕跡。她們應該都是在蟻后的指示下被殺害的……

希蔾－埔－霓有一種奇怪的感覺。

她非常驚訝：她們都……很像在她御所裡的母后。

驚訝的還不只這個。

她覺得，在這些過度靜止的螞蟻之間，有些動作正在發生。

是的，幾乎有半數都在動！這是幻覺嗎，是她從前不小心吃到隱翅蟲蜜露，而這種非常古老的毒品現在才發作？

恐怖！

到處都有屍體在動！

而且這不是幻覺！數百個幽魂現在正在攻擊圍繞在她身邊的兵蟻。到處都在打鬥。蟻后衛兵的大顎很長，但是支持自然神論的叛軍太多了。這個詭異的場所引發的驚訝和壓力對這些規規矩矩的兵蟻非常不利。

戰鬥的時候，自然神論者的觸角會不停抖動，不斷地釋放出同一種費洛蒙。

手指是我們的神。

199．重逢

萊緹希雅．威爾斯像砲彈一樣，氣喘吁吁地出現在閣樓裡，雅克．梅利耶和朱麗葉．哈米黑茲正在努力整理數百封信件和無數的電話留言，這些都是在報上刊登啟事的回應。

「有人找到牠了！有人發現牠了！」萊緹希雅大叫。

另外兩人都沒有反應。

「已經有八百個騙子發誓說找到牠了。」梅利耶說。「他們隨便撿一隻螞蟻，在額頭上塗一點紅漆就跑來說要領獎金！」

朱麗葉．哈米黑茲接著說：

「我們甚至看過帶蜘蛛或蟑螂，用紅漆塗得亂七八糟就跑來的！」

「不是，不是。這次是真的。這次是一個私家偵探，他從看到我們的啟事之後，就在鼻子上架著放大鏡的眼鏡在城裡走來走去……」

「妳為什麼認為他真的找到了我們的一〇三號？」

「他在電話裡告訴我，額頭上的印子不是紅的，而是黃的。我的指甲油也是這樣，如果塗了太久就會變黃。」

確實，這個說法很有說服力。

「還是要看到螞蟻才算數。」

「他沒有螞蟻。他宣稱他找到了螞蟻，但是沒抓到。牠從他的手指上溜走了。」

「他是在哪裡看到的？」

「你冷靜一點！那個地方很不容易。」

「到底在哪裡？快說！」

「在楓丹白露的地鐵站！」

「在地鐵站？」

「可是現在六點，剛好是尖峰時間。那裡一定全都是人。」梅利耶慌了。

「每一秒都很寶貴，如果錯過這個機會，我們一定會永遠失去一〇三號，那……」

「我們快走！」

200．輕鬆時刻

兩隻綠眼睛的大螞蟻露出不懷好意的微笑，正在往一堆香腸、果醬、披薩和酸菜香腸燉肉靠近。

「嘿嘿，人類現在看不到了！讓我們盡情享受吧！」

兩隻螞蟻迫不及待地往菜餚衝過去。牠們用開罐器打開白扁豆燜肉罐頭，給自己倒了滿滿的兩杯香檳，然後碰杯。

突然，探照燈照亮了牠們，一罐噴霧劑射出一團黃色的雲霧。

兩隻螞蟻揚起眉毛，瞪著綠色的大眼睛，大聲哀號：

「救命，**潔家寶**來了！」

「不要，我不要**潔家寶**，什麼都可以，就是不要**潔家寶**！」

黑色噴霧。

「啊啊啊呃啊啊啊。」

兩隻螞蟻倒在地上。鏡頭推出去。一個男人正在揮舞一個噴霧罐，上面寫著幾個大字：**潔家寶**。

男人微笑對著鏡頭說：「天氣轉晴，暑氣回升，蟑螂、螞蟻、蟑螂大量繁殖。解決之道就是**潔家寶**。櫥子櫃子不管有什麼蟲子，**潔家寶**殺無赦。**潔家寶**對小孩安全無比，對昆蟲毫不留情。**潔家寶**是CCG的新產品。CCG就是有效。」

201．地鐵裡的追蹤

他們興奮莫名，雅克．梅利耶、萊緹希雅．威爾斯和朱麗葉．哈米黑茲毫不客氣地推開地鐵站裡的乘客。

「您有沒有看到一隻螞蟻？」

「您說什麼？」

「牠一定是往那邊走了，我很肯定，螞蟻都喜歡黑暗，要去陰暗的角落找。」

雅克．梅利耶激動地罵了一名路人：

「走路小心一點，該死，你說不定會把牠給殺了！」

沒有人知道他們在做什麼。

「殺了牠？殺死誰？殺什麼？」

「一〇三號！」

一如往常，大多數的乘客只是從旁邊冷漠地走過，根本不想看到或聽到這些莫名其妙的傢伙在做什麼。

梅利耶背靠在瓷磚牆上。

「該死，在地鐵站裡找一隻螞蟻，這不就像在乾草堆裡找一根針。」

萊緹希雅．威爾斯拍了一下額頭！

「可不是嗎，辦法就在這裡！你怎麼沒有早一點想到！『在乾草堆裡找一根針』……」

「妳的意思是……？」

「要怎麼樣才能在乾草堆裡找到一根針？」

「那是不可能的！」

「錯了，那當然是有可能的，只要用對的方法就可以。要在乾草堆裡找一根針，這種事再簡單不過了。在乾草上放火，再拿磁鐵去灰燼裡吸一吸就行了。」

「好吧，但這和一〇三號有什麼關係？」

「這只是一個比喻。只要找到方法就可以了。而且方法是一定有的！」

他們開始討論。對的方法！

「雅克，你是警察，你第一步就是去要求站長疏散所有乘客。」

「站長絕對不可能同意，現在是尖峰時間啊！」

「說有炸彈威脅！他絕對不願意承擔數千人死亡的風險。」

「好。」

「嗯，朱麗葉，您可不可以製造一個費洛蒙句子？」

「什麼句子？」

「『去最明亮的區域會合。』」

「沒問題！我甚至可以做出三百毫升，然後用噴霧器到處噴灑。」

「太好了。」

雅克・梅利耶十分激動。

「我知道了。妳想在月台上架一個強力探照燈，讓牠可以過來會合。」

「我的飼養箱裡的褐螞蟻總是朝著光走。為什麼不試試看……」

朱麗葉・哈米黑茲做好「去最明亮的區域會合」的氣味短句，帶著裝有這句話的香水噴霧器回來了。

車站的擴音器正在要求所有乘客井然有序、冷靜地疏散。所有人都又推又叫，又擠又踩。人人為己，神愛世人。

有人大喊：「失火了！」。一陣恐慌，所有人接力喊著同一句話。人們爭先恐後，分隔人潮的護欄被推倒了，大家為了通過護欄而互相推打。擴音器徒勞地喊著「保持冷靜，不要驚慌」，得到的卻是反效果。

面對在身邊雜沓混亂不斷落下的鞋底，一〇三號決定先躲進站名字母的空隙裡。那是上了釉料的彩陶字母「Fontainebleau」（楓丹白露），她躲在F的空隙裡，這是字母表上排序第六的字母，她在那裡等待**手指**的汗水騷亂氣味消退。

202・百科全書

咒語：在希伯來語裡，「Habracadabrah」這個巫術用語的意思是「讓此事的進展如所說的那樣吧」（說的話變成活生生的事實）。在中世紀，這個用語被用作治療熱病的咒語。後來，這個用語被魔術師採用，他們拿這個用語來表達他們的節目即將抵達終點，觀眾們就要見證演出的高潮了（看到話語活起來的那一刻？）。不過，這個用語並非如乍看那麼簡單，必須將這九個字母（希伯來語不寫母音，所以不會寫成HA BE RA HA CA AD BE RE HA，而是變成：HBR HCD BRH）組成的用語依如下的方式寫成九層，逐漸下降到最初的「H」（希伯來文第一個字母Aleph：發音為Ha）：

HBR HCD BRH
HBR HCD BR
HBR HCD B
HBR HCD
HBR HC
HBR H
HBR
HB
H

這種安排旨在盡可能廣泛地截取天空的能量，並且將這些能量帶下來給人類。我們必須把這個法寶想像成一個漏斗，構成「Habracadabrah」這個咒語的字母圍繞在漏斗周圍螺旋舞動，形成一個漩渦。它抓住更高級的時空的力量，將這些力量集中到漏斗的底端。

艾德蒙・威爾斯

203．一隻螞蟻在地鐵站

搞定。人群散了。一〇三號從藏身之處鑽出來，在寬闊的地鐵走道上行走。可以肯定的是，她永遠不會習慣這個地方，她不喜歡這種刺眼的白色燈管。

突然間，她感覺空氣裡瀰漫著一股訊號費洛蒙：「去最明亮的區域會合。」她認得這個嗅覺語言的口音。這是手指翻譯機器的口音。好！只要找到最明亮的區域就好了。

204．不可能的相遇

貝－洛－崗城裡，到處是刀劍交加的景象。叛軍不斷從頂壁上掉下來。沒有一隻兵蟻跑來援救蟻后。戰鬥在自然神論者的乾屍之間展開，但是很快地，兵力充足的一方就占了上風。

希蔾－埔－霓被充滿敵意的大顎包圍。看來這些螞蟻不認得她的皇室費洛蒙。一名叛軍向她走近，高舉張開的大顎，彷彿要將她斬首。殺手靠近時釋放出訊息費洛蒙：

手指是我們的神！

這就是解決之道：必須找到**手指**。希黎－埔－霓不想在這裡送命，於是她加入混戰，推開所有阻擋她的大顎和觸角，在所有往下走的廊道裡狂奔。最終的目標只有一個，就是**手指**。

地下四十五層。

地下五十層。

她很快就發現了通往城邦地底的通道。在她後頭，支持自然神論的叛軍在追趕她，她聞到她們身上的敵對氣息。

希黎－埔－霓穿過花崗岩廊道，進入「第二貝－洛－崗」，這是母后從前建造的祕密城邦，她會來這裡與**手指**交談。

中間有一個身影，一根大管子從那裡接出來。

希黎－埔－霓知道這個用樹脂做的怪東西是什麼。間諜蟻跟她說過牠的名字。牠就是「利明斯通博士」。

蟻后往利明斯通博士走去，那些自然神論者也湊到她身邊。她們包圍了蟻后，但讓她走向神的代表。

蟻后摸了摸這隻假螞蟻的觸角。

我是希黎－埔－霓蟻后。蟻后用第一節觸角發出訊息。

在此同時，蟻后透過另外十節觸角以各種嗅覺波長發出一堆雜亂無章的訊息。

我有意願拯救你們。從現在開始，我會餵養你們。我想要跟你們談談。

自然神論者像是也在等待奇蹟，她們並沒有蠢動。

然而，什麼都沒發生。一連幾天，眾神都沉默不語，就連蟻后也拒絕說話。希藜－埔－霓增加了她的訊息費洛蒙的強度。利明斯通博士那邊沒有絲毫顫動，牠依然靜止不動。

突然，一個念頭如電光石火掠過蟻后的腦海。**手指**並不存在。**手指**從來就不曾存在。

難道這是個巨大的騙局——諸多謠言、故事、錯誤的訊息經由歷代蟻后的費洛蒙和病態螞蟻發起的運動不斷傳播。

一〇三號**撒**了謊。母后貝洛－袞－袞霓**撒**了謊。叛軍說謊。大家都在說謊。**手指**並不存在，而且從來就不曾存在。

她的所有思緒到這裡全都停了。十幾副自然神論者的大顎刀刃刺穿了她的前胸。

205．尋找一〇三號

站長遵照梅利耶的指示，把車站裡的所有照明電源都關閉了，然後為他們提供一支功率強大、足以照亮月台的手電筒。朱麗葉．哈米黑茲和萊緹希雅．威爾斯則是在整個地鐵站裡噴灑了召喚的費洛蒙。

現在他們能做的只有等待了，焦急，心臟卜卜跳，期待一〇三號往他們架設的燈塔靠近。

一〇三號看到了一些陰影，是由一道比她已經知道的白色燈管更強烈的光所產生的。她依照「善良」的**手指**為了找她而擴散的訊息，正在前往被照亮的區域。牠們應該會在那裡等她吧。等她跟牠們會合之後，一切都會恢復正常。

等待的時間多麼漫長！雅克．梅利耶坐不住了，他在走道裡踱步，點了一根菸。

「把菸熄掉。煙味可能會把牠嚇跑。而且牠怕火。」

探長用鞋跟把菸踩熄，繼續踱步。

「你就別再走了。萬一牠從那個方向過來，你可能會把牠踩死。」

「妳別擔心，這幾天我不停在做的，就是死盯著我自己踏出去的每一步！」

一〇三號看到又有新的鞋底在靠近她。這種費洛蒙是陷阱。專殺螞蟻的**手指**殺手散布了這個訊息，牠們才能殺死她。她逃跑了。

萊緹希雅．威爾斯在手電筒的光環中發現了牠。

「快看！有一隻單獨行動的螞蟻。那一定是一〇三號。她走近了，你的鞋底嚇到牠了。如果她逃走了，我們又要失去牠了。」

他們碎步向前移動，可是一〇三號還是逃了。

「她不認得我們。對她來說，所有人類都是一座座的山。」萊緹希雅很懊惱。

他們向牠伸出**手指**和雙手，但是一〇三號就跟在野餐那次一樣，在**手指**之間左閃右躲，往鐵軌底下的碎石衝了過去。

「牠不認得我們了。牠不認得我們的手了。牠繞過我們的**手指**了！怎麼辦？」梅利耶驚呼：「如果牠離開月台，我們在碎石裡就永遠找不到牠了！」

「牠是一隻螞蟻。對螞蟻來說，只有氣味才有用。你有帶麥克筆嗎？墨水的味道很重，重到無論如何都足以阻止螞蟻前進。」

萊緹希雅衝過去，在一〇三號前面畫了一條粗粗的線。

一〇三號跑，一〇三號衝，突然間，一股濃濃的酒精味，一道氣味之牆樹立在她前方。一〇三號使盡每一條腿的力氣剎了車，沿著這堵惡臭的牆走，彷彿那裡有一道隱形但無法跨越的邊界，接著她繞過這堵牆，繼續奔跑。

「牠繞過麥克筆畫的那條線了！」

萊緹希雅衝過去要用麥克筆製作路障。她的動作很快，立刻畫出了三條線，變成一個三角形的監獄。

*我成了這些氣味之牆裡頭的囚犯。*一〇三號心想。*怎麼辦？*

她鼓起勇氣，把自己投射出去，越過麥克筆劃下的線條，彷彿那是一道玻璃牆。她跑得上氣不接下氣，也不管自己到底要跑去哪裡。

這幾位人類沒想到螞蟻會這麼勇敢、這麼大膽。

他們驚訝到亂成一團。

「牠在那裡。」梅利耶用**手指**指著一〇三號。

「在哪裡？」萊緹希雅問。

「當心……！」

萊緹希雅．威爾斯突然失去平衡。整個過程都像是電影裡的慢動作畫面。萊緹希雅為了穩住，往旁邊踩出去一小步。這是單純的反射動作。她的高跟鞋尖升起，然後落在……

「不～要～！！！！！！！！」朱麗葉．哈米黑茲大叫。

在萊緹希雅的腳落地之前，茱麗葉用盡全力推了她一下。

一切都太遲了。

一〇三號沒做出反射動作來躲避。她看到一個陰影從她身上壓下來，她只來得及想到，她的生命就要在這裡結束了。她的生命很豐富，就像在電視的螢幕上一樣，許多畫面在她的腦中閃現。罌粟花丘之戰、獵殺蜥蜴、世界邊緣的景象、坐在甲蟲背上飛行、牛角樹、蟑螂之鏡，還有發現**手指**文明之前的諸多戰役……足球、環球小姐……那部關於螞蟻的紀錄片。

206·百科全書

接吻：有時會有人問我，人從螞蟻那裡模仿了什麼。我的回答是：互吻嘴唇。長期以來，我們一直以為古羅馬人在西元前幾百年就發明了以嘴互相親吻。其實，古羅馬人只是觀察了螞蟻的行為。他們發現，當螞蟻碰觸對方的嘴唇時，牠們正在做的是一種鞏固螞蟻社會的慷慨行動。古羅馬人從未理解這種行動的完整意涵，但他們認為有必要重現這種觸碰，來獲得蟻丘的那種凝聚力。互吻嘴唇是對螞蟻交哺的模仿。但是真正的交哺會贈與食物，而人類的接吻只會贈與不具養分的唾液。

艾德蒙·威爾斯

《相對知識與絕對知識百科全書》第二卷

207·一〇三號在另一個世界

他們看著，目瞪口呆地看著，看著一〇三號被壓扁的屍體。

「她死了嗎？……」

螞蟻不動了。動也不動。

「她死了！」

朱麗葉・哈米黑茲用拳頭猛捶牆壁。

「什麼都沒有了。我們沒辦法救我丈夫了。我們所做的一切都白費了。」

「怎麼會這樣！距離目標這麼近才失敗！我們幾乎就要做到了。」

「可憐的一〇三號……這麼了不起的一生，竟然被一只高跟鞋……」

「都是我的錯，都是我的錯。」萊緹希雅反覆說著。

雅克・梅利耶還是比較務實。

「我們要拿牠的屍體來做什麼？我們不會把牠扔掉吧！」

「我們要幫牠造一座小墳墓……」

「一〇三號可不是普通的螞蟻，牠是比我們低級的時空世界裡的尤利西斯或馬可波羅。牠是整個螞蟻文明的關鍵角色，牠配得上比墳墓更好的東西。」

「你想到什麼，一座紀念碑嗎？」

「是的。」

「可是到目前為止，除了我們，沒有人知道這隻螞蟻成就了哪些事。沒有人知道牠是兩個文明之間的橋樑。」

「我們必須到處去說，我們要去引起全世界的注意！」萊緹希雅・威爾斯的語氣堅定：「這些事的意義太重要了，一定要讓它有更大的影響力。」

「我們永遠找不到一個像一〇三號這麼有天賦的『大使』。牠有好奇心，還有在雙方接觸時必須要有的開放心態。我跟其他螞蟻交談之後，才明白這一點。牠真的是一個獨特的案例。」

「在十億隻螞蟻當中，我們最後大概也只能找到一隻跟牠一樣有天賦的。」

但他們很清楚，事情並非如此。一〇三號，他們開始接納牠，一如牠早已接納他們。事情很簡單，就是基於利益。螞蟻需要人來爭取時間。人需要螞蟻來節省時間。

多麼可惜！距離目標這麼近才失敗，真是太可惜了！

就連雅克・梅利耶也沒辦法無動於衷。他狠狠踢了長椅幾下。

「怎麼會這樣。」

萊緹希雅・威爾斯的聲音充滿內疚：

「我沒有看到牠。牠那麼小。我沒有看到牠！」

所有人都盯著動也不動的小身體。那是一個物體。看著這具扭曲的可憐屍體，沒有人能相信那是一〇三號，是第一支征討**手指**的東征軍的領隊。

他們默默待在屍體前沉思著。

突然，萊緹希雅・威爾斯睜大眼睛，跳了起來。

「牠動了！」

所有人都聚精會神，看著靜止不動的昆蟲。

「妳把妳的願望當成了現實。」

「沒有，我沒有在做夢。我告訴你們，我很肯定，我看到牠有一根觸角動了一下。幾乎看不出來，但真的就是動了。」

大家相視無言，繼續又觀察了螞蟻很長的時間。這隻蟲子的體內已經沒有一絲生命力了。牠僵固在某種痛苦的痙攣之中，觸角豎立著，六條腿蜷縮起來，彷彿重新整隊要踏上一場長途旅行。

「我……我確定牠有一條腿動了！」

雅克・梅利耶摟著萊緹希雅的肩膀，他明白，是她的情感讓她看見她想要看見的景象。

「很抱歉，這當然只是屍體的神經肌肉反射。」

朱麗葉・哈米黑茲不想讓萊緹希雅・威爾斯還有疑慮，她把那具飽受折磨的小身體拿起來放在耳邊，甚至把牠放在耳洞裡。

「妳以為妳可以聽到牠的心跳嗎？」

「誰知道？我的耳朵很靈敏，任何一點細微的運動我都能察覺。」

萊緹希雅・威爾斯捏起英勇的螞蟻的屍體，放在長椅上。她蹲下來，小心翼翼地把一面鏡子放在螞蟻的大顎前面。

「妳想要看到牠呼吸嗎？」

「螞蟻也會呼吸，不是嗎？」

「牠們的呼吸太輕，我們沒辦法發現任何痕跡。」

他們帶著一股隱約的怒氣，盯著這隻肢節脫臼的昆蟲。

「牠死了。牠確確實實死了！」

「一〇三號是唯一對我們的跨物種聯盟抱有希望的。牠花了很多時間，但牠想像過兩種文明的相互滲透。牠打開了一道缺口，找到了一些共同點。除了牠，沒有任何一隻螞蟻可以踏出這樣的一步。牠開始有點……人性化了。牠欣賞我們的幽默和藝術。就像牠說的，這些東西完全無用……但是卻又如此迷人。」

「我們可以再來教育一隻。」

梅利耶探長把萊緹希雅摟在懷裡，安慰她。

「我們再去找一隻螞蟻，教牠……屬於**手指**的幽默和藝術。」

「沒有其他螞蟻可以像牠一樣了。都是我的錯……我的錯……」萊緹希雅反覆說著。

所有人的眼睛都盯著一〇三號的屍體，接下來是一段漫長的靜默。

「我們要幫牠辦一場配得上牠的葬禮。」朱麗葉．哈米黑茲說。

「我們要把牠安葬在蒙帕納斯墓園，跟二十世紀最偉大的思想家們葬在一起。牠的墳墓會非常小，我們要寫下：『這是第一位先驅。』這個銘文的意義只有我們知道。」

「我們不會放十字架。」

「不放鮮花，也不放花圈。」

「只有一根小樹枝插在水泥裡。因為牠面對一些事件的時候，就算牠很害怕，牠也始終保持正直。」

「而且牠一直都很害怕。」

「我們每年都會在牠的墳前相聚。」

「就我個人而言，我是不喜歡反覆回顧我的失敗啦。」

朱麗葉．哈米黑茲嘆了口氣說：

「真是太可惜了！」

她用指甲尖輕輕敲了一〇三號的觸角。

「醒來吧！你現在就醒過來！不要再騙我們了，大家都以為你死了，讓我們知道你是在開玩笑。你跟我們人類一樣會開玩笑。對不對，好了，這樣就可以了，你已經發明了螞蟻的幽默！」

她把屍體移到鹵素燈手電筒底下。

「也許來一點熱……．」

所有人都看著一〇三號的屍體。梅利耶忍不住低聲祈禱：「上帝啊，請讓……」

但還是什麼也沒發生。

萊緹希雅．威爾斯忍著淚，但是一滴眼淚從她的鼻樑滑落，流過臉頰，在下巴的凹陷裡停了一下，然後滴落在螞蟻旁邊。

一絲鹹味飛濺到一〇三號的觸角上。

這時，發生了一件事。所有眼睛都睜大了，所有身體都往前傾了。

「牠動了！」

這一次，每個人都看到那根觸角在顫動。

「牠動了，牠還活著！」

觸角又顫抖起來。

萊緹希雅從眼角接起第二滴淚水，沾濕了觸角。

再一次，觸角又出現了難以察覺的收縮運動。

「牠還活著。牠還活著。一〇三號還活著！」

朱麗葉．哈米黑茲用一根懷疑的手指擦了擦嘴。

「話不要說得太早。」

「牠受了重傷，但我們可以救牠。」

「我們需要一位獸醫。」

「沒有獸醫會幫螞蟻看病！」雅克．梅利耶說。

「那有誰可以救一〇三號？如果沒有人可以幫忙，牠會死掉！」

「怎麼辦？怎麼辦？

「一定要救牠，而且要快。」

他們越激動，心思就越亂，剛才那麼想看到牠動，現在牠動了，大家卻不知道要怎麼把牠救活。萊緹希雅．威爾斯很想撫摸牠，讓牠安心，向牠道歉。但她覺得自己太笨手笨腳，太笨拙了——對螞蟻的時空來說——她怕這麼做只會讓情況變得更糟。這一刻，她好想變成一隻螞蟻，能夠舔牠，為牠進行一次美好的交哺……

她大喊：

「只有螞蟻才能救牠，我們必須把牠送回家人身邊。」

「不行，牠的身上充滿干擾氣味。牠自己蟻窩的螞蟻會認不出牠，會殺了牠。只有我們可以幫牠。」

「這需要顯微手術刀、鑷子……」

「既然如此，我們就趕快行動吧！」朱麗葉．哈米黑茲大叫。「立刻到我們家，或許還來得及。你們還有火柴盒嗎？」

再一次，萊緹希雅做了十分完備的防護措施，把一〇三號放進去。她逼自己相信，墊在底部的手帕不是裹屍布，而是床單，她運送的不是棺材，而是救護車。

一〇三號從觸角末端發送微弱的呼喚，彷彿知道自己已經耗盡力氣，她想要發出最終的告別。

他們回到地面，一邊奔跑的同時，也盡力避免過度搖晃到盒子和螞蟻的傷口。到了地鐵站外頭，萊緹希雅憤怒地把高跟鞋扔到路邊的排水溝。

他們叫了一輛計程車，要求司機開得越快越好，同時還要避免顛簸。

司機認出了其中兩位乘客，他們就是上次要求車速不超過每小時零點一公里的那兩個傢伙。讓人受不了的傢伙總是會一再遇到。要嘛他們不夠著急，要嘛他們又十萬火急！

不管怎樣，司機還是全速往哈米黑茲家駛去。

208．費洛蒙

費洛蒙：動物學

主題：手指

唾液分泌者：一〇三六八三號

唾液分泌日期：一億零六百六十七年

保護殼：手指的皮膚軟。為了保護皮膚，牠們會用編織的植物片或牠們稱為「汽車」的金屬片覆蓋皮膚。

交易：手指在商業關係裡很遜。牠們太天真了，會用滿滿的好幾罐食物去換一張不能食用的彩色紙。

顏色：如果一個人類被剝奪空氣超過三分鐘，牠的顏色就會改變。

求愛的表演：**手指**進行的求愛表演很複雜。為此，牠們最常在一些稱為「舞廳」的特殊場所見面。在那裡，牠們一連幾小時面對面不停扭動，模仿交媾動作。如果雙方都對另一方的表現感到滿意，牠們就會去一個房間進行繁殖。

名稱：**手指**彼此互稱「人類」。牠們把我們這些地球主人稱為「螞蟻」。

跟身邊同類的關係：**手指**只關心牠自己。就**手指**的本質而言，牠們有一種非常強烈的衝動，想要殺死所有其他的**手指**。「法律」是人為制定的嚴格的社會規則，用意是要緩和**手指**造成死亡的衝動。

唾液：**手指**不知道如何用唾液清洗自己。為了清洗自己，牠們需要一種叫做「浴缸」的機器。

天體學：**手指**想像地球是圓的，而且繞著太陽旋轉！

動物：**手指**對牠們周圍的自然認識得很少，牠們相信自己是唯一有智慧的動物。

209．手術：最後的機會

「手術刀！」

亞瑟的每一項要求都會立刻得到執行。

「手術刀。」

「一號拔毛鑷子！」

「一號拔毛鑷子。」

「解剖刀！」

「解剖刀。」

「縫合線！」

「縫合線。」

「八號拔毛鑷子！」

「八號拔毛鑷子。」

亞瑟·哈米黑茲正在進行手術。其他三人將垂死的一〇三號帶回來時，他已經從昏迷中清醒過來，他立刻明白了同伴們對他的期待，隨即捲起袖子。為了讓自己的所有感官在這場棘手的手術中保持敏銳，他拒絕了妻子要他服用的止痛劑。

現在，雅克·梅利耶、萊緹希雅·威爾斯和朱麗葉·哈米黑茲就在他身邊，圍著精靈大師用顯微鏡載玻片臨時搭建的迷你手術台。顯微鏡連接到一台錄影機，所有人都可以透過電視觀看手術過程。

這塊載玻片上已經躺過很多待修復的機器螞蟻了，但是真正有甲殼和血液的螞蟻在狀況惡劣的時候躺上來，這還是第一次。

「血液！」

「血液。」

「再給我更多血液！」

為了拯救一〇三號，必須壓死四隻真正的螞蟻來收集輸血所需的血液。他們沒有猶豫。一〇三號是獨一無二的，值得幾隻同類為牠犧牲。

為了進行這種迷你輸血，亞瑟磨尖了一根微型針頭，把它插進左後腿關節的柔軟部位。

這位半路出家的外科醫生不知道這隻螞蟻會不會因為他的操作而受苦，但是因為牠的狀況非常脆弱，他還是選擇不要嘗試麻醉。

亞瑟先像接骨師那樣讓一〇三號的中腿復位。左前腿的問題也同樣容易。亞瑟修復過很多機器螞蟻，他的手指因此練得非常靈巧。

胸廓被壓扁了。亞瑟用一支極細的鑷子把胸廓的形狀撐回去，就像在修汽車凹陷的擋泥板一樣。接著在甲殼被刺穿的地方填上黏膠。同樣的黏膠也用來修補被刺穿的腹錘，在黏補之前，他已經用一根迷你導管將血液灌入。

「還好頭部和觸角都完好無損！」亞瑟驚呼：「您的鞋跟很尖，面積很小，所以只壓壞了胸廓和腹錘。」

在顯微鏡的燈光照射下，一〇三號重新獲得能量。她微微探頭，緩緩地小口吸吮**手指**放在她大顎前的一滴蜂蜜。

亞瑟站起身，擦了擦額頭的汗水，嘆了口氣：

「我想牠已經脫離險境了，不過還需要休息幾天才能復原。請把牠放在黑暗、溫暖、潮濕的地方。」

210．百科全書

道在何方：我們一定要想到西元一億年的人。（他們會跟現在的螞蟻一樣經驗豐富。）

這個年代的人，他們的意識一定比我們發達十萬倍。我們必須幫助他們，他們是我們的孫子的孫子的孫子的十萬次方的孫子。為此，我們必須為他們開闢出一條黃金路徑。這條路可以讓人在無用的形式主義裡浪費最少的時間。這條路可以讓人在所有反動派、所有野蠻人、所有暴君的壓力之下不走回頭路。我們需要找到「道」，找到這條通往更高意識的路。這條路將在我們的多重經歷中被開闢出來。為了更容易找到這條路徑，我們必須改變我們的觀點，而不是固定在一種思考的方式當中——不論是哪一種思考方式，更何況我們還不知道那是不是一個好的思考方式。螞蟻向我們展示了一種精神訓練的方法。把我們放在螞蟻的位置吧。也把我們放在樹木的位置、魚的位置、波浪的位置、雲的位置、石頭的位置吧。

西元一億年人應該知道如何跟山對話，在山的記憶裡挖掘。否則一切都將化為烏有。

艾德蒙．威爾斯

211 · 洞

經過三天的恢復期，一〇三號的挫傷已經完全復原，幾乎可以正常進食了（甚至可以吃一點蚱蜢肉和穀物粥）。她可以正常揮動兩根觸角。她不斷地舔舐傷口，去除修復用的膠水，同時也用唾液消毒。

亞瑟·哈米黑茲讓他的患者在一個塞滿脫脂棉的紙板箱裡閒逛，避免受到任何撞擊。他每天都會記錄復原的進度。斷過的腿不太好使，但是一〇三號用扭腰的動作來彌補。

「她需要做復健來增強另外五條腿的肌肉。」雅克·梅利耶說。

他是對的。亞瑟把一〇三號放在一台迷你跑步機上，每個人輪流陪牠走路，好重建牠的大腿。

一〇三號兵蟻現在已經恢復足夠的體力，可以繼續進行討論了。

在事故發生十天之後，他們認為是時候了，可以組成探險隊去營救喬納東·威爾斯和他的同伴們了。

雅克·梅利耶召集了艾彌勒·卡吾札克和三名警員。萊緹希雅·威爾斯和朱麗葉·哈米黑茲也加入了。亞瑟原本就有病，加上過去幾天的操勞變得過度虛弱，他決定舒舒服服地縮在沙發上等他們回來。

他們帶上了鏟子和十字鎬。一〇三號準備好要幫他們帶路，向楓丹白露森林前進！

萊緹希雅的**手指**將螞蟻放到草地裡。為了確保不會再弄丟一〇三號，她在偵察兵的腹部關節上綁了一根尼龍線。有點像一條遛狗繩。

一〇三號吸著周遭的氣味，用觸角指出前進的方向。

貝－洛－崗往那邊走。

為了加快速度，**手指**把她捧起來，帶著她走到更遠的地方。她只要擺動觸角就足以讓**手指**們明白她需要新的地標。於是**手指**又把她放到地上，她又重新指路。

走了一小時之後，他們涉水渡過一條小溪，進入一個荊棘叢生的區域。他們被迫緩緩移動，好讓一〇三號可以遵循正確的嗅覺軌跡。

又過了三個小時，他們看到前面很遠的地方有一大堆細樹枝。

一〇三號示意。我們到了。

「貝－洛－崗，這裡就是了嗎？」梅利耶很驚訝，若是在其他情況下，他根本不會注意到這樣的一個土堆。

他們加快腳步。

「現在怎麼辦，長官？」一名警察問道。

「現在，我們開挖。」

「可是不要破壞到城邦，千萬不要破壞到城邦。」萊緹希雅語氣堅定，用一根威脅的**手指**指著：「別忘了，我們向一〇三號保證過不會傷害到牠的城邦。」

卡吾札克探員思考著這個問題。

「好，只要在它的旁邊挖就好了。如果它夠大，我們就一定會碰到那個地下空間，如果沒碰到，我們就再往下方斜著挖，避開巢穴。」

「好！」萊緹希雅說。

他們拚命挖，像海盜在尋找埋在島上的寶藏。警員的身上很快就沾滿了泥土，但他們的鏟子一直沒有挖到任何岩石。

探長鼓勵他們繼續挖。

十米，十二米，還是什麼都沒有。螞蟻們——應該是貝－洛－崗的兵蟻——跑來打探消息，急切地想要知道城邦周圍這些可怕的震動是怎麼來的，甚至連外環的廊道都在震動。

艾彌勒．卡吾札克給了牠們蜂蜜要安撫牠們。

警員們開始厭倦使用鏟子了。挖到後來，他們覺得簡直像在挖自己的墳墓，可是長官似乎鐵了心要挖到底。他們別無選擇。

越來越多的貝－洛－崗邦民跑來觀察他們。

牠們是**手指**。一隻工蟻發出訊息。她剛拒絕了那種蜂蜜，因為說不定裡頭下了毒。

手指為了東征的事來找我們報仇了！

朱麗葉．哈米黑茲知道這些小生物為什麼騷亂不安。

「快點！在牠們來得及發出警報之前，把牠們全部抓起來。」

她和萊緹希雅、梅利耶把這些螞蟻和一團泥土和草一起扔進了「監禁箱」裡。她在箱子上噴灑了一種費洛蒙……冷靜下來，沒事的。

顯然策略奏效。箱子裡不再有任何騷動。

「我們還是要加快動作，不然聯邦的所有大軍很快就會爬到我們身上了。」「思考陷阱」的冠軍說：「世界上所有的噴霧殺蟲劑都拿來也沒辦法永遠牽制住牠們。」

「您也別擔心了。」其中一名警員說：「挖到了。聽起來底下空空的。我們應該在洞穴上方了。」

他用手圍成喇叭狀，大聲喊：

「喂，底下有人嗎？」

沒有回應。他們打開一支手電筒。

「看起來像一座教堂。」卡吾札克四下張望：「一個人也沒看到。」

一名警員拿了一根繩索綁在樹幹上，然後拿著手電筒垂降下去。卡吾札克跟著下去了，他逐一巡視了每一個房間，然後對上面的其他人喊道：

「好了。我找到他們了。看起來他們活得好好的，只是在睡覺。」

「我們製造了這麼多噪音，他們怎麼可能還在睡。如果他們沒被吵醒，那就是死了。」

雅克・梅利耶親自前去查看。他照亮了大廳，驚訝地發現了一座湧泉、一些電腦設備和電機設備發出轟轟的聲音。他往寢間走去，想要搖晃其中一個躺在那裡的男人，但他抓住的手臂已經瘦得只剩皮包骨，他覺得像是摸到一具骷髏，嚇得向後退了一步。

「他們死了。」他又說了一次。

「沒有……」

梅利耶嚇得跳起來。

「是誰在說話？」

「是我。」一個微弱的聲音喃喃說著。

梅利耶轉過身來。他身後站著一個瘦弱的男人，身體靠在牆上。

「沒有，我們沒有死，。」喬納東・威爾斯用一隻手臂撐著牆說：「各位先生，我們已經不再指望你們了。」

他們互相觀察。喬納東・威爾斯的眼睛連眨都沒眨。

「你們沒聽到我們挖掘的聲音嗎？」雅克・梅利耶問道。

「有，但我們寧願睡到最後一刻。」丹尼爾・侯松費爾教授說。

他們都站了起來。他們的身型瘦削，神情冷靜。

這畫面讓警察們留下非常深刻的印象——這些人已經不再像人了。

「你們一定餓壞了！」

「不，不要立刻給我們吃東西，這會殺了我們。我們已經漸漸習慣這樣生活了，靠很少的東西活下去。」

艾彌勒·卡吾札克簡直不敢相信自己的感官。

「呃，好吧！」

地下室的人們平靜地穿好衣服，走了出來。他們一看到陽光就退縮，陽光對他們來說實在太暴烈了。

喬納東·威爾斯和幾位地下生活的夥伴圍成一圈，傑森·布哈捷說出了每個人都在心裡提出的問題：

「我們要走還是要留？」

212．百科全書

礬（vitriol）：vitriol是硫酸的舊稱。長久以來，人們認為「vitriol」的意思是「可以把東西變得像玻璃的一種物質」。可是它的意涵其實更神祕。「vitriol」這個詞的基礎是一句古代格言，以每個字的第一個字母組成的。V.I.T.R.I.O.L. 就是：Visita Interiora Terrae（造訪地球的內部）Rectificando Occultem Lapidem（並且自我修正，你將尋獲隱藏的寶石）。

艾德蒙·威爾斯

《相對知識與絕對知識百科全書》第二卷

213．準備工作

希藜—埔—霓的屍體端坐在死者大廳，這當然是自然神論者的安排。少了產卵的蟻后，貝—洛—崗正面臨滅絕的威脅。褐螞蟻無論如何都得要有個蟻后。只要有一個蟻后就好，無論如何，蟻后一定要有。

所有螞蟻都知道，是或不是自然神論者已經不是問題了，現在要拯救城邦，最重要的是啟動「重生節」，即便交尾飛行的季節已經結束。

所有動作太慢而沒有在七月起飛的公主都被聚集在一起，那些在交尾飛行期間無法飛離城邦的虛弱雄蟻也被圍捕起來。大家幫她們做好準備。

要拯救城邦，交配是不可或缺的一環。

不論**手指**是不是神，如果螞蟻在三天之內沒有給自己找到一個受精的蟻后，貝—洛—崗的所有邦民都會死去。

於是她們用甘甜的蜜露把公主們餵飽，激勵她們去進行性愛行動。她們耐心地為那些有缺陷的雄蟻解釋交尾飛行如何進行。

在正午的酷熱下，成群螞蟻聚集在城邦的穹頂。幾千年來，「重生節」總是引發同樣的歡呼。可是這一次，「重生節」攸關城邦的存亡，交尾飛行從未如此受到期待！

一定要有一個存活的蟻后飛回來，降落在貝—洛—崗。

一陣嗅覺喧囂。公主們都在那裡了，她們穿著婚紗——就是兩片透明的翅膀。砲兵已經就位，準備好要捍衛城邦，隨時迎擊意圖靠近的飛鳥。

214·動物學費洛蒙

費洛蒙：動物學
主題：**手指**
唾液分泌者：一〇三六八三號
唾液分泌日期：一億零六百六十七年

溝通：手指透過嘴巴發出聲波振動來互相溝通。在頭顱兩側的洞裡，最深處有一個可以從外部直通的膜，這些聲波振動會在這裡被捕獲。這個膜接收了聲音，將聲音轉化為電脈衝，然後大腦就可以將意義賦予這些聲音。

繁殖：雌性**手指**無法選擇牠們幼蟲的性別、階級，形態。每一次誕生都是一個驚喜。

氣味：手指聞起來有栗樹油的味道。

食物：有時**手指**吃東西不是因為餓，而是因為無聊。

非生殖手指：手指裡頭沒有非生殖**手指**，只有雄性和雌性。牠們也沒有產卵的蟻后。

幽默：手指有一種情緒對我們來說是完全陌生的，牠們稱之為「幽默」。我無法理解那是什麼，不過看起來很有意思。

數量：手指的數量比我們普遍認為的還要多。牠們在世界各地建造了十來個至少有一千個**手指**的城邦。據我估計，地球上應該有一萬個**手指**。

溫度：手指配備了體內溫度調節系統，即使外界的溫度寒冷，牠們也可以維持身體的溫暖。

這個系統讓牠們可以在夜間和冬季保持活躍。

眼睛：手指有會動的眼睛（跟頭顱的其他部分相比）。

行走：手指用兩條腿平衡行走。牠們還無法完全掌控這種姿勢，這在牠們的生理進化中是相對較新的變化。

乳牛：手指給乳牛（大型動物）擠奶，跟我們給蚜蟲擠奶的方式一樣。

215．重生

他們決定出去。他們十分神氣。他們不是垂死之人，也不是病人。他們只是身體變得虛弱。非常虛弱。

「他們至少該跟我們說聲謝謝。」卡吾札克偷偷嘀咕著。

他的同事畢爾斯海姆聽到了，他說：

「要是去年，我們還會親吻你們的腳。現在呢，不知道該說是太早還是太晚。」

「但我們畢竟把你們救出來了！」

「從哪裡救？」

卡吾札克氣炸了。

「我這輩子沒見過這麼忘恩負義的傢伙！讓人厭惡到不想再幫助人了……」

他往地下神殿的地板啐了一口口水。

十七名俘虜一個接一個從繩梯爬出來。陽光害他們睜不開眼，他們要求蒙上布條來保護眼睛。他們直接就坐在地上。

「告訴我！」萊緹希雅喊著：「喬納東！你快跟我說。我是你的表妹萊緹希雅．威爾斯，我是艾德蒙的女兒。告訴我你怎麼能在底下撐這麼久。」

喬納東．威爾斯當起了社區的發言人：

「我們只是決定要活下去，而且一起活下去，就這樣而已。我們不想說太多話，請原諒我們。」

老奧古斯塔．威爾斯棲息在一塊石頭上。她向那些警察做出否定的手勢。

「不要水，不要食物。只要給我們毯子就可以了，因為外面很冷，而且……」她笑著補了一句：「我們身上已經沒什麼脂肪可以保護我們了。」

萊緹希雅、梅利耶探長和朱麗葉原本以為是要去拯救一些垂死的人，現在，他們不太確定該如何應付這些神情平靜又態度高傲的骷髏了。

他們讓這些人上了車，送去醫院進行全身檢查，發現他們的健康狀況比他們想像的要好得多。當然，他們都嚴重缺乏維生素和蛋白質，但他們既沒有遭受內部或外部的損傷或病變，也沒有細胞退化的問題。

就像心電感應一樣，一句話從朱麗葉．哈米黑茲的腦海中閃過：

他們會從肥沃大地的肚腹裡出現，像奇異的嬰兒，新的人性的承載者。

幾小時後，萊緹希雅．威爾斯和剛幫那些倖存者做了檢查的心理治療師聊了一下。

「我不知道發生了什麼事。」他說：「他們幾乎不說話。他們都對著我微笑，好像把我當傻瓜，我不得不承認，這種事一向讓人惱火。但是最奇怪的還是這個詭異的現象，這讓我很不自在。你只要碰觸到一個人，其他人也都會感受到你的動作，彷彿他們是同一個有機體。而且這還不是全部！」

「還有什麼？」

「他們在唱歌。」

「他們在唱歌？」梅利耶吃了一驚：「您會不會聽錯了，說不定是因為他們不習慣再開口說話了，或者是……」

「不是。他們在唱歌，也就是說，他們會發出不同的聲音，然後一起回到同一個音符上，並且維持很長的時間。這個單一的音符振動了整個醫院，而且，顯然給他們帶來安慰。」

「他們瘋了！」探長驚呼。

「這個音符，這有可能是一種贊同的聲音，就像葛利果聖歌一樣。」萊緹希雅提出她的看法：「我父親對這個很感興趣。」

「對人類來說，這是一種贊同的聲音，就像氣味是蟻丘的贊同信號。」朱麗葉．哈米黑茲做了補充。

梅利耶探長看起來憂心忡忡。

「最重要的是，這些事不要告訴任何人，在收到新的命令之前，把這些可疑的傢伙給我隔離起來。」

216．不明的圖騰

有一天，一名釣客在楓丹白露森林裡散步，撞見了令人不解的一幕——在一條小溪的兩道支流中間的小島上，他看到一些小型的黏土雕像。這些雕像應該是用非常細小的工具雕成的，因為雕像上有大量微型刮刀刻劃的痕跡。

這些雕像足足有數百個，而且全都非常相似，簡直就像是袖珍的鹽罐。

這位散步者除了釣魚之外，還有另一個嗜好，就是考古。

這些擺得亂七八糟的圖騰立刻讓他想到復活節島的雕像。

他心想，會不會復活節島上有一群小人國的人民，他們曾經生活在這座森林裡呢？他面對的會不會是一個古代文明的最後遺跡，而創造這個文明的個體，體型不比蜂鳥大？是侏儒？還是小精靈？

這位釣客考古學家對於這座小島地探索還不夠認真，不然他還會留意到一群群各形各色的昆蟲，忙著碰觸彼此的觸角，互相講述著各式各樣的故事。

他也會明白誰才是這些黏土小雕像的真正作者。

217．癌症

一〇三號兌現了她的第一個承諾：在她城邦底下的那些人都得救了。朱麗葉．哈米黑茲現在懇求她兌現第二個承諾：揭開癌症的祕密。

一〇三號重回她在「羅塞塔石碑」的玻璃罩裡的位子，釋放出一段長長的氣味演講。

為手指而記錄的生物學費洛蒙

唾液分泌者：一〇三號

主題：「你們所謂的『癌症』」

如果你們人類無法根除癌症，那是因為你們的科學過時了。關於癌症，你們的分析方式會讓你們盲目。你們看待世界只用一種方式，也就是你們自己的方式。因為你們是被自己的過去監禁的囚徒。透過許多實驗，你們成功治癒了某些疾病。你們由此得出的結論是，只有實驗才能克服所有疾病。我在電視上、在你們的科學紀錄片裡看到過這樣的想法。為了理解一個現象，你們測量它，把它放進一個框框裡，你們為它編輯目錄，然後把它切得越來越小。你們認為切得越細，就會越接近真相。

可是，並不是把蟬切成碎片就會發現牠為什麼唱歌。並不是用放大鏡檢視蘭花花瓣的細胞就會明白為什麼這種花這麼美。

要了解我們周圍的各種生物，就要把自己放在牠們的位置，在牠們的整體環境裡去了解。

最好是在牠們還活著的時候。如果你們想了解蟬，試著花十分鐘去感受蟬能看到和體驗到的東西。

如果你們想了解蘭花，就試著去感覺花。把你們放到其他事物的位置上，而不是把它們切成碎片，然後在你們的知識堡壘中觀察它們。

你們所有偉大的發明都不是那些穿著白袍的傳統科學家發現的。我在電視上看到一部關於你們偉大發明的紀錄片。我只看到一些操作上的意外——鍋子的蒸汽把鍋蓋掀開、孩子被狗咬傷、蘋果從樹上掉下來、藥劑偶然混合在一起。

要解決你們的癌症問題，你們應該要雇用詩人、哲學家、作家、畫家。總而言之，你們需要的是擁有直覺和靈感的創作者，而不是熟記所有前輩經驗的那些人。

你們的傳統科學已經過時了。

你們的過去阻礙了你們看到你們的現在。你們過去的成功阻礙了你們現在的成功。你們古老的榮耀是你們最大的敵手。我在電視上看到你們的科學家，他們只會重複教條，而你們的學校只會用永遠固定的實驗程序來束縛想像力。然後你們給你們的學生考試，確保他們不會冒險修改這些東西。

這就是為什麼你不知道如何治癒癌症。對你們來說，一切都是同一回事。既然有人以某種方式成功地戰勝了霍亂，那我們就可以用相同的方法來戰勝癌症。

然而，癌症值得我們以它特有的方式來看待。它可以說是一個實體。

我會為你們提供解答。我會教你們，看看我們這些可以被你輕易捏碎的螞蟻如何解決癌症的問題。

我們注意到，我們當中有極少數的個體罹患癌症但沒有因此死去。所以，我們不是研究因為癌症而死的大量個體，而是先去研究這些受癌症侵襲但是無緣無故突然康復的極少數個體。我們研究這些個體之間的共同點。我們找了很久，很久很久。我們發現這些「奇蹟」當中，大多數都有一個共同點，那就是痊癒的螞蟻跟周遭個體的溝通能力比普通螞蟻更強。

因此我們有一種直覺：癌症會不會是一種溝通的問題？你們告訴我，是跟誰溝通的問題？沒錯，跟其他實體的溝通。

我們檢查了病人的屍體：沒有任何具體可見的實體。沒有孢子，沒有微生物，沒有蠕蟲。後來有隻螞蟻想出一個很棒的主意：分析癌症傳播的節奏。結果我們發現，這種節奏是一種語言！這種疾病是根據一種可以被分析為語言形式的波而演化的。

於是我們有了語言，可是沒有這種語言的傳播者。這並不重要。我們已經解讀了這種語言。基本上，它的意思是：「你是誰，我在哪裡？」

我們明白了。事實上，受癌症侵襲的個體其實是在非自主的情況下，成了無法觸及的外星實體的容器。這些外星生物其實只是一種具有溝通功能的波……這種波抵達地球時，為了說話，牠們只有一個想法，就是複製牠們周圍的個體。由於這種外星來的波在活體裡著陸，於是它複製了周圍的細胞，以便發出諸如「你好，你是誰，我們沒有敵意，你的星球叫什麼名字？」之類的訊息。

這就是讓我們喪命的原因：一些問候的句子、一些迷路觀光客提出的問題。

這也是讓你們喪命的原因。

為了拯救亞瑟．哈米黑茲，你們必須製造一台類似你們與螞蟻溝通的機器「羅塞塔石碑」，但這次要翻譯的是癌症的語言，研究癌症的節奏、癌症的波，複製它們，操縱它們，然後換你們發出回應。當然，你們不一定要相信我們的這個版本，但試試這個方法，你們不會有任何損失。

梅利耶探長、萊緹希雅和哈米黑茲夫婦對這個奇怪的提議感到不安。跟癌症對話？……可是，精靈大師亞瑟注定只能再活幾天了，他的狀況非常糟。當然，他們所知的一切都在告訴他們：這是胡說八道。這隻螞蟻根本沒資格給我們上醫學課，這種推論方式不管怎麼想都毫無道理。可是亞瑟就快要死了，試試這條從理論開始就徹頭徹尾荒謬的路又何妨？他們會看到這條路帶他們走向何方！

218・聯絡

星期二，下午兩點三十分，科學研究部長拉斐爾・伊守先生依照很久以前約定的行程，接見了雅克・梅利耶探長。梅利耶向他介紹了了朱麗葉・哈米黑茲夫人、萊緹希雅・威爾斯小姐和一個瓶子——瓶子裡有一隻螞蟻躁動著。這場會面原本預定進行二十分鐘，結果延長到八個半小時。第二天又進行了八個小時。

星期四晚上七點二十三分，法國總統黑吉斯・馬勒胡先生在他的客廳接待了科學研究部長拉斐爾‧伊守先生。菜單上有柳橙汁、可頌麵包、炒蛋還有研究部長要報告一則非常重要的訊息。

總統俯身在可頌麵包上：

「您要我做什麼？去跟螞蟻講話？不，不，不，我不要，一千個不要！就算真的如您所說，這隻螞蟻拯救了困在蟻丘底下的十七個人，我也不要。您真的知道自己在說什麼嗎？您被威爾斯這個案子沖昏頭了！好了，我會把這次會面的內容忘記，您也永遠不要再跟我提起，永遠不要，不要再跟我提起您的螞蟻！」

「這不是隨隨便便的一隻螞蟻。牠是一〇三號，是曾經跟人類交談過的螞蟻。牠也是大巴黎地區最大的蟻族聯邦的代表。那是一億八千萬隻螞蟻的聯邦耶！」

「一億八千萬隻什麼？老天，您瘋了！螞蟻！昆蟲！我們用**手指**就可以捏碎的小蟲子……伊守，別讓那些惡作劇的傢伙耍的花招給騙了。永遠不會有人相信您的故事，選民會認為我們想用一些光怪陸離的故事哄他們入睡，這樣可以更容易用新稅制來愚弄他們。反對派的反應就更不用說了……我已經聽到他們的笑聲了！」

「我們對螞蟻所知很少！」伊守部長表示反對：「如果我們把牠們當成有智慧的生物，跟牠們交談，我們一定會發現，牠們有很多東西可以教我們。」

「您要說的是那些古怪的癌症理論嗎？我在一些小報上讀過。伊守，您不會要我相信，您拿這些理論當真了吧？」

「螞蟻是地球上分布最廣的動物，牠們無疑是最古老也是最先進的動物之一。一億年來，牠們有足夠的時間學習許多我們不知道的事。我們人類在地球只存在了三百萬年，我們的現代文明最多也才五千年。我們一定可以向這樣一個經驗豐富的社會學習。牠們已經可以讓我們想像我們的社會在一億年後的光景。」

「這一套我已經聽過了，但這很蠢。牠們是……螞蟻耶！您如果跟我說狗，我還可以理解。至少我們有三分之一的選民有養狗，但是您講的是螞蟻！」

「我們只要……」

「夠了，老哥，把這些都放回您的腦子裡吧！我不會成為世界上第一個跟螞蟻講話的總統。我不想讓整個星球笑我笑到肚子疼。我的政府成員和我都不會為了這些小蟲子把自己變得那麼可笑。我不想再聽到那些螞蟻的事了。」

總統粗魯地叉起一塊炒蛋，囫圇吞了下去。

研究部長依舊面無表情。

「不，我會一次又一次地向您報告，直到您改變主意。有幾個人來找過我，他們用簡單的語言向我解釋了一切，然後我明白了。今天，我們有機會跳過好幾個世紀，向未來飛躍。我不會讓這機會白白過去。」

「真是鬼扯！」

「您聽我說，有一天我會死，您也會死。那麼，既然我們注定要消失，為什麼不在這個地球上留下我們走過的痕跡？一個獨特的、不同的痕跡。為什麼我們不跟螞蟻達成經濟、文化甚至……軍事協議？畢竟牠們是地球上第二強大的物種。」

馬勒胡總統被麵包噎到，咳了起來。

「您在蟻丘的時候，為什麼不在那裡開設法國大使館呢！」

部長沒笑。

「有，我有考慮過。」

「不可思議，您真是不可思議！」總統向天空高舉雙臂喊著。

「您可以忘記牠們是螞蟻，把牠們當成外星生物。牠們其實不是外星生物，而是『內星生物』。牠們唯一的錯就是牠們很微小，而且永遠都占據著這個星球。結果我們就看不到牠們的神奇之處了。」

馬勒胡總統直盯著他的眼睛：

「您有什麼建議？」

「跟一〇三號正式會面。」伊守毫不猶豫地回答。

「這誰？」

「一隻非常熟悉我們的螞蟻，如果有必要，牠以後可以當您的翻譯官。您邀請牠去愛麗舍宮，譬如，吃一頓非正式的午餐——她最多就吃一滴蜂蜜。您要跟牠說什麼都可以，重要的是，跟牠說話的是我們國家的最高領袖。哈米黑茲夫人將為您提供費洛蒙譯者，所以您不會有任何技術上的問題。」

總統在客廳裡踱步，久久凝望著花園，看來是在權衡利弊得失。

「不行。絕對不行！我寧可錯過為我的時代留下痕跡的機會，也不要讓自己成為笑柄。一個跟螞蟻說話的總統……這只會變成未來的笑話啊！」

「可是……」

「結束了。您的螞蟻故事考驗了我的耐心。我的答案是否定的，百分之百的否定。再見了，伊守！」

219．尾聲

太陽升到天頂。楓丹白露森林上空一片清澈遼闊。野生的蜘蛛網成了一張張光線織成的桌布。天氣很熱。一些微不起眼的小生物在枝葉底下顫動。天際線是緋紅的。蕨類植物都睡了。陽光照射著萬物。這種強烈又純粹的光，讓一個上演過許多場冒險的舞台變得乾燥。

而在恆星之外，在蒼穹深處，銀河系緩緩轉動，整個星系對塵埃般的行星上發生的事完全無感。然而，在地球上的一個蟻族小村莊，此刻是本季的最後一個「重生節」。貝－洛－崗的八十一位公主飛上天空，正要去拯救她們的王朝。

兩個路過的人類看到她們。

「噢，媽媽，妳有沒有看到那些蒼蠅？」

「那些不是蒼蠅，牠們是蟻后。記不記得你在電視上看過的紀錄片啊？這是牠們的交尾飛行，牠們會讓雄蟻加入牠們的飛行。然後，有些蟻后可能會飛到很遠的地方去建立帝國。」

公主們在天空中升高。升高，一直升高，才能避開山雀。雄蟻加入了她們的行列。她們一起升高，升高，再升高。這片清澈把她們都吸了進去，漸漸的，她們融入太陽星體的熾熱光芒中。熱、清澈、光。一切都變成白色，一片耀眼的白色。

白。

完

螞蟻的詞彙

ㄅ

白蟻：麻煩的鄰居。靈巧的建築師和導航專家。

貝－洛－崗：褐螞蟻聯邦的中心城邦。

貝洛－裘－裘霓：希藜－埔－霓蟻后的母親。第一個與**手指**對話的蟻后。

步：貝－洛－崗聯盟測量距離的新方法。一步大約相當於一厘米。

ㄆ

叛軍：新近的運動。聯邦紀元一億零六百六十七年，叛軍採取行動要拯救**手指**。

ㄇ

蘑希蘆克菘：位於「通吃」大河岸上的年輕白蟻丘。

ㄈ

蜜蜂：會飛的鄰居。蜜蜂透過懸浮的旋轉舞或在蜜蠟上的舞進行溝通。

費洛蒙：螞蟻觸角釋放的揮發性荷爾蒙，用於傳達訊息或情緒。

ㄉ

大角：被一〇三號馴服的老甲蟲。

大顎：鋒利的武器。

電視：人類的溝通方式。

杜氏腺體：分泌路徑費洛蒙的腺體。

ㄊ

太陽：對螞蟻友善的能量球。

條蟲：讓螞蟻變白、變弱的寄生蟲。

ㄋ

年齡：褐螞蟻的非生殖蟻平均壽命為三年。

牛角金合歡：樹，實際上是一座活的蟻丘。

鳥：空中的危險。

ㄌ

萊緹希雅．威爾斯：雌性**手指**。長毛。

螻蛄：快速的地下運輸方式。

利明斯通博士：**手指**給牠們的發報探測器取的名字。

龍蝨：水生甲蟲，可以箍住一個氣泡，在水面下游泳。

ㄎ

蝌蚪：水中的危險。

ㄏ

哈特曼結點：富含正離子的區域。螞蟻在裡頭感覺很舒服，卻會讓**手指**偏頭痛。

蝴蝶：可食用。

化學圖書館：新近的發明。儲存記憶費洛蒙的地方。

虎甲蟲：隱藏在地下的掠食者。危險。要看清楚自己的腳放在哪裡。

火：大多數昆蟲之間協議的公約禁止使用火。

ㄐ

江氏器官：螞蟻用來定位地球磁場的器官。

絕對溝通（絕溝）：透過觸角接觸，進行完全思想交流。

ㄒ

希藜－埔－霓：貝－洛－崗蟻后。聯邦進化運動的發起者。

「小灰雲」之戰：聯邦紀元一億零六百六十七年，褐螞蟻部隊與黃金城居民的第一次衝突。

犀角金龜：飛行戰艦。

ㄔ

臭蟲：臭蟲可能是性慾最奇特的昆蟲。

觸角節：觸角有十一節。每一節提供一種不同類型的訊息。

ㄕ

神：還在詮釋中的新概念。

手指：還在詮釋中的新現象。

ㄖ

人類：**手指**給自己起的名字。

ㄞ

艾德蒙．威爾斯：第一個了解螞蟻是什麼的**手指**。

ㄦ

二十三號：自然神論叛軍士兵。

二十四號：叛軍士兵，牛角自由社區的創始者。

ㄧ

一〇三號：兵蟻探險隊員。

蟻酸：褐螞蟻的發射型武器。現在腐蝕性最強的蟻酸濃度為百分之六十。

羊肝吸蟲：害螞蟻夢遊的寄生蟲。

蚜蟲：一種小甲蟲，可以藉由擠奶取得蜜露。

雅克・梅利耶：雄性**手指**。短毛。

ㄩ

雨：災禍。

感謝

Gérard和Daniel Amzallag伉儷、David Bauchard、Fabrice Coget、Hervé Desinge、Michel Dezerald博士、Patrick Filipini、Luc Gomel、Joël Hersant、Irina Henry、Christine Josset、Frédéric Lenorman、Marie Lag、Eric Nataf、Passerat教授、Olivier Ranson、Gilles Rapoport、Reine Silbert、Irit和Dotan Slomka伉儷。

注：也感謝提供了製作《螞蟻》和《螞蟻時代》這兩本書必需的紙漿的所有樹木。沒有它們，一切都不可能發生。

蟎蟻時代

Le Jour des Fourmis

作　　　者　貝納・維貝（BERNARD WERBER）
譯　　　者　尉遲秀
責任編輯　劉憶韶
封面設計　劉孟宗
封面、內頁繪圖　小瓶仔
內頁排版　藍天圖物宣字社

版　　　權　吳亭儀
行銷業務　周丹蘋、周佑潔、吳藝佳、賴正祐
總　編　輯　劉憶韶
總　經　理　彭之琬
事業群總經理　黃淑貞
發　行　人　何飛鵬
法律顧問　元禾法律事務所　王子文律師
出　　　版　商周出版　台北市104民生東路二段141號9樓
電話：（02）25007008　傳真：（02）25007759
Email：bwp.service@cite.com.tw
發　　　行　英屬蓋曼群島商家庭傳媒股份有限公司城邦分公司
台北市中山區民生東路二段141號2樓
書虫客服服務專線：02-25007718　02-25007719
24小時傳真專線：02-25001990　02-25001991
服務時間：週一至週五 9:30-12:00　13:30-17:00
劃撥帳號：19863813　戶名：書虫股份有限公司
讀者服務信箱Email：service@readingclub.com.tw
香港發行所　城邦（香港）出版集團有限公司　香港灣仔駱克道193號東超商業中心1樓
Email：hkcite@biznetvigator.com
電話：（852）25086231　傳真：（852）25789337
馬新發行所　城邦（馬新）出版集團　Cite（M）Sdn Bhd
41, Jalan Radin Anum, Bandar Baru Sri Petaling, 57000 Kuala Lumpur, Malaysia.
Tel：（603）90578822　Fax：（603）90576622　Email：cite@cite.com.my

印　　　刷　卡樂彩色製版有限公司
總　經　銷　聯合發行股份有限公司　新北市231新店區寶橋路235巷6弄6號2樓

2023年12月28日初版
定價620元

ISBN 978-626-318-929-4

讀者回函卡

國家圖書館出版品預行編目（CIP）資料

蟎蟻時代／貝納・維貝（Bernard Werber）作；尉遲秀譯. -- 初版. -- 臺北市：商周出版：英屬蓋曼群島商家庭傳媒股份有限公司城邦分公司發行, 2023.12
560面；14.8×21公分. --（藍書系；12）
譯自：Le jour des fourmis
ISBN 978-626-318-929-4（平裝）

876.57　　112017833